AF458681

Le Siècle

DE LA LANDELLE

LA PLUS HEUREUSE DES FEMMES

PARIS
BUREAUX DU SIÈCLE
RUE CHAUCHAT, 14.

A. VIALON DEL. GUILLAUME SC.

G. de La Landelle.

LA PLUS HEUREUSE
DES FEMMES

I.

LE DOCTEUR HUGUES.

Le docteur Hugues, âgé d'environ cinquante-huit ans, habitait l'hôtel d'Espades, l'un des plus beaux et des plus anciens du quartier, situé entre les faubourgs Montmartre et Poissonnière. Il y entretenait par principes un train de maison seigneurial.

Quelques livres choisis, un petit appartement, le plus modeste des mobiliers, auraient amplement suffit à ce savant penseur, qui eût, sans contredit, préféré la médiocrité à l'opulence; mais il était riche et se comportait comme tel. Profondément convaincu, d'ailleurs, que se soustraire aux obligations qu'impose la fortune est une sorte de désertion sociale, il conservait sa richesse comme un moyen puissant de faire le bien. C'était un dépôt dont il n'avait que l'administration et dont il devait compte à sa conscience. Enfin, son immense avoir étant un héritage patrimonial, il ne se croyait pas le droit d'en frustrer son héritier légitime.

Dans son cabinet de travail, magnifique galerie entourée de bibliothèques et décorée d'œuvres d'art, on remarquait l'arbre généalogique de la famille de Fontmarie, parchemin enluminé et calligraphié avec un soin qui en faisait la merveille du genre. Au-dessus, entre autres portraits, se trouvait celui d'une jeune femme dont le docteur ne contemplait point l'image sans un sentiment de pieuse mélancolie.

Elle était belle de la beauté des anges; la distinction de ses traits accusait une origine aristocratique, et, en effet, elle était née de Mesles, d'une excellente famille du Gâtinais. La douceur de sa physionomie, son regard limpide, son sourire, sa pose, tout révélait en elle un ensemble de qualités faites pour captiver un noble cœur. Peint depuis plus de vingt ans, son portrait ne faisait pendant chez le docteur que depuis une année, c'est-à-dire depuis sa mort, à celui de son époux, le chef d'escadron de hussards Raoul de Fontmarie, mort lui-même peu de mois avant elle.

Le docteur Hugues s'arrêtait-il trop longtemps à regarder le portrait de madame Raoul de Fontmarie, ses yeux s'emplissaient de larmes, un soupir amer s'échappait de sa poitrine : « Ma vie entière ! » murmurait-il. Les douleurs d'autrefois avaient été évoquées, l'homme faible succédait à l'homme fort, l'enfant au vieillard, le fou au sage; mais, tout à coup, la raison reprenait le dessus, et le docteur s'éloignait ou se remettait énergiquement à ses études. Parfois enfin il s'écriait avec feu :

— Non, Clémence, non ! ton fils n'aura pas mon sort! Je ferai de lui un homme, je le tremperai comme l'acier dans le feu et dans l'eau, dans le mal et dans le bien; je l'armerai contre le monde, et, à défaut du bonheur qui n'est point d'ici-bas, je lui donnerai la force! Comment puis-je me plaindre d'avoir usé ma vie? Ma vie recommence en lui, en ton fils Gilbert, qui est devenu le mien!

Le docteur Hugues est un des hommes les plus actifs et les plus répandus de Paris. Il mène de front des travaux très-divers, la fréquentation du monde et d'innombrables affaires. Est-il misanthrope ou philanthrope? Il jouit de ces deux réputations à des titres égaux. Sa modération, sa bienfaisance et sa fermeté durant les crises de 1848, lui firent, au demeurant, plus d'amis que d'ennemis. A l'Institut, on le regarde généralement comme un novateur trop prompt à prêter l'appui de ses lumières aux découvertes incertaines et aux opinions hardies, mais on ne conteste point son mérite,

Les jurisconsultes et les membres les plus éminents de la science médicale font cas de ses profondes connaissances, dont le cercle s'agrandit sans cesse. Il est docteur en l'une et l'autre faculté, où l'on considère ses travaux, toujours lucides, comme d'une grande utilité pratique. Les gens d'affaires le tiennent pour un spéculateur audacieux, heureux et surtout habile.

A la compagnie universelle d'exportations et d'importations dont il était l'un des administrateurs, le conseil se laissait volontiers guider par ses avis. Le vieux comte Riffault, ancien général de l'empire, président, le baron de Senneval, son gendre, vice-président, et le jeune directeur, monsieur Théodore Fortunat, ne tranchaient sans son concours aucune question délicate.

Dans le grand monde, il passe au moins pour un franc original. Le faubourg Saint-Germain ne lui pardonne pas le nom obscur et le titre de *docteur* qu'il s'obstine à porter. Monsieur Horace de Beauregard, son contemporain, l'appela le *dernier des libéraux*; mais le mot ne porta point, parce qu'ailleurs le docteur Hugues était traité de *dernier des absolutistes*.

Les fêtes qu'il donna peu après la révolution de Février le firent prendre pour un ambitieux par les myopes, pour un *républicain de la veille* par les presbytes. D'autres plus nombreux prétendirent qu'il affectait de se réjouir de la chute du gouvernement de Juillet. Il dit bien alors que son unique but était de donner le bon exemple à ses amis, à ses voisins, et de proche en proche à toute la classe aisée, afin d'aider la confiance à renaître. Qui le prit au mot? Personne.

On le sait extrêmement riche, mais encore les avis sont-ils partagés sur l'évaluation et sur l'emploi de sa fortune : il est prodigue, d'après les uns; au dire des autres, il thésaurise.

Le docteur Hugues, grand, parfaitement proportionné, d'une corpulence moyenne et d'une complexion vigoureuse, ne paraît pas avoir plus que son âge, bien que son front presque chauve soit couronné de cheveux blanchis de si bonne heure, que ses plus anciennes connaissances de Paris ne l'ont jamais vu qu'avec des cheveux blancs.

Son regard est vif, son sourire fin; sa physionomie, mélange d'indulgence et de sévérité, prend parfois un caractère railleur qui éloigne de lui certaines natures timides, et le rend redoutable aux esprits caustiques tels que monsieur Horace de Beauregard, son antagoniste ordinaire dans le monde et hors du monde, au conseil de la compagnie universelle, à la Bourse, dans les salons, partout, excepté dans les sphères scientifiques, auxquelles ce ci-devant jeune homme est aussi étranger qu'au gouvernement du Monomotapa.

Après avoir feuilleté un volumineux manuscrit dont il fit quelques extraits, le docteur Hugues sonna. Un valet en livrée parut :

— Mon neveu est-il rentré?

— Non, monsieur le comte, monsieur Gilbert a dîné chez madame Franchard, et...

— Germain, — interrompit le docteur, — depuis dix-huit mois, je t'ai cent fois défendu de me donner un titre qui n'appartient ici qu'à mon neveu.

— Monsieur me pardonnera une habitude de vingt ans, — répondit Germain qui, tournant les yeux vers les deux portraits placés au-dessus de l'arbre généalogique, ajouta pour donner plus de poids à ses excuses : « A Fontmarie, monsieur et madame nous avaient accoutumés à l'appeler toujours *monsieur le comte*... »

— C'était un tort.

— Et nous avons la tête un peu dure, en Gâtinais.

— Aussitôt que mon neveu sera rentré, dis-lui que je l'attends.

— Oui, monsieur le... *docteur*, — fit le domestique avec effort.

— Très-bien! tu te formeras, — fit le maître en souriant.

— S'il plaît à Dieu, monsieur le... *docteur*.

— Gilbert m'a bien promis d'être de retour à huit heures précises.

— Il y sera! — dit le serviteur avec une vivacité qui témoignait de son dévouement pour son jeune maître; — monsieur Gilbert est exact et obéissant comme un soldat.

— Il n'est pas le seul, — répliqua le docteur d'un ton amical.

— Monsieur est mille fois trop bon.

Germain, garçon de trente à trente-cinq ans, avait commencé par être un petit vagabond servant de guide aux touristes dans la forêt de Fontainebleau. Madame Raoul de Fontmarie, née Clémence de Mesles, et belle-sœur du docteur Hugues, eut occasion de l'y remarquer, lui adressa quelques questions, fut touchée de ses réponses, s'assura de leur sincérité, et, le voyant orphelin, abandonné à la pire des mendicités, l'emmena au château de Fontmarie, où il fut presque aussitôt attaché au service de Gilbert, encore en bas âge. Depuis lors, Germain n'avait pas quitté le fils de sa bienfaitrice.

Le docteur Hugues, qui l'appréciait, ne dédaignait point de causer quelquefois avec lui, et le tutoyait familièrement, par une exception dont l'honnête domestique ne songeait ni à se choquer, ni à s'enorgueillir.

— J'ai donc un quart d'heure à attendre, — dit le docteur en regardant la pendule.

— Pas davantage.

— Je n'ai pas vu Gilbert de la journée, comment l'a-t-il employée? dis-moi.

— Assez mal, à mon goût, — répondit Germain avec franchise; — pour ma part, moi, je n'aime guère son monsieur Romuald Franchard, dont nous serons débarrassés demain, grâce à Dieu! Nous avons vu plus de mauvaise compagnie dans cette seule journée que dans toute notre vie.

— A merveille!

— Monsieur peut dire à merveille! — murmura Germain avec stupeur : — mais nous avons fait rencontre au bois de Boulogne de messieurs et surtout de dames qui ne sont pas une société pour monsieur Gilbert. Heureusement, il n'y a pas compris malice, le cher enfant, et monsieur de Roqueville, un charmant homme, celui-là, m'a aidé à le faire partir, lui et son monsieur Romuald, qui n'en avait guère envie, soit dit en passant.

— Je crois, maître Germain, que vous vous mêlez un peu trop de ce qui ne vous regarde pas. Je ne suis point fâché, moi, que mon neveu connaisse la mauvaise compagnie.

Germain ne put retenir un geste d'étonnement.

— Mon Dieu! — s'écria-t-il! — que dirait madame de Fontmarie, ma pauvre maîtresse, si elle pouvait entendre monsieur?

— Elle dirait ce que tu te dis tout bas; elle voudrait contrarier mon système d'éducation. Mais qui donc avez-vous rencontré?

— D'abord monsieur le vicomte de Lyomphe, messieurs de Valvret et monsieur Gaudaine, des *gandins*, comme on dit, avec qui monsieur Romuald nous a forcés de nous arrêter. Tous ces messieurs sont descendus de cheval. Presque au même instant, le jeune duc de Traymontpré est arrivé escortant une calèche farcie de leurs belles dames, à qui monsieur Romuald, avec son uniforme tout neuf d'élève de Saint-Cyr, n'a paru qu'un écolier, un gamin, un fier gamin, en tout cas. Mais monsieur Gilbert, le jeune comte de Fontmarie, le neveu de monsieur le docteur, gentil, beau, bien fait, avec ses vingt-deux ans et sa fortune, a été tout de suite l'objet d'un tas de minauderies... Ah! tenez! j'avais envie d'entrer dans le jardin où ces messieurs et ces dames prenaient des rafraîchissements et d'y faire un coup de ma façon.

— Tu aurais eu le plus grand tort.

— Possible! malgré ça, ces messieurs chuchottaient,

ils ricanaient entre eux, ils trouvaient monsieur Gilbert *naïf*... Je les ai entendus.

— Avaient-ils tout à fait tort, Germain?

— J'étais d'une colère!... Par bonheur, la société a eu envie de tirer le pistolet; alors monsieur Gilbert a mis six balles dans un pain à cacheter...

— Excellente chose! — interrompit le docteur Hugues.

— Monsieur de Roqueville, qui était à pied, un livre à la main, a passé bientôt après; je le connais de tous temps, car il est de nos environs, comme monsieur le sait, et je lui ai conté mon embarras.

— Trop, Germain, trop! A vingt-deux ans, mon neveu est d'âge à ce qu'on ne s'alarme pas ainsi pour rien.

— Monsieur le docteur voudrait-il donc lui voir faire des sottises? car, enfin, que monsieur me le pardonne : il y a dans l'Evangile : « Qui cherche le danger y périra. »

— Oui, mon bon Germain, mais qui ne connaît pas le danger y périra aussi, et, pour te rassurer en deux mots, je veux que Gilbert n'ignore aucun des dangers de la vie. Quand il les connaîtra bien, vois-tu, je te réponds qu'il ne les cherchera pas... Ah! vous croyez être sages en mettant un bandeau sur les yeux de vos enfants; vous les lancez ensuite au milieu des précipices et des fondrières, et vous vous étonnez qu'ils fassent des chutes horribles!... Je ne veux pas de cela, Germain. Il faut que Gilbert soit un homme, et un homme clairvoyant.

— Merci! monsieur le comte, — dit l'honnête serviteur avec émotion, aussi retomba-t-il dans sa vieille habitude en se trompant de titre, — je comprends enfin!

Mais, se ravisant, il objecta d'un ton craintif que pour faire la connaissance du danger on est bien forcé de s'y exposer tout comme si on le cherchait.

— J'ai compté sur toi, Germain, et t'autorise à me faire tes observations. Je ne veux point dépasser le but, sois tranquille, et certes, si j'avais pour neveu le jeune Romuald Franchard, mes intentions se modifieraient beaucoup. Depuis dix-huit mois, j'étudie le caractère, les goûts, les sentiments de Gilbert; je le juge tel qu'il est; j'ai de cruelles raisons pour être sûr de ne m'être point trompé... — Ici le docteur étouffa un soupir en jetant les yeux sur le portrait de Clémence de Mesles : il se souvenait d'avoir acheté l'expérience au prix de tout son bonheur. — Ma ligne de conduite, — dit-il enfin, — n'a pas été tracée sans de mûres réflexions : crois-moi donc, Germain, et seconde-moi!

Par un regard expressif, le serviteur exprimait sa gratitude, quand la pendule sonna; une voiture s'arrêta devant la porte.

— C'est monsieur Gilbert! — dit Germain.

— Qu'on attèle à dix heures précises. Nous n'y sommes pour personne.

Le moment était venu où le docteur Hugues allait recommencer sa vie, comme il l'avait dit à l'image de cette angélique Clémence de Mesles qui était morte veuve de Raoul de Fontmarie.

Gilbert avait dîné dans la famille Franchard avec son jeune camarade Romuald, l'élève de Saint-Cyr, et deux des élégants cavaliers cités par Germain : monsieur le Vicomte de Lyomphe, se disant gentilhomme de lettres, et monsieur Gaudaine, le millionnaire, au dire de tout Paris, l'un et l'autre intimes du maître de la maison, Emile Franchard, caissier de la compagnie universelle.

Gilbert revenait rayonnant. Denise, la jeune sœur de Romuald, l'avait traité avec un charmant abandon; la gracieuse enfant était si joyeuse ce soir-là! Pour la première fois elle devait être produite dans le monde chez madame la baronne de Senneval, où Gilbert aurait été ravi de la suivre. Mais le docteur Hugues lui ayant recommandé d'être de retour à huit heures précises, il ne songea point à désobéir.

Huit heures sonnant, il entra dans l'hôtel et se dirigea droit vers le cabinet de son oncle, qui le loua de son exactitude, et l'invitant à s'asseoir, lui annonça une conversation importante :

— Tu as depuis quelques jours quitté le deuil de ta mère, il est temps de ne plus vivre en reclus; à dix heures je te conduirai chez madame la baronne de Senneval.

— Quel bonheur! — s'écria Gilbert.

Le docteur, à cette exclamation, fixa sur lui un regard qui le troubla; puis, d'un ton affectueux :

— Avant tout, mon cher enfant, — lui dit-il, — fais-moi l'amitié de me parler de ta journée, dont Germain m'a déjà dit quelques mots. Tu as passé la matinée dans ton atelier de peinture, tu as déjeuné ici avec le jeune Romuald Franchard, vous êtes montés à cheval et vous êtes allés au bois de Boulogne...

— Pas tout de suite, mon oncle, — interrompit Gilbert.

— Je te cède la parole.

— J'ai voulu d'abord me rendre à la compagnie universelle pour avertir Vallier que je ne prendrais pas de répétition de droit. Le brave garçon m'écrivait, m'a-t-il dit, pour s'excuser de ne pouvoir venir; moi, je lui apportais son cachet, mais il l'a refusé si carrément que je n'ai plus osé insister, et j'en ai eu le cœur serré un instant. Je sais qu'il est l'unique soutien de sa vieille mère; son dévouement filial me porte à l'aimer. Il est, en outre, si laborieux, si modeste et si mal rétribué par son administration! Ne pourriez-vous pas, mon oncle, obtenir pour lui une augmentation d'appointements?

— Vallier est le secrétaire de notre conseil, où il se fait remarquer par la rédaction parfaite de ses rapports et procès verbaux, mais il a aux yeux de ses chefs le grand tort de passer pour bel esprit.

— Lui, bel esprit!

— Il fait des vers, fort passablement tournés, ma foi! Par malheur, les employés supérieurs, à commencer par le jeune Fortunat, le directeur actuel, ont en aversion les subalternes coupables de littérature.

— Je ne crois pas que Vallier puisse en faire beaucoup. Dès sept heures du matin, il donne des répétitions de droit chez lui; à neuf, il est à son bureau, d'où il sort à cinq heures du soir pour venir ici. Après son dîner, il donne encore des leçons. Malgré cela, je lui conseillerai amicalement de renoncer à la poésie, puisqu'elle nuit à son avancement.

— Tu y perdras ta peine. Madame la baronne de Senneval, qui le protége, est la première à lui demander des vers pour ses albums et ses soirées littéraires. S'il ne pouvait aujourd'hui te donner de répétition, c'est qu'il a dû dîner chez elle en sa qualité de secrétaire de notre conseil, dont tous les membres étaient invités comme lui.

Gilbert se souvint que Gaudaine, le gandin millionnaire et l'un des administrateurs de la compagnie, avait préféré l'invitation de madame Franchard, mais il n'en parla point.

— Quant à moi, — ajoutait le docteur, — j'ai fait valoir une excuse polie pour t'attendre ici ce soir.

— Vous êtes trop bon, mon oncle. — Le docteur Hugues souriait paternellement. — Madame la baronne de Senneval, si je ne me trompe, est la fille du comte Riffaut, notre vieux président, et la cousine germaine de Théodore Fortunat?

— Tu ne te trompes point.

— Eh bien, alors, comment monsieur Fortunat, qui me paraît être un excellent jeune homme, peut-il trouver mauvais que le pauvre Vallier cède à l'influence de la fille du président du conseil? Quoi! son obéissance aux désirs de sa protectrice lui fait tort! Rien n'est plus injuste.

— Apprends à distinguer, mon cher Gilbert, — répondit le docteur. — Comme cousin de la baronne et comme homme du monde, monsieur Théodore Fortunat trouve Vallier fort bien appris, mais comme directeur d'une vaste entreprise industrielle, le cas est différent!

— Ah ! mon oncle !

— Cher enfant, tu te cabres devant la moindre des contradictions humaines, et tu te réjouis de faire, dès ce soir, ton entrée dans un salon du grand monde !... — Le docteur Hugues sourit de son sourire le plus misanthropique. Gilbert l'observait avec défiance. — Reprenons l'histoire de ta journée. Vous voici donc à la compagnie universelle, le jeune Franchard, toi et ton fidèle Germain : continue !

II

HISTOIRE D'UNE JOURNÉE.

Avec un mélange de candeur, de franchise et de timidité, le jeune comte Gilbert de Fontmarie poursuivit par obéissance le récit que lui demandait son oncle :

— En apercevant Romuald dans son nouvel uniforme, monsieur Fortunat est venu le complimenter d'un ton cordial qui m'a plu beaucoup. Il a été, par occasion, rempli de politesse pour moi. Bientôt ils sont entrés à la caisse, où monsieur Franchard attendait son fils, que félicitaient tous les employés. Vallier n'a pas été le dernier à en faire autant. Enfin, nous sommes remontés à cheval. Quoique Romuald n'y entende rien, il a voulu exécuter je ne sais quel tour d'adresse; sa bête a rué, s'est cabrée et a failli prendre le mors aux dents. Sans Germain et moi, il roulait par terre dans la cour même de la compagnie. Bah ! il ne doute de rien, et puis il était fou de joie. Pendant notre promenade, il a risqué vingt fois de se rompre le cou; j'avais beau dire, il ne voulait rien entendre : « Mon père m'a recommandé de bien m'amuser, — me criait-il, — je m'amuse ! Et hop ! En avant, la cravache ! Je veux m'en donner aujourd'hui de toutes les façons !... » Il ajoutait à cela un tas de drôleries qui, par moments, faisaient grogner Germain.

— Auprès de ton domestique, — dit le docteur Hugues, — Caton le censeur n'était qu'un bouffon. Passons au tir de pistolet en compagnie de messieurs de Valvert, Gaudaine, Lyomphe, et de leur élégante société des deux sexes.

— Romuald n'est pas plus habile au tir qu'à l'équitation ou qu'à l'escrime; mais, à défaut d'adresse ou d'habitude, il a une audace incroyable. Quand nous avons fait des armes, il l'a bien prouvé...

— Vous avez donc fait des armes ?

— Oui, mon oncle, sur un propos de monsieur Gaudaine, qui se vantait d'être de première force et s'est fait boutonner vingt fois par monsieur de Roqueville sans lui rendre une botte. Messieurs de Valvert, le duc de Traymontpré, le vicomte de Lyomphe et les dames qu'ils accompagnaient en riaient aux éclats.

— Et toi, Gilbert, as-tu fait assaut ?

— Avec monsieur de Roqueville.

— Eh bien ?

— Vous savez, mon oncle, que j'ai eu d'excellents maîtres d'escrime.

— Mais qui l'a emporté de monsieur de Roqueville ou de toi ?

— Monsieur de Roqueville était fatigué sans doute, car je le touchais trois ou quatre fois pour une : aussi toutes ces dames m'accablaient-elles de louanges qui me fatiguaient à l'excès. J'aurais voulu partir; je suis resté par complaisance pour Romuald.

— Modeste et timide, pour ne point dire sauvage; deux qualités de petite fille dont il faudra se défaire, mon ami.

— Vaut-il donc mieux être fanfaron et téméraire ? — murmura Gilbert, en songeant malgré lui à monsieur Gaudaine et à son camarade Romuald.

— A mes yeux, non, mais, dans le monde, oui, — répondit nettement le docteur Hugues. — Ta réserve part d'un sentiment que j'approuve; mais il s'agit, à présent, du grand art de se conduire. Ces dames te plaisaient-elles ?

— Franchement, non, mon oncle. Elles venaient de déjeuner avec ces messieurs et ne devaient pas avoir ménagé le champagne. La plupart sont très-jolies, mais je n'aimais guère leur ton familier. J'arrivais à froid, il est vrai, dans une compagnie des plus joyeuses, avec laquelle Romuald, lui, n'a pas eu de peine à se mettre à l'unisson, tant il était content et fier de son nouvel uniforme. Quant à moi, dès que j'ai pu m'éloigner sans impolitesse, j'ai rejoint monsieur de Roqueville, le seul qui ne fût point de la partie. Nous avons longuement causé de vous, mon oncle, du château de Fontmarie, de Nemours, de Larchant et de notre belle forêt de Fontainebleau. Monsieur de Roqueville est un homme d'excellentes manières, dont la conversation est fort attrayante, et que j'ai regretté chez madame Franchard, où il aurait dû dîner aussi...

— Ah ! il vous a fait faux-bond, — interrompit le docteur avec une sorte d'étonnement que ne remarqua point Gilbert. — Mais ces dames vous ont-elles tranquillement laissés causer ensemble ?

— Mon Dieu, non ! elles sont presque toujours venues, l'une après l'autre, nous distraire. Elles voulaient que je prissent part à leurs jeux bruyants.

— Pourquoi t'y refuser ?

— Pour ne point laisser monsieur de Roqueville tout seul, et aussi, l'avouerai-je ? par une sorte de répugnance dont j'ai peine à me rendre compte, s'il est vrai, comme le disait Germain, qu'elles soient les sœurs et les cousines de ces messieurs.

— Ton Germain est un sot ! — s'écria brusquement le docteur Hugues; — ta répugnance était tout simplement celle qu'éprouve à son premier contact avec la mauvaise compagnie un jeune homme tel que toi, élevé dans la retraite par une mère rigide, doué d'un naturel honnête, étranger encore aux vices brillants et aux allures des gens de plaisir.

Gilbert, à ces mots, rougit en levant sur son oncle un regard limpide comme le cristal.

— J'avais donc deviné ! — dit-il, — et Germain se trompait.

— Non ! il mentait avec la meilleure des niaises intentions; à partir d'aujourd'hui, j'entends que toutes ces ridicules précautions finissent. Qu'avez-vous fait ensuite ?

— Malgré Romuald, j'ai refusé d'aller à Madrid avec ces messieurs; nous avons achevé notre promenade et mis pied à terre dans les Champs-Elysées. Nous revenions par les boulevards, quand une jeune fille modestement mise et fort jolie a passé près de nous et m'a fait, en souriant, un salut gracieux. Romuald m'a aussitôt accablé de questions; il voulait son nom, son adresse, son histoire : « Mais, — lui disais-je, — je n'ai qu'un vague souvenir de cette jeune ouvrière et ne sais guère où je puis l'avoir connue. — Vous jouez au fin, Gilbert, » m'a-t-il répondu d'un ton incrédule. Plus j'affirmais que j'avais oublié, plus il insistait. Tout à coup il m'a quitté pour s'acquitter d'une commission très-pressée qu'il se rappelait encore à temps par bonheur; et nous ne nous sommes retrouvés qu'à l'heure du dîner chez ses parents. — Le docteur Hugues pensa que Germain ne jugeait pas trop sévèrement le précoce Romuald. — A peine étais-je seul, — poursuivit Gilbert, — que la mémoire m'est revenue. La jeune fille du boulevard est une orpheline qui s'appelle, je crois, Etiennette. Elle demeure au même étage que la pauvre madame Vallier la mère, et lui rend une foule de menus services de bon voisinage. Je l'ai entrevue une ou deux fois allumant le feu ou apprêtant des tisanes. Qu'importait à Romuald ?

— C'est ce que tu ne demanderais pas, si tu avais les moindres éléments de la science de la vie.

Gilbert se disposait à écouter, mais son oncle, avec une sorte d'impatience, le pria d'achever son récit; il ajouta donc que, rentré seul à l'hôtel d'Espado, il avait consacré une heure à l'étude avant de s'habiller pour se rendre à l'invitation de la famille Franchard.

— Quelques minutes avant de passer dans la salle à manger, Vallier était venu en toute hâte apporter les excuses de monsieur de Roqueville, empêché au dernier moment, et tout le monde avait paru contrarié de perdre un aussi aimable convive.

— Tout le monde, — répéta le docteur d'un ton caustique, — en es-tu bien sûr, mon pauvre ami?

— Je n'ai aucun motif pour supposer le contraire, — répondit le jeune homme de plus en plus étonné des réparties de son oncle.

— Très-bien! Les invitations de la famille Franchard ont été faites aujourd'hui même; c'était une fête improvisée?

— Oui, mon oncle.

— Avec qui t'es-tu trouvé?

— Avec monsieur le vicomte de Lyomphe et avec monsieur Gaudaine, que je voudrais pouvoir ne point nommer.

— Pourquoi donc?

— Par discrétion, car il a recommandé devant moi à Vallier de laisser ignorer à madame la baronne de Senneval qu'il dînait chez madame Franchard.

— Plaisants mystères! — fit le docteur. — La baronne sait évidemment, depuis ce matin, à quoi elle a dû l'avantage d'être débarrassée d'un convive de mauvais ton.

— Vous êtes sévère, mon oncle.

— Vous êtes beaucoup trop indulgent, monsieur mon neveu; et votre discrétion va de pair avec votre timidité, votre modestie et votre bienveillance universelle, autant de belles choses à réformer énergiquement.

— Mon Dieu! — murmura Gilbert, — je ne puis comprendre.

— C'est vrai. Avant de lire à livre ouvert, il faut savoir épeler, et tu ignores le *b*, *a*, *ba* de la vie. Pénètre-toi avant tout de la réalité de ton ignorance. Sois bien convaincu que tu ne sais absolument rien de ce qu'il importe le plus de savoir. Hier, tu étais pour moi un neveu, un héritier, un fils; aujourd'hui, tu es de plus mon élève. Pour d'autres, je puis être sévère; pour toi, je serai le plus indulgent des maîtres. Tu ne trouveras jamais en moi un censeur, un pédant, mais un ami qui te donnera des conseils paternels avec la tendresse d'une mère.

— Mon cher oncle, — répondit Gilbert, touché de ces termes affectueux, — je vous aime et vous respecte trop pour douter de vos paroles, quoiqu'elles me confondent, et je reconnais humblement ma profonde ignorance par cela même que je n'en saisis pas le sens.

— Parfaitement! — dit le docteur Hugues.

— Quant aux qualités que vous voulez réformer en moi, je les tiens de ma mère, — continua le jeune homme avec un accent mélodieux qui trouva un écho dans le cœur du vieillard. « Chacun a ses travers, ses ridicules et ses » défauts, — me disait-elle; — sache fermer les yeux » sur les faiblesses d'autrui, ouvre-les sur les bons penchants. Défends-toi contre les antipathies déraisonnables, et que tes jugements soient remplis de la bienveillance que tu réclamerais pour toi-même. Ne t'enorgueillit point de tes dons naturels, mon fils; tu les dois » à Dieu, qui pourrait te les retirer demain : sois donc » modeste et doute sagement de toi. La témérité est folie; » ne porte jamais envie aux audacieux; range-toi parmi » les brebis, non parmi les loups. » Enfin, mon oncle, elle me disait encore qu'un secret surpris doit être respecté à l'égal d'un trésor confié : « Un homme trouve un trésor dont il connaît le maître : s'il se l'approprie, n'est-il pas aussi coupable que celui qui l'enlèverait par force ou par ruse? » Voilà pourquoi je n'essaye pas de surmonter ma timidité native, pourquoi je tâche d'être bienveillant, modeste et discret.

— Ta mère était une sainte et digne créature de Dieu, — dit le vieillard, dont les yeux s'arrêtèrent sur le portrait de madame Raoul de Fontmarie. Puis ses lèvres s'agitèrent sans bruit. A qui parlait-il? Ensuite, il écouta. Quelle âme répondait à son âme? Enfin, d'une voix en quelque sorte imprégnée d'amour maternel : — Oppose tes raisonnements aux miens, Gilbert, doute de mes leçons, résiste à mes avis, commets des fautes, des fautes graves même, je te pardonnerai, je t'aimerai toujours; mais, au nom de ta mère, fais-moi la promesse sacrée de me choisir pour confident et de ne me rien cacher.

— Je vous le jure, mon oncle! — s'écria Gilbert avec effusion.

— Et moi, mon enfant, je te jure que mon unique but est d'éloigner de toi les grands malheurs qui brisent au physique et au moral. Tes penchants naturels, tes dispositions au bien, tes excellentes qualités, résultat de ton éducation première, rien ne résisterait, crois-moi, au choc violent de tes passions contenues, si je n'étais à tes côtés pour te défendre contre toi-même. Sois bon, loyal et généreux, mais avec réflexion; sois discret, modeste et doux, mais avec prudence. Ta mère t'a dit : « Range-toi parmi les brebis, non parmi les loups. » La noble femme ne savait pas qu'un jour, une heure arrivent où cette créature imparfaite qu'on appelle l'*Homme*, lasse d'être dupe et victime, se jette d'un extrême dans l'autre, à moins d'un concours de circonstances exceptionnelles. L'égoïsme systématique remplace alors, sans transitions, cette bonté trop confiante dont l'excès est la pire des sottises. Que dirais-tu du soldat qui s'avancerait désarmé à l'encontre de l'ennemi? La vie est une bataille pour laquelle il faut être armé de pied en cap. Le cœur et l'esprit doivent être cuirassés d'*expérience*, armure indispensable surtout aux natures inoffensives comme la tienne. Eh quoi! sur les nombreuses personnes que tu as rencontrées aujourd'hui, à peine un blâme fugitif! Vallier, le répétiteur de droit, t'intéresse, et tu me demandes pour lui ma protection; Théodore Fortunat te plaît par sa banale politesse; ton ami Romuald, monsieur Franchard, son père, monsieur de Roqueville, te semblent tour à tour charmants; messieurs de Lyomphe et Gaudaine ne t'inspirent aucune critique un peu vive; madame Franchard, tu me l'as répété vingt fois, est la grâce et l'amabilité personnifiées. Voilà bien des êtres irréprochables trouvés en un seul jour! Ce n'est pas ainsi qu'il faut voir le monde! Tu n'as pas seulement compris que ton ami Romuald est un petit libertin qui t'a fait un mensonge pour courir sur les traces de la jeune Etiennette, l'accoster et lui faire entendre des propos plus que hardis...

— Vous pourriez supposer cela, mon oncle!

— J'en suis sûr.

— Mais, en ce cas, — murmura Gilbert avec effort, — mon devoir est de renoncer à fréquenter Romuald, car il faut fuir les mauvais exemples...

— Autre erreur! il faut connaître la mauvaise compagnie pour ne jamais la confondre avec la bonne, et surtout il faut savoir être témoin du mal sans se figurer qu'on a un exemple sous les yeux. Si tu voyais voler ou assassiner ici, à l'instant même, dirais-tu qu'on t'a donné un mauvais exemple?

— Non, sans doute.

— Espères-tu vivre avec des anges? Le jeune Romuald a d'aimables qualités; il est brave, plein de sentiments généreux, spirituel, gai, doué d'un excellent caractère. Je ne te le donne pas pour modèle, mais, loin de te défendre de le fréquenter, je t'y engage. — Gilbert devint rayonnant; le docteur Hugues sembla inquiet. — Mon enfant, — dit-il, — tiens donc ta parole, je t'en prie, et dès ce soir prends ton vieil oncle pour confident. —

Gilbert baissa les yeux. — Je t'annonce que nous allons chez madame la baronne de Senneval, et tu t'écries : « Quel bonheur! » Tu te crois forcé de renoncer à ta liaison avec Romuald, et tu laisses percer tes regrets; je te dissuade, tu as l'air ravi; je t'interroge, tu te troubles; enfin, de toutes les personnes que tu as vues aujourd'hui, la seule que tu te sois borné à nommer est mademoiselle Denise Franchard, ta voisine à table, la fille de la maison, la sœur de ton ami...

— Ah! mon oncle, combien vous êtes clairvoyant! — murmura Gilbert. — Mademoiselle Denise a produit sur moi, je l'avoue, une impression que je ne raisonnais pas; elle sera chez la baronne, et c'est surtout à cause d'elle que j'aurais été désolé de rompre mes relations avec son frère...

— En deux mots, tu es amoureux d'elle; je le craignais; mais cette crainte n'est pas un blâme, mon cher enfant. Ne t'alarme pas, ne t'attriste point encore. Seulement, moi, lors même que j'aurais voulu différer, je ne le pourrais plus. Ton amour naissant me contraindrait à te donner une de ces grandes leçons qu'on n'oublie jamais.

— De quelle leçon parlez-vous, mon oncle? — demanda le jeune comte de Fontmarie.

Le docteur Hugues avait les yeux fixés sur le portrait de Clémence de Mesles; il ne répondit pas. Mais neuf heures sonnèrent, il tressaillit, se saisit d'un volumineux cahier posé sur son bureau, et se tournant vers son neveu :

— Écoute,— lui dit-il d'une voix pénétrante, — écoute l'histoire horrible que je vais te lire.

Gilbert s'inclina respectueusement.

III

LA RUE MAUDITE.

« L'une des ruelles de Florence portait, il y a trente et quelques années, le nom populaire de *Maladetta*, nom sinistre qui ne l'empêchait point d'être fréquentée par tout ce que l'Europe comptait d'ardents amis du plaisir. Un proverbe local enchérissait pourtant, car on disait : « Quand quelqu'un meurt dans la rue Maudite, n'allez pas chercher le prêtre. »

» Toutes les fenêtres étaient illuminées. Par delà les grilles, les jalousies ou les rideaux de soie, on n'entendait que molles sérénades, bruyants orchestres ou joyeux éclats de rire, auxquels se mêlaient le cliquetis des verres, des toasts, des chansons, des jurons en vingt langues, et le bruit des dés ou de l'or ratissé sur le tapis vert. A la *Maladetta*, on dansait, on soupait, on jouait.

» Vers deux heures après minuit, un homme qui avait passé les limites de la jeunesse, sans avoir encore atteint un âge mûr, parut au balcon de la principale des maisons de jeu et frappa dans ses mains par trois fois. Un autre cavalier de dix ans plus jeune venait d'entrer.

» Au signal donné, un poignard scintilla dans la main d'un troisième personnage, qui se replongea aussitôt dans l'ombre.

» — Très-bien! mon Calabrais est à son poste! — dit le premier, qui se faisait appeler Saviero parmi les habitués de la *Maladetta*. Le jeune homme attendu ouvrit la porte du cabinet au balcon et se laissa tomber lourdement sur le sopha. Il était accablé de fatigue et paraissait épuisé par les excès de tous genres. La débauche avait amaigri ses joues, égaré ses regards, plombé son teint; il conservait pourtant un cachet de distinction fort remarquable, soit que sa vie désordonnée ne datât que de très-peu de temps, soit qu'il fût doué d'une de ces complexions robustes que le vice ne démantèle que pièce à pièce. — Monsieur le comte, — lui demanda en français le sieur Saviero, — qu'avez-vous fait, je vous prie, depuis que nous nous sommes séparés?

» — J'ai joué un jeu d'enfer, gagné cent louis, perdu le triple, et parcouru toute la *Maladetta* pour trouver une distraction. Je m'ennuie mortellement, Saviero! — A ces mots, le pâle jeune homme, se redressant avec colère, devint menaçant : — Je m'ennuie mortellement, vous dis-je! — poursuivit-il. — Et vous m'en aviez menti, monsieur, quand vous me promettiez guérison et oubli!... Mon cerveau se déchire sous l'effort que je fais à compter mes pensées! Je pense donc!... et j'ai honte, j'ai horreur de moi!...

» Le démenti violent jeté à Saverio par le jeune gentilhomme français ni le ton véhément de ses reproches ne pouvaient émouvoir l'homme qui venait d'aposter un bravo pour se débarrasser de lui : aussi répondit-il d'un ton d'affectueuse pitié :

» — Je sens profondément toute l'amertume de vos peines. Par tous les moyens, j'ai tâché d'apaiser ou au moins d'étourdir votre douleur, et je vous guérirai, n'en doutez pas!... Mais vous ai-je jamais promis une cure radicale du soir au lendemain?

» — Il y a près d'un an, monsieur, que vous me tenez ce langage... Et, il y a un an, j'avais de moins le remords. O ma mère! — s'écria le jeune homme en mettant la main sur ses yeux, — priez pour votre fils, sauvez-moi!

» Saviero haussa les épaules, sonna et fit servir à souper.

» — Vous êtes affaibli par la veille et les émotions du jeu : mangez, buvez, croyez-moi, causons, rions, amusons-nous!

» Le jeune comte tourna vers lui un regard fixe, partit d'un éclat de rire étrange, et, remplissant d'un vin capiteux le plus large des verres :

» — Buvons! soit! je meurs de soif! — Il but, mangea un peu, parla ensuite avec gaieté des incidents de sa soirée, cita plusieurs des beautés de la *Maladetta* qui avaient suivi les péripéties de son jeu, et, brisant sa coupe, dit à Saviero : — Vous êtes, il faut l'avouer, mon cher gouverneur, un aimable coquin! un compagnon charmant!

» — Bravo! ce nectar a produit son effet. Vous voici de belle humeur, enfin!

» — Eh bien! croiriez-vous que je suis entré ici avec la diabolique tentation de vous jeter à croix ou pile par la fenêtre. Et tant pis pour vous si l'envie m'en reprend!... — Les yeux du jeune homme étincelèrent de nouveau; il se leva, poussa un cri farouche et, renversant la table : — Elle me reprend,— dit-il.— Vous m'avez corrompu, vous voulez m'abrutir! Vous n'êtes qu'un misérable!...

. . . .

» A ces mots, une lutte effroyable s'engagea au milieu des débris du festin. La porte est fermée et barricadée en dedans par les meubles renversés; les gens du logis accourent et se bornent à mettre les verrous en dehors, pour qu'on ne sorte pas sans payer.

» Saviero, saisi de terreur, appelle au secours, sonne, s'arme d'un couteau, mais recule et trébuche enfin parmi les verres brisés. Son adversaire le désarme, le roule dans la nappe rougie de sang et de vin, l'emporte vers le balcon et le tient suspendu, d'une hauteur de deux étages au-dessus du pavé.

» Le misérable intendant poussait des hurlements de détresse, mais, dans la rue Maudite, l'on ne s'émeut point pour si peu. Quant à l'homme au poignard, posté sous la fenêtre, il se rangea de peur d'être écrasé. Mais une lueur de raison traversa tout à coup l'esprit du jeune comte :

» — Dieu! — s'écria-t-il, — qu'allais-je faire? Commettre un crime! — Il posa doucement sur le balcon Saviero encore enveloppé, comme en son linceul, dans la nappe ensanglantée, releva un siége, s'assit, et, la tête entre les mains, poursuivit avec horreur : — Moi, commettre un crime! Est-ce là une conséquence fatale des vices? La conscience une fois assoupie, faut-il que de degrés en degrés une âme honnête descende jusqu'au meurtre et que les pieds du débauché se baignent dans le sang?

» Comme pour répondre à cette question, deux bruits sinistres retentirent au dehors : — la détonation d'un pistolet, — c'était le suicide d'un joueur déshonoré; — le cliquetis de deux épées, — c'était le duel à mort de deux rivaux qui se disputaient une Hélène de la *Maladetta;* ils firent coup double.

» — Trois morts! trois civières; apportez trois civières! — dit une voix de femme que le jeune étranger crut reconnaître.

» — La Cavalletta! — murmura-t-il avec égarement, — oui, c'est elle!... c'est le fantôme... Je l'entends qui crie dans la rue Maudite.

» L'on n'entendait plus déjà que sérénades, refrains et toasts joyeux, frais éclats de rire, galantes chansons, cristaux sonores se heurtant gaiement, ou encore le roulement des dés et le tintement de l'or ratissé sur les tapis verts. »

Le docteur Hugues, s'étant interrompu, regarda Gilbert :

— Horrible histoire, en effet, mon oncle, — dit le jeune homme, — mais ce n'est, sans doute, qu'une fiction.

— Non, mon ami, c'est l'exacte vérité. — Cette histoire, Gilbert, — reprit le docteur Hugues après un instant de silence, — cette histoire est la nôtre; et, tournant le feuillet, il se remit à lire.

« — L'enfer béant sous mes pieds! — dit encore le jeune gentilhomme français; puis il demeura muet, immobile, stupide, le regard fixement attaché sur ses mains et ses pieds blessés par des éclats de verre.

» Cependant, Saviero, blessé aussi, anéanti, pétrifié de terreur, se croyait en équilibre au bord de l'abîme, il n'osait bouger, il respirait à peine. Son supplice dura une heure, longue comme un siècle.

» Un silence funèbre avait donc succédé au plus affreux vacarme. Aussi l'hôtelier, craignant de ne plus trouver que deux cadavres dans le cabinet rose, fit-il démonter à l'extérieur les gonds de la porte. Il eut la douce satisfaction de voir le jeune étranger plongé dans une sorte de méditation bachique :

» — Que Son Excellence nous pardonne! — murmura-t-il, — nous avions entendu quelque bruit...

» Le comte s'éveilla comme en sursaut :

» — Ah! c'est vous! Il vous faut de l'argent! tenez! vous préviendrez mon intendant que vous êtes payé.

» L'hôtelier cherchait des yeux sa nappe damassée; il la découvrit sur le balcon.

» Délivré de ses langes par la valetaille qui riait aux éclats, Saviero se précipita sur les traces de son maître, trouva le bravo à la porte, fit un signe, et dit encore :

» — Tu es payé, va! je t'abandonne tout ce qu'il porte sur lui, excepté ses papiers.

» — Grand merci! Excellence.

» Au point où la rue Maudite tourne pour la dernière fois avant de déboucher sur le quai de l'Arno, le jeune comte reçut en pleine poitrine un coup de stylet magistral. Deux minutes après, un cadavre entièrement nu roulait dans la rivière. Le Calabrais emportait sa défroque, l'intendant son passe-port et ses lettres de crédit avec lesquelles il partait pour Venise.

» Or, à l'heure même où l'Excellence de fraîche date fuyait en poste vers la ville des doges, Marco Papietti, pauvre pêcheur de l'Arno, courbé sous le faix, apportait à l'hôpital de Florence le corps sanglant d'un malheureux jeune homme qui n'avait pas encore entièrement cessé de vivre. A peine gagna-t-il une piécette pour cette œuvre charitable. Le chirurgien en chef entrait :

» — Beau coup de stylet! — dit-il, — admirable cure à faire! — Les soins les plus habiles furent prodigués au blessé, dont la vie se trouva bientôt hors de péril, mais, la tâche du chirurgien achevée, celle du médecin commença. On avait interrogé l'inconnu sans obtenir de lui une réponse suivie. — A votre tour, docteur! — dit le chirurgien; — j'avais cru d'abord que c'était le délire de la fièvre, mais décidément il a perdu la raison.

»Sur le registre de l'hospice, faute de savoir son nom, l'écrivain lui donna celui de *Francese.* Sa folie était généralement douce; il pleurait en appelant sa mère; il balbutiait souvent un nom de femme; souvent il chantait dans la langue d'au-delà des Alpes une plaintive romance d'amour. Quelquefois pourtant il s'accusait de fautes qui l'oppressaient comme un remords.

» Dans ses accès les plus violents, il s'emportait contre Saviero ou contre la Cavalletta qu'il traitait de monstre, de fantôme ou de vampire femelle. Du reste, les stigmates flétrissants de la débauche, les rides creusées par l'insomnie ou les excès, la livide pâleur avaient disparu; son regard redevint vif, son port gracieux et ferme. Mais son idée fixe était de taire ses qualités. Il répondait avec soumission au nom de *Francese,* ne se plaignait jamais de ses épais vêtements ni de sa grossière nourriture, causait volontiers, soit en italien, soit en français, et faisait preuve d'une éducation très-complète : — « Il avait précédemment vécu dans l'opulence, c'était évident; peut-être même était-ce un grand seigneur. »

» On le traita conséquemment avec plus d'égards; on le fit mieux servir qu'aucun autre aliéné, mais l'administration de l'hospice trouva d'autant plus onéreux de l'avoir à sa charge. On prit tous les biais possibles pour l'interroger; sa monomanie ne fut jamais mise en défaut.

» Lui demandait-on ce que signifiait sa monotone complainte, ce qu'il entendait par les noms de Saviero ou de Cavalletta, ses yeux s'égaraient; il tremblait de colère et s'emportait quelquefois jusqu'à la fureur. On défendit de lui adresser aucune question irritante.

» Marco Papietti, le pêcheur Toscan qui l'avait sauvé, accepta la mission de lui servir d'infirmier et de ne rien négliger pour lui arracher par la douceur quelques renseignements qui pussent servir de traces. Il fit plus, en cherchant dans la rue Maudite les moyens de retrouver la Cavalletta, et quoique cette aventurière nomade eût par dix fois changé de noms, il y parvint. Elle fut arrêtée et interrogée, mais, le même jour, une jeune officier français se présentait, le deuil dans le cœur, aux administrateurs de l'hospice des aliénés.

» Il avait débarqué à Naples où il recueillit des informations minutieuses sur la personne du comte; il les avait successivement complétées à Rome, à Sienne, à Pise, à Florence même, et si les agents consulaires français ne l'avaient point trompé, son propre frère, atteint de démence, devait être enfermé à l'hôpital.

» Les démarches faites par les administrateurs avaient guidé le frère du comte, dont le nom véritable était à l'heure même révélé par la Cavalletta. L'officier français fut mis en présence du malheureux fou; celui-ci refusa de le reconnaître, et presque aussitôt se manifestèrent les symptômes d'une crise furieuse :

» — Trahi! toujours trahi! — s'écriait-il. — Comment est-il venu jusqu'à moi?... Je ne suis plus son frère!... non, je ne le suis plus! L'un me dérobe mon bonheur! l'autre ma vie! l'autre mon âme!...

» La démence faisait des progrès alarmants.

» L'insensé repoussait jusqu'aux soins du fidèle Marco Papietti, qui, libéralement récompensé, dut à son intelligent dévouement de vieillir dans une honorable aisance.

» L'administration de l'hospice, largement indemnisée de ses frais, redoubla de zèle, mais, hélas? le mal empirait de jour en jour.

» — Au nom du ciel! — disait le jeune officier, —

employez toutes les ressources de l'art, ne reculez devant aucun sacrifice, et que notre noble père n'apprenne point dans quel état se trouve son fils aîné : il en mourrait de douleur !...

» Cependant, à Venise, un opulent personnage qui avait largement usé d'un crédit immense ouvert chez tous les banquiers d'Italie prodiguait l'or et menait joyeuse vie. Après un banquet splendide offert à ses nouveaux amis, il prit congé d'eux verre en main : Il retournait en France ! Il allait, disait-il, revoir son vieux père, et peut-être, renonçant aux plaisirs, se marier à quelque jeune et belle héritière, hélas !... cent fois hélas !... Adieu Venise ! Adieu l'Italie !...

» Ces lamentations bouffonnes amusaient fort messieurs ses convives. En fait, l'amphytrion, qui n'avait pris que le temps de réaliser d'énormes capitaux, comptait s'embarquer secrètement pour on ne sait quelle région lointaine.

» Tout à coup la porte de la salle s'ouvre à grand bruit ; des sbires l'envahissent, et un étranger qu'ils accompagnent désigne Saviero :

» — Voilà le faussaire, le voleur, l'assassin ! saisissez-le !

» En reconnaissant le frère de sa victime, Saviero pâlit ; mais il a deux pistolets sous ses vêtements ; il fait feu sur l'officier qu'il renverse baigné dans son sang.

» Il dirige ensuite le second pistolet contre lui-même. On eut le temps de détourner le coup. Saviero devait périr au bagne ou sur l'échafaud, mais il s'étrangla en prison après avoir été contraint de restituer le fruit de ses rapines.

» En France, dans la paisible retraite d'un seigneur châtelain, entouré de l'estime et du respect le plus général, parvint une lettre fatale qui, réduite à sa plus simple expression, signifiait :

» Votre fortune est retrouvée, mais votre fils aîné est » fou et votre second fils se meurt assassiné... »

» — J'ai tué mes deux fils !... Oui, c'est moi ! c'est bien moi ! — disait le vieillard avec désespoir.

» Avant la fin de la première journée, il se coucha sur son lit de mort.

» Une jeune femme qui ne comprit point le sens de ses paroles fondait en pleurs auprès de lui. Fille dévouée, elle ne quitta son chevet qu'après lui avoir fermé les yeux. La cruelle agonie du vieux gentilhomme dura peu de jours. Mais, dès qu'il reposa dans la tombe de sa famille, celle qui lui avait fait rendre les derniers devoirs partit en toute hâte pour Florence.

» La Maladetta est détruite. Le souvenir de ce lazaret de tous les vices s'efface de la mémoire des habitants, et l'ancien proverbe a subi cette variante qui le généralise :

» Quand quelqu'un meurt dans *une rue maudite*, n'allez pas chercher le prêtre. »

Pour la seconde fois, le docteur Hugues suspendit sa lecture :

— Mon oncle, — demanda Gilbert avec inquiétude, — quels sont donc ces personnages que vous ne nommez point ?

— Les voici tous ! — répondit le docteur en montrant les portraits de famille. — Cet austère vieillard, le comte Gilbert de Fontmarie, ton aïeul, est celui qui mourut frappé au cœur par la lettre fatale. L'ange de piété filiale qui lui ferma les yeux, c'était Clémence de Mesles, dame Raoul de Fontmarie, ta mère. Le jeune officier, son époux et ton père, c'était mon frère Raoul.

— Et l'autre ? — murmura Gilbert, — aviez-vous donc un frère aîné ?

— Non !... L'autre, le jeune comte de Fontmarie, le débauché, l'extravagant, le fou, c'était moi !

Gilbert stupéfait d'étonnement et de douleur n'osa plus interroger. Son oncle, d'une voix ferme, commença la lecture d'un second chapitre :

« Hugues de Fontmarie, fils aîné du comte Gilbert de Fontmarie et de la comtesse de Fontmarie, née Claudine de Villombreuse, appartenait à la plus aristocratique des vieilles familles du Gâtinais. A tort ou à raison, l'abolition du droit d'aînesse y passait pour une monstruosité contre laquelle chacun s'insurgea, non par d'inutiles récriminations, mais par des actes en due forme. Dès que le comte eut un second fils, il fit son testament pour avantager l'aîné autant que la législation le permet ; les oncles et tantes paternels et maternels du jeune Hugues le désignèrent en même temps pour leur héritier unique.

» Les deux frères reçurent, en conséquence, des soins fort divers. Hugues fut élevé au château de Fontmarie sous les yeux de ses parents avec la plus vigilante sollicitude ; Raoul, destiné à la carrière militaire, fut envoyé au collége d'où il entra à l'école de Saint-Cyr.

» A vingt-six ans, le futur comte de Fontmarie était (ce que tu es, Gilbert, dit le docteur) naïf, timide, doux, modeste, pieux, fort instruit, mais ignorant absolument la vie. Il n'avait reçu que des leçons et des exemples d'une moralité méticuleuse ; il ne connaissait que l'intérieur édifiant de la maison paternelle.

» Raoul sortit de l'école militaire, après dix ans d'éducation publique et de frottement incessant avec les hommes. La campagne d'Espagne et celle de Morée lui fournirent l'occasion de se distinguer ; les protections de sa famille aidant, il fut de très-bonne heure capitaine et décoré. Avant 1830, il était déjà chef d'escadron.

» Le comte de Fontmarie, fier de son fils le hussard, avait pour lui une prédilection marquée ; mais ses principes aristocratiques étaient inébranlables. Hugues, qu'il trouvait trop efféminé, n'en resta pas moins avantagé comme fils aîné de la maison et, par suite, destiné à contracter un brillant mariage avec la plus riche héritière des environs :

» — Mon père, — objecta-t-il timidement, — je ne connais pas même de vue la personne que vous me destinez.

» — Qu'importe ! monsieur. Les convenances sont parfaites : principes, naissance, fortune, tout est selon mes vœux. Par cette alliance, mon fils, vous retarderez pour plusieurs générations la décadence de notre famille. Mes petits-fils ou les vôtres verront, je n'en doute pas, le rétablissement du droit d'aînesse, car les grandes fortunes territoriales sont nécessaires, on le sentira tôt ou tard. Mais, en attendant, il importe plus qu'autrefois que Fontmarie ne s'amoindrisse jamais par les mariages de ses aînés. Songez à cela constamment, monsieur mon fils, et faites un jour pour l'héritier de notre nom ce que je fais maintenant pour vous.

» Hugues nourrissait depuis longtemps au fond de son cœur un amour brûlant pour une jeune personne très-distinguée, mais fort pauvre, qu'il rencontrait chaque dimanche à l'église paroissiale, et avec qui, plusieurs fois, il avait échangé quelques paroles polies. La déclaration de son père le foudroya ; il ne pouvait penser qu'à Clémence de Mesles... »

— Ma mère ! — s'écria Gilbert avec une sorte d'effroi.

— Ta mère qui, grâce au ciel ! n'a jamais soupçonné cet amour.

« En revenant de sa première entrevue avec la fiancée qu'on lui imposait, — poursuivit le docteur, — le jeune Hugues tomba gravement malade. Incapable de résister aux ordres paternels, épris de Clémence avec une violence dont son éducation cloîtrée donne la mesure, il désirait la mort comme une délivrance : la mort semblait se rendre à son appel. Pâle, étiolé, languissant, plein de répugnance pour l'union décrétée par son père et résolu pourtant à obéir, si par malheur il survivait, Hugues s'éteignait.

» La comtesse, qui avait obtenu l'aveu de ses secrets, alla en tremblant révéler enfin à son père la cause de son état alarmant.

» — Je vous remercie, — madame, répondit l'inflexible

gentilhomme. — Sous le rapport essentiel de la fortune, mademoiselle de Mesle ne saurait convenir à mon fils aîné.

» — Hugues est très-riche, — objecta timidement la comtesse.

» — Raison de plus pour qu'il fasse un grand mariage. Notre race est de celles qui doivent s'élever en marchant, se fortifier de génération en génération, *toujours grandir*, suivant sa devise, et non s'amoindrir ou déchoir pour un caprice.

» — Mais Hugues se meurt lentement, — murmura la comtesse avec effroi.

» — J'en éprouve plus de douleur que vous, s'il est possible, madame, car il y a beaucoup de ma faute. Raoul est un homme, Hugues est un enfant gâté dont l'éducation est à refaire. Dites à monsieur mon fils de se tenir prêt à partir demain avec moi pour Paris.

» — Il est extrêmement faible.

» — Après-demain, le jour suivant, il serait plus faible encore. Les voyages le guériront. A Paris, je lui donnerai un gouverneur; ils iront visiter l'Italie; chemin faisant Hugues acquerra la connaissance du monde, et à son retour, s'il plaît à Dieu, il sera capable de se conformer à mes ordres.

. . . .

» Hugues, malgré ses craintes instinctives pour l'inconnu, reçut avec joie la nouvelle de son bannissement. Il s'éloignait de sa mère bien-aimée, il ne reverrait de longtemps la jeune fille qu'il adorait, mais son redoutable mariage était indéfiniment ajourné. Un mieux soudain se manifesta en lui.

» Le comte de Fontmarie ne lui adressa aucune remontrance.

» — Je m'aperçois un peu tard, — lui dit-il, — que vous avez jusqu'ici beaucoup trop vécu dans la retraite. Les révolutions m'avaient mûri de bonne heure, moi qui vous parle. Vous, au contraire, mon fils, vous n'avez rien vu, vous n'avez pas souffert, et votre inexpérience vous rend impropre au rôle de chef de famille auquel vous êtes destiné. Partez donc, observez, formez-vous; ne vous refusez ni distractions ni plaisirs; vous aurez des lettres de crédit auprès des principaux banquiers de l'Italie. Du reste, je vais m'occuper de vous trouver le compagnon dont vous avez besoin.

» Ce compagnon, un nommé Crescent, qui avait environ trente-six ans, se présentait à merveille et jouissait d'une excellente réputation, quoi qu'il eût un peu fait tous les métiers. Tour à tour précepteur, militaire, teneur de livres, agent d'affaires, commis-voyageur, et enfin secrétaire du duc de Traymontpré, qui se fit un plaisir de le mettre aux ordres de son vieil ami d'émigration, le comte de Fontmarie. Crescent avait vu le grand et le petit monde, avait parcouru toute la France et la majeure partie de l'Europe. Il saisit à merveille les intentions du père de Hugues et se mit à l'œuvre sur-le-champ. Mais le séjour de Paris n'amenant aucun résultat, l'intendant-gouverneur donna le signal du départ pour l'Italie.

» On passa par Fontainebleau, l'on toucha barre au château paternel. Hugues y reçut la bénédiction de sa mère, à qui Crescent inspira un sentiment de répulsion indéfinissable, et tel qu'elle osa en parler au comte :

» — Ne trouvez-vous pas dangereux, — lui dit-elle, — de confier votre fils à un homme de rien, comme ce monsieur Crescent?

» — Puis-je faire escorter mon fils par un duc et pair? Il doit me suffire que son intendant soit un honnête homme, et, sous ce rapport, j'ai reçu les meilleurs renseignements de mon vieil ami le comte de Traymontpré.

» — Monsieur le duc a pu se tromper lui-même. Je trouve, moi, à ce sieur Crescent toutes les allures d'un chevalier d'industrie.

» — Ces préventions peu charitables m'étonnent de votre part, madame.

» — Je suis mère, — murmura la comtesse.

» — Hugues est votre enfant gâté. Croyez-vous qu'à son régiment Raoul vive en compagnie de petits saints?

» — Raoul sait se conduire.

» — C'est ce que notre fils Hugues va apprendre.

» Deux ou trois jours après, le comte de Fontmarie accompagna son fils jusqu'à Nemours, où ils rencontrèrent mademoiselle Clémence de Mesles, venue à la ville pour quelques menues emplettes. Hugues la salua, pâlit et faillit s'évanouir. Son père le soutint.

» Crescent suivit longtemps du regard la jeune fille, qui s'éloignait modestement sans se douter de l'impression produite par sa rencontre. Hugues n'était à ses yeux qu'un voisin de campagne beaucoup trop riche pour qu'elle eût de sa vie songé à lui appartenir; mais peut-être n'en était-il point de même à l'égard du hussard Raoul, au vu et au su de chacun, traité en cadet de famille.

» — Que cette jeune personne se marie durant notre absence et que nous en apprenions la nouvelle là-bas, — dit mystérieusement Crescent au comte de Fontmarie, — et j'aurai l'honneur de vous répondre du reste.

» La chaise de poste qui emportait Hugues et son prétendu Mentor partit peu d'instants après.

» — Malheureusement, » pensait le vieux gentilhomme, « ces pauvres de Mesles ne sont guère en position de marier leur fille. »

» Mais, à six mois de là, le régiment de Raoul vint tenir garnison à Fontainebleau.

» Cependant la comtesse, séparée de son fils aîné, inquiète, remplie de trop justes préventions contre Crescent, et de plus en plus attristée du ton des lettres confidentielles de Hugues, tomba sérieusement malade :

» — Cet homme, dépassant ses instructions, essaye de le corrompre. Hugues résiste, mais moins par principes que par amour pour Clémence! Mon Dieu, ayez pitié de nous!

» A Naples, Hugues apprit qu'il avait perdu sa mère.

» Plus de lettres confidentielles, plus de conseils maternels, apportant un soulagement à ses peines de cœur et fortifiant sa résistance aux perfides efforts de Crescent.

» Et Raoul ayant pénétré dans la famille de Mesles s'était, à son tour, épris de Clémence; il se fit aimer, alla trouver son père et lui demanda l'autorisation de solliciter la main de la jeune fille.

» A Rome, Hugues reçut la nouvelle du mariage de son propre frère avec celle qu'il aimait.

» Après une heure d'abattement et de larmes, il s'emporta tout à coup en cris furieux. Crescent fut effrayé des malédictions qu'il proféra et de l'espèce de frénésie qui s'empara de lui :

» — Misérable! — s'écria-t-il enfin, — vous m'avez imprudemment fait remarquer, il y a huit jours, une certaine Cavalletta qui ressemblait traits pour traits, disiez-vous, à mademoiselle Clémence de Mesles, madame Raoul de Fontmarie désormais. Je détournai la tête avec dégoût... Mais courez à présent!... Des vins, des fleurs, des mets recherchés, un banquet en folle compagnie!... Courez, vous dis-je, monsieur mon gouverneur, et ne revenez point sans cette Cavalletta, ou je vous brûle la cervelle!

IV

LA SCIENCE DU MAL.

Le docteur Hugues, passant quelques feuillets de ses mémoires, poursuivit ainsi :

« A partir de l'orgie exécrable par laquelle le jeune comte de Fontmarie inaugura sa vie de désordres, il n'écrivit plus à son père.

» L'intendant Crescent, qui, traduisant en italien son prénom de Xavier, se faisait appeler Saviero, trouva une complice habile en la Cavalletta, image décevante de Clémence de Mesles, fantôme trompeur, perfide beauté, monstrueux assemblage de tous les vices. Au bout de quelques semaines, pourtant, elle fut chassée et remplacée vingt fois.

» Hugues, cette nature timide et douce, ce jeune homme obéissant, pieux, résigné, passant d'un extrême à l'autre, épouvantait Crescent qui, prévoyant une catastrophe, se prépara de longue main à en profiter. Chargé, comme il l'était, du maniement des fonds, il abusa des crédits ouverts; la cupidité d'une part, la peur de l'autre, le poussèrent plus loin qu'il n'aurait voulu. Pour couvrir le vol, l'assassinat lui parut nécessaire.

» Enfin, croyant avoir fait disparaître son malheureux élève, il alla jouer à Venise le rôle de comte de Fontmarie; mais là, il eut besoin de trop de temps pour réaliser les sommes énormes dont il voulait s'emparer. Ces retards le perdirent, car le vieux seigneur châtelain, attristé du silence et alarmé des prodigalités insensées de Hugues, expédia le capitaine Raoul à sa recherche.

» Le dernier crime de Saviero, inutile vengeance, mit en péril les jours du jeune officier et causa par contrecoup la mort de son père. »

. . . .

— Comment la raison me fût-elle rendue? — dit le docteur Hugues, cessant de lire, quoiqu'il continuât à jeter de temps en temps les yeux sur son manuscrit, — comment ton père, mon enfant, revint-il à la vie? Ce fut ta mère, la sainte femme, qui opéra ce double miracle. Qu'elle soit à jamais bénie! Et le ciel permettra que je puisse m'acquitter envers son fils de tout le bien que je lui dois.—Gilbert palpitait d'émotion filiale.—Elle m'apparut comme une vision céleste, et l'ignoble confusion que Crescent avait fait naître dans mon esprit, mais non dans mon cœur, cessa soudain. Flattant ma passion, il avait compté sur mon imagination exaltée pour produire le mirage. Comme dans le désert, le soleil torride enfante de trompeuses oasis, ainsi l'ardeur de mon amour me fit voir en Cavalletta une seconde Clémence qu'à travers ma folie je traitais avec tant de raison de fantôme et de chimère. J'étais élevé, comme toi, dans l'horreur du vice; comme toi, j'ignorais le mal, mais, sous l'empire d'une douleur excessive, je me livrai corps et âme à toutes mes passions, avec une fougue désespérée qui, loin d'apaiser mes souffrances, y ajouta le remords. Dans cette lutte, je succombai. Pareil naufrage te menace peut-être, Gilbert. Ta première jeunesse a été semblable à la mienne, ton premier amour se présente semblable à mon premier amour. Cette Denise que tu aimes, peut-elle jamais t'appartenir? En aime-t-elle un autre déjà?... Ne la verras-tu point te préférer un rival?... Mais les portes de la corruption sont ouvertes à deux battants; tu rencontreras Crescent sous les traits d'un aimable compagnon qui t'offrira les consolations décevantes du plaisir... Et puis viendra la catastrophe inévitable. Heureux celui qui, comme moi, ne perd que la raison et finit par la retrouver avec le secours du ciel! D'autres, ce sont les plus nombreux, y perdent la vie ou l'âme, le sens moral ou l'honneur.

Gilbert apercevait enfin le but que se proposait son oncle; il en était pénétré de reconnaissance, mais il ne fit point de question. Le docteur Hugues reprit son récit :

« Lorsque Clémence, introduite dans ma cellule par Marco Papietti, s'avança vers moi, je fus ébloui; je reculai stupéfait, tremblant; puis je me prosternai devant mon ange sauveur. J'étais dans un état de joie immense; j'éprouvais une émotion profonde, mais évidemment favorable. Si la Cavalletta ou Saviero m'eussent été présentés ainsi, l'enfer se serait rouvert sous mes pas; Clémence, au contraire, fermait l'abîme.

» — Levez-vous, mon frère, et suivez-moi! — me dit-elle.

» J'obéis avec la docilité d'un enfant. Elle me conduisit dans une salle voisine, vers le lit où Raoul se mourait, car il s'était fait porter en litière de Venise à Florence, malgré la gravité de sa blessure; il avait voulu pouvoir veiller sur mon sort jusqu'à ses derniers moments. A l'instant où je te parle, Gilbert, son dévouement me remplit encore d'un juste orgueil fraternel. C'était un homme fort que Raoul; il avait de bonne heure appris la grande science de la vie; il connaissait le bien et le mal. Aussi ne pécha-t-il point par défaut de charité, comme cette multitude d'égoïstes qui, n'ayant jamais compris une ligne de l'Evangile, se retranchent dans leur impitoyable vertu comme dans un fort inaccessible, repoussent sans miséricorde les publicains ou les samaritaines, anathématisent sans cesse et ne consolent jamais.

» Clémence me prit par la main, découvrit la blessure de son époux et me dit d'un accent douloureux :

» — C'est votre ennemi qui l'a frappé, c'est à cause de vous qu'il souffre! Voyez, mon frère, comprenez, reconnaissez Raoul qui vous sourit et vous aime!

» Il essayait de sourire, en effet; la pâleur de la mort couvrait sa martiale et noble figure; il voulut me parler, il n'en eut pas la force. Des larmes baignaient les yeux de Clémence.

» — Raoul!... mon cher Raoul!...—m'écriai-je en tombant à genoux.

» Longtemps j'arrosai de pleurs la main décharnée de mon frère. Tous les officiers de santé nous observaient :

» — Encore une forte commotion, madame, — dit le médecin en chef avec autorité.—Apprenez à monsieur votre frère que le comte de Fontmarie est mort de douleur et ne craignez pas d'ajouter que ce malheur est la conséquence de ses désordres.

» — Que dit cet homme? — m'écriai-je épouvanté. — Est-ce vrai, Clémence?... Répondez!

» Elle courba la tête, joignit les mains et pria. J'avais perdu connaissance en poussant un cri affreux. Il me sembla, je m'en souviens très-exactement, que mon crâne se fendait, et qu'en même temps une infinité de lames tranchantes me hachaient le cerveau. L'excès de cette douleur aiguë m'anéantit. On me crut mort. Je n'étais qu'en léthargie.

» Les médecins l'ayant constaté conservaient les plus sérieuses espérances. Pendant mon long sommeil la nature réparerait, sans doute, les lésions de mes organes. Le point essentiel était d'éviter, au moment de mon réveil, de me donner la moindre secousse morale.

. . . .

» Alors Clémence se consacra tout entière à son mari, dont l'état s'améliora sous l'impression consolante des promesses de mes médecins. L'inflammation de sa blessure et la fièvre ayant cessé, la guérison devint certaine.

» Il était convalescent, lorsqu'enfin je repris connaissance. Je respirai bruyamment, j'ouvris les yeux, et, m'adressant à Marco Papietti :

» — Où suis-je donc? — lui demandai-je.

» — A Florence.

» — Mais encore?

» — Dans une maison de santé, à la suite d'un coup de stylet que vous avez reçu.

» — Un coup de stylet! je ne le sens même pas.

» — Regardez la cicatrice. — Je paraissais étonné. — Vous avez dormi si longtemps, si longtemps, monsieur le comte de Fontmarie, — reprit Marco Papietti avec hésitation.

» — Vous savez mon nom, bonhomme? Qui êtes-vous? comment vous appelez-vous vous-même?

» — Je suis votre infirmier, Marco Papietti, — répondit-il avec un accent de joie.

» Je m'étais laissé donner mon propre nom sans témoigner de colère, je ne savais plus le sien, j'avais douté de la réalité de ma blessure. J'avais donc oublié tout ce qui m'était arrivé durant ma démence. Les pronostics des médecins se confirmaient. Je devais être guéri.

» J'étais guéri en réalité.

» Mais il s'en faut de beaucoup qu'il ne me soit resté aucun souvenir de mon état d'aliénation mentale. Seulement, ces souvenirs sont semblables à ceux que l'on conserve d'un rêve pénible, je ne vois rien ou presque rien avec précision; et ce vague dans ma mémoire remontant à plusieurs mois avant le coup de poignard, j'en conclus que je ne jouissais déjà plus de mes facultés intellectuelles lors des tragiques accidents de la Maladetta.

» Clémence et Raoul furent ravis. La convalescence de mon frère devint complète. Mais, d'après les médecins, il importait de ne m'instruire qu'avec des ménagements extrêmes de ce qui s'était passé. Je m'informai de Crescent; on me dit simplement qu'il avait quitté Florence :

» — Après m'avoir assassiné, — m'écriai-je, — il m'aura volé...

» — Il n'a pu y parvenir, — me dit Marco Papietti; — de sages précautions avait été prises par votre famille.

» — Ma famille sait donc que je suis blessé, malade, à l'hôpital?...

» — Avant peu de jours, vous verrez monsieur votre frère...

» Une certaine inquiétude se manifesta en moi; Marco se hâta d'introduire l'aumônier de l'hospice, prêtre éclairé, depuis longtemps mis au courant de toute mon histoire. La pieuse Clémence avait dit qu'il était nécessaire de me ramener aux sentiments religieux, qui dissiperaient le trouble de ma conscience. Le prêtre alla au-devant de mes aveux et me délivra de mes plus cruelles appréhensions.

» On s'était bien gardé d'apprendre à mon frère et à ma belle-sœur que c'était à la faveur d'une prétendue ressemblance entre Clémence et une femme de rien que Crescent était parvenu à me précipiter dans tous les excès. Ce secret surpris par Marco Papietti avait été pieusement gardé. Clémence ignorait que je l'eusse jamais aimée; Raoul l'ignorait de même. L'aumônier me le jura. Il n'était point possible d'apporter à mes peines un plus grand soulagement.

» — Mais, — objectai-je encore, — Crescent, pour se venger, peut écrire et jeter le trouble dans notre famille.

» — Saviero Crescent est mort à Venise le mois dernier; que Dieu prenne pitié de son âme! — répondit l'aumônier.

» J'avais recouvré tout mon courage. Ma physionomie exprimait des émotions du meilleur augure. Le sentiment qui dominait en moi n'était plus une sombre jalousie; je ne formais d'autre vœu que de laisser à jamais ignorer à Raoul et à Clémence la source de mes infortunes. »

— Ce vœu, Gilbert, a été exaucé. Jamais ton père ni ta mère n'ont su ce que je révèle aujourd'hui, afin que tu puisses me comprendre et me juger par toi-même, car tu es un second Hugues de Fontmarie pour qui Denise Franchard est une seconde Clémence de Mesles... — La pendule marquait neuf heures trois quarts. — Tu es impatient, sans doute? — reprit le docteur.

— Impatient d'entendre jusqu'à la fin le récit que vous avez commencé, mon oncle, et, dût-il se prolonger jusqu'au jour, dussé-je ne point aller chez madame la baronne de Senneval...

— Très-bien, — interrompit le docteur, — je ne t'imposerai pas un pareil sacrifice. J'achève : Mon frère Raoul et bientôt après ma belle-sœur purent sans danger se présenter devant moi. Je les vis en deuil. Je me souvins enfin d'avoir appris la mort de notre père. Déjà j'étais capable de supporter cette douloureuse nouvelle. J'aimais tendrement et vénérais le comte Gilbert de Fontmarie, et j'ai conservé pour son grand caractère la plus profonde vénération. Sa sévérité, la rigidité de ses principes, son austérité, ses opinions sur le droit d'aînesse, sa prédilection pour mon frère, le refus inflexible qu'il me fit de la main de Clémence, le consentement qu'il accorda sans résistance à Raoul, le choix erroné du Mentor qu'il me donna, ne sauraient sans injustice être reprochés à sa mémoire. Il fut toujours conséquent avec lui-même. Il avait un noble cœur; son dévouement chevaleresque à la cause qu'il servit était sans bornes; il faisait le bien avec discernement et libéralité, après avoir supporté les misères de l'émigration avec une résignation admirable; ferme, droit, loyal, il était honnête homme et gentilhomme dans toute l'étendue de ces deux mots. Que l'histoire de ma jeunesse ne diminue donc pas le respect que tu dois à ton aïeul; car la seule faute qu'il fit, mon enfant, les mères les plus tendres la commettront toujours. Elle ne voudront jamais admettre que la science du mal soit aussi nécessaire que la science du bien, à l'homme déchu, et que, puisque nous sommes bannis du paradis terrestre, il ne faut point nous égarer sans discernement dans cet enfer ténébreux qu'on nomme le monde. Clémence, la noble et douce Clémence, ta mère bien-aimée, était coupable de la même faute envers toi! — Gilbert rougit légèrement; le docteur continua : —Nous partîmes pour la France. Je savais alors que mon délire avait été de la folie caractérisée; je sentis qu'il y aurait témérité à vivre sous le même toit que ma jeune belle-sœur. Tenant d'ailleurs à démontrer jusqu'à l'évidence que je jouissais de la plénitude de mes facultés, je partis pour Paris avec la résolution de m'y adonner aux plus sérieuses études. Je m'établis dans cet hôtel qui nous appartient du chef de Marie d'Espades, mère de Claudine de Villombreuse, ta grand'mère. La connaissance de l'organisation physique de l'homme doit conduire un esprit philosophique à des conclusions mieux fondées touchant sa nature morale; j'étudiai l'anatomie et plus tard la médecine. Mais la connaissance des lois doit instruire des besoins et des tendances secrètes de la société; je fis marcher de front l'étude du droit, sans négliger pourtant d'observer les hommes, ce qui me conduisit à fréquenter le monde. Cette triple étude est, en deux mots, l'histoire de tout le reste de ma vie. J'ai fort peu écrit, mais j'ai lu immensément; j'ai toujours été doué d'une excellente mémoire que ma maladie mentale me semble avoir encore développée. J'appris donc beaucoup et fort vite. Avant l'âge de trente-quatre ans, j'étais deux fois docteur. J'aurais voulu que mon frère prît les titre et qualité d'aîné de la famille. Raoul s'y refusa constamment :

« — Je ne me marierai pas, — lui dis-je.

» — Tu es l'aîné; notre père t'a toujours traité comme tel. Ses dernières volontés sont absolues sur ce point. Que tu te maries ou non, tu seras pour nous le chef de la famille et le comte de Fontmarie.

» — Oublies-tu que j'ai été complétement fou?

» — Je te vois sage, savant et honoré comme tel.

» — Je ne serai jamais que le docteur Hugues.

» — Tu as tort, — répondait Raoul; — rougis-tu donc du titre et du nom de ton père?

» — Si j'en rougissais, t'offrirais-je de les porter?

» Il n'a jamais existé entre Raoul et moi d'autre dissentiment que celui-là. En secret seulement je blâmais ton éducation trop semblable à ce qu'avait été la mienne. Je voyais ma belle-sœur éloigner de toi toute idée de la perversité qui nous entoure, nous étreint et nous oblige à n'avancer dans la vie que comme à tâtons au milieu des ténèbres ; et Raoul, homme expérimenté, ignorait trop profondément ma douloureuse histoire pour comprendre comment il avait acquis, dès l'enfance, son expérience d'homme.

» Saviero Crescent et la Cavalletta, deux corrupteurs, m'avaient égaré, selon lui.

» — Eloignons de notre fils toute corruption, — disait-il.

» Un moment serait venu pourtant où je me serais cru forcé de déclarer à mon frère ce que tu viens d'entendre, ce que j'avais écrit dans ces *Mémoires* pour le cas où je mourrais le premier... »

Le docteur referma le manuscrit et dit encore :

— Mais ce fut Raoul qui mourut. Tu vins alors avec ta mère t'établir dans cette maison, où nous avons eu la douleur de la perdre à son tour.—Gilbert soupira ; le docteur Hugues lui prit la main, et montrant les deux portraits : — Ils veillent sur toi, mon fils ; et j'ose espérer qu'ils approuvent mes desseins. — Après un moment d'expansion fort vive, l'oncle de Gilbert ajouta : — Je t'ai demandé ta confiance sans bornes, tu me l'as prmoise, et un Fontmarie ne faillit jamais à ses promesses. Moi, de mon côté, je recevrai tes confidences en compâtissant à tes peines ; vois en moi un ami, non un censeur ; je ne veux que t'avertir, t'éclairer, te mettre sur tes gardes et t'empêcher de tomber d'un abîme dans un autre plus profond.

— Mon amour pour Denise, un abîme ! — murmura Gilbert.

— Peut-être, mon cher enfant ! Quant à l'autre, c'est la Cavalletta, les brillantes amazones de ce matin, les beautés qui plaisent tant à ton ami Romuald, les tigresses en vogue ; malheur à qui leur demande des consolations qu'elles ne sauraient vendre. — Dix heures sonnèrent. — Allons ! — dit le docteur, le front haut, le sourire aux lèvres.—Il est temps de nous rendre chez la baronne, muse politique et littéraire dont le Parnasse est un terrain neutre, où tu trouveras des échantillons de tous les mondes qui se heurtent dans le grand monde. Cohue, *méli-méla*, salmigondis, macédoine, tu entendras prononcer avec dédain chacun de ces mots-là par des gens qui seraient blessés au vif, si la baronne ne les eût pas invités. Chemin faisant, nous causerons un peu de ceux que nous allons rencontrer.

La voiture partit ; Gilbert continuait à écouter son oncle qui le prenait, à cette heure, sur le ton plaisant.

V

LES GRANDES MARIONNETTES.

Gilbert de Fontmarie, si joyeux quand il était rentré à l'hôtel d'Espades, après avoir dîné à côté de la gracieuse Denise Franchard, était maintenant sous une impression de mélancolie que l'accent caustique de son Mentor ne contribua point à diminuer.

—Nous entrons dans le monde, dans le grand monde : faisons-y bonne contenance. Tu devras sourire, quoi qu'en dise le cœur. L'air maussade et rêveur est malséant. Voilà pour ton masque à toi. Passons aux autres. Il est fort vilain, diras-tu, de médire de son prochain ; ta mère et ton précepteur te l'ont enseigné. S'égayer d'un travers, se divertir d'un charmant scandale, qu'on amplifie charitablement, voilà un péché, contemporain des parlins et des ridicules de velours, à laisser aux bonnes âmes qui ne peuvent, hélas ! rien faire de pis. Qu'en penses-tu ?

— Je crains, mon oncle, que l'éloge de la médisance ne suive celui de l'hypocrisie.

— Je veux que tu ne commettes plus la faute irrémissible de prendre un faquin pour un galant homme. Je te déclare que monsieur Gaudaine est un sot et monsieur le vicomte de Lyomphe un fat, tous les deux corrompus jusqu'à la moëlle. Je médis donc magistralement, doctoralement, prenant mes exemples sur le vif et sans miséricorde.

— Vous me donnez une leçon, mon oncle, — reprit Gilbert. — Vous ne m'approuveriez pas, si je m'avisais de médire et de dénigrer à tout propos ; vous traitez selon leur mérite, des gens que je jugeais trop favorablement ; mais c'est pour m'instruire, non pour vous distraire méchamment, comme les mauvaises langues dont vous parlez.

— Cœur droit, esprit juste ! — repartit le docteur Hugues. — Oui, je hais l'hypocrisie, et pourtant je te dis : « Compose ton visage, ne livre ni tes impressions ni tes secrets à une curiosité banale. » Oui, je trouve la médisance détestable, mais il faut que je te signale les vices en te dénonçant les vicieux. Tu sais beaucoup de choses, tu n'as pas l'intelligence complète de ce que tu sais. Tu ne manques pas du don d'observation, mais tu ignores trop la vie pour observer avec fruit. L'histoire, tissu de crimes, ne t'a pas appris à connaître les hommes. Tu es pénétré des préceptes des moralistes, c'est en vain : à quoi bon la théorie sans la pratique ? Le geai paré des plumes du paon t'a fait sourire, et tu t'es laissé prendre à l'étalage des titres nobiliaires de monsieur le vicomte de Lyomphe. Les Lyomphe, par parenthèse, sont tombés en quenouille dans la personne d'Anaïs de Lyomphe, dame d'Espades, ma bisaïeule maternelle, que tu pourras voir figurer, si bon te semble, sur notre arbre généalogique. De plus, ce galant homme fait le bel esprit aux dépens du tiers et du quart ; sa plume pillarde obtient certains succès de salons ; enfin il vise à des conquêtes d'un genre moins innocent, et je regrette, entre nous, de le voir si familièrement admis dans l'intérieur Franchard...

— Il aimerait Denise ! — interrompit Gilbert.

— Non ! Monsieur le vicomte n'est pas si *naïf*. Denise est une enfant sans conséquence, et l'on ne compromet guère les jeunes filles qu'on craindrait d'épouser... — Gilbert rougit en murmurant le nom de madame Franchard. — Quant à monsieur Gaudaine, — ajouta le docteur, — il est, sois en sûr, l'un des rivaux de monsieur de Lyomphe... — La voiture avait pris la queue. — Le vieux général Riffault, père de madame la baronne de Senneval, te représentera l'homme de notre siècle ; il a été député, a failli devenir ministre, ne se contente pas du plus honorable passé militaire, et préside le conseil d'administration de la compagnie universelle. Les questions financières et commerciales sont ses batailles, il y déploie toute sa stratégie et sa tactique. Son gendre est un diplomate industriel, seigneur féodal à la mode du jour. Il n'a pas laissé au faubourg Saint-Germain sa règle de trois ; du reste, s'il l'y avait égarée, elle ne s'y serait point perdue. Les spéculateurs de tous les genres, de tous les camps, de toutes les couleurs, affluent chez madame la baronne ; ils entendront des vers en s'informant de la hausse et de la baisse. Bonne part d'entre eux sont des femmes charmantes, qui affectent le plus parfait dédain pour les affaires, adorent la littérature, les beaux-arts et les potiches, applaudissent aux hiatus, mais comptent mieux que Barême. *In petto*, elles trouvent que les soirées bas-bleu de notre baronne sont le comble du ridicule suranné. En revanche, beaucoup de ces dames entretiennent une correspondance très-suivie avec leurs agents de change.

— Ah ! mon oncle ! — s'écria Gilbert, — vous n'épargnez personne.

— Tu vas voir, entre autres masques, mon ennemi intime, le cher Horace de Beauregard, ci-devant jeune homme teint en noir, qui sèche du dépit de ne pouvoir me relancer à l'Institut et qui met au pilori ma qualité de docteur. Le personnel supérieur de la compagnie universelle sera au grand complet, administrateurs, chefs et sous-chefs, avec ou sans leurs moitiés, tous, depuis Théodore Fortunat, le jeune directeur, qui dans les bureaux se fait craindre comme un autocrate, jusqu'à ton modeste répétiteur Vallier, unique spécimen de l'employé à quinze cents francs. Je te recommande la souche glorieuse des Vertuchet : l'aîné, le rentier, un de nos administrateurs-bornes, le plus exact à toucher ses jetons de présence ; Vertuchet jeune, chef des exportations, une fine lame; leur cousin Fabrice, chef des mouvements, et Priot, le sous-caissier, leur intime, quatre vilaines têtes dans un bonnet. Tu te retrouveras en présence du jeune duc de Traymontpré et de messieurs de Valvert, administrateurs élégants dont le phaëton nous mènerait dans bien des ornières, s'ils s'avisaient d'administrer. Mais je te parle beaucoup trop de la compagnie universelle. —Poursuivant rapidement sa revue satirique, le docteur parla de quelques douairières, femmes à la mode, Egéries et influences, personnages inévitables dans le salon éclectique de la baronne de Senneval.— Que diable n'y trouve-t-on pas? Nous y verrons des artistes et même un poëte de profession, Charles Saint-Dié, ami intime de monsieur Théodore Fortunat. Tout voyageur célèbre, tout excentrique un peu connu, y est admis de droit. Si la reine Pomaré venait à Paris, elle s'y rencontrerait quelque soir avec Abd-el-Kader ou Sidi Achmed-ben-Abdallah Lambdo. Les bédouins font bien en tapisserie, les Iroquois feraient mieux encore. En somme, les Iroquois ne manquent pas précisément, mais les magots de la Chine et les pantins sont plus nombreux. Figure-toi, mon enfant, que tu vas voir les grandes marionnettes.— La voiture s'arrêta enfin. Le jeune comte de Fontmarie et son oncle ne tardèrent pas à descendre sur un péristyle où se pressait une foule élégante.— Un dernier mot, Gilbert, — ajouta le docteur Hugues. — Parle assez peu, écoute et regarde beaucoup, mais efforce-toi d'avoir l'air à ton aise. Tu serreras la main à toutes les connaissances de ce matin, en les appelant *tes chers amis*. Ton adresse au pistolet, ton nom, ton titre, ton habileté à l'escrime et ta fortune t'y autorisent. Sans cela tu devrais les dévisager sans les reconnaître; une forte dose d'impertinence serait de rigueur. Tu mets six balles dans un pain à cacheter, sois poli, je te le permets. Montons!

On n'annonçait plus que pour la forme; cependant un murmure de curiosité parcourut le salon et la plupart des têtes ondoyèrent aux noms de « Monsieur le docteur Hugues! Monsieur le comte de Fontmarie. »

— Hé! hé! — fit Horace de Beauregard, — notre ami s'aviserait-il de reprendre son titre?

Mais le docteur présentait Gilbert à la maîtresse de la maison.

— Voici, madame la baronne, le comte de Fontmarie, mon neveu, le grand coupable qui m'a privé de l'honneur d'être votre convive.

— Que ne le disiez-vous à temps, vilain docteur! Oh! que ceci est mal de la part d'un ami! Monsieur le comte de Fontmarie aurait-il donc refusé de vous accompagner quelques heures plus tôt?

— Mille grâces pour lui et pour moi de tant d'aimables reproches.

Horace de Beauregard lorgnait assez sottement Gilbert et, tendant la main au docteur, disait à haute voix :

— Vous nous donnez donc ce soir un échantillon de vos mémoires secrets? Il n'est bruit que d'un si grand événement, mon cher ami.

— Beaucoup de bruit pour rien, — répondit le docteur, — car madame la baronne va me permettre, j'espère, de jeter au feu les quelques feuillets que, par obéissance, j'ai détachés de mes tablettes.

— Moi, docteur, je vous le défends bien; chose promise, chose due!

— Jeter au feu vos pensées! — s'écria Horace ; — sont-elles assurées contre l'incendie, au moins?

— J'avoue sincèrement que non : aussi aimerais-je mieux les savoir brûlées que brûlantes, tant je crains de faire tort au voisin.

— Des pensées incendiaires, madame la baronne, que disais-je!

— Vous disiez quelque chose, mon excellent ami? — reprit le docteur feignant la surprise.

— Au dessert, monsieur de Beauregard a été pétillant, — dit malignement la baronne.

Horace se mordit les lèvres. Gilbert écoutait cet échange d'épigrammes aiguës accompagnées des plus vives démonstrations d'intérêt ou de courtoisie, et parvenait passablement à le traduire. En même temps, il se séparait de son oncle, qui lui avait bien recommandé de ne pas rester à côté de lui comme une petite demoiselle auprès de maman; il allait à la recherche de Denise lorsque la porte se rouvrit.

La famille Franchard entrait. Monsieur Emile Franchard, caissier de la compagnie universelle, donnait le bras à sa [illegible]mme, Romuald le saint-cyrien à sa sœur Denise. Romuald était bien pris de sa personne, vif, alerte, gracieux, charmant, Denise éblouissante de beauté printanière. On ne pouvait contester à Emile Franchard aucune des qualités qui constituent un cavalier brillant. Quant à madame Franchard, jamais sa grâce et sa distinction n'avaient été plus remarquables. Un murmure d'admiration saluait en elle *la plus heureuse des femmes*. Beauté, santé, jeunesse, aisance, agréables relations, existence facile, ménage exemplaire, tous les charmes, tous les talents, toutes les vertus, rien ne lui manquait. La médisance gardait sur son compte le silence du dépit; la jalousie et l'envie sifflaient à peine, et si bas, si bas que leurs calomnies étaient étouffées par le concert d'éloges qui accueillait partout la jeune et jolie femme d'Emile Franchard.

Quand on avait dit que son affabilité [illegible] par trop d'adorateurs, quand on avait cité en p[illegible]re ligne les trois intimes de son mari, monsieur le [illegible] de Lyomphe le gentilhomme lettré, monsieur G[illegible]daine le millionnaire et monsieur Ernest de Roqueville, un véritable philosophe, celui-ci, quoique bien galant; quand on avait ajouté, même en mauvaise part, qu'elle réunissait à l'art de se mettre avec un goût exquis un esprit brillant et une conversation inépuisable, on ne pouvait se rejeter que sur le menaçant lieu commun :

— Trop heureuse! Heureuse à faire frémir!

— Elle ne paraît pas avoir vingt-cinq ans, et pourtant son fils en a dix-sept, sa fille quinze ou seize.

— C'est le chagrin qui vieillit : quel chagrin a-t-elle jamais eu? Je me suis laissé conter qu'elle n'a été indisposée qu'un seul jour en sa vie.

— Tous les salons lui sont ouverts, malgré sa naissance vulgaire, car, entre nous, elle est fille de petites gens retirés du commerce de la quincaillerie qui, après vingt ans d'exercice, à l'enseigne de la *Petite Cendrillon*, dans la Grande-Rue de Fontainebleau, s'établirent à Nemours où elle naquit pour faire la joie de leur vieillesse; mais vous savez l'histoire de la chaise de poste versée, de la jambe cassée et de la marraine trouvée...

— Mille pardons! madame, je l'ignore complétement.

— Vraiment! vous me surprenez. Les relations de madame Franchard avec l'élite de la société parisienne datent de huit jours avant sa naissance. Oui, monsieur, elle n'était pas même née lorsqu'elle fit, par accident, son entrée dans le grand monde.

— Votre début est admirable, madame.

— Le mien, non, mais celui de mademoiselle Séverant.

— Ecoutons!

— Rejeton tardif et inespéré de l'honorable ménage

qui exploita vingt années durant la *Petite Cendrillon* de Fontainebleau, elle semblait prédestinée à demeurer enfouie au fond de sa province. Ses bonnes gens de parents ayant eu le malheur de perdre tous leurs enfants, passablement vieux et assez à leur aise pour vivre de leurs économies, s'étaient fixés à Nemours depuis huit à dix mois, quand la chaise de poste du général comte Riffault, qui se rendait à Paris avec la comtesse, versa précisément devant la porte. Le général se cassa la jambe; monsieur et madame Séverant accourent, le transportent dans leur maison et l'y font soigner avec un zèle qui le pénétra de reconnaissance. A la même époque, madame Séverant, qui avait dépassé la cinquantaine, se croyait atteinte d'une infinité de maladies invraisemblables; l'émotion qu'elle ressentit au moment de la chute du général détermina en elle une heureuse révolution. Huit jours après naissait une petite fille, pour laquelle, bien entendu, on ne s'était précautionné ni de parrain ni de marraine. La comtesse Riffault s'offrit et choisit pour parrain monsieur Fortunat, son beau-frère, accouru à Nemours sur la nouvelle de l'accident. Plus tard, comme vous le savez, la comtesse donna sa fille à monsieur le baron de Senneval, qui a été en faveur sous la Restauration et est du faubourg Saint-Germain. Par les Fortunat nous tenons au monde financier; par les Riffault, au monde officiel. D'ailleurs, il y a des Riffault dans tous les camps, et qui tient aux Riffault tient à tout. Bref, madame Franchard, si elle se plaisait moins dans son intérieur, pourrait être dix fois plus répandue que nous ne la voyons aujourd'hui.

Le vicomte de Lymphe, ce bel esprit de salons, que le docteur Hugues qualifiait parfois de *bas bleu masculin*, dit un jour en parlant de madame Franchard :

— Les bonnes fées s'assemblèrent autour de son berceau pour la douer, à l'envi l'une de l'autre, et la plus puissante, couronnant l'œuvre commune, lui fit don du bonheur.

Il se trouva, par un accident fâcheux, que cette phrase était littéralement traduite d'un conte allemand intitulé : *La plus heureuse des femmes;* mais les beaux esprits sont sujets à se rencontrer.

Monsieur Gaudaine, le richard, qui ne faisait point de madrigaux poétiques, ne recueillant aucun fruit de ses assiduités auprès de madame Franchard, lui reprochait d'être *trop heureuse*. Moderne Crésus, peu habitué à rencontrer de résistance, il se piquait au jeu, à désespérer toutes les Danaë de Paris. Il sablait le champagne avec mélancolie, négligeait ses chevaux et ne rêvait qu'à Nathalie, même quand il siégeait comme membre du conseil de la compagnie universelle. Ernest de Roqueville, non moins épris, mais fort différemment, admirait avant tout la vertu simple et ferme de l'heureuse femme qui, jeune fille, avait été son premier amour, qu'il avait oubliée, puis retrouvée, et qu'il aimait de son dernier amour maintenant.— « Dieu la protége à jamais! — murmurait-il; — je la fuirai, je dois la fuir; je ne veux pas commettre la faute de troubler son bonheur! »

Sage résolution, bien difficile à tenir, si philosophe que fût monsieur de Roqueville.

Ils s'accordaient donc tous à la proclamer heureuse.

De Nemours à Fontainebleau l'on en dit toujours autant d'elle. Nathalie, l'idole de ses parents, fut exempte des maladies et des souffrances les plus ordinaires. Sans crises ni secousses, elle se transforma en charmante jeune fille. Dès l'âge de quinze ans, elle avait été l'objet de plusieurs passions plus ou moins profondes, et notamment elle fut adorée par Ernest de Roqueville, redevenu plus tard l'un de ses adorateurs.

Lorsque la comtesse Riffault maria sa fille Sophie au baron de Senneval, elle voulut que sa filleule fût des fêtes du mariage. Quand Nathalie reparut à Nemours, elle fit sensation; elle avait, comme à miracle, acquis le grand art de la Parisienne; elle revenait avec la science aimable de faire valoir sa grâce, sa beauté, son esprit et jusqu'aux qualités exquises de son cœur.

Monsieur et madame Séverant eux-mêmes furent frappés de la métamorphose de leur enfant qui, très-peu de temps après, leur déclara son inclination pour le jeune Emile Franchard, dont l'éloge était aussi dans toutes les bouches.

Emile, de son côté, amoureux comme on l'est à vingt-trois ans, comblait Nathalie des plus significatives prévenances, mais il n'osait encore s'exprimer ouvertement; elle était si jeune et lui-même si peu avancé dans la vie! Il avait, à la vérité, fait d'excellentes études au collége de Melun, où il fut le condisciple d'Ernest de Roqueville, moins âgé que lui de deux ans. Il était bachelier; il avait récolté une foule de prix ou d'accessits; malheureusement, tant de succès ne lui donnaient pas une position, à moins que la qualité de dernier clerc en l'étude paternelle n'en soit une en Gâtinais.

La bienheureuse jambe cassée du comte Riffault encore ici fit merveille. Elle fut cause du voyage à Nemours de monsieur Fortunat, cousin éloigné, ami intime et conseiller ordinaire du père Franchard, alors à la recherche d'une étude de notaire. D'après ses conseils, il acheta une charge vacante à Nemours, où il entra nécessairement en rapports de voisinage avec les Séverant.

Emile et Nathalie s'aimèrent dès l'enfance. Quand l'écolier revint du collége, sa petite amie n'était déjà plus la brunette d'autrefois; il ne l'en aima que mieux.

Cependant, à Paris, au mariage de Sophie Riffault avec le baron de Senneval, Nathalie apprit, entre autres choses, que le général Riffault et monsieur Fortunat, le président et le directeur de la compagnie universelle, à la sollicitation de leur ami Franchard le notaire, songeaient sérieusement à faire venir de Nemours son fils pour l'attacher à leur administration.

Emile devait donc avant peu quitter le pays. Nathalie avait toujours été trop heureuse pour s'alarmer de cette nouvelle. Seulement, avec une droiture naïve, elle provoqua la déclaration formelle des sentiments qu'elle était bien sûre d'avoir inspirés.

— Pouvez-vous me demander si je vous aime, Nathalie? — répondit Emile en rougissant; — je n'ai jamais formé qu'un rêve de bonheur, celui d'être un jour votre époux. C'est mon unique vœu, ma seule espérance!

— Eh bien! — répliqua la jeune fille, — marions-nous!

Levant avec confiance ses grands yeux noirs, elle regardait Emile, qui parut déconcerté, tant la conclusion de sa jeune amie était précise et pressante.

Nathalie était brune, vive, franche, parfois pétulante, pleine de douceur, mais d'une douceur énergique. Si elle eût été mal dirigée, injustement punie, moins heureuse en un mot, on l'eût vue devenir opiniâtre, inflexible, farouche peut-être. Elle ne fut pas mise à l'épreuve. L'amour de ses parents, la soumission prévenante d'Emile, la galanterie empressée de ses nombreux admirateurs de Nemours, les bontés de la comtesse sa marraine, la bienveillance qu'elle s'attira par ses charmantes qualités, tout avait concouru pour l'habituer à exercer autour d'elle une sorte d'empire.

Emile était blond, d'un blond un peu fade qui convenait à merveille au genre de sa physionomie fine et délicate. Sans être précisément efféminé, il était extrêmement timide; peut-être avait-il été trop comprimé par son père.

Au collége, il se laissait taquiner quoiqu'il fût grand, leste et fort; mais un jour, poussé à bout, il laissa pour mort sur le carreau un petit drôle qui ne s'en releva qu'après trois mois d'infirmerie.

Ce trait permet de juger la violence de sa nature, molle trop souvent jusqu'à l'extrême faiblesse. Il aimait ardemment Nathalie; il tremblait devant son père. De la crainte ou de l'amour, qui devait l'emporter?

— Mais vous ne me répondez pas, Emile? — lui dit vivement Nathalie.

Il rompit enfin le silence et dit en balbutiant :

— Marions-nous ! Oui, de tout mon cœur, mais pouvons-nous nous marier sans le consentement de nos parents ?

— Demandons-le dès aujourd'hui.

— Dès aujourd'hui ! — répéta Emile avec effroi.

— Certainement ; sans quoi nous allons être séparés. Au premier instant, vous devez être placé dans l'administration de la compagnie universelle ; dès lors, plus de vacances, plus de retours annuels au pays, plus de causeries, plus d'abandon.

— Croyez-bien, Nathalie, que je vous aimerai toujours, je vous le jure ! — interrompit Emile avec feu.

— Je n'en doute pas ! Obtenez donc de votre père que je sois votre femme avant votre départ pour Paris.

Emile promit de faire tous ses efforts, ne put dormir de la nuit et se fit mille objections effrayantes.

Nathalie alla droit au but.

Ses parents lui apprirent que monsieur Franchard, bien que ne voulant pas influencer Emile, désirait secrètement leur mariage, attendu que monsieur Fortunat, le directeur, préférait par système les employés mariés et faisait une estime particulière de la raison de sa filleule.

D'un autre côté, la comtesse Riffault, qui comptait s'inscrire au contrat, avait hâte d'acquitter enfin la vieille dette de reconnaissance du général son mari, en profitant de son titre de marraine pour arrondir la dot.

Emile hésitait encore, lorsque la jeune fille lui ouvrit les bras en s'écriant :

— J'ai tout obtenu !

— Mais je n'ai pas osé parler, — murmura-t-il avec confusion.

— Vilain ! — fit Nathalie. — Apprenez donc que nos parents seront enchantés ; ils n'attendaient que nous !

Dès le lendemain, les bans étaient affichés, et quinze jours après le mariage fut conclu au milieu des félicitations des bonnes gens de Nemours qui, connaissant Emile, disaient de Nathalie : « Ce sera *la plus heureuse des femmes.* »

Ernest de Roqueville fut le seul qui pleura, mais bien secrètement et sans laisser paraître sa douleur. En serrant la main d'Emile, son condisciple et ami, le pauvre garçon faillit éclater, et ne triompha de son trouble que par un effort héroïque. Emile ni Nathalie ne s'en doutèrent ; aucun nuage n'assombrit la sérénité de leur union.

VI

TROP HEUREUSE !

Après la lune de miel, les nouveaux mariés devaient s'établir à Paris où le jeune Emile Franchard prendrait aussitôt possession d'un emploi secondaire, mais qui indiquait déjà la confiance de monsieur Fortunat, le directeur. Il serait placé sous les ordres du caissier en chef, vieux serviteur qui ne tarderait pas à prendre sa retraite. Un joli petit appartement meublé par les soins de la comtesse Riffault était déjà disposé pour le jeune ménage à qui ne manquait qu'une domestique.

Personne n'ignore combien il est difficile de rencontrer un sujet propre à remplir passablement les fonctions de bonne à tout faire. C'est le *in rara avis terris* de Juvénal, le merle blanc, le cygne noir, la quadrature du cercle, la pierre philosophale, le problème insoluble pour les familles bourgeoises. Le bonheur de Nathalie lui fit trouver à souhait une occasion introuvable.

Une pauvre fille en pleurs, nommée Simonne, se présenta chez elle quinze ou vingt jours après son mariage en la suppliant de la [illegible] à son service. Simonne avait été fiancée à un jeune homme de Larchant qui, tombé au sort comme conscrit, venait de mourir sous les drapeaux. Tant que l'on crut qu'il reviendrait épouser sa promise, on ne fit aucun crime à celle-ci d'avoir eu des faiblesses pour le trop galant militaire, mais il était mort. Simonne, orpheline, persécutée par une tante acariâtre et déshonorée aux yeux des gens de sa paroisse, avait été obligée d'en partir comme une brebis galeuse.

Nathalie écouta ses confidences en rougissant, puis en pleurant avec elle. Simonne avait perdu le fruit de ses tristes amours, perdu sa place de nourrice dont elle avait vécu d'abord, perdu son futur mari et avec lui l'appui de ses proches ; elle était sans pain, honnie et repoussée de partout. Nathalie la consola en lui promettant de l'emmener à Paris.

Certaines bonnes âmes, comme il en est même à Nemours, blâmèrent la nouvelle mariée. « On ne fait rien de bien sans en être blâmé, » mais le zèle reconnaissant de Simonne leur donna tort presque aussitôt.

A la veille de se séparer de ses parents, Nathalie se laissa tellement impressionner par la douleur de sa mère qu'une crise alarmante mit ses jours en danger. Aux embrassements, aux pleurs, aux sanglots avait succédé une attaque de nerfs épouvantable. Monsieur et madame Séverant poussaient des cris d'effroi sans prendre aucune mesure convenable. Emile, consterné, ne savait que faire. Simonne se multiplia, déploya un zèle intelligent et conjura le péril. Nathalie lui dut le calme et sans doute la vie.

— Ce que vous avez fait pour moi, ma chère maîtresse, — disait la pauvre servante, — vous portera bonheur. Rassurez-vous, courage, pensez à monsieur Emile, voyez comme il vous aime. Nous reviendrons souvent à Nemours. Vos père et mère viendront aussi à Paris de temps en temps.

Ainsi, par des paroles puisées dans son cœur simple et son honnête bon sens, Simonne sut distraire la douleur de tous ; Nathalie lui sourit, elle était sauvée. Et chacun de dire à ce sujet qu'elle avait eu le bonheur inouï de trouver d'emblée une de ces domestiques dévouées dont l'espèce, hélas ! devient plus rare de jour en jour. Si bien que les bonnes âmes de Nemours, dépitées d'avoir rudement repoussé la pauvre Simonne, prirent leur revanche en proclamant la jeune dame Franchard un million de fois *trop heureuse.*

Au moment du départ, Simonne criait à tue-tête : « Au revoir ! à bientôt ! » Elle eût soin de distraire sa jeune maîtresse en lui parlant des bagages, des coffres, des cartons qu'elle égara fort adroitement, afin de faire diversion à la commune douleur.

A Paris, Emile et Nathalie eurent, dès leur arrivée, beaucoup trop d'occupations pour que le chagrin pût reprendre le dessus. Ils furent fêtés par l'excellente comtesse Riffault et sa nombreuse famille. Nemours n'était pas aux antipodes. Nathalie, comme l'avait dit Simonne, fut très-promptement visitée par ses vieux parents qu'elle alla aussi voir plusieurs fois, et enfin la première année ne se termina point sans que la naissance de Romuald eût ajouté un intérêt tout-puissant à son existence.

Moins de deux ans après, Denise vint au monde.

Emile avait alors pleinement justifié par son mérite et son assiduité l'excellente opinion qu'on avait conçue de lui. Nathalie continuait à être *la plus heureuse des femmes ;* on le disait partout ; on le répétait sur tous les tons.

Son mari marchait de pair avec les chefs principaux de l'administration dont il était le caissier. Il ne relevait que du conseil et du jeune Théodore Fortunat, lequel succédait à son père, mort depuis trois ans à l'époque où Romuald allait entrer à l'école de Saint-Cyr et où sa sœur Denise était, pour la première fois, produite dans le monde.

Emile n'a guère plus de trente-six ans, Nathalie est à l'âge où la femme réunit à tous les attraits de la jeunesse les charmes du bien dire, l'amabilité complète grâce acquise qui multiplie à un si haut degré la valeur des grâces naturelles. On ne s'étonnera donc pas qu'elle obtînt dans le monde les plus brillants succès; on comprendra d'autant mieux que monsieur le vicomte de Lyomphe et monsieur Gaudaine, quoique blasés ou peut-être même parce que blasés, eussent conçu, chacun à sa manière, une sorte de passion pour madame Franchard. Ils se lièrent avec son mari, c'est élémentaire; ils furent empressés et galants, c'est obligé; ils ne parvinrent pas à devenir dangereux, c'était irritant.

Le millionnaire souhaitait charitablement une catastrophe au ménage de son ami Emile Franchard; il aspirait à être un *deus ex machinâ* triomphant sous la forme de pluie d'or.

Le vicomte ne s'en tint pas aux souhaits, encore moins aux madrigaux, il mit en action un chapitre italien sur l'art de diviser pour régner: « Voulez-vous détacher la femme du mari, détachez d'abord le mari de la femme. » Tous les sonnets de Pétrarque ne valent pas ce vulgaire aphorisme d'une application journalière et d'une déplorable facilité d'exécution.

Quant à Ernest de Roqueville, après dix ans d'études, de travaux et de voyages, lorsqu'il retrouva tout à coup dans le monde parisien Nathalie plus belle, plus adorable que jamais, il se sentit repris de son premier amour: rien de plus banal, sa situation rappelle un refrain rebattu d'opéra-comique, rien de plus naturel, rien de plus fréquent.

Emile, comme de raison, rien de plus ordinaire encore, lui ouvrit à deux battants les portes de son intérieur, où sa femme l'accueillit tout d'abord en ami intime. Admis sans cérémonie à quelque moment qu'il se présentât, Ernest était de fondation invité à toute réunion quelque peu cérémonieuse.

Le jour où l'on improvisa un dîner d'amis pour fêter le nouvel uniforme de Romuald, Ernest de Roqueville, bien que depuis un mois il négligea beaucoup la famille Franchard, n'en fut pas moins convié le premier par Emile en personne. De bon matin, avant l'heure du bureau, le blond caissier de la compagnie universelle entrait chez lui, et, d'un ton léger, lui reprochait sa rareté inaccoutumée.

— Des affaires accablantes, mon cher! — murmura Ernest avec quelque embarras.

— Allons donc! à toi des affaires! Plaisantes-tu?

— Il m'a fallu, je t'assure, d'impérieux motifs...

— Un bonjour en passant est bientôt dit, — interrompit Emile. — Sur l'honneur nous ne savons plus ce que tu deviens.

— Je le sais à peine moi-même.

— De quel ton tu me dis cela! Aurais-tu quelque chagrin? Parle! je suis tout à ton service.

— Merci! mon bon Emile, tu te trompes.

— Bah! je gagerais que, malgré ta philosophie, tu as des peines de cœur. — Ernest fit bonne contenance; le mari de Nathalie ajoutait: — A trente-quatre ou trente-cinq ans c'est encore permis, quoique à vrai dire les distractions, les plaisirs valent mieux!... Mais tu as toujours été l'un des sept sages. Ne me parlez pas des gens vertueux!... Tes confidences, mon cher ami, et mon concours, s'il peut t'être bon; zèle et discrétion à toute épreuve, voilà ce que j'ai de mieux à t'offrir! Voyons, quelle est l'heureuse mortelle qui nous prive de ta présence?

Après un faux-fuyant, Ernest essaya en vain de refuser l'invitation, tant Emile y mit d'insistance; force fut d'accepter; mais à l'heure du dîner, il ne parut pas.

Nathalie espérait bien qu'il n'aurait plus l'audace de se représenter devant elle, mais Emile avait, disait-il, la promesse formelle de son ami qui devait, sans doute, avoir oublié qu'à cause de la soirée de la baronne de Senneval, l'heure du dîner était un peu avancée.

— Non, mon père, — dit Romuald, — monsieur de Roqueville sait l'heure à merveille; il nous l'a encore répétée en nous quittant, Gilbert et moi.

— Les dix minutes de grâce sont de rigueur.

— Le devoir d'une maîtresse de maison est de ne point faire attendre ses convives, — objecta Nathalie en souriant à messieurs Gaudaine et de Lyomphe.

Le gandin millionnaire s'écria gaiement:

— Je vais marcher sur vos brisées, vicomte! *Tarde venientibus ossa.* Ce qui veut dire, madame: « Aux invités en retard la moutarde après dîner. »

— Traduction libre, ce me semble, — dit Nathalie; — mon fils Romuald sera plus littéral.

— Aux retardataires les os! — se hâta de dire le saint-cyrien.

— Ce proverbe, — ajouta Denise, — doit avoir été fait par des affamés, par des gloutons. J'aime mieux notre dicton français: « Mieux vaut tard que jamais, » et j'espère bien que nous allons voir monsieur de Roqueville.

— Six heures moins cinq, — dit Gaudaine, — Roqueville nous a parfaitement dit, au cher Lyomphe et à moi, qu'il serait ici, militairement, à cinq heures et demie très-précises.

— A table donc, messieurs! — reprit la maîtresse de maison avec une sorte d'entrain.

Gaudaine lui offrit le bras. Gilbert présenta le sien à Denise. Emile Franchard était presque inquiet.

— Comment! vous avez vu Ernest au bois, il vous a dit à tous qu'il viendrait. Que lui est-il donc arrivé?

— Quelque affaire imprévue, cela se voit sans cesse; allez-vous supposer un accident? Calmez-vous, mon cher Franchard, — dit le vicomte, qui observait malignement Nathalie, remarquait en elle une satisfaction mal dissimulée, et en concluait avec joie que le plus intime des intimes était en disgrâce. Au bruit d'une voiture qui s'arrêtait devant la porte, Nathalie ne put réprimer un léger mouvement de dépit. Ces symptômes n'échappèrent pas au vicomte. — De mieux en mieux, elle le hait! il doit l'avoir offensée.

— Enfin! voici notre Amadis! — s'écriait Emile avec expansion.

— Pourquoi ce sobriquet chevaleresque? — demanda Gaudaine.

— J'aurais mieux fait de dire le *Beau Ténébreux*, — reprit Emile Franchard en riant, — car je soupçonne Ernest d'avoir au cœur une passion platonico-sentimentale...

Le gros Gaudaine se prit à rire brutalement; Nathalie pâlit, et la fidèle Simonne s'approcha d'elle avec un empressement qui prouva au vicomte de Lyomphe qu'elle avait reçu les confidences de sa maîtresse.

— Oserait-il encore braver ma défense! — pensait Nathalie, péniblement affectée par les indiscrétions gratuites et malséantes de son mari, par les regards curieux de Gaudaine, du fâcheux vicomte et même du naïf Gilbert. Simonne, pour ne point la perdre de vue, feignait d'être occupée du service de table.

Romuald était allé ouvrir; un colloque s'engageait dans l'antichambre.

— Qu'est-ce donc? — s'écria Emile sortant de la salle à manger.

— Vallier, venant de la part de monsieur de Roqueville, au regret d'être retenu par un obstacle soudain.

— Que disais-je! — fit le vicomte. — Compris! — pensait-il — l'heureuse Nathalie se rassure; ses couleurs renaissent. Incontestablement maître Roqueville s'est émancipé en tête-à-tête et on l'a condamné au bannissement *perpétuel*... Profitons-en avant le recours en grâce!

Emile et Romuald firent entrer Vallier, venu en

voiture, portant habit noir et gants blancs, ayant toute l'apparence d'un parfait *gentleman*, en dépit de ses charges filiales et de ses incessants labeurs.

— Eh bien, — dit Emile, — prenez la place d'Ernest, sans façons.

— Hélas! non! — répondit le pauvre employé, — dont le regard s'arrêta sur Denise avec l'expression du plus vif regret. — Je suis bien désolé de ne pouvoir accepter; je dîne chez madame la baronne de Senneval.

— En qualité de secrétaire du conseil, — interrompit Gaudaine. — Eh! à propos, mon cher, n'allez pas dire, au moins, que je suis ici. Diable! la baronne me chercherait querelle.

L'émotion pénible de Nathalie n'avait duré qu'un instant. Par réaction, elle éprouvait une sorte de joie; elle se voyait obéi, Ernest subissait sa loi sévère, elle triomphait donc; aussi fit-elle les honneurs de chez elle avec une grâce, une amabilité une bonne humeur telles que le gros Gaudaine finit par en soupirer :

— Trop heureuse! — se disait-il. — Des enfants charmants. Sa petite Denise est jolie à croquer et cause déjà fort bien; avant l'âge, elle vous a aussi sa cour d'adorateurs; maman n'aura pour la caser que l'embarras du choix, car Théodore Fortunat, notre jeune directeur, m'a l'air de songer beaucoup à elle et n'est pas le seul. Monsieur le comte Gilbert de Fontmarie se mettrait-il sur les rangs? Ainsi, point de soucis maternels. Romuald est tiré d'affaires, Saint-Cyr, l'épaulette, en avant! Eh morbleu! c'est un luron! comme il y allait au bois!... S'il avait été accueilli par Aurore et Olympia aussi bien que son ami Gilbert, nous en aurions vu de belles!...

L'épais Gaudaine, décidément, n'était pas dénué de tout talent d'observation. — *Trop heureuse!* — poursuivit-il en *à parte* sur le ton lamentable, — un intérieur comfortable, pas de goûts dispendieux, pas d'embarras, pas de dettes... Et un mari très-convenable qui *sauve les apparences* supérieurement, et qu'elle aime encore, je le crains!... Oh! c'est, par malheur, la *plus heureuse des femmes* du monde connu!

Cet édifiant soliloque est rempli d'enseignements.

Mais la fidèle Simonne aurait-elle traité sa maîtresse de trop heureuse?...

Dans le salon de la baronne de Senneval, après le docteur Hugues et le jeune comte de Fontmarie, après la famille Franchard, qui apparut à la surface comme sur une mer agitée un flot remplace un autre flot, le beau vicomte de Lyomphe se fit annoncer le plus haut qu'il pût. Seul, il n'eût produit aucune sensation, mais un malicieux hasard voulut qu'il fût suivi coup sur coup de monsieur Alexandrin Gaudaine et de monsieur de Roqueville.

— Et de trois! — dit madame Vertuchet aînée à madame Fabrice Vertuchet.

— Quand nous serons à dix nous ferons une croix, — ajouta madame Vertuchet jeune.

— Observez la manœuvre de ces messieurs; s'ils ne font pas le jeu de trois capucins de cartes, je veux être traitée de marquise ou de duchesse!

Placés à deux pas dans une encoignure, derrière les fauteuils de leurs dignes moitiés, les Vertuchet masculins, gros ou petits, s'entretenaient du même sujet. L'administrateur disait à ses bons parents :

— J'en a appris de belles, à dîner, entre les truffes et la poularde. Nous ne nous occupions que de monsieur, nous; madame, à ce qu'il paraît, mérite bien son petit chapitre.

— Histoire ancienne, mon cousin, — dit le sous-caissier Priot, dont l'idée fixe était de succéder à Emile Franchard. — Chacun sait que madame, à l'intérieur, cherche des compensations aux agréments que monsieur trouve hors du domicile conjugal; mais le diable, je vous le dis, c'est mademoiselle!

— Mademoiselle! une enfant de quinze ans! — s'écrièrent simultanément les trois Vertuchet.

— Je médite sur ce que je vois et j'y vois clair! madame Franchard, née Nathalie Séverant, était filleule de feu la comtesse Riffault et de feu monsieur Fortunat père, notre ancien directeur, lequel était, d'autre part, cousin et intime ami de feu monsieur Franchard, le notaire de Nemours. De là le népotisme, le scandaleux avancement et le crédit excessif de monsieur Franchard, mon chef.

— Connu! passons au déluge.

— Mais madame la comtesse meurt, le père Fortunat meurt, le vieux général, notre président, n'est plus qu'un zéro en chiffres; le baron de Senneval, notre vice-président, n'ayant jamais tenu les Franchard pour gens de sa sorte, a détruit tout doucement les relations intimes de madame la baronne avec la *plus heureuse des femmes*. Ces deux tendres amies ne s'entrevoient guère que dans la cohue des jours de réception; tout est donc changé, tout..., excepté le crédit de monsieur Franchard, qui pourtant mène un train assez mal en rapport avec sa petite fortune...

— Parenthèse judicieuse, — dit Vertuchet jeune.

— Pourquoi ce crédit inébranlable, mes amis? Par l'effet d'une longue habitude? Non. Monsieur Théodore Fortunat est fort peu coutumier de laisser suivre aux choses leur petit train-train. Tatillon, tracassier, censeur, inquisiteur, actif, remuant et grand réformateur de sa nature, il serait capable de démolir et de rebâtir, moëllon par moëllon, les fortifications de Paris!... Vous le savez de reste, je pense.

— Il ne me laisse aucun repos aux mouvements, — dit Fabrice Vertuchet.

— Ni à moi aux exportations, — dit Vertuchet jeune.

— Et il en est de même dans tous les détails, aux importations, à la comptabilité, à la correspondance, aux archives, partout!... Pourquoi donc la caisse n'est-elle l'objet d'aucun contrôle? Pourquoi monsieur Franchard y vit-il comme poisson dans la rivière?

— Eh bien?

— Par la vertu des beaux yeux de mademoiselle, je vous l'ai déjà dit, et vous pouvez d'ici en juger à votre aise.

Dès que Denise était entrée, Gilbert, Vallier et Théodore Fortunat, partis à la fois de trois points différents du salon, s'empressèrent d'aller la saluer.

Gilbert ne sut qu'exprimer à sa mère l'extrême impatience avec laquelle il avait attendu l'arrivée de la famille Franchard, formule de politesse à laquelle Nathalie répondit avec bonté.

Vallier sollicita et obtint de Denise une contredanse. Théodore offrit à la jeune fille son bras, qu'elle accepta d'un air empressé, tandis que Romuald s'arrêtait avec Vallier et Gilbert, peinés tous deux de l'accueil trop favorable fait à leur rival.

Depuis ce moment, Théodore ne s'était plus éloigné de Denise, qui prit place à côté de sa mère, presque en face des fauteuils occupés par les trois dames Vertuchet, surnommées, par on ne sait quel mauvais plaisant : Clothon, Lachésis et Atropos, en d'autres termes, les Trois Parques.

— Cette enfant est l'influence actuelle, — continuait le sous-caissier Priot. — Monsieur Théodore ne paraît à la caisse que pour serrer la main à son petit papa; monsieur Théodore est, en outre, toujours fourré chez la *plus heureuse des femmes*, qu'il ne courtise point, lui; les rôles sont renversés; c'est maman qui lui fait sa cour avec la certitude que monsieur le directeur fermera toujours les yeux sur des irrégularités dont elle se doute. — Gilbert se trouva poussé, sans trop savoir comment, dans l'angle où la dynastie Vertuchet déchirait à belles dents Emile Franchard et tous les siens. — Monsieur, — disait alors Priot, — mène un train d'enfer, joue gros jeu, fréquente les bals de l'Opéra, donne des petits soupers, a des relations suivies avec les Madeleines non repentantes, ne se refuse aucun plaisir et se dédommage de ses excès passés de fidélité conjugale.

— Ne me parlez pas de ces ménages tourtereaux où l'on s'adore depuis l'âge tendre, dès dix et quinze ans!

— Quinze ans de lune de miel, après un mariage d'inclination! C'est le prologue d'un roman de Paul de Kock.

— Ma foi! mes bons amis, j'excuse presque Franchard; sa femme est encore charmante, mais la constance a des bornes. Quand j'épousais Cunégonde, moi, j'avais comme Jocondo, fort longtemps parcouru le monde.

— Excusez l'inconstance de Franchard, soit! mais il pourrait y aller avec mesure, en bon père de famille, au lieu de prendre le mors aux dents, car il se ruine, ou je ne sais plus mes quatre règles!

L'administrateur Vertuchet aîné hocha la tête, fronça les sourcils et dit sentencieusement :

— Dangereux caissier qu'un mari qui se dérange!

La présence de Gilbert, jeune homme du monde, évidemment étranger à la compagnie universelle, avait à peine été remarquée par messieurs Vertuchet, qui ne se doutèrent point qu'il les écoutât. Le sous-caissier Priot, au contraire, le remarqua fort bien, le reconnut pour le neveu du docteur Hugues, l'un des administrateurs influents, et n'en fut que plus explicite.

Lachésis se penchait vers Atropos pour lui dire à demi-voix :

— A monsieur le vicomte de Lymphe les plus gracieux sourires, des regards langoureux, quelques mots en demi-confidence qui lui ont fait faire la roue comme à un paon; vous l'avez vu, mais c'est sans conséquences; monsieur le bel esprit n'est qu'une utilité. Quant à monsieur Gaudaine, le plus riche de nos administrateurs, on déploie pour lui tout l'éventail de la haute coquetterie; on le retient, on l'invite à s'asseoir, on le cajole, on le flatte, on l'encense. *La plus heureuse des femmes* se ménage des voix dans le conseil.

Ces paroles arrivèrent distinctes à l'oreille de Gilbert, stupéfait.

— Mais le troisième larron n'approche pas, — dit Clothon.

— Il est plus fin que les deux autres et ne perdra rien pour attendre. Le vicomte vient d'être enlevé par la baronne de Senneval, qui enlèvera le riche Alexandrin Gaudaine?

— Nous verrons bien!

VII

ENQUÊTE PRÉALABLE.

A peine la famille Franchard était-elle entrée dans le salon éclectique de la baronne de Senneval que Vallier, Romuald et Gilbert se trouvèrent un instant réunis. Mais la maîtresse de la maison avait institué Vallier son aide de camp; elle fit un signe; le pauvre garçon, taillable et corvéable à merci, se rendit à ses ordres. En même temps, Romuald aperçut messieurs de Valvert, le jeune duc de Traymontpré, Victor d'Ambrezil et quelques autres élégants dont l'éclat l'attirait; il se faufila vers eux dans l'espoir d'être accueilli en camarade; il eut le chagrin d'être, comme le matin au bois, traité par ces messieurs en petit collégien.

Les étincelants gandins avaient pris à partie la collection Vertuchet; ils détaillaient les trois Parques; ils analysaient leurs époux et parents. L'habit antédiluvien de Vertuchet l'administrateur faisait leurs délices; le tour raide et la collerette empesée d'Atropos sa femme, les rubans orangés de Lachésis et le gilet à ramages de Vertuchet jeune son mari, le nez, la cravate et les gants de Fabrice, les épaules osseuses et le vermillon de Clothon sa moitié, les bésicles et le faux toupet multicolore du sous-caissier Priot, les remplissaient d'une hilarité du plus mauvais ton. En somme, ils s'ennuyaient magnifiquement.

La lecture inévitable leur crispait les nerfs; mais deux grandes heures de faction chez madame la baronne étaient de rigueur. Ah! sans les trois Parques que seraient-ils devenus? Passé minuit, en revanche, on irait retouver les Grâces.

Gilbert, abandonné tout seul dans la mêlée, fut porté, à tout hasard, dans le coin, où selon les préceptes de son oncle, il observait; il entendit Lachésis qui disait avec affectation :

— Admirez, messieurs, voici le comble de l'art. On se fait conduire, pieds et poings liés, par le mari vers son heureuse et sensible femme.

— Sensible! vous êtes la première à le dire.

— Je ne serai pas la dernière, soyez tranquilles.

Emile Franchard, accostant Ernest de Roqueville, lui reprochait amicalement son manque de parole.

— Sur l'honneur, Emile, j'étais dans l'impossibilité de venir.

— Ne le prends pas sur le ton tragique, que diable! je n'en doute point, mais enfin viens présenter toi-même tes excuses à Nathalie.

— Vallier ne s'est-il pas acquitté de mon message?

— Ma femme te fait-elle peur à présent? Allons! viens recevoir ta juste part de reproches.

Madame Vertuchet, Cunégonde ou Lachésis, ne tarda point à dire :

— Oh! le penchant mutuel date de loin. Monsieur Franchard épousa parce que les Riffault et les Fortunat s'en mêlèrent, mais on regrette, soyez-en certaines, de n'être pas dame de Roqueville. C'est un nom cela, tandis que Franchard n'est pas plus un nom que Vertuchet ou Priot, comme vous diront ces impertinentes sucrées qui ont toutes les faveurs de madame la baronne.

— Quand on reçoit tout le monde chez soi, — ajouta aigrement Atropos, — on ne devrait avoir de préférences pour personne.

En vérité, mesdames Vertuchet avaient eu toutes les préférences, car la baronne ne négligeait rien pour ménager leurs susceptibilités : on voit comme elle y réussit.

Gilbert était écœuré. Médisances ou calomnies, toutes les paroles qu'il venait de recueillir le révoltaient. Ses regards se reposaient-ils sur Denise, il la voyait sourire à Théodore Fortunat avec une familiarité qui éveillait sa jalousie. Il s'efforçait néanmoins de faire vaillante contenance.

Ernest de Roqueville, cependant, avait été mis en présence de madame Franchard par son mari, qui lui dit légèrement :

— Ma chère amie, tache d'être plus habile que moi; arrache, si tu peux, à ce mauvais sujet, le secret de ses désertions.

Sur ces mots, Emile se perdit dans la foule à la recherche de son fils Romuald; il voulait que son saint-cyrien s'amusât, et beaucoup.

Certaine d'être le point de mire d'une foule de regards peu charitables, Nathalie, qui eût voulu être de glace, se fit aussi gracieuse envers Ernest qu'envers le vicomte ou monsieur Gaudaine.

— Vous nous avez bien manqué, monsieur de Roqueville, — dit-elle en souriant. — Malgré les ordres de mon mari, je n'aurai pas l'indiscrétion de vous demander la cause de votre absence, qui nous a désolés tous.

— Tous, madame? Oh! je ne mérite pas tant de regrets, — répondit Ernest qui, de son côté, n'osait profiter d'une occasion ardemment désirée pour parler à cœur ouvert. Ne pouvant protester de son respect à venir, demander pardon et merci, jurer de n'être que l'ami le plus dévoué, il se rabattit sur la toilette délicieuse de madame Franchard.

— Oh ! grâce pour ces colifichets ! — dit-elle. — Oublierez-vous que vous vous adressez à une mère de famille vénérable, ce soir ?

Ernest s'inclina d'un air pénétré :

— Ce soir, comme toujours et partout ! — murmura-t-il.

— A la bonne heure ! je ne tolère de compliments que sur ma fille ou sur mon fils.

— J'ai donc commis une faute impardonnable ? — dit Ernest entrant résolûment dans le champ des allusions.

— Aussi ne savez-vous point pardonner !... Me parler des fleurs de ma coiffure, quand j'ai là ma fille et ses quinze ans; me dire que ma toilette sied à ravir, lorsque mon fils revêt l'uniforme ! Ah ! monsieur, vous me traitiez en coquette !

Nathalie s'éventa en minaudant avec affectation.

— Vous êtes cruelle, madame, — répondit Ernest sur le ton léger. Son cœur battait violemment; une sueur froide baignait ses tempes, mais les apparences étaient sauvées. — Une confession franche, un repentir sincère, ne sauraient-ils vous désarmer.

— Ne mêlons pas le sacré au profane, je vous en supplie.

— Vous me supplier, madame, quand vous me voyez humble et contrit, prêt à me soumettre à vos ordres les plus sévères, trop heureux si ma confusion pouvait me valoir un peu d'indulgence...

Le vicomte de Lyomphe se rapprochait en papillonnant; les allusions par trop transparentes auraient pu être saisies en dépit du ton badin; Nathalie partit d'un petit éclat de rire moqueur :

— Allons, monsieur de Roqueville, ne jouez pas au grand coupable. C'est un rôle qui ne convient pas au sage des sages, au santon du monde parisien.

— Santon, derviche, marabout, par Mahomet ! c'est bien dit ! — s'écria le vicomte. — Mais, à propos, que lisiez-vous donc au bois, mon très-cher ?

— Je vous répondrai, mon ami, après la lecture que que vous nous promettez.

Une main dégantée se posa fort maladroitement sur le poignet d'Ernest de Roqueville. C'était celle du docteur Hugues, qui lui souhaitait le bonsoir.

— Le pouls est moins obéissant que les muscles de la face, — pensait l'oncle de Gilbert ; — émotion violente ! Or, la transaction, comme dit le code, n'empêche par les poursuites du ministère public. L'enquête est ouverte.

Ernest répondit en ancienne connaissance aux civilités du bizarre personnage, qui, attirant à lui sa main, s'informait de l'adresse de son gantier.

— Rue de la Paix, à l'Epingle d'Or !

Le docteur lui lâcha le pouls.

L'un des cinq cents pianistes européennement célèbres de Paris allait exécuter des tours d'agilité étourdissants sur le clavier du piano. C'était l'ouverture obligée de la séance littéraire. Le docteur se glissa auprès de son neveu encore enclavé dans l'encoignure Vertuchet.

— Eh bien, mon enfant, — lui dit-il, — as-tu pris une petite leçon de charité mondaine ? Tu es à bonne école par ici. — D'interminables gammes, plus rapides que l'éclair, récréatives à l'égal d'un roulement de tambour, prodigieux déluge de notes insignifiantes, se succédèrent, à la grande admiration de Clothon, Lachésis et Atropos. On applaudissait à outrance. — Ouf ! — fit le docteur, — j'aimerais mieux la *marmotte a mal au pied*, sur la vielle d'un savoyard.

Les trois Parques se retournèrent menaçantes; l'une d'elles recula d'indignation sur son fauteuil à roulettes; le profane docteur en profita pour passer et entraîner Gilbert loin de la redoutable coterie des gros et petits Vertuchet des deux sexes.

— Je ne puis souffrir ce grossier personnage-là, — dit Lachésis.

— Ni moi ! ni moi ! ni moi ! — répéta chromatiquement la famille entière.

— Mais quel est donc ce jeune homme qu'il emmène ?

— Son neveu, le comte de Fontmarie, — dit Priot.

— Et vous avez dit pis que pendre des Franchard ! il va tout répéter à son oncle.

— Je l'espère bien ! — dit Priot.

— Au fait, ce n'est pas maladroit ! — dit Vertuchet aîné.

— Le docteur est mon collègue au conseil.

La voix de Vallier jetait aux échos le titre de son ouvrage : *Egérie*, épître dédiée à madame la baronne de Senneval.

Une salve d'applaudissements éclata en l'honneur de la noble dame.

— Un petit employé qui vise à faire son chemin, — dit Victor d'Ambrezil au duc de Traymontpré.

— Mais qui se casse le cou, car les vers sont en défaveur dans notre cénacle.

Vallier, cependant, lisait son chef-d'œuvre, véritable tour de force, car sans platitude il avait eu l'art d'y introduire une foule de traits flatteurs. Les *gentlemen-riders*, administrateurs ou non, retrouvaient une parcelle de gaieté, Emile et son fils Romuald firent chorus.

— Faisceau d'hexamètres bons pour le lecteur ! — dit le saint-cyrien, ce que son père trouva spirituel.

Les gentilshommes maquignons lorgnèrent Romuald.

— Parole d'honneur ! — dit l'un, — votre fils fera son chemin.

— Vous avez bien profité de vos études, mon petit ami, — dit un autre; — mes compliments !

Romuald devint pourpre; Emile souriait à contre-cœur.

Après l'épître à *Egérie* dont la baronne agréa une copie sur vélin :

— Vous nous avez parlé d'un sonnet, monsieur Vallier ? — dit-elle d'une voix flatteuse.

> Un sonnet sans défaut vaut seul un long poëme.

déclama le vicomte de Lyomphe à haute et intelligible voix.

— Je le crois bien, monsieur le vicomte, — répliqua de même le docteur Hugues, — un sonnet a toujours le mérite d'être court.

Le mandarin lettré, dont les productions étaient toujours trop longues, fit une légère grimace.

— Ce vieux docteur Hugues est méchant comme un démon ! — dit le duc de Traymontpré en riant.

Horace de Beauregard cherchait une repartie piquante en faveur du vicomte; il ne la trouva qu'au bout de trois minutes et ressentit le malaise d'un bon mot rentré.

D'une voix légèrement émue, Vallier, dont le regard n'osa chercher celui de Denise, récitait le sonnet suivant :

Fleur de Printemps à peine éclose
Sous un sourire du soleil,
Sœur de l'Aurore qui t'arrose
De ses perles à ton réveil,

Dis par quelle métamorphose,
Au sortir d'un riant sommeil,
L'on te vit, plus blanche et plus rose,
Enfant blondine au teint vermeil ?

— Vint à passer par la prairie
Le faucheur de l'herbe fleurie,
Cruel, mais plus beau que le jour ;

Il me toucha de sa faucille,
Je me relevai jeune fille ;
Son nom, — m'a-t-on dit, — c'est Amour.

Ce sonnet n'obtint pas, tant s'en faut, le succès éclatant de l'épître à Egérie. Que disait-il? que signifiait-il? à quoi répondaient ces petits vers sucrés, coulés dans un moule vieillot? Qu'importait au poëte! Il espérait que Denise aurait compris qu'elle était la fleur printannière, la blonde enfant au teint vermeil.

Théodore Fortunat disait à la jeune fille :

— Je ne fais jamais de vers, mais je voudrais être l'auteur de ceux-ci et ne les avoir adressés qu'à vous seule.

Denise rougit et sourit d'un air charmé. Le pauvre Vallier en pâlit. Le docteur Hugues dit à Gilbert :

— Vallier a procuré à monsieur Fortunat l'occasion d'adresser à mademoiselle Franchard un compliment qui lui est fort agréable.

— Vallier l'aimerait donc aussi? — murmura Gilbert.

— Son sonnet le prouve; sa pâleur le prouve encore davantage.

— Vallier doit danser avec elle, et moi je n'ai pas même eu la présence d'esprit de l'inviter.

— Tu es à temps! vas-y résolûment avant que monsieur de Lyomphe nous régale de son friand morceau.— Gilbert courut, obtint une quatrième contredanse et revint contristé du triomphe trop certain de Théodore, dont madame Franchard, elle-même, facilitait l'entretien avec sa fille Denise. — Malheureuse femme, — pensait le docteur, — elle joue avec le feu. Un jour où notre jeune directeur s'avisera d'examiner de près la conduite de son futur beau-père, les Vertuchet et consorts se mettront en quatre, aux médisances s'ajouteront les calomnies...

On passait des rafraîchissements, le docteur continuait son enquête.

A une époque déjà fort éloignée, madame Franchard avait passé avec sa fille quelques jours au château de Fontmarie. Gilbert avait revu Denise enfant à Nemours, à Fontainebleau et en forêt, presque chaque été, mais toujours par hasard. Depuis qu'il habitait Paris, il s'était lié avec Romuald. Son inclination datait de loin; elle était sérieuse.

. . . .

Rien de ce qui touchait la famille Franchard ne pouvait être sans intérêt pour le docteur Hugues. Il en savait déjà beaucoup, sinon trop, sur le compte d'Emile, de Nathalie, du vicomte de Lyomphe et d'Alexandrin Gaudaine, mais quel homme était-ce que monsieur de Roqueville, compatriote et ami des deux époux? Germain pensait de lui le plus grand bien, note excellente sans doute; on ne pouvait pourtant s'en fier au jugement de Germain.

Le notaire Montmichel, membre du conseil de la compagnie universelle, se trouva sous la main du docteur pour répondre catégoriquement à toutes ses questions préalables :

— Les Roqueville sont du Gâtinais : notre famille les a beaucoup connus autrefois. Bien avant l'émigration, monsieur de Roqueville père, réalisa sa fortune, passa en Angleterre, spécula, perdit absolument le capital et n'eût aucun droit, par la suite, à réclamer la moindre indemnité sur le fameux milliard. La peur de la révolution fut ainsi pour lui pire que le mal. Il avait eu le rare bonheur de tout sauver, il eut la maladresse insigne de tout perdre. Ses fils, car il en laissa deux, obtinrent des bourses, l'un au collége de Melun, l'autre je ne sais où; enfin il mourut à Nemours dans un état voisin de la misère. Comment se fait-il donc que monsieur Ernest puisse vivre et même paraître dans le monde, sans avoir de place, d'emploi ni de profession.

— Il jouit d'une certaine aisance qu'il ne doit qu'à lui-même, — répondit le notaire,— mais ne vous y trompez pas docteur, il a été fort riche.

— Vous me surprenez.

— La maison Chesterfield, qui semblait insolvable, s'étant relevée tout à coup, reconnut devoir aux héritiers de monsieur de Roqueville un million qu'elle versa intégralement entre leurs mains. Monsieur Ernest replaça sa part chez les mêmes Chesterfield et fit en amateur son tour d'Europe, tandis que son frère, devenu capitaine au long cours, s'intéressait dans des armements aventureux qui le ruinèrent de nouveau. Il périt dans un naufrage, laissant pour toute succession un passif égal à la fortune entière de son frère.

— Ah! — fit le docteur, — Eh bien?

— Pour l'honneur de son nom, monsieur de Roqueville accepte les dettes, déplace ses fonds, désintéresse les créanciers et sollicite un emploi dans la maison Chesterfield elle-même. On cherchait en ce moment un homme d'une probité à toute épreuve pour une spéculation colossale dans l'Inde. L'évidente honnêteté de monsieur de Roqueville le fait choisir; l'affaire réussit; il avait droit à une remise proportionnelle. Voilà comment il jouit à cette heure de quatre à cinq mille livres de revenu qui suffisent à ses goûts modestes.

— On peut à la fois, — pensait le docteur, — être un fort honnête homme en matière d'argent et être un homme fort malhonnête en matière sentimentale. On peut pousser le désintéressement jusqu'au scrupule et entrer, comme un fourbe, dans une maison en qualité d'ami pour y trahir le mari en brisant le cœur de la femme.

Le fade vicomte de Lyomphe déployait un cahier orné de faveurs bleues. Plagiant, avec impudeur, un auteur allemand dont il croyait l'œuvre entièrement inconnue, il donna le cauchemar à l'assemblée par l'atroce légende de *Messieurs Job et de Gatanville*, chef-d'œuvre qu'il avait rendu hideux.

La baronne de Senneval était désespérée; on murmurait d'indignation. Une seule personne applaudit : c'était le sarcastique docteur Hugues. En le voyant donner de bruyantes marques d'approbation, en dépit du mécontement général, la maîtresse de maison frémit d'épouvante : « S'il s'avisait d'enchérir, c'en serait fait à jamais de ses soirées littéraires. »

Pendant qu'une chansonnette bouffonne, très-spirituellement débitée, faisait une diversion indispensable, la baronne prenait à part Charles de Saint-Dié :

— Monsieur de Lyomphe vient de faire scandale. De grâce, si par malheur votre sujet est lugubre, veuillez en changer. Ma voiture est à vos ordres, je donnerai votre tour au docteur Hugues, qui devait finir; on ferait de la musique... Soyez gai, s'il est possible.

— Rassurez-vous, madame la baronne, mon sujet est inoffensif. C'est un petit poëme, gracieux, touchant, parfois nuageux, mais dans les cordes douces, que j'ai traduit de l'allemand en prose lyrique, une sorte de ballade.

— Vous me charmez, cher monsieur; obtenez un succès, il me faut une réparation éclatante.

— L'échec est pour monsieur Lyomphe, — dit poliment le jeune littérateur.

— Une maîtresse de maison est un éditeur responsable, — repartit la baronne, qui se hâta de relancer le docteur Hugues griffonnant dans l'embrasure d'une fenêtre : — Mon vieil ami, — lui dit-elle, — vous me faites trembler, sur l'honneur!

— Et pourquoi donc, chère dame?

— Vous avez approuvé cette rapsodie sinistre de *Job* avec une vivacité qui m'alarme. Vous aviez raison peut-être, mais tout à l'heure, je vous en conjure, n'essayez pas d'obtenir notre admiration à nous par des procédés semblables.

— Ne craignez rien, ma toute bonne, — reprit le docteur que son âge et ses relations avec la famille Riffault autorisaient à ce ton familier. — Tout le monde, peut-être, ne sera pas content de moi, mais vous le serez, je vous le promets.

La baronne sourit enchantée. Charles de Saint-Dié lut ensuite avec beaucoup de goût le *Départ et le Retour*, par la marquise Elfride de L. W..., traduit de l'allemand.

A ce fragment de prose poétique, les mouchoirs brodés s'humectèrent. Les trois Parques sanglotaient. Les Vertuchet disaient : « Charmant ! » Le sous-caissier Priot porta son mouchoir de priseur à ses petits yeux de crocodile, puis il essuya ses lunettes. On applaudissait, l'on trépignait. *Nec plus ultrà* du succès, les gentilshommes-maquignons, y compris Victor d'Ambrezil, ne bâillèrent presque pas. L'un d'eux alla jusqu'à dire :

— Pas mal, ma foi, pour une marquise allemande !

Le vicomte de Lyomphe appplaudit plus fort que personne.

Denise n'avait pu retenir ses pleurs. Théodore s'empressa de la complimenter sur sa sensibilité, puis il fit l'éloge de Charles de Saint-Dié, son ami de collége, littérateur distingué qui possédait à fond cinq ou six langues et maniait le français avec un rare bonheur.

— Si je hais ces amateurs qui négligent les occupations de leur emploi pour aligner de petits vers, — poursuivit-il, — j'estime fort l'homme de lettres sérieux tel que Saint-Dié. Ah ! s'il s'avisait d'administration, d'industrie ou de commerce, en revanche, je me moquerais de lui de tout mon cœur.

Le jeune directeur de la compagnie universelle ne crut point faillir pourtant, en faisant autant d'esprit qu'il le put pour complaire à sa charmante voisine. A la vérité, tout cet esprit fut fait en prose. Mais, s'il est permis à un homme d'affaires de briller par son esprit, pourquoi un homme d'esprit n'aurait-il pas le tact des affaires ?

Ernest de Roqueville, Alexandrin Gaudaine, le général Riffault, Horace de Beauregard, duchesses, comtesses et bourgeoises, les lions *riders* même, tous avaient applaudi. La maîtresse de la maison était radieuse.

Seul le docteur Hugues n'applaudit point. Il riait du rire silencieux d'un Huron blotti dans une cachette d'où il voit passer son ennemi dépisté.

Gilbert, les yeux baignés de douces larmes, surprit ce rire étrange. Il n'eut pas le temps de s'en faire expliquer la cause ; la baronne de Senneval abordait de nouveau son oncle :

— A votre tour, monsieur le docteur Hugues, — disait-elle.

VIII

LES TABLETTES DU DOCTEUR HUGUES.

Le docteur Hugues n'avait pas encore pris la place de lecteur que la curiosité générale se réveilla ; c'était la première fois qu'il consentait à se laisser mettre sur la sellette. Personne, en vérité, ne demeura indifférent. Tous les regards se fixèrent sur lui, mais son costume, sa physionomie, sa démarche, sa pose, son geste, rien en lui ne prêtait à la critique. Cet homme réputé si original n'affichait son originalité ni volontairement, ni involontairement ; s'il s'étudiait à quelque chose, c'était à n'avoir rien d'apprêté.

Romuald, le saint-cyrien, s'en étonna.

— On ne le prendrait pas pour un savant ; le moindre de nos professeurs a dix fois sa suffisance.

— Quand on est bien posé, l'on ne pose pas, — répondit Emile à son fils ; réponse fausse, tant il est fréquent de voir des hommes fort remarquables qui ne dédaignent pas le charlatanisme des procédés puérils.

Le docteur était habitué depuis longtemps à parler au public. Hostilités, curiosités avides, chaudes sympathies, rancunes mesquines, préventions favorables ou défavorables lui importaient aussi peu les unes que les autres. Il se souciait d'un succès littéraire de salon autant que d'une dragée ; il se moquait absolument de son auditoire : Pour qui donc lisait-il ? Pour Gilbert, son élève.

— Madame la baronne de Senneval, — dit-il sur le ton de la conversation, — exige que je détache de mes tablettes des fragments, des pensées, des notes, bouts de ligne sans prétention, jetés un peu au hasard, pêle-mêle, de boutades pour lesquelles je ne réclamerai même pas de l'indulgence. Les poésies de monsieur Vallier ont enlevé vos applaudissements, le *Job* de monsieur le vicomte de Lyomphe a obtenu un succès de terreur, la chansonnette qui vous a été si spirituellement chantée, un succès de rire, la traduction de monsieur Saint-Dié un succès de larmes. Toutes les palmes sont cueillies ; j'obéis cependant à madame la baronne, avec la soumission qu'on doit à une maîtresse de maison charmante, remplie de sollicitude pour tous ses hôtes...

— Trêve de compliments, monsieur le docteur Hugues — interrompit la baronne, — lisez ! lisez !..

— Je lis :

« La Paix et la Guerre sont femmes toutes deux. —
» Les femmes ont constamment fait et défait la guerre.
» — Nous leur devons donc toutes les douceurs de la
» paix, qui n'aurait aucun prix sans elles.
» Paris contient dans son enceinte vingt camps enne-
» mis. Une femme a voulu que la paix les rassemblât
» chez elle, et nous y voyons, tous les hivers, des tour-
» nois à lances courtoises remplacer les combats à ou-
» trance et les batailles acharnées.
» Il est vrai que cette femme est à la fois une muse
» et une fée enchanteresse, dont les philtres sont la
» Grâce et la Bienveillance... Faut-il vous la nom-
» mer ?... »

— Sur mon feuillet, madame la baronne, — dit le docteur en la saluant, — je m'étais permis de le faire, mais la rhétorique nous enseigne qu'il faut supprimer tous les mots inutiles.

Chez madame de Senneval pouvait-on, sans impolitesse, ne point applaudir cette galante introduction ?

— Oh ! le vieux bouquet à Chloris ? — fit Victor d'Ambrezil.

— D'accord, mais il oblige à commencer par des bravos.

— Laissez faire ! — dit Lucien de Valvert, — le matou montre patte de velours, il va donner quelque coup de griffe.

« Les ennuyeux les plus ennuyés s'arrachent à
» leurs cercles de jockeys et se privent de leurs cigares
» pour se rendre à ses ordres. Ils désertent leurs écuries
» pour son salon. Belle Armide, crions au prodige ! Ils
» s'y comportent en gens d'esprit, bien élevés et du
» meilleur ton. Circé n'accomplit jamais pareille méta-
» morphose. »

— Bon ! que disais-je ? — fit Lucien de Valvert.

— Circé changeait les gens en bêtes, mais nous, on nous transforme en gens. Peste ! monsieur le docteur, s'il est galant, n'est guère poli.

— Boudons, nous ne serons que des sots, — dit le duc de Traymontpré de fort bonne grâce. — On proclame qu'en entrant ici je suis devenu un homme d'esprit et bien élevé, j'accepte la situation.

— Ennuyeux, ennuyés, pourtant ! — objecta Victor d'Ambrezil.

— Nous trouveriez-vous amusants ? Qui de nous a fait les moindres frais d'amabilité ? Nous n'avons cessé de dire que nous nous morfondions.

Le docteur ayant porté un trouble analogue dans plusieurs autres groupes, chez les douairières, chez les hommes prétendus sérieux, chez les Parques Vertuchet et ailleurs, continuait ainsi :

« Vienne la guerre universelle, il suffira que Sophie
» ouvre les portes de son sanctuaire pour rendre la paix
» au monde. »

— L'exagération d'une flatterie en démontrera la fausseté, — dit Horace de Beauregard à demi-voix, mais de manière à être parfaitement entendu.

— « *De l'exagération !* » — reprit vivement le docteur Hugues.

On rit, ce qui lui donna le temps de trouver le feuillet convenable :

« Exagérez, ou ne vous mêlez de rien. Exagérez, exagérez, ou vous ne serez compris par personne. Exagérez, ou vous dépréciez, ou vous mentez en restant au-dessous du vrai.

» Toujours *trop*, jamais *trop peu*. Partez trop tôt, ou vous arriverez trop tard. Vendez trop cher, ou vous serez en perte.

» L'antique radoteuse dit : « *Ni trop, ni trop peu.* » Où trouver, s'il vous plaît, des balances mathématiquement justes ?

» Le juste milieu étant une utopie, il faut opter entre en deçà et au-delà, plus et pas assez, trop et trop peu.

» Trop est *positif*, trop peu négatif. Vive trop ! il représente *positivement* notre siècle. Vive trop ! Soyons de notre temps, sous peine de vivre et de mourir à l'état d'anachronisme.

» L'exagération est la seule monnaie qui ait cours, le seul poids, la seule mesure de longueur ou de capacité dont on se serve dans le monde.

» De Maistre a dit : « L'exagération est le mensonge de l'honnête homme. » Exagérez donc, mes bons amis, et ne mentez pas davantage... s'il se peut ! »

— Ma sœur, comprenez-vous rien à son galimatias ? — demandait Atropos à Lachésis.

— Pas un traître mot, ma chère.

— Et il y a des personnes qui sourient, — ajouta Clothon.

— Par opinion politique, ma femme, — dit l'ingénieux Fabrice Vertuchet, qui s'obstinait à voir de la politique là où il n'y en avait ombre.

— C'est de l'ironie, de la crème fouettée, un article de petit journal en détresse, un chapelet de paradoxes, — disait-on ailleurs.

Le mot *paradoxe* frappa l'oreille du docteur Hugues, il prit un autre feuillet :

« Pauvre raison humaine, flottant toujours d'un extrême à l'autre, elle lapide les paradoxes, elle accuse les illusions.

» Les paradoxes, messieurs, sont les jalons de la sagesse dans la voie du progrès.

» Un paradoxe est une vérité hardie qui ne rencontre qu'incrédules jusqu'à ce qu'elle devienne une sorte d'axiome évident, indiscutable.

» Prescrire l'amour du prochain, le pardon des injures, la charité envers son ennemi, fut un paradoxe divin qui a changé la face du monde. »

— Le voici maintenant qui fait un sermon ! — dit Victor d'Ambrezil au duc de Traymontpré.

— Ne nous en plaignons pas trop ; une fois n'est pas coutume. Du reste, je commence à m'amuser, et beaucoup !

— Au fait, s'il ne nous a point ménagés, il a piqué au vif tous ceux qui, tout à l'heure, souriaient à nos dépens.

« Dans l'ordre matériel, les découvertes et les inventions audacieuses sont des paradoxes qui, après mille traverses, deviennent d'une pratique journalière ; c'est le grain, la farine, le feu, le pain, le cheval, le chameau, la roue, le radeau, la rame, la voile, le vaisseau, le quinquina, la vaccine, la pomme de terre, les omnibus, l'hélice.

» Qui aurait risqué une obole sur l'invention de la vapeur ? Les actions de chemin de fer sont en hausse, et des navires mus par la vapeur font le batelage de la terre découverte par Christophe Colomb.

» Moi, je ne me refuse point à admettre la possibilité de se chauffer sans combustible ou de s'éclairer sans luminaire. Il suffit de découvrir les moyens de s'approvisionner pendant le jour de lumière mise en réserve pour la nuit, et de savoir emmagasiner pour l'hiver de la chaleur empruntée à l'été. La lumière et le calorique sont des corps impondérables latents ; dérobez un secret de plus à la nature, trouvez l'art de dégager et de gouverner ces deux éléments, qui probablement n'en sont qu'un, le double problème paradoxal sera résolu.

» Je crois aussi fermement que l'illustre Roger Bacon à la navigation aérienne, avec Victor Hugo qui nous prédit l'*Aéroscaphe ;* avec Gustave de Ponton d'Amécourt et Gabriel de La Landelle, qui nous ont déjà fabriqué l'*Hélicoptère*, en attendant l'*Aéronef*.

» Quant aux illusions, mesdames, pardonnez-moi de vous déclarer qu'elles sont mes bêtes noires.

» Hideux crapauds, punaises de bois, vipères, hiboux, araignées velues, chauves-souris, vampires, crabes, polypes et chenilles plates, sont, à mon sens, des bijoux charmants au prix de vos chères illusions.

» On les a comparées à des bandeaux qui nous aveuglent ; on les flattait. L'amour, un petit dieu fort intéressant, a son bandeau. Mettons-nous à la mode, jouons à colin-maillard, cassons-nous le nez ! c'est fort agréable !

» Les illusions ne sont point des bandeaux, mais des verres grossissant ou diminuant qui tantôt enlaidissent, tantôt embellissent le même objet, et trompent toujours.

» Vous prenez pour mari un jeune cavalier doué par votre imagination de tous les mérites, de toutes les qualités. Vous ne voulez apercevoir aucune de ses imperfections ; puis, un jour, tout à coup, autre illusion, vous n'apercevez que ses défauts.

» Si vous l'aviez mieux vu avant, vous le verriez moins mal après, et vous seriez moins malheureuse. »

Sans avoir levé les yeux, le docteur Hugues s'aperçut que madame Franchard fixait sur lui des regards inquiets.

« Vous cherchez un mari pour votre fille, — poursuivit-il, — n'allez pas commencer à regarder par le verre qui embellit.

» Mais surtout, ne vous faites pas illusion sur les mérites des consolateurs qui vous assiègent... »

Nathalie baissa les yeux et demeura pensive.

« Les pharmaciens font avec des drogues infectes certains bonbons dont l'enveloppe est sucrée, parfumée, appétissante ; les illusions sont de même fabrique ; elles recèlent toutes une amertume insupportable.

» Aimez-vous la nuit empoisonnée ? Pourquoi aimez-vous les illusions ?

» Que diriez-vous du poisson qui vanterait l'annonce de l'hameçon où il s'est pris ?

» Concluez donc avec moi qu'il est sage de voir la vie telle qu'elle est, les hommes et les faits tels qu'ils sont, et qu'il faut lier en fagots toutes les illusions pour les brûler comme sorcières diaboliques. »

Sans abandonner la place, le docteur reprit haleine.

Un tiers du salon partageait l'impression des trois Parques Vertuchet, mais se gardait bien d'en faire l'aveu naïf : on préfère admirer de confiance à confesser qu'on ne comprend pas. Le fameux docteur Hugues pouvait-il avoir parlé pour ne rien dire ? — Les deux autres tiers, ayant compris, se partageaient en gens qu'aucun trait n'avait atteints, et en gens piqués, mais qui devaient comme messieurs de Traymontpré, de Valvert et d'Ambrezil, faire la plus aimable contenance. Par ce triple motif, les murmures qui s'élevèrent furent favorables; la baronne avait lieu d'être satisfaite.

Horace de Beauregard déblatérait dans son coin, quoiqu'il n'eût pas été attaqué.

— Je n'aime guère le passage relatif aux *consolateurs*, — pensa Gaudaine, qui avait fort bien remarqué le trouble de Nathalie.

— Qui ne se serait fait illusion sur Emile? — se disait Ernest de Roqueville, triste et caché par l'ombre des draperies à l'extrémité la plus reculée du salon. — Timide avant son mariage, il a été pendant quinze ans exemplaire à tous égards. Le docteur Hugues a raison de dire à la femme trahie: « Défiez-vous des donneurs de consolations...» Et pourtant je suis un ami dont l'unique bonheur serait de partager le fardeau de ses peines!

Emile Franchard fronça le sourcil pendant une demi-minute, puis il fit: Bah!.., esprit quintessencié!... niaiseries!

Mais le vicomte de Lyompho s'adressait à Nathalie du ton mordant d'un homme blessé; les applaudissements isolés et le compliment oratoire du docteur Hugues ne lui avaient pas semblé de trop bon aloi; le paragraphe de l'*exagération* lui avait paru ironique et à son adresse; la page sur les *illusions* le blessa, et l'alinéa relatif aux *consolateurs* lui fut désagréable comme à tout consolateur en espoir de madame Franchard.

— Monsieur Hugues croirait-il être neuf? — dit-il. — On a lu partout ses prétendues pensées, dont la forme, visant au bizarre, est au résumé fort vulgaire. Jeu d'écolier que ce genre de tours de force. On n'en veut plus au *Diogène*. C'est usé!

Après avoir classé ses derniers feuillets, le docteur recommença par les notes qu'il avait prises au crayon:

« Les beaux esprits se rencontrent, a-t-on dit; et comment ne se rencontreraient-ils pas, s'il est vrai qu'il n'y ait rien de nouveau sous le soleil? ce que, par parenthèse, je n'admets point. Il y a toujours du nouveau, il y aura toujours du nouveau; l'on fera, l'on dira, l'on écrira, l'on découvrira indéfiniment du nouveau et cela sans tenir aucun compte du renouvelé des anciens.

» Quoi qu'il en soit, les beaux esprits étant sujets à se rencontrer, personne ne sera surpris d'apprendre que le poëte allemand Hans Versprung ait fait une imitation du livre de Job, qui présente de grandes analogies avec l'œuvre si saisissante de monsieur le vicomte de Lyomphe. »

Ce dernier bondit sur son siége, devint rouge comme un coquelicot et ne put réprimer un geste de méchante humeur. Tous les regards le cherchaient; un bruissement moqueur parcourait l'assemblée; les gandins riaient; la baronne de Senneval se mordit les lèvres, elle eût volontiers embrassé le docteur Hugues.

« Par un heureux hasard, — poursuivait-il, — je connais à fond le poëme d'Hans Versprung; et ici même, j'ai rapidement esquissé un parallèle entre le Job allemand et le Job parisien. En faveur de l'à-propos, je supprimerai donc les derniers feuillets de mes notes. »

— C'est dommage! — dit le jeune duc de Traymont-pré.

Tous les gandins l'approuvèrent. La baronne applaudit, chacun l'imita; le vicomte était sur un fagot d'épines.

— J'ai supposé, — disait le docteur, — qu'une rapide appréciation critique ne serait point déplacée à la fin de ce tournoi littéraire; mais, si madame la baronne ou monsieur le vicomte en jugent autrement, je m'empresserai de jeter au feu ces lignes hâtives.

La baronne dit avec une grâce malicieuse:

— J'en réfère à monsieur le vicomte.

Celui-ci fut obligé de répondre à haute et intelligible voix qu'il brûlait de connaître par l'analyse du docteur l'œuvre de son concurrent d'outre-Rhin. De toutes parts on riait aux dépens de l'infortuné mandarin de lettres; Gilbert, presque seul, trouvait son oncle cruel. Charles Saint-Dié, pour sa quote-part, éprouvait un certain malaise.

« Comparons donc! — reprit le docteur. — Herr Job est de Hambourg, au lieu d'être de Paris; Gnadister Satanstadt (monseigneur de Satanville), arrivant de l'autre extrémité de l'Allemagne avec les meilleures recommandations, reçoit chez l'opulent armateur une hospitalité cordiale, presque aussitôt suivie d'innombrables catastrophes.

» Monsieur le vicomte de Lyomphe est beaucoup plus concis que Hans Versprung, dont l'ouvrage forme un assez gros volume, mais les péripéties qui vous ont fait frissonner, mesdames, sont absolument les mêmes, jusqu'à la condamnation aux galères, jusqu'à l'infirmerie du bagne, à la gale inoculée par une infâme perfidie, au nouveau vol attribué au forçat innocent et malade, jusqu'à l'horrible punition corporelle qui s'ensuit.

» Ici seulement se présente une différence qui prouve que les beaux esprits ne se rencontrent pas éternellement. »

Loin de renaître, le sentiment de dégoût inspiré à l'assemblée par la lecture du vicomte se transformait en une sorte de gaieté. Le plagiaire ne savait quelle contenance prendre; on s'amusait infiniment.

« Le Job allemand ne meurt pas sous le bâton d'un argousin, mais se réveille dans son lit de riche armateur; il retrouve sa femme fidèle, mais il s'aperçoit qu'on la courtise parce qu'il a eu le tort de trop la négliger; sa fille n'est pas séduite, ses fils ne sont pas d'exécrables drôles; il retrouve ses enfants sages et respectueux encore, mais il voit qu'on essaye de les pervertir; sa fortune, sa réputation, sont encore florissantes, mais elles sont enviées et menacées. Ses tortures n'ont été qu'imaginaires, mais elles pourraient devenir réelles. Son long cauchemar est un avertissement du ciel que Job commence par bénir.

» Il s'avoue qu'il a manqué de vigilance, il s'accuse de n'avoir pas fait tout le bien qu'il pouvait faire, et consacre le reste de sa vie à réparer ses oublis. Enfin, comme le patriarche biblique, il meurt au sein de la prospérité, rassasié de jours.

» Monsieur le vicomte de Lyomphe a voulu que la récompense de Job fût dans un monde meilleur. Il a laissé à vos esprits et à vos cœurs le soin de conclure.

» Je ferai comme lui; seulement, je recommanderai à monsieur Charles Saint-Dié la traduction complète de *Herr Job*, par Hans Versprung, auteur beaucoup moins inconnu que feue madame la marquise Elfride de L. V***. »

Charles Saint-Dié eut grand peur: le perspicace docteur aurait-il deviné que madame la marquise Elfride n'était jamais morte, par l'excellent motif qu'elle n'était jamais née, et que tous les originaux allemands, anglais ou espagnols, dont le jeune littérateur publiait les traductions, n'avaient pas plus existé que la défunte marquise.

Heureusement le docteur roulait ses feuillets détachés; les bravos éclatèrent.

— Ah! mon vieil ami, — dit la baronne, — vous êtes un aimable improvisateur!

— Je ne suppose pas, chère dame, que tout le monde partage votre flatteuse opinion.

— Qu'importe! ils ont tous applaudi.

Gilbert, stupéfait, s'approchait de son oncle:

— On va danser et jouer : danse et joue, c'est mon ordonnance doctorale.

Monsieur Horace de Beauregard vint complimenter son ami Hugues :

— Vous êtes admirablement méchant, — lui dit-il.

— Ah ! mon ami, que penseriez-vous donc, si je n'avais supprimé mon chapitre sur l'amitié ? mais je vous le dédierai quelque jour.

— Merci ! merci ! je ne suis point digne de tant d'honneur !

L'orchestre se fit entendre. Denise fut emmenée par Théodore Fortunat, son danseur.

Gaudaine se dirigea résolûment vers madame Franchard, qui refusait l'invitation du vicomte de Lyomphe :

— Je ne danserai pas ce soir, — disait-elle.

Gaudaine insista gauchement pour son propre compte, mais finit par entraîner Lyomphe au lansquenet, où ils rejoignirent messieurs de Valvert, le duc de Traymontpré, Victor d'Ambrezil et leurs amis, qu'avaient suivis Emile Franchard et son fils.

Alors, saisissant l'instant favorable, Ernest de Roqueville revint aborder Nathalie et lui dit fort bas :

— Quelques mots encore, madame, au nom de mon dévouement pour toute votre famille !

Le ton d'Ernest était tel qu'après l'avoir regardé d'un air sévère, elle crut devoir accepter son bras :

— Je vous écoute, monsieur, — répondit-elle solennellement.

Ils se mêlèrent au flot des promeneurs qui faisaient le tour des salons. Ils avaient mis tous deux ce masque de courtoisie sereine dont amis ou ennemis doivent également se servir. Ils s'en allaient comme s'ils n'eussent échangé que propos frivoles. On les observait sans doute. D'un commun accord ils baissaient la voix sans affectation.

L'art du comédien dans le monde consiste à faire le contraire précisément de ce que recherche le comédien de théâtre. Celui-ci veut tout exprimer; celui-là doit dissimuler tout. Gens du monde, Ernest et Nathalie jouaient parfaitement leur rôle. L'oreille la plus attentive et la plus exercée n'aurait pu saisir un mot donnant la signification de leur entretien.

Nathalie badinait de l'éventail ; elle fit en passant plusieurs saluts gracieux aux personnes de sa connaissance; Ernest saluait de même ceux de ses chers amis qu'il croisait : on échangea de çà de là quelques propos avec les uns ou les autres :

— Soirée charmante !... La baronne a l'air ravie !

— Cours de littérature amusant et instructif...

— Surtout amusant !... ce que vous dites de mes enfants est trop aimable, vous me rendez confuse !... Que pensez-vous des tablettes du docteur Hugues ?

Le cœur d'Ernest saignait ; il avait le sourire aux lèvres.

Et Nathalie ! elle affectait la plus adorable insouciance; elle était toujours *trop heureuse*, heureuse comme une mère gravement alarmée, tremblant pour l'avenir de ses deux enfants, heureuse comme une femme mariée qui, n'ayant au monde qu'un ami sincère, veut le repousser et sacrifier sa dernière consolation à une noble défiance d'elle-même.

IX

LE REVERS DE LA MÉDAILLE.

Incapable ou malappris quiconque, dans le monde, ne sait pas déguiser ses impressions; maladroit qui trahit les secrets d'un tête-à-tête par des indices perceptibles. Point de gestes en harmonie avec le sens réel du discours, à peine une inflexion de voix, jamais une émotion qui ne soit comprimée ; il faut que les traits, que le regard, que le sourire, mentent avec une habileté savante.

— Je vous remercie du fond du cœur, madame, — disait Ernest de Roqueville ; — vous me permettez, non de me justifier, mais de protester de mes résolutions, j'en suis pénétré de reconnaissance.

— Je consens à vous écouter, monsieur, — répondait Nathalie, — parce que l'aveuglement et la légèreté de mon mari m'en font un devoir. Emile n'a pas eu le tact de s'apercevoir que je vous ai banni de sa maison ; il s'obstine à vous inviter à y venir ; il vous ramène vers moi en présence de nos ennemis intimes ; il me contraint à vous sourire, à vous parler. Je veux sortir de cette fausse situation par une explication que j'accepte.

— Je reconnais tous mes torts, madame ; je ne fais pas même valoir les excuses qui les atténueraient, mais j'ai été, je suis encore et je serai toujours, j'espère, le meilleur ami d'Emile. Je suis le vôtre enfin, et mon amitié, je vous le jure, n'est pas un vain mot.

— Votre amitié pour moi, monsieur, ressemble à notre conversation actuelle. Elle n'est qu'un déguisement.

— Je suis sincère, madame.

— Vous croyez l'être.

— Jamais je ne répéterai ce que j'ai eu le malheur de vous avouer une seule fois, mais je puis dire au moins que, loin de vous révéler aucune des infidélités de votre mari, j'ai fait de longs efforts pour le ramener à ses devoirs. C'est par d'autres, madame, que vous avez tout appris.

— Ceux-là, je les méprise.

— Mais vous ne les bannissez pas !

— Qu'ai-je à craindre de monsieur le vicomte de Lyomphe ?

— Qu'avez-vous à craindre de moi-même ? Cédant à un entraînement irréfléchi, j'ai commis la faute, en voyant combien vous souffriez, de vous confier mes propres souffrances. Cet homme, au contraire, a empoisonné votre bonheur.

— Monsieur de Lyomphe fait un métier honteux : il espionne mon mari et croit me gagner en trahissant sa confiance. J'étais inquiète, il a changé mes soupçons en certitudes ; il m'a brisé le cœur. Ne parlons pas plus de Lyomphe et du dégoût qu'il m'inspire que de monsieur Gaudaine, qui croit m'éblouir par ses millions. Mais vous, monsieur, vous m'aimiez avant mon mariage, vous avez été au désespoir en me voyant unie à Emile, vous compâtissez à mes douleurs, vous les partagez, et un jour, tout à coup, vous osez me déclarer votre amour !... Vous trouvez qu'il est temps de réclamer le prix de votre constance ; vous vous jetez à mes genoux, vous me prenez la main...

— Madame, par pitié, ne retracez point cette scène !

— ... Et vous venez aujourd'hui me parler de votre amitié !

Un léger éclat de rire termina cette cruelle semonce. A la vérité, le docteur Hugues croisait Ernest et Nathalie, qui reprit au bout d'un instant :

— Nous avons l'air de causer de choses frivoles, et nous plaidons, vous, pour votre haïssable amour, moi, monsieur, pour la défense de mon honneur.

— Madame, le respect, l'admiration, un dévouement sans bornes, sont mes seuls sentiments désormais. Ne pouvez-vous donc pas oublier une imprudence qui m'a déjà coûté trop de larmes ?

— Non, monsieur de Roqueville.

Ce refus, comme un poignard à deux lames, frappait deux nobles cœurs à la fois. Mais il fallait sourire, il fallait dire à haute voix des banalités gracieuses. On souriait, on répondait en passant par des politesses insignifiantes à d'insignifiantes politesses.

— N'espérez donc pas, monsieur, que je vous permette de redevenir l'hôte assidu de notre maison ; vous m'aimez d'un amour funeste.

— Vous vous méprenez, madame. Repoussez le mot amitié, mais n'appelez point funeste le sentiment le plus fraternel et le plus saint que puisse éprouver un galant homme. Je vous vois en péril, j'insiste pour être toujours en mesure de vous secourir. De faux amis vous entourent, pourquoi sans pitié pour vous-même chasser votre seul ami vrai?

— Pourquoi? — murmura Nathalie, — parce qu'il est des paroles qu'on ne saurait oublier.

— N'oubliez point, madame, pardonnez! Ne pardonnez point, ajournez le châtiment! Votre mari s'égare, je me consacrerai sans relâche à le détourner de la voie où il se jette; et puis, quand je vous l'aurai rendu, je m'éloignerai avec la consolation suprême d'avoir réparé ma faute.

Malgré l'impossibilité où se trouvait Ernest d'exprimer ses pensées avec quelque chaleur, Nathalie se sentit émue.

— Continuez! — lui dit-elle.

— Mettez-moi à l'épreuve, madame; acceptez mon concours; ne refusez pas de m'aider dans ma tâche; croyez à mon repentir; placez votre confiance dans mon honneur; ne m'exilez pas au point de rendre inutiles tous les efforts d'un ami.

— Je réfléchirai! — répondit enfin la jeune femme.

— J'attends vos ordres, maintenant, — reprit Ernest, enhardi. — J'ajoute qu'il serait sage de ne pas rompre brusquement toutes nos relations accoutumées; Emile s'étonne déjà de mon apparente indifférence; d'autres, plus soupçonneux, doivent faire des suppositions fâcheuses; souffrez au moins que je me présente quelquefois à vos jours de réception. — Madame Franchard fut sur le point de se rendre à ce désir, mais ne se sentant pas assez calme, elle garda le silence: — Quoi que vous décidiez, madame, soyez certaine qu'à l'heure où vous appelleriez Ernest de Roqueville à votre aide, il accourrait avec les mêmes intentions où vous le voyez ce soir.

A ces mots, pressant le pas, Ernest reconduisit la jeune femme jusqu'à sa place, la salua profondément et s'éloigna.

Théodore Fortunat, de son côté, ramenait Denise rayonnante de plaisir. Elle avait agréé ses compliments les plus vifs avec une satisfaction naïve; elle y avait répondu avec un abandon délicieux. Théodore n'entrevoyait aucun obstacle : monsieur et madame Franchard accueilleraient évidemment sa demande. Mais Denise n'avait guère plus de quinze ans; tout amoureux qu'il était, le jeune directeur renvoyait un peu loin les démarches décisives; en attendant, il jouissait du bonheur d'aimer et d'être aimé; puis, enfin, dans trois ou quatre ans, il se marierait.

Oh! ce Théodore Fortunat était un modèle de sagesse. Tout ce qu'il faisait était pesé, calculé, mesuré avec une méthode infaillible. Il avait eu, pourtant, son petit moment de jeunesse fougueuse; ce fut si court que son ami Charles Saint-Dié s'en souvenait à peine. Les positions font les hommes, a-t-on dit; nommé directeur à la mort de son père, Théodore était entré d'emblée dans l'esprit de son emploi. Heureusement, sa rigidité administrative ne l'empêchait point d'être rempli des plus tendres prévenances envers Denise, qui s'y montrait extrêmement sensible.

Quant au pauvre Vallier, il n'eut guère lieu de se louer de la contredanse qu'il avait obtenue d'elle. Denise ne lui témoigna aucun désir d'avoir une copie de son sonnet; elle ne saisit pas la moindre de ses allusions, lui laissa voir qu'elle trouvait Théodore charmant et le tortura le plus innocemment du monde.

Gilbert de Fontmarie ne fut pas mieux traité. Pour obéir à son oncle, il avait dansé plusieurs fois, mais avec un vague ennui qui s'accrut singulièrement lorsqu'il eut, pour la dernière fois, salué Denise, dont rien au contraire ne troublait la joie sereine.

Gilbert ne manqua point d'aborder les fiers gandins du bois de Boulogne; ils lui firent tous le meilleur accueil; seul, le vicomte de Lyomphe fut un peu froid, ce qu'expliquaient trop bien les incartades du docteur Hugues.

Romuald venait de gagner vingt louis, somme énorme pour un écolier; mais, à son grand regret, il cessait de jouer sur un signe très-impérieux de son père qui, du reste, perdait gros et se montrait beau joueur.

Gilbert prit la place de Romuald.

Le docteur Hugues se multipliait. On le vit causer tour à tour avec le comte Riffault, le baron de Sonneval, Théodore Fortunat et plusieurs autres personnages marquants de la compagnie universelle, puis adresser quelques paroles aimables aux dames qui représentaient l'élément aristocratique dans le salon de la baronne; puis s'entretenir, de matières littéraires sans doute, avec Charles Saint-Dié, se mêler un instant à tous les groupes principaux et partout signaler sa présence par quelques mots qui produisaient le même effet que ses sentences paradoxales.

En passant, il remarqua fort bien qu'Emile Franchard tenait imprudemment tête à trop grosses parties. Le docteur fronça les sourcils et chercha du regard Nathalie, seule à présent, non loin de sa fille et de son fils, qui figuraient au même quadrille, car enfin, ne sachant que devenir, le saint-cyrien s'était résigné à danser, bien qu'il trouvât les demoiselles du monde ennuyeuses à périr.

Nathalie ne souriait plus, elle était pensive ou au moins fatiguée; monsieur de Roqueville avait disparu.

Le docteur vit un peu plus tard que Gilbert et Vallier causaient avec une sorte d'animation, dans un angle assez retiré du salon de whist:

— Pauvre Gilbert! — pensa-t-il, — sa première leçon est rude! Oh! je fais bien d'intervenir; il n'est que temps! Quelques mois encore d'illusions, de faiblesses, d'amour contemplatif et de rêveries, Gilbert devenait ce que j'étais, moi, quand je fus livré au misérable Crescent. Il serait incapable de soutenir le choc des déceptions et je viendrais à son aide trop tard!... En résumé, tous ces Franchard, sans exception, sont dans une mauvaise voie.

Gilbert avait été attiré par un aimant secret vers Vallier qui, se souciant fort peu du grand art du monde, n'essayait pas de dissimuler sa tristesse. Le naturel franc et simple du jeune comte de Fontmarie provoquait la confiance, Vallier en vint trop vite peut-être à parler de son amour pour Denise, de sa position et de ses chagrins.

Gilbert, touché de ses confidences, écoutait avec un découragement égal à celui de Vallier, mais il se garda bien de dire : « Et moi aussi, je l'aime! »

Le docteur Hugues s'approcha; il était temps de se retirer.

Alors Emile Franchard se levait, ayant perdu au lansquenet, après bien des péripéties, tout l'or qu'il avait apporté, plus sur parole, cent louis qu'il devait à monsieur Victor d'Ambrezil... Nathalie, bien qu'elle ignorât ce nouvel échec, était évidemment soucieuse, car il est un terme à l'énergie qu'on peut déployer dans le monde.

Fallait-il rejeter l'offre dévouée d'un homme d'honneur qui sauverait peut-être Emile? Fallait-il accepter pour confident celui-là même qui, si peu de jours auparavant, avait osé lui déclarer son amour? » Elle l'estimait trop pour ne point le craindre. Elle le comparait avec effroi à la foule de ses vulgaires adorateurs et surtout à son mari. Son cœur livrait à sa raison un combat suprême; de tous côtés, elle ne voyait que dangers et douleurs.

Emile, fort pâle maintenant, lui offrit le bras.

Romuald prit celui de sa sœur, ravie, comme lui, de sa soirée.

— Mon ami, — dit le docteur Hugues à Gilbert, — voici une première journée bien remplie pour nous.

— Ah ! que le monde est triste ! — murmura la jeune comte de Fontmarie.

— J'aime mieux te voir sous cette impression que partant d'ici rempli d'illusions décevantes, comme, par exemple, ton ami Romuald et ta chère Denise. Tu as joué.

— Pour vous obéir, mon oncle.

— As-tu perdu ou gagné?

— Je n'en sais rien.

— Dans tous les cas, tu gagnes.

— Si j'étais directeur, moi, — disait aux Vertuchet le sous-caissier Priot, — je ne garderais pas pour caissier, pendant vingt-quatre heures, un homme qui perd cent louis au lansquenet en une soirée.

— En une soirée ! dites donc dans tout un hiver.

— Cent louis ! — fit Vertuchet jeune, — monsieur Franchard doit être diablement embarrassé.

— Laissez donc ! — repartit aigrement Lachésis, — misère que cela pour le mari de la plus heureuse des femmes.

— Et pour qui tient les clefs d'une caisse comme la nôtre ! — dit en sourdine Fabrice Vertuchet.

— Doucement, mes amis, vous allez un peu loin, je trouve, — objecta d'un ton paterne Vertuchet l'administrateur.

Emile Franchard, fort obéré par le nouveau train de vie qu'il menait, par le luxe apparent de son intérieur, par les relations qu'il entretenait dans le quartier Bréda, par le jeu des soirées précédentes et par les dépenses que lui occasionnait l'entrée à Saint-Cyr de son fils, n'avait pas à sa disposition le quart de la somme perdue sur parole, et il la devait précisément au moins indulgent des compagnons de messieurs de Valvert et de Traymontpré, à monsieur Victor d'Ambrezil, *un parfait gentilhomme*, selon le style d'alors, c'est-à-dire une élégant blasé, débraillé, roué, pourvu d'un conseil judiciaire et faisant de ses fournisseurs autant de dupes, mais professant jusqu'au fanatisme la religion de la dette de jeu, dite d'honneur.

C'est de lui qu'est le trait suivant : pour acquitter dans les vingt-quatre heures une dette semblable, il fit acheter à crédit dans la matinée cent manteaux de voyage chez les cent principaux tailleurs de Paris, les revendit en gros à l'usurier Mathias dans l'après-midi et paya dans la soirée.

De bon matin, après une nuit d'insomnie dévorante, Emile Franchard se rendit directement chez son ami Ernest de Roqueville.

X

LA DETTE DE JEU.

Fier du sacrifice qu'il venait d'accomplir, Ernest de Roqueville était sorti de chez la baronne de Senneval sous une impression à la fois douce et pénible : la conscience satisfaite, le cœur rempli de regrets pour le bonheur perdu. Nathalie n'était point une de ces femmes de médiocre valeur, qui infligent à leurs époux infidèles la peine du talion ; plus elle se montrait digne de respect, plus Ernest déplorait les circonstances qui lui avaient autrefois fait préférer le faible Emile Franchard.

Il aimait Nathalie comme il ne l'avait jamais aimée, non plus avec le fol entraînement de la jeunesse, mais avec la certitude qu'elle possédait toutes les qualités qu'un galant homme recherche dans une femme.

— N'ai-je pas trop présumé de mes forces? — se demandait-il, — Aurai-je bien l'énergie de recevoir ses confidences sans trahir un sentiment ravivé sans cesse par les nobles élans de son cœur ouvert pour moi seul?

Un amour dont la pureté ne diminuait point l'étendue, amour extrême qui faisait à la fois sa douleur et son orgueil, une résolution généreuse de l'ordre le plus élevé, une sage défiance de soi, n'avaient point permis à Ernest de clore la paupière. Lorsqu'à la pointe du jour il vit entrer Emile chez lui :

— Que t'arrive-t-il donc? — s'écria-t-il avec inquiétude, — Tu as l'air bouleversé !... Ta femme, tes enfants?

— Ils dorment en paix, — répondit le mari de Nathalie, — moi seul je suis à la torture, car j'ai commis une grave imprudence.

— Je suis tout entier à ton service ! — dit affectueusement Ernest, devinant qu'il s'agissait d'une dette de jeu.

Franchard dut faire effort avant d'en venir au fait. C'est toujours chose fort délicate que d'emprunter, même au plus intime de ses amis, une somme considérable, et cent louis en étaient une, eu égard à la médiocre fortune d'Ernest. Mais à qui s'adresser, sinon à lui? L'opulent Gaudaine était administrateur de la compagnie universelle ; avoir recours à lui pour une dette de jeu eût été plus qu'imprudent.

Ah ! s'il avait fallu quelques centaines de mille francs à risquer dans une opération industrielle, à la bonne heure ! Mais cent misérables louis, cent louis perdus sur parole ! Il importait de ne pas montrer la corde. Emile repoussa donc Gaudaine comme une impossibilité.

Le vicomte de Lyomphe, sans cesse aux expédients, parasite autant que plagiaire, n'arrêta pas un seul instant la pensée d'Emile. Quant à ses autres amis, ils étaient tous de la grande catégorie d'au delà la bourse. Ils apportaient des bonbons au premier jour de l'an, donnaient et recevaient des dîners, accablaient madame Franchard de prévenances, prodiguaient les démonstrations de tendresse et se déclaraient tout dévoués au bas de leurs moindres billets ; au prix de sa dernière goutte de sang Emile ne leur aurait pas arraché un farthing.

— Enfin, — demanda Ernest, — combien dois-tu?

— Cent louis, et à monsieur d'Ambrezil.

Ernest n'imita point le pédant de la fable.

— Tu me demandes plus de la moitié de mon revenu, — dit-il, — et naturellement, je n'ai pas une pareille somme, là, sous la main... — Emile pâlit et trembla. — ... Ton honneur est engagé, car d'Ambrezil ne t'épargnerait pas, il te faut donc la somme avant la fin du jour.

— Oui, mon cher ami, et j'ai si peu de temps devant moi que sans ton secours je suis perdu.

— Ce soir, à cinq heures, je t'apporterai les cent louis.

— Tu me sauves plus que la vie ! — s'écria Emile avec transport.

— Je l'espère ! — dit gravement Ernest, — mais je n'ai pas dit mes conditions.

— Elles sont toutes acceptées d'avance !

— Plaise à Dieu ! et je te féliciterai de la perte que tu fais. — Emile devina qu'une semonce allait suivre ; il s'y résigna. Ernest cependant usait de ménagements extrêmes ; son ton était affectueux, sa libéralité seule aurait dû lui valoir plus de confiance, son accent fraternel tempérait ses paroles, mais déjà le sens moral était émoussé chez Emile. — Renonce au jeu, renonce aux relations qui te conduisent à ta ruine ! Quand on aime ses enfants, on tremble de compromettre leur avenir ; on se préoccupe de la dot de sa fille, de l'aisance qu'on doit à son fils...

— Mais j'y songe beaucoup, — murmura Emile, qu'Ernest irritait en dépit de ses efforts de cordiale amitié.

Ernest de Roqueville eut beau faire l'éloge de Denise et même celui de Romuald, il eut beau atténuer ses reproches par des parenthèses affectueuses, le malaise d'Emile ne cessait de s'accroître.

— Quand on aime sa femme, on ne va pas chercher

des distractions auprès de certaines beautés en vogue dont la moins méprisable ne vaut pas un sourire de madame Franchard.

— D'accord ! — fit Emile, — Cependant, il ne faut pas grossir les choses ! Je me conduis en bon mari, ma femme est heureuse, reçoit qui bon lui semble, va dans le monde autant qu'il lui plaît, gouverne sa maison à sa fantaisie et n'a jamais à se plaindre de mon humeur. Je ne lui refuse rien...

— Tu lui refuses le plus précieux des biens, mon cher ami, puisque tu la délaisses pour d'autres.

— Elle l'ignore.

— En es-tu bien sûr? Je suis certain qu'elle souffre de ta froideur.

— Allons donc ! au bout de dix-huit ans de mariage, on ne peut être un tourtereau ; Nathalie est trop raisonnable pour l'exiger. J'aime ma femme, te dis-je ; pour un empire, je ne voudrais lui faire le moindre chagrin ; je vais m'égayer en joyeuse compagnie, ne voilà-t-il pas un grand mal? Du reste, entre nous, puisque nous en sommes au chapitre des confidences, j'ai eu le grand tort de me marier trop jeune. Il faut que jeunesse se passe ! Je ne permettrai pas à Romuald de se marier sottement à l'âge où l'on doit faire ses fredaines.

Ernest soupira.

— Tu te plains de ton bonheur, et tu risques de faire de ton fils un petit mauvais garnement.

— Bah ! bah ! — fit Emile d'un ton léger, — tu parles de tout cela en vieux garçon ; tu es un philosophe, un Caton, un modèle de vertu maintenant, ce qui ne t'empêche pas d'avoir eu ta jeunesse en son temps.

— Faut-il donc, — repartit Ernest, — que tu fasses des folies à ton âge, parce que, de vingt à trente ans, tu as eu le rare avantage de jouir d'un amour sans mélange d'amertume?...

— Farceur ! — interrompit Emile, — tu acceptes tranquillement mes éloges ; crois-tu que j'aie oublié tes grands airs de mystère? Je gage que tu as tes aventures encore aujourd'hui ; seulement elles sont moins bruyantes que les miennes !... Monsieur a une intrigue dans le monde, quelque femme mariée, je suppose...

Ernest, blessé en pleine poitrine, perdit un peu de son calme.

— Tu plaisantes quand un grave sujet nous occupe ! — dit-il brusquement. — Ce n'est pas de moi qu'il s'agit. Nos situations se ressemblent assez peu, d'ailleurs. Quoi que je fasse, je ne trompe ni ne ruine personne.

— Tu me rappelles, mon cher, — dit Emile, — que je suis ici pour faire des confidences et non pour en recevoir.

Ernest ne fut point désarmé par cette repartie aigre-douce; et, profitant de la supériorité du prêteur sur l'emprunteur :

— Traite-moi de censeur et de pédant, peu m'importe ! — dit-il. — Je t'aime, j'aime ta famille, je m'intéresse à ta femme et à tes enfants! Je ne te dirai pas que tu t'exposes à lasser la fidélité de madame Franchard, encore jeune, jolie et très-courtisée, mais, plus je réfléchis, plus mes inquiétudes augmentent. Il faut que tu aies dissipé la majeure partie de ton bien, du bien de tes enfants et de ta femme, sans quoi tu ne serais pas embarrassé pour cent louis... — Emile avait rougi et pâli coup sur coup; s'il eût tenu la fâcheuse somme qu'il demandait, nul doute qu'il n'eût violemment rompu l'entretien. — Tu avais plusieurs actions de la compagnie universelle, tu avais quelques rentes sur l'Etat et d'autres valeurs de portefeuille; qu'est devenue ta fortune?

Emile Franchard, sombre et frémissant, balbutia plutôt qu'il ne répondit :

— Spéculations malheureuses... fonds engagés... placements en terres...

— Je n'ai qu'une parole, — reprit Ernest. — Seulement, dans l'intérêt de tes enfants, dans ton propre intérêt, j'exige la tienne : Plus de jeu, plus de maîtresses!

— Mais, — murmura Emile, — tu me mets le couteau sur la gorge !

Ernest, à cette objection misérable, ne put se contenir :

— A quoi bon, — s'écria-t-il, — te sauver l'honneur aujourd'hui, si tu dois le perdre demain !

— C'est juste, mon cher ami, — répondit Franchard étouffant une colère véhémente ; — prête-moi donc tes cent louis, et je te jure de me conformer à ton désir. — Puis il changea de conversation. Son but était atteint ; il parlait avec un entrain familier, il s'étourdissait. Ernest, découragé, répondait par monosyllabes. Le malheureux Emile avait bien dit *Je jure!* mais les termes sont peu de chose auprès du ton qui en fait la valeur. Craignant de perdre toute influence sur le mari de Nathalie, Roqueville n'insista plus; seulement, lorsque Franchard en se retirant dit encore : Avant cinq heures je compte sur toi, c'est convenu :

— Oui, c'est convenu, — répondit-il avec une intention bien marquée, — mais, de mon côté, je compte sur ta parole d'honneur.

— Adieu ! l'heure me presse ! — reprit Emile Franchard. Et puis, au bas de l'escalier : — L'insupportable prêcheur ! — murmura-t-il.

Ernest de Roqueville, comme s'il l'eût entendu, pensait alors :

— Je n'ai rien obtenu! la gangrène est dans la plaie, et je vais faire, en pure perte sans doute, un assez gros sacrifice! Pauvre Nathalie !...

Le sous-caissier Priot était arrivé au bureau de grand matin. Courbé sur un registre, il attendait Franchard en se promettant bien de ne pas le perdre de vue. Emile entra, le front serein, le sourire aux lèvres, la main ouverte, un peu pâle après sa détestable nuit, mais en somme fort calme :

— Diable ! — fit l'âme damnée des Vertuchet, — il doit avoir trouvé de l'argent. — De cordiales poignées de mains furent échangées. On causa de la soirée de la veille, des vers de Vallier, du lamentable Job, du vicomte de Lyomphe, de la ballade de Charles Saint-Dié, des paradoxes du docteur Hugues, de la musique, du bal, des rafraîchissements, de tout, excepté du lansquenet. La caisse s'ouvrit, les payements commencèrent. Emile, laissant faire Priot, dormit une heure dans son fauteuil. — Peste ! — fit encore le sous-caissier, — il n'a pas la moindre inquiétude; c'est certain.

Vers midi, Romuald vint prendre congé de son père, qui le conduirait, espérait-il, jusqu'au chemin de fer.

— Impossible, mon enfant, — répondit Emile, — j'attends quelqu'un.

— Ah! ah ! doucement ! — pensa Priot, — ce doit être le prêteur. Qui compte sans son hôte compte deux fois. Ne bougeons pas. Jusqu'à trois ou quatre heures, on sera tranquille, mais après commencera la crise, et le diable est malin !...

Romuald alla rejoindre sa mère et sa sœur. A l'embarcadère de Versailles, on trouva Gilbert de Fontmarie, qu'un irrésistible pouvoir y avait attiré. Il fut bientôt le cavalier de Denise.

Madame Franchard avait mille recommandations maternelles à faire à son fils, qu'elle prit à part. Avec une émotion des plus vives, elle lui prodiguait de sages et tendres conseils. Hélas! elle ne s'était que trop aperçue déjà des effets de l'indulgence d'Emile, qui, ne tenant aucun compte du caractère fougueux de Romuald, ne peut être assimilé en rien avec le bizarre docteur Hugues.

Celui-ci procédait, à raison ou à tort, en vertu d'un système. Emile Franchard, par des banalités irréfléchies, livrait la jeunesse de son fils à toutes les séductions du vice. Nathalie en était alarmée à bon droit, et maintenant, à l'heure d'une séparation pénible, elle suppliait Romuald de se rappeler les principes qu'elle lui avait inculqués; elle lui parlait de morale, de religion, de respect pour les devoirs qui font l'honnête homme.

Gilbert de Fontmarie profitait avec délices de son tête-à-tête. Il oubliait Vallier et même Théodore Fortunat. Denise l'entretenait de son frère avec effusion, il répondait par l'expression de son amitié pour Romuald.

Le signal du départ fut donné. Le saint-cyrien se jeta dans les bras de sa mère, puis embrassa tendrement sa sœur, serra la main de Gilbert et rejoignit enfin dans la salle d'attente une foule de camarades qui, revêtus comme lui d'uniformes tout neufs, allaient faire leur entrée à l'école.

Dans les wagons, une conversation bruyante s'engagea bientôt; Romuald ne fut pas un des derniers à prendre la parole avec une verve et un aplomb qui le firent classer parmi les boute-en-train. Son gain de la veille l'avait mis en fonds; à Versailles, il offrait à ses nouveaux amis un punch colossal, à l'heure même où son père était en proie aux plus cruelles inquiétudes.

Le sous-caissier Priot remarquait que personne n'était encore venu rendre visite à monsieur Franchard. La caisse était fermée, les comptes achevés; Emile, au lieu de se retirer, attendait encore. L'obstiné Priot, avec un zèle inusité, s'empara d'un de ces registres qu'on met à jour dans les moments perdus.

L'horloge marquait cinq heures moins deux minutes, Ernest de Roqueville ne paraissait pas; Emile avait perdu son calme ordinaire; il se mit à compulser le dossier du personnel :

—Théodore Fortunat, notre directeur, *avances*, 6,000 fr. Vertuchet jeune, 1,500; Vallier, 100. Gros et petits, ceux-ci pour un besoin pressant; ceux-là pour faire face à des appels de fonds ou profiter d'une occasion favorable, empruntent sur leurs appointements! Seul, je n'ai pas cette ressource; il me faudrait le visa du directeur, l'approbation du conseil, la permission du monde entier... Et, de mon autorité privée, j'ai le droit d'avancer des sommes assez rondes aux derniers venus!

— Nous en sommes à la tentation, morbleu! ou je ne m'y connais pas, — pensait Priot; — attention!

Cinq heures sonnèrent. Une sueur froide baignait les tempes d'Emile Franchard; Priot ferma lentement son registre.

Alors, autour du punch offert par Romuald, messieurs les saint-cyriens chantaient des couplets décolletés; après quoi, on fumait des cigares, et, chantant comme de plus belle, on se remit en route pour l'école militaire.

Depuis longtemps Gilbert était rentré à l'hôtel d'Espades. Respectant les émotions maternelles de madame Franchard, il avait discrètement pris congé d'elle et de sa fille dès que Romuald eût disparu. Ensuite il se tint à l'écart pour les suivre d'un œil ardent.

— A quoi bon être venu? — se disait-il avec mélancolie. — Mon oncle m'avait averti que je devais avoir des rivaux; hier soir, j'en ai acquis la preuve. Denise me préfère Théodore Fortunat; Vallier m'a touché par ses confidences et n'a pas reçu les miennes; j'aurais dû me borner à dire adieu à Romuald.

Gilbert s'avouait que le docteur Hugues désapprouvait son penchant, mais il en est des pensées amoureuses comme de la boîte de Pandore. Gilbert soupira et s'attrista sans essayer de faire violence à son cœur; il songeait encore à Denise, lorsque Vallier, sortant des bureaux de la compagnie, vint lui donner sa répétition de droit.

L'après-midi de madame Franchard devait, ce jour-là, n'être pas moins rempli d'émotions que sa nuit et sa matinée. Aux plus légitimes inquiétudes avaient succédé des adieux toujours pénibles pour une mère. Denise ne tarda point à augmenter ses soucis par le récit à la fois naïf et chaleureux de sa soirée chez madame de Senneval :

— J'ai à peine dormi, — disait-elle, — tant j'avais de plaisir à me répéter tout ce que monsieur Théodore m'a dit de flatteur. Vous seriez bien contente, n'est-ce pas, qu'il me demandât en mariage?

— Enfant! — murmura Nathalie, — tu as à peine quinze ans.

— N'est-ce point à cet âge que vous vous êtes mariée?

— Oui, mais j'étais beaucoup trop jeune.

— Vous n'en êtes que plus heureuse; tout le monde le dit et le répète.

Nathalie, atteinte dans ses blessures secrètes, répondit maternellement :

— J'ai été trop heureuse.

— Trop, beaucoup trop? — répéta Denise avec une enfantine curiosité.

— Je suis une exception, ma fille. En général, crois-moi, on a lieu de se repentir de se marier de si bonne heure. Tu viens d'entrer dans le monde, et déjà tu te forges des chimères.

Avec l'indiscrétion fâcheuse d'une enfant qui a recueilli et rapproché les propos divers de ses parents :

— J'avais toujours cru, — dit Denise, — que monsieur Théodore vous paraissait un parti très-avantageux pour moi et que mon père serait bien fâché qu'il se mariât avec une autre.

— Chère enfant! — répondit Nathalie en embrassant sa fille, — tu fais bien de m'ouvrir ton cœur; confie-toi toujours à ta mère, espère en l'avenir, ne sacrifie pas tes belles années comme un prodigue qui dépense follement le plus précieux des trésors; jouis en paix de ta jeunesse.

— Mais, — objecta Denise, — vieillirai-je d'un jour pour m'être mariée, quand même ce serait demain?— Comment répondre? comment révéler la vérité à une enfant innocente qui ne soupçonne pas l'existence du mal? Comment dire : « Ton père me fait cruellement regretter le bonheur de nos premières années. Je désire comme toi que monsieur Fortunat soit ton époux, mais qu'il ait le temps de t'apprécier et que plus tard il ne puisse te préférer personne!... » Denise acheva d'affliger sa mère en la suppliant d'encourager Théodore à demander sa main : — Oh! la fortune! la réserve! les convenances! — répliquait-elle aux objections de Nathalie, — Faute de s'expliquer, on risque de ne jamais s'entendre. monsieur Théodore à tout propos me laisse comprendre qu'il m'aime : ne suis-je pas en droit de lui répondre : « Adressez-vous à mes parents? » — « Il n'est heureux qu'auprès de moi, » dit-il, « Eh bien! » — lui dirai-je à mon tour, — « soyez tout à fait heureux! demandez ma main, nous serons unis; pourquoi différer le bonheur? »

— Denise, au nom du ciel! — dit vivement madame Franchard, — garde-toi bien de t'exprimer ainsi!...

En ce moment, Simonne annonça le vicomte de Lyompho qui, moins sémillant que de coutume, avait revêtu la gravité d'un porteur de mauvaises nouvelles. Forte comme toujours, Nathalie ne recula pas, et, renvoyant Denise à l'étude de son piano, elle apprit qu'au club des gentilshommes maquignons on ne s'entretenait que d'une grosse dette de jeu d'Emile. L'heure s'avançait, Gaudaine pariait pour le payement, Victor d'Ambrezil contre.

— Monsieur le vicomte, — répondit Nathalie avec une indifférence affectée, — savez-vous quelle somme doit mon mari?

— Cent louis, madame.

— Bagatelle! — fit la jeune femme en souriant. — Mon écrin vaut le double, — pensait-elle. — Et qu'a parié monsieur d'Ambrezil?

— Cent louis, madame.

— C'est charmant! L'honorable confiance de monsieur Gaudaine sera récompensée et la défiance injurieuse de monsieur d'Ambrezil punie; vous me mettez dans l'enchantement.

Monsieur de Satanville s'inclina. Puis, continuant son

office, il parla de la récente liaison d'Emile avec une certaine Thérèse Colibri, piquante sauteuse, jeune, vive, gentille, enjouée, spirituelle...

— Que de perfections! — dit Nathalie d'un ton nonchalant, — vous plaidez à ravir les circonstances atténuantes.

— Dites aggravantes, madame!

— Je ne vous comprends plus, — reprit la jeune femme, dissimulant son indignation sous un air d'ennui dédaigneux.

— Les torts dont on se rend coupable envers vous, madame, — reprit monsieur de Satanstadt, — ne pouvant jamais être atténués, s'aggravent par la récidive.

— Joli! mon cher vicomte! — interrompit Nathalie, — vous avez en vous l'étoffe d'un procureur impérial.

Mais le fat était trop imbu de son mérite pour sentir le mépris recélé dans cette répartie ironique.

— Or, — poursuivit-il, — la susdite Colibri est la cinquième conquête de Franchard depuis le commencement de l'hiver.

— De mieux en mieux; au moins, il ne s'attache pas! obtiendrait-il ses succès dans une sphère plus relevée, je ne regarderais pas comme mes rivales des femmes qu'il abandonne au bout de quelques jours. Emile est dix fois plus inconstant qu'infidèle; j'en ris!...

Basile, un instant déconcerté, risqua le madrigal nouveau dont il s'était approvisionné pour la circonstance, reçut en échange un sourire finement moqueur, fournit l'adresse exacte de Thérèse Colibri et dut se retirer, car madame Franchard sonna Simonne pour se faire habiller: « A son grand regret, elle ne pouvait le retenir. »

—Patience! je fais mon petit chemin!—pensait monsieur le vicomte de Satanville.

Les misérables qui, dans la vie, choisissent la ligne tortueuse, s'imaginent sans cesse qu'elle les rapproche du but. Le plus souvent, par bonheur, elle les en écarte.

Nathalie, prête à sortir avec son écrin, ouvrait la porte, lorsqu'elle se trouva en face d'Alexandrin Gaudaine. Il était cinq heures et demie. Emile n'ayant point paru au club-maquignon où Victor d'Ambrezil l'attendait pour la forme, Gaudaine monta précipitamment en voiture et se fit conduire chez madame Franchard.

— Enfin! enfin! — se disait-il, — je vais pouvoir placer mon argent.—Au lieu de laisser sortir Nathalie, il la conjura de lui accorder un instant d'audience. Avec un dégoût amer elle l'introduisit gracieusement :—Madame, — dit-il, — daignez me pardonner mon inquiétude d'ami et les modestes offres de service que j'ai l'honneur de vous faire. Franchard a perdu hier soir cent louis sur parole, je tremble qu'il ne soit dans l'embarras et je viens...

Nathalie, qui ne s'était pas encore assise, coupa la parole à son opulent adorateur, et du ton le plus sévère :

— Monsieur, — dit-elle, — vous connaissez bien mal mon mari, si vous le croyez capable de perdre au jeu une somme qu'il ne pourrait payer dans les vingt-quatre heures. Emile est un homme d'honneur, grâce à Dieu!

Sur ces mots, elle sortit, laissant Alexandrin interdit au beau milieu de son salon :

— Allons! — pensa le gros millionnaire, — j'ai tout bêtement fait une lourde maladresse. Pourquoi diable aussi avoir la faiblesse d'être amoureux d'une femme honnête!... Que faire, morbleu?... Ah!... idée sublime, si je lui dotais sa fille!

De l'argent! de l'argent! et encore de l'argent! en fait d'amour, Gaudaine ne connaissait pas autre chose.

En vertu des ordres du jeune directeur Théodore Fortunat, l'horloge de la compagnie universelle avançait ordinairement de quelques minutes. Les employés s'en plaignaient le matin, mais en étaient fort aises le soir. Franchard n'avait pas tenu compte de cette circonstance; il était dans un état violent; Priot, qui l'observait toujours, le gênait aussi beaucoup.

— Ernest, me manquer de parole! c'est une infamie! Après tous ses insupportables sermons, après sa promesse formelle, me laisser sans ressources!... Et ce maudit Priot qui ne s'en va pas aujourd'hui! — Lorsque tous les employés des bureaux voisins eurent passé, lorsqu'on n'entendit plus le moindre bruit dans les corridors, Priot sortit enfin; Emile prit vivement la clef de la caisse : — Cent louis pour une nuit seulement!... car dussé-je cette nuit vendre tout mon mobilier à l'usurier Mathias, je les aurai restitués dès demain matin!... Cent louis, une somme insignifiante, une avance qu'on n'a jamais refusée à un employé supérieur comme moi!... — Priot avait refermé la porte, mais regardait par le trou de la serrure. Il ne put voir Emile reprendre la clef; il l'aurait parfaitement vu rouvrir le coffre-fort, mais Emile hésitait : — Non, jamais! — murmurait-il; — mieux vaudrait encore m'adresser à Gaudaine, tout administrateur qu'il est. Si Gaudaine refusait pourtant!...

Ces terribles perplexités duraient encore, cinq heures n'avaient point sonné à la Bourse, que Roqueville surprenait Priot courbé devant la serrure :

— Monsieur, — dit-il, — permettez-moi de passer; Franchard m'attend.

Honteux d'avoir été vu dans son attitude, Priot s'éloigna en grommelant :

— De l'utilité d'avoir une jolie femme! Au diable les amoureux de madame Franchard et celui de mademoiselle par-dessus le marché!...

Priot continua ce monologue mélancolique en allant dire aux Vertuchet : « Monsieur de Roqueville, après s'être fait attendre comme un sauveur, est arrivé tout juste à cinq heures. »

— Ah! enfin! — s'était écrié le mari de Nathalie avec un accent de joie et de reproche qui trahissait toutes ses angoisses.

— Il n'est pas cinq heures sonnées, — dit Ernest.

— J'étais sur les épines. Tu as donc eu bien de la peine à réaliser la somme?

Plus d'une heure avant midi, Roqueville avait les cent louis au complet. A quatre heures, il s'était assuré de la présence d'Emile à son bureau; depuis il attendait avec la ferme résolution de n'arriver qu'à la dernière seconde :

— Supposons, — dit-il, — que j'eusse été arrêté par quelque accident majeur, qu'aurais-tu fait?

— Mais... je t'aurais cherché partout en utilisant de mon mieux le temps qui me reste. Heureusement, ta supposition est invraisemblable...

— Comme un coup de sang, une tuile qui vous tue, une voiture qui vous écrase... Bref, mon cher ami, dans ta position de caissier, il ne faut pas avoir de dettes, de dettes de jeu surtout, car aussitôt on devient l'objet de soupçons exécrables.

— Oh!... — fit Emile indigné, oubliant déjà les tentations de la minute précédente.

— Monsieur Priot, ton sous-caissier, t'épiait par le trou de la serrure, ici, à l'instant où j'entrais.

Franchard, confondu, donna un reçu en due forme à son ami Roqueville, et, trop heureux d'en être quitte pour la peur, se rendit au club où les paris étaient engagés à son sujet.

Victor d'Ambrezil, par le seul fait du remboursement, perdit cent louis contre Gaudaine et tout autant contre la galerie. De plus, il fut tourné en raillerie par messieurs de Valvert et de Traymontpré : — « Il s'était avisé de prendre pour enjeu l'honneur d'un galant homme; bonne leçon! »

— Franchard, — dit Lucien de Valvert, — est un honnête garçon; il ne perd que ce qu'il a.

— Y compris sa femme! — ajouta Basile, vicomte de Lyomphe.

— Pour cela, non, par exemple ! — s'écria Turcaret Gaudaine avec un accent de conviction qui fit éclater de rire tous les Almavivas du club. — Aïe, — pensa-t-il aussitôt, — j'ai dit une sottise, ils auront tout deviné.

Victor d'Ambrezeil, pâle de colère, le prit à l'écart.

— Ceci, morbleu ! n'était pas loyal ! Vous pariez à coupsûr.

— Je n'ai rien prêté à Franchard, je vous en donne ma parole, et vous prie de vous rétracter !...

— Non, certes ! j'y vois clair ! Faites un éclat, si bon vous semble, vous aurez compromis madame Franchard... Quant à vos cent louis, n'y comptez plus !

Après quelques reparties, Gaudaine renonçait aux cent louis du pari et remerciait cordialement de sa discrétion le cher Victor d'Ambrezil. Ces deux aimables jeunes gens se séparèrent en échangeant les plus touchants serrements de main. L'un avait joué avec l'honneur d'un homme, l'autre avec la vertu d'une femme; ils étaient quittes et se tenaient réciproquement pour satisfait.

Sur le boulevard, au sortir du club dont il n'était pas membre et où, conséquemment, il n'avait fait qu'une apparition, Emile rencontra sa femme qu'il aborda d'un air riant :

— Où vas-tu donc si vite, ma bonne amie ? — demanda-t-il.

— Chez mon bijoutier.

— Rue de la Paix, c'est fort loin, et il est bien tard ; ne pourrais-tu pas remettre tes emplettes à demain ?

— Si, très-volontiers !... — répondit Nathalie en acceptant son bras. — Il a payé, — pensait-elle, — mais comment ? C'est ce qu'il faut savoir.

XI

LE RUBICON.

A dîner, il ne fut guère question que du départ de Romuald ! Nathalie parla un peu de Gilbert de Fontmarie, dont Denise dit quelques mots agréables; Emile parut prendre plaisir à la conversation. Mais Denise, qui devait avoir hâte de raconter à quelques-unes de ses jeunes amies sa soirée de la veille, son entrée dans le monde et ses premiers succès, sortit bientôt accompagnée par Simonne; les deux époux se trouvèrent en tête-à-tête.

Nathalie, après une courte prière mentale, prit la parole :

— Notre fille, — dit-elle, — plaît beaucoup à monsieur Théodore Fortunat, qui a été, hier au soir, plus empressé, plus galant que jamais.

— A merveille ! Très-bien ! — dit Emile.

— Oui, mais, selon moi, monsieur Théodore lui plaît beaucoup trop.

— Voilà bien les femmes ! monsieur Fortunat peut-il aimer Denise sans la voir ? Elle répond à son inclination, c'est encore pour le mieux !

— Denise n'a pas une brillante dot ; monsieur Théodore sait compter...

— S'il aime notre fille, — interrompit Emile, — eh bien ! il l'épousera sans dot ! Il y a toujours un moment où l'amour est assez fort pour entraîner l'amoureux. Sachons en profiter ; le plus tôt sera le mieux... Voilà mon calcul !

— Ce calcul n'a jamais été le mien ! — dit Nathalie avec tristesse. — La précipitation en fait de mariage me fait frémir. On voit si souvent les jeunes ménages finir très-mal.

— Monsieur Fortunat a toutes les qualités d'un excellent mari; nous l'avons reconnu ensemble cent fois.

— Je ne voudrais pas, — continua Nathalie, — donner ma fille à un homme capable de la sacrifier à d'autres amours ou à des amitiés qui ne valent guère mieux ; car dans vos réunions, vos cercles et vos cafés, vous vous gâtez de mille manières. On s'y raille des choses les plus sacrées et de la fidélité conjugale avant tout.

Franchard étouffa un bâillement. Célestine Taïti, Olympia Brodequin, Aurore Clinquant, Danaë, Clara Fourchette, Thérèse Colibri, tenaient de tout autres propos. La plus hideuse des duègnes de la bande, Italique, ainsi surnommée à cause de sa patrie et de sa maigreur, était en vérité, mille fois plus amusante que Nathalie.

— Ah ! monsieur de Roqueville ! — pensait-il, — vos cent louis me coûtent cher ! Sermon le matin, sermon à cinq heures, tête-à-tête vertueux entremêlé de sermon le soir ; sans ma chienne de promesse, comme j'aurais déjà pris ma canne et mon chapeau !

— Avec quel chagrin, mon cher Emile, — poursuivait Nathalie, — je te vois rechercher de plus en plus la compagnie des hommes et fuir notre paisible intérieur !

— Je croyais qu'il était question de notre fille et me voici sur la sellette. Ceci s'appelle, en rhétorique, l'exorde fallacieux, et en ménage, le trébuchet conjugal. Les femmes excellent à le tendre; le mari sans défiance y tombe tant et tant qu'arrive un jour où, comme le vieux rat de la fable, il reconnaît aux premiers mots « ce bloc enfariné qui ne dit rien qui vaille. »

— Propos aimable ! vous repassez donc votre La Fontaine entre vieux garçons ? — Emile fit un geste d'humeur. — Je parle de notre fille, — reprit Nathalie avec fermeté ; — son avenir me préoccupe plus que je ne saurais le dire, et si je vous entretiens de vous ou de moi, c'est que je ne sais pas d'exemples plus frappants. Pendant dix ans passés, sans remonter en deçà de notre mariage, vous ne vous trouviez bien qu'avec moi. Maintenant je vous vois à peine à l'heure du dîner ; vos jours de travail appartiennent à votre administration, vos jours de congé et vos soirées à vos plaisirs inconnus.

— Allons ! les reproches éternels, la scène sans fin.

— Mais je parle de votre fille et pour votre fille, mon ami ; je m'adresse à son père, qui ne peut vouloir qu'elle soit délaissée et malheureuse.

— Plaignez-vous !... quand vous êtes la *plus heureuse des femmes.*

— Je ne me plains point, pas même de cette sanglante ironie. A quoi bon ! Il est convenu que je dois attendre la fin de votre seconde jeunesse, pour être ensuite votre garde malade... Je ne me plains pas, vous dis-je; je parle de votre fille... Oh ! de grâce, ne m'interrompez plus !

— Cependant ! — fit Emile frappant du pied.

— Vous me répondrez tout à votre aise.

— Soit ! madame, mais, je vous le jure, mieux eût valu pour vous garder un silence de mort.

Cette réplique fut arrachée à Franchard par la pensée qu'en rendant à Ernest ses cent louis, il serait dégagé envers lui de toute promesse, et par la détermination de les lui rendre à tout prix.

— Avant d'ouvrir la bouche, — reprit la jeune femme d'un accent qu'elle s'efforçait de rendre doux, — j'ai prié Dieu de m'inspirer des paroles propres à vous toucher, mon ami, à vous désarmer et à vous ramener au bien. Vous aimez vos enfants encore, c'est de vos enfants et pour vos enfants que je vous supplie de m'entendre. Autrefois, vous n'entrepreniez aucune affaire sans me la confier ; vous n'étiez jamais dans l'embarras sans me consulter, ou au moins sans m'en instruire. Nous ne faisions qu'un alors, et l'avenir de nos enfants nous occupait de la même manière. Déjà vous m'avez privée de toute influence sur mon fils.

— Allons donc ! vos capucinades vont revenir !

— Emile, mon cher Emile, tu m'épouvantes !

Quelle que fût la douceur de ces mots dit en tremblant, Emile repartit avec impatience :

— Autre sermon ! Je n'en sortirai pas aujourd'hui !

Et, se levant, il se mit à se promener de long en large dans le salon.

— Aujourd'hui, — continua madame Franchard, — j'ignore tout ce que vous faites; vous spéculez, vous placez, vous déplacez, vous transformez jusqu'aux biens qui viennent de mon chef sans que je sache comment; et lorsque je dis que notre fille n'aura point de dot, vous ne répondez pas que je me trompe... Autrefois, nous faisions des économies pour elle.

— Je vous ai rencontrée allant acheter des bijoux, — interrompit Emile.

— Erreur! — murmura Nathalie en pâlissant. Et, après un court silence, elle ajouta timidement: — J'allais en vendre!

— En vendre! — répéta Emile, qui s'arrêta court; — et pourquoi donc?

— Ne devinez-vous point?

Au lieu d'être sensible au sacrifice de sa femme, Emile rugit.

— Qui vous a dit que j'eusse une dette de jeu?

— C'était le bruit public dans le salon de madame de Senneval, — répondit Nathalie, ne voulant pas nommer l'odieux vicomte de Lyomphe.

— Serait-ce Roqueville? — pensait Franchard. — Madame,— s'écria-t-il,— j'abhorre l'inquisition domestique. Aussi avez-vous eu grand tort, je vous le répète, de m'en faire sentir le poids. J'étais résolu à redevenir sédentaire, je commençais aujourd'hui même, mais votre vertu tourne à l'aigreur. Je me ferai recevoir d'un cercle pour avoir un chez moi hors d'ici.

— Emile! au nom du ciel! — dit Nathalie suppliante, — si tel était ton dessein, ne t'emporte pas, reste, pardonne-moi ce que j'ai pu dire, et je serai trop heureuse de tout pardonner, d'oublier tout...

— Tout! et quoi donc? — repartit Emile avec une froideur de mauvaise augure; — quel est cette autre lubie?

Nathalie fondait en larmes:

— Crois-tu donc que j'ignore, — disait-elle, — que tu ne passes point tes soirées avec des hommes seulement!... Je comptais me taire... Mais ces créatures et le jeu dévorent la fortune de nos enfants.

— Madame! je vous trouve beaucoup trop bien informée, et j'ai parfaitement l'honneur de vous souhaiter le bonsoir! — dit Franchard hors de lui.

. . . .

Léger, flegmatique, doux, ne s'emportant presque jamais, mais, une fois en colère, susceptible des plus terribles violences, Emile, au collége, avait failli tuer un de ses condisciples. A peine Nathalie eut-elle parlé de ses infidélités, qu'il fut pris du même vertige et tenté de se précipiter sur elle avec fureur. Par un reste de bon sens, il s'enfuit, et dès qu'il fut dans la rue:

— Que j'ai bien fait de sortir!... — dit-il.

Nathalie s'était jetée à genoux; elle pleurait encore quand Simonne rentra pour faire son ouvrage du soir, s'approcha discrètement et dit d'une voix tendre:

— Ma bonne maîtresse, ma vie et mon sang sont à vous; que puis-je faire, mon Dieu! pour vous servir?

Nathalie se releva, le doigt sur la bouche.

— Simonne, mon amie, tu n'as rien vu, rien entendu?

— Il y a cinq ans, madame, que je vois sans voir, que j'entends sans entendre. Je sais tous vos chagrins, je n'ai jamais osé vous en parler, et je comprends bien pourquoi vous pleurez ce soir.

— Tu le devines!

— Comme j'ai deviné pourquoi vous m'avez ordonné de refuser votre porte à monsieur de Roqueville. Est-ce que, quand on aime bien les gens, on ne découvre pas leurs secrets? Mais en même temps, on les garde, madame.

— Emile a perdu au jeu une forte somme, j'ai voulu le prier de me rendre sa confiance et je m'y suis mal pris sans doute, car il me quitte avec colère... pour aller... *chez l'autre*, je pense.

— Chez l'autre? — répéta Simonne; — vous savez donc...!

— ..... Jusqu'au nom, jusqu'à la demeure de cette femme! et maintenant, écoute! — Nathalie raconta de point en point sa scène de la veille avec Ernest de Roqueville; puis elle ajouta: — Réponds-moi, Simonne, dois-je, ne dois-je pas mettre ma confiance dans son honneur?

— Vous pouvez essayer, ma bonne maîtresse, car vous craignez Dieu.

— Cours donc, cours lui dire que je l'attends.

. . . .

Simonne obéit. Nathalie s'était remise en prières. Un quart d'heure après, Ernest de Roqueville la trouvait, sinon résigné, du moins calme et forte.

— Hier, monsieur, vous avez reconnu vos torts; pour les réparer, vous me proposiez un loyal concours... Aujourd'hui, j'accepte.

— Soyez bénie, madame! — dit Ernest d'un ton pénétré. Quelques explications étaient nécessaires; Nathalie les donna, non sans rougir. Ernest, en l'écoutant, sentait son cœur bondir d'indignation et de dégoût; il ne fit pourtant aucune allusion à ses rapports de la journée avec Emile: — Je me mets à l'œuvre sur l'heure, — répondit-il simplement,— et quels que soient les résultats, madame, soyez sûre que je n'aurai rien négligé, par amitié pour votre mari, par intérêt pour vos enfants, par dévouement et par vénération pour vous.

Sur ces mots, il se rendit en ligne droite chez mademoiselle ou madame Thérèse Colibri. Un concierge, non moins intelligent qu'intègre, lui trouvant l'air *cossu*, déclara que, depuis deux grands jours, monsieur Franchard n'avait pas été vu dans la maison. Un écu aidant, Ernest, qu'on prit assurément pour ce qu'il n'était guère, obtint sur les habitudes de madame les plus complets renseignements.

Elle ne recevait qu'une fois par semaine. Ce jour-là, il y avait foule chez elle: on y rencontrait, outre un certain nombre d'étoiles de sa constellation, plusieurs *gentlemen riders* des plus élégants et des plus riches. Les autres soirs, à moins qu'elle n'allât au spectacle, Thérèse Colibri sortait fort tard pour ne rentrer que le matin.

— Et où va-t-elle? — demanda Ernest avançant un un second écu.

— Ces dames aiment beaucoup le jeu. Les lundis, c'est ici qu'on fait la partie; les autres jours, ça varie, comme monsieur le comprend bien.

— Ont-elles une maison de jeu attitrée?

— J'entends quelquefois parler de celle de la vieille Italique, mais c'est clandestin, monsieur, et ça déménage trois fois par mois...

— Votre belle de nuit est-elle sortie déjà?

— Y pensez-vous, monsieur! il n'est pas dix heures.

Un café de sixième ordre était situé presque en face de la demeure de Thérèse Colibri; Ernest alla s'y poster, non sans faire des vœux pour que son attente fût vaine. Il voulait espérer qu'Emile se serait souvenu de ses promesses.

A la réflexion, en effet, il s'en était souvenu; la conscience, la raison, jetèrent leur suprême cri de détresse; mais, hélas! quand on sort de chez soi sous les impressions qui emportèrent Emile Franchard, il est rare qu'on se dirige vers le temple de la Sagesse.

Le mari de Nathalie, maintenant, était au bras d'Alexandrin Gaudaine, qui, n'ayant en sa gibecière qu'un seul et unique tour, s'en servait en toute occurence. Après le dîner, ne voyant pas venir Emile au café de Paris:

— Je gage,— pensa-t-il,— que le pauvre diable est aux arrêts forcés pour cause de finances. En avant, mon portefeuille! — Il le rencontra en chemin, c'était inévitable, le félicita d'avoir mis en défaut par son exactitude l'impertinent Victor d'Ambrezil, et puis, allant droit au fait : — Manquez-vous d'argent? Il n'y a pas à rougir de cela. Entre amis, on se doit entière confiance. Je suis tout à vos ordres, et vous n'en doutez pas, j'espère !

— Mille remerciements, mon cher, mais je suis décidé à ne plus jouer, à dire un éternel adieu à nos belles et à redevenir pot-au-feu, père de famille modèle, prix de vertu, rosière...

— Diable ! — s'écria Gaudaine, — parlez-vous sérieusement?

— Très-sérieusement. J'ai des enfants qui me coûtent fort cher, un fils à caser, une fille à doter.

— Mon bon ! — fit Gaudaine, — Charles-Quint auprès de vous ne fut qu'un bouffon, vous vous enterrez vivant...

— Que voulez-vous, ma femme me fait des scènes affreuses !

— Parce que vous payez vos plaisirs avec l'argent du ménage; adressez-vous à moi; elle n'en saura rien ! Vous enfouir à votre âge! Abandonner Thérèse Colibri! C'est un double meurtre! Que vous faut-il? Six ou huit mille francs? Vous n'avez qu'un mot à dire. Vous me rendrez cela, plus tard, quand vous pourrez, jamais, si vous ne pouvez pas !...

— Merci! mon cher Gaudaine, mais...

— Point de mais!... La somme que je vous offre s'épuisera me direz-vous, et vous n'aurez reculé que pour mieux sauter. Du tout! vous reviendrez à la charge, dix fois, vingt fois, vous me trouverez toujours prêt! L'on ne perd pas chaque soir, d'ailleurs! Voyez d'Ambrezil! voyez Lyomphe, ne font-ils pas bonne figure? La pension de votre fils, bagatelle! la dot de votre fille, bagatelle encore! Ne suis-je donc point votre ami? Nous causerons de cela quand il en sera temps.

Gaudaine parla sur ce ton vingt minutes durant. Il n'en fallait pas autant pour vaincre la molle répugnance de Franchard. Avec les huit mille francs qu'on lui glissait dans la main, il était facile de s'acquitter envers Ernest, de se faire admettre au club maquignon, d'offrir à Thérèse Colibri un bracelet roulé dans un billet de banque et d'avoir encore une somme disponible pour tenter la fortune du jeu, soit chez l'une de ces dames, soit dans l'antre clandestin d'Italique. Emile courut chez Ernest de Roqueville, ne le trouva point, mais laissa sous enveloppe une lettre avec la somme qu'il lui avait empruntée le matin.

Le Rubicon était franchi.

A onze heures, Roqueville reconnut avec douleur Franchard au bras de Gaudaine; ces messieurs montaient en voiture ainsi que Thérèse. Le fiacre d'Ernest les suivit jusqu'à l'entrée d'une étroite ruelle des boulevards extérieurs. Là, Gaudaine, Franchard et madame Colibri mirent pied à terre. Roqueville se glissa dans l'ombre sur leurs traces, les perdit de vue tout à coup et se vit seul dans une sorte d'obscur coupe-gorge.

XII

LES DEUX PIVOTS.

Le docteur Hugues avait vu rentrer Gilbert pensif, triste, fatigué par sa soirée, par la nuit qui la suivit et par ses adieux à Romuald ou plutôt à Denise. Pendant que Vallier lui donnait sa répétition de droit, il s'assit près d'eux et, à la fin d'un commentaire, dit au jeune répétiteur :

— Je vois avec plaisir que le goût de la poésie n'altère pas en vous la rectitude du jugement.

— Vous êtes mille fois trop bon, monsieur le docteur, — répondit Vallier; — malheureusement, messieurs les administrateurs vos collègues ne pensent pas tous comme vous. Monsieur le comte de Fontmarie, m'engageait tout à l'heure à renoncer à la versification. Eh ! mon Dieu ! je ne fais des vers qu'à regret, pour complaire à madame la baronne de Senneval. Que ne puis-je le dire à tous ceux de ces messieurs de qui dépend mon avenir

— Très-bien! — répondit le docteur, qui, sans promettre formellement sa protection au modeste employé, lui témoigna de l'intérêt, s'informa de sa vieille mère et, par des transitions bien ménagées, amena le nom d'Ernest de Roqueville, compatriote de Nathalie, le plus saillant des adorateurs de la jeune femme, l'ancien ami de Franchard, une énigme encore pour le vieil observateur.

— Nous habitons la même maison depuis fort longtemps, — répondit Vallier; — j'ai eu l'honneur de faire sa connaissance dans le salon de madame Franchard; je le tiens pour un parfait honnête homme, serviable et bon. Il est sérieux ou même triste, ne parle point de ses affaires et ne paraît pas curieux de celles des autres.

— Ainsi vous n'êtes point liés; monsieur de Roqueville entre-t-il quelquefois chez vous? — demandait le docteur.

— Rarement, — répondit Vallier; — mais, avec le zèle d'un cœur charitable, il a voulu, à plusieurs reprises, pendant mon absence et celle d'Etiennette, tenir compagnie à ma mère souffrante.

— Qui appelez-vous Etiennette? serait-ce mademoiselle votre sœur? — demanda encore le docteur Hugues, quoiqu'il sût fort bien d'après Gilbert à quoi s'en tenir.

— Je n'ai pas de sœur, monsieur, — répondit Vallier. — Etiennette est une jeune ouvrière, notre voisine. Elle travaille d'ordinaire chez elle et, l'aiguille à la main, passe volontiers son temps auprès de ma mère.

Pendant quelques instants encore, le docteur causa familièrement avec Vallier, lui parlant tantôt de lui et de sa position, tantôt d'Ernest de Roqueville, mais dès que le jeune répétiteur se fut retiré :

— A ton tour, Gilbert ! — dit-il. — Depuis hier, qu'as-tu pensé, qu'as-tu ressenti, qu'as-tu fait? Ne me déguise rien.

— Je l'ai promis! — répondit simplement l'élève du docteur, qui, le sourire aux lèvres, l'encourageait du geste et du regard. — Eh bien, mon oncle, j'ai passé la matinée à méditer votre terrible histoire et à examiner mon propre cœur. Sans cesse l'image de Denise venait faire diversion à mes pensées. Je n'ai pu résister au désir de la revoir en allant dire adieu à Romuald. Je comparais votre amour pour la noble femme qui fut ma mère, à celui que j'éprouve pour mademoiselle Franchard, et je remarquais de grandes différences entre nos deux situations. Vous aviez un père rigide, rempli d'idées absolues qui ne sont point les vôtres, assurément. Vous avez eu pour rival inconnu votre propre frère. Moi, je connais mes rivaux, je ne leur dois rien, je crois les valoir et je ne puis renoncer à toute espérance... — Le docteur se contenta de serrer amicalement la main de son neveu. — Monsieur Fortunat, Denise elle-même, peuvent changer de sentiments, — continua Gilbert; — Vallier n'a aucune chance de réussir, et je deviendrais un concurrent redoutable du jour où vous m'autoriseriez à me mettre sur les rangs.

— Je ne forme qu'un vœu, ton bonheur, — dit le docteur Hugues avec une tendresse paternelle. — Je n'ai qu'une crainte, c'est que tu fasses fausse route dans la vie. Se marier avant d'avoir acquis une grande expérience est un des plus grands dangers que je connaisse.

— On ne doit donc pas se marier jeune? — murmura Gilbert.

— Je n'ai point dit cela. L'expérience n'est point un fruit de l'âge. Il est des vieillards qui en manquent faute d'avoir su observer et penser. Dupes des autres et d'eux-mêmes, ils restent ignorants des premiers éléments de la vie et pâtissent de leur ignorance jusqu'à leur dernier jour.

— Vous admettez donc, mon oncle, qu'on peut de bonne heure acquérir de l'expérience?

— Oui, mais tu es en retard sur la majorité des hommes, tu n'as point vécu dans assez de milieux, l'éducation publique t'a manqué, tu es tel que j'étais, moi, et je veux te préserver des maux dont j'ai souffert.

Gilbert remercia du regard.

— Mais quand donc aurai-je de l'expérience? — demanda-t-il avec candeur.

— Lorsque tu connaîtras la science du bien et du mal, lorsque tu auras perdu le paradis terrestre des illusions, qui ne valent rien en un monde qui est fort loin d'être un paradis. L'homme a toujours trop d'illusions, jamais assez d'expérience. Il n'est point d'illusions pour Dieu. Peu d'expérience aigrit et rend dur, beaucoup d'expérience rend indulgent. Le trésor des miséricordes célestes est la connaissance infinie du bien et du mal. Or, Dieu étant infiniment savant, est par cela seul infiniment bon et miséricordieux.

— Ah! combien j'ai hâte de me conformer à vos vues, mon oncle, et de conquérir cette expérience qui me manque tant. Mais l'expérience, dit-on, est toute personnelle, celle d'autrui ne sert à rien.

— Autant dire que les lunettes sont sans utilité pour les myopes, ou que les études des professeurs ne profitent point à leurs élèves : aux myopes qui mettent les lunettes dans leurs poches, soit; aux écoliers qui n'écoutent point les leçons de leurs maîtres, d'accord!

— Vos lunettes et vos leçons, bien vite! mon oncle! — s'écria Gilbert en souriant.

— Je me propose, mon ami, de te faire passer par les chemins que j'ai frayés en te montrant les ronces et les épines où je me suis déchiré le cœur, de te faire voir ce que j'ai vu, mais en t'épargnant les douleurs de la découverte. Tu étais sous de pénibles impressions, hier soir; je t'ai laissé le temps de la réflexion, qui est l'étude. Cette nuit, si tu t'en crois le courage, je serai ton guide comme Virgile fut celui de Dante; nous descendrons ensemble dans les enfers.

— Monsieur le docteur est servi! — dit Germain en ouvrant la porte.

L'oncle et le neveu se mirent à table.

En présence des domestiques qui servaient le dîner, le docteur avait changé le sujet de la conversation, mais une fois seul avec Gilbert, il se remit à l'interroger.

— Vos récits, mon oncle, — répondit le jeune homme, — mes aveux, notre grande conférence d'hier, la manière dont vous vous exprimiez comme pour froisser mes convictions et troubler mon esprit, la certitude que j'avais des rivaux, les propos odieux des Vertuchet sur la famille Franchard, tout, jusqu'à la lecture de vos pensées, m'avait mis dans un état d'agitation qui n'a pas encore cessé.

— Cher enfant! — murmura le docteur d'un ton mélodieux, — ta sensibilité est excessive, comme l'était la mienne lorsque Crescent, se faisant un jeu de mes douleurs, me livra en pâture à la Cavalletta. Continue.

— Je vous regardais, mon oncle! Jamais vous n'étiez ce que j'aurais supposé; seul vous avez applaudi le vicomte de Lyomphe; vous souriiez aux passages touchants; vous faisiez l'inverse de ce que faisaient les autres invités de madame la baronne de Senneval. Vous avez excité les murmures de l'assemblée que vous braviez à plaisir, puis avec un art surprenant vous avez recueilli tous les suffrages, en écrasant pour ainsi dire le vicomte; enfin, mon oncle, vous, si indulgent, si charitable, si bon d'ordinaire, vous m'avez paru...

— Eh bien?

— Pardonnez-moi, je n'ose...

— Bref, je t'ai paru taquin, impitoyable, méchant...

— Vous frappiez à droite et à gauche, ne ménageant personne...

— Et j'ai recueilli tous les suffrages, dis-tu! Moi qui n'ai aucun souci des opinions contradictoires, erronées et malicieuses du monde, moi qui passerais volontiers le reste de ma vie dans la solitude, avec quelques livres, mes meilleurs amis, j'ai fait scandale, j'ai visé au succès. Pourquoi cela, mon enfant? Parce que tu étais là, présent, écoutant, étudiant d'après mes ordres. Crescent, n'ayant d'autre but que de me trahir, mettait un bandeau sur mes yeux; je déchire celui qui est sur les tiens. Hier, tout d'abord, j'ai voulu te donner un exemple de ce que l'on peut dans le monde par une certaine vigueur, et t'empêcher de croire qu'on soit libre d'y pratiquer une charité débonnaire. — Gilbert fit un mouvement qui n'échappa point au docteur Hugues. — Je te froisse encore, et je m'arrête, car tu penses que je porte atteinte à la plus belle des lois divines, à cette charité sainte, sans laquelle le reste n'est rien.

— Je l'avoue, mon oncle.

— Nous parlons du monde, il s'agit du monde, et l'Évangile même distingue sans cesse entre le monde et le royaume de Dieu.

— Le monde est donc le domaine du mal, — dit Gilbert avec sa droiture naturelle. — En ce cas, il faut fuir le monde.

— Fuir le monde, — reprit le docteur, — mais le monde est partout. Aucune des sphères sociales n'est en dehors du monde; en cette vie, il n'est pas possible d'échapper au contact incessant des hommes. De là, l'étude que nous faisons; elle n'a aucun rapport avec la pure morale évangélique. Celle-ci, Gilbert, renferme-là dans ton cœur; remplis de l'autre ton esprit. Te cloîtrerais-tu au fond d'un monastère, tu t'y rencontrerais avec des hommes imparfaits et passionnés, d'humeurs et de caractères divers; et là, si tu ignorais l'art de te conduire, tu souffrirais des mêmes maux que dans le grand tourbillon humain. La charité, vertu sublime, trouve à chaque pas son application dans n'importe quelle région du monde. Hier, je n'y ai pas manqué autant que tu peux le croire. Mes paradoxes recelaient maints avis salutaires, et tels que j'ai blessés en passant pourraient beaucoup gagner à leurs blessures. Mais ici, tout à l'heure, j'ai peut-être donné à tort au mot charité l'épithète *débonnaire* qui se prend en mauvaise part; disons donc : faiblesse, indulgence aveugle, et poursuivons. — Sur ces mots, le docteur Hugues posa en principe que l'argent et l'amour sont les deux pivots sur lesquels tourne le monde : — L'amour avec toutes ses variétés et toutes ses nuances, depuis l'amour de Clémence de Mesles jusqu'à celui de la Cavalletta! L'argent, avec toutes ses puissances et ses nécessités, depuis le besoin de pain jusqu'au luxe effréné des orgies royales! L'amour, loi divine impliquant charité, abnégation, dévouement, sacrifice; l'argent, signe humain, représentant le travail, l'industrie, le commerce, la prospérité publique. L'amour, passion infernale, aveuglement, folie, frénésie, corruption; l'argent, métal impur dont le nom signifie : cupidité, avarice, égoïsme, vol, meurtre, sang et boue. Amour et argent, âme et corps, esprit et matière, sans cesse en contact, sans cesse fusionnés en un amalgame indissoluble : « Le mariage et la dot, la débauche et son salaire, la famille et l'héritage, la pitié, l'aumône, le jeu, le libertinage, la louve et le tripot. » L'amour et l'argent, le bien et le mal, le mal et le bien; voilà ce qu'il faut voir, savoir, connaître, désirer ou craindre, fuir ou chercher, vouloir ou haïr; voilà ce qu'il faut examiner, étudier, analyser! Au fond du creuset se trouvent l'homme et la société, le monde, ou en d'autres termes la science de la vie. Et maintenant, Gilbert, te sens-tu la force de prendre une seconde leçon?

— Oui, mon oncle, — répondit le jeune homme, — je suis avide de voir et de savoir.

L'oncle et le neveu firent trois visites dans le cours de la soirée. Chez un financier qui recevait des hommes sérieux, ils trouvèrent Horace de Beauregard et le vicomte de Lyomphe. Monsieur de Beauregard essaya d'être mordant, le vicomte parut piqué, les gens sérieux prirent l'avis du docteur sur les grosses affaires dont on s'occupait à cette époque :

— Argent ! — dit le docteur à Gilbert. — Chez le comte d'Ambrezil, frère aîné de Victor, le mauvais sujet de la famille, certains scandales récents, l'enlèvement d'une jeune femme, les infidélités bruyantes d'un mari, l'inconcevable obstination d'une opulente héritière, qui allait épouser un homme sans fortune, occupaient tout le monde. — Amour ! — avait dit le docteur Hugues. Chez madame la duchesse Fohé des Lagues, on n'avait parlé que de mariages et de corbeilles de mariage, d'inclinations romanesques, de dots et d'espérances, de partis convenables, d'unions plus ou moins assorties : — Amour et argent. — Vers minuit, la voiture du docteur Hugues s'arrêta devant la même impasse sombre où Ernest de Roqueville avait perdu la trace de Gaudaine, d'Emile Franchard et de Thérèse Colibri. — Encore l'amour et l'argent ! — reprit le rude Mentor de Gilbert. Nous entrons dans une autre rue Maudite.

— Si j'étais seul, je m'en éloignerais avec horreur. Mais est-il bien possible, mon oncle, que des gens bien élevés viennent ici chercher ce qu'ils nomment le plaisir ?

— Question juste et naturelle. Mais il faut aux palais blasés des liqueurs âpres et brûlantes ; il faut à ces messieurs, au moins comme diversion, quelque chose de pire que les salons équivoques et les maisons de jeu tolérées. Après le monde qui ennuie, le club qui devient monotone, les bals publics et les parties joyeuses qui n'ont qu'une saison, la mauvaise société ordinaire n'a plus suffi. On a cherché, on a trouvé le tripot clandestin.

— Et c'est là que vous me conduisez, mon oncle ? Est-ce donc nécessaire ?

— Sans transitions, oui, pour que tu ne risques point d'y arriver par la pente insensible. A mesure qu'un plaisir paraît fade, on force la dose, si bien que le tripot même finit par manquer de saveur. Tout Paris a connu un élégant viveur qui dépensait une fortune colossale dans la dernière abjection, car il y a beaucoup plus bas que l'antre où nous allons descendre. — Gilbert témoignait encore du dégoût. — Tu ne crains pas, dis-tu, de jamais glisser sur la pente, — reprit le docteur ; — je ne te répondrai point par mon exemple ; mais il faut que tu voies quelles sortes de gens peuvent conduire ici le désœuvrement, l'inconduite, le besoin d'étourdir leurs ennuis ou leurs remords. Ceci est une étude, enfin ; allons ! — Le docteur Hugues parlait encore, lorsque dans la demi-obscurité, il vit un homme venir vers lui : — N'avancez pas ! — s'écria-t-il en armant un revolver.

— Soyez sans craintes, monsieur le docteur, — dit Ernest de Roqueville qui se nomma en saluant ; — j'ai entendu les derniers mots de votre conversation, j'ai reconnu votre voix et je vous prie instamment de vouloir bien m'introduire chez Italique.

— Cet établissement est donc nouveau pour vous ?

— Entièrement. Je suivais des personnes qui devaient m'en montrer le chemin ; elles ont disparu. Depuis j'attends une occasion qui m'a échappé plusieurs fois.

— Vous auriez risqué d'attendre longtemps sans notre rencontre.

— Mille remerciements, monsieur le docteur, car si vous allez faire une étude, moi je vais remplir un devoir.

Le docteur s'approcha des fentes d'un entourage en planches vermoulues pour y donner le mot de reconnaissance.

— Combien êtes-vous ? — dit de l'intérieur une voix de femme.

— Trois.

— Bien prenez-vous par la main, courbez-vous et marchez. — Deux planches à coulisses livrèrent passage aux visiteurs, reprirent aussitôt leurs places et furent barricadées sans bruit. — Descendez maintenant vingt-cinq marches, — dit la gardienne de cette entrée mystérieuse ; — tournez de suite à droite ; au fond du corridor se trouve l'autre escalier.

Après avoir traversé l'obscur couloir d'une cave, le docteur Hugues, Gilbert et Roqueville aperçurent une faible lueur, ouvrirent une porte vitrée et pénétrèrent enfin dans une assez vaste salle parfaitement éclairée, très-convenablement meublée et remplie de joueurs des deux sexes. Là on fumait, on buvait, on riait aux propos cyniques de certains habitués de mauvaise mine, mais la principale affaire était le rouge et le noir.

— Vous vous demandez, mes amis, — disait le docteur Hugues, — comment j'ai pu me procurer l'adresse et les mots de passe d'une maison organisée de manière à dépister la police. Je vais vous l'apprendre. Sachez d'abord que trois sortes de gens amènent ici : les amateurs, les courtiers et les entraîneuses. Les amateurs sont des dupes qui en font d'autres, en introduisant ici leurs amis et compagnons de plaisir. Mais les oisons à plumer et les moutons de Panurge ne suffiraient pas ; le jeu clandestin a donc ses agents recruteurs des deux sexes, dont un agent général centralise les opérations. Celui-ci est un préfet de contre-police qui dirige les mouvements d'ensemble, cherche des lieux d'asile convenables, crée des cavernes comme celle où nous sommes, invente sans cesse des ruses nouvelles, donne chaque jour les mots de guet, reçoit les rapports de ses subalternes et leur distribue les rôles. Ces faits sont connus ; plusieurs procès et de nombreuses enquêtes s'accordent à les rendre patents. L'agent général est tantôt un homme, tantôt une femme, tantôt un être multiple, association de deux ou trois entrepreneurs. J'aurais pu m'adresser à certains joueurs que je soupçonne de fréquenter le tripot ; j'ai préféré avoir affaire à monsieur l'agent général.

— Mais le connaître ? — s'écria Ernest de Roqueville.

— Je n'ai eu besoin que d'entrer dans l'une des salles d'hospice où l'on me voit le plus souvent. Nous irons ensemble, Gilbert, et je te montrerai le malheureux à demi-imbécile de qui j'ai obtenu, pour quelques pièces de monnaie, et sous promesse de ne pas trahir les secrets de la société, le nom et l'adresse de celui qui la dirige. Mon imbécile, par parenthèse, a occupé plusieurs emplois et a joui de quinze à vingt mille livres de rente.

— C'est affreux ! — dit Roqueville en songeant à son ami Franchard, le mari de Nathalie.

Gilbert gardait le silence. Les propos de son oncle augmentaient encore le sentiment qu'il avait éprouvé en pénétrant dans la hideuse demeure d'Italique.

— C'est affreux en effet, mais vulgaire, — répondait le docteur, — et je pourrais citer cent exemples plus lamentables. Les victimes de la débauche peuplent les masures infectes, les garnis de bas-étage, les prisons et les asiles d'aliénés.

A ces mots, Gilbert regarda son oncle, qui n'avait pu se défendre d'un frisson d'horreur.

Ernest de Roqueville demanda quelques détails sur l'agent général des jeux clandestins.

— Si vous devinez son nom, monsieur, — reprit le docteur, — rappelez-vous que vous devez le taire.

— C'est convenu.

— Quand je me suis vu en présence du personnage, j'ai vivement regretté que mon neveu ne fût pas avec moi, car l'élégante dépravation, l'impudeur polie et les formes courtoises de cet homme en font un sujet de l'ordre le plus intéressant. Il a longtemps joui non-seulement d'un nom sans tache, mais encore d'une certaine célébrité ; il porte un nom recommandable et a eu de la fortune...

— Cinquante et quelques années, n'est-ce pas ? — dit Roqueville, — une physionomie fine, mélange d'enjouement et de cordialité, mais ayant tous les caractères des vices les plus ignobles...

— Vous avez reconnu le masque.

— Eh quoi ! c'est là qu'il est tombé !

— Il est supérieurement logé, meublé, servi. Ses valets portent livrée, il ne se refuse aucune jouissance et lève hardiment le front. Après avoir dévoré son patrimoine, il eut recours, si vous vous en souvenez, à des talents qui lui firent fermer tous les salons ; on le raya de la liste des membres de son club ; les tripots devinrent ses galeries. Il en est désormais le haut et puissant seigneur. Avant sa mésaventure, je le rencontrais partout. Quand je me suis fait annoncer, il m'a reçu le sourire aux lèvres ; quand je lui ai appris l'objet de ma visite, loin de rougir, il l'a pris sur le ton aimable : — Je ne vous ferai pas l'injure, monsieur le docteur Hugues, — m'a-t-il dit, — de vous recommander la discrétion ; vous êtes un homme à vues larges et philosophiques, vous voulez connaître nos petits établissements, l'institution mérite, en effet, l'examen des gens éclairés. Nous sommes en lutte avec l'esprit du gouvernement, c'est malheureux et heureux à la fois. « Les maisons de jeu sont un besoin de notre civilisation ; tout le monde n'a pas l'aptitude des grandes spéculations financières dans lesquelles, du reste, la partie est bien moins égale que sur le tapis vert. On défend le jeu ; en principe, c'est une faute ; il ne faut enlever aucun aliment à l'activité humaine. En fait, personnellement, j'ai lieu de m'applaudir de l'interdiction puritaine à laquelle je dois mon honorable position. »

— *Honorable !* — interrompit Roqueville.

— Textuel, — reprit le docteur. — Mieux que cela, il a développé son mot : « *Un homme d'honneur* tel que moi ne tremperait pas dans une opération immorale. Nos maisons de jeu, forcément clandestines, sont tenues par des personnes de confiance ; on n'y souffre aucun acte déloyal, tout s'y passe avec une régularité consciencieuse, et quant aux habitués, nos choix sont scrupuleux à l'excès. Les cavaliers sont gens comme il faut ; parmi les dames une mise décente est de rigueur. — J'en avais assez entendu. Je m'informai donc de la maison la mieux fréquentée ; celle-ci me fut indiquée avec tous les renseignements nécessaires, et vous avez pu voir que monsieur l'agent général me donna le droit d'amener autant de personnes que je le jugerais à propos.

Pendant cette conversation, Ernest de Roqueville et Gilbert avaient eu le temps d'examiner la foule qui les coudoyait ; il y avait là, faut-il le dire, des vieillards et des enfants, de telle sorte que ni les cheveux blancs du docteur, ni l'aspect juvénile de son neveu ne provoquèrent l'étonnement de personne. Leur costume ne choqua point davantage ; l'habit noir était en majorité dans la salle. Quant aux dames, si rigoureusement condamnées à une tenue convenable, elles étaient en robes de bal.

Un assez grand nombre, pourtant, étaient en costume de ville, c'est-à-dire telles qu'au moment où elles avaient pris place aux tables d'hôtes dont elles avaient l'art d'attirer les convives à la maison de jeu. Quelques autres sortaient du spectacle. Les plus recherchées, comme Thérèse, Aurore Clinquant, Olympia et Celestine Taïti, venaient directement de chez elles.

Une triple rangée de curieux ou de joueurs cachait au docteur, à Gilbert et à Roqueville, la personne qui donnait les cartes. De temps en temps quelque coup important faisait pousser des exclamations confuses, puis, au bruit de l'or, se mêlaient d'autres éclats de voix.

Enfin les nouveaux venus, fendant la foule, purent voir la maîtresse du lieu, assise, les cartes à la main, entre Emile Franchard et Gaudaine. Thérèse Colibri était à côté d'Emile et de moitié dans son jeu.

— Le père de Denise ! — murmura Gilbert suffoqué à sa vue.

— Il joue donc !... Il ose jouer ce soir même ! — dit Ernest avec indignation.

Emile Franchard, exclusivement occupé du jeu, ne les vit point ; il avait devant lui une forte somme, son gain de la soirée sans doute. Thérèse, nonchalamment appuyée sur son épaule, la couvait des yeux.

Gaudaine bâillait, jouait par contenance, et rêvait sans contredit à la *trop heureuse* Nathalie. Seul, peut-être, il était indifférent, car le docteur Hugues lui-même n'avait pu se défendre d'une émotion violente.

La vieille Italique, maigre, jaune, décharnée, édentée, horrible, outrageusement parée d'une robe de satin enrichie de brillants, cette femme qui distribuait les cartes, vérifiait les mises, tournait ensuite rouge ou noir, et ruinait ou enrichissait les joueurs avec une rapidité farouche, Italique n'était autre que la Cavalletta.

Le premier mouvement du docteur fut instinctif et douloureux ; le second fut raisonné :

— La leçon n'en vaudra que mieux, — pensa-t-il.

Emile Franchard gagna. Un joueur désespéré quittait sa place, le docteur Hugues la prit, reçut une carte rouge et dit :

— Je fais tout.

— Tout ! — répéta la galerie étonnée.

Emile Franchard, levant les yeux, reconnut le docteur et se troubla ; son regard rencontrait en même temps celui d'Ernest de Roqueville ; il oublia de mettre au jeu. Mais Thérèse ponta pour lui avec la fureur d'une joueuse enivrée par le gain.

— Trois mille deux cent soixante francs ! — dit Italique. — Le docteur jeta sur sa carte quatre billets de mille francs. — Rouge ! — dit Italique ; — tout est à monsieur.

Thérèse Colibri jura et ne fut point la seule.

— Non ! — dit le docteur retirant son enjeu, — tout pour la Cavalletta !

La vieille racla l'or avec une joie sauvage et dit :

— Qui es-tu donc, toi, mon vieux ?... Cavalletta !... j'étais jeune et belle alors...

— Allons donc ! des cartes ! — cria la galerie, — marchons !

— La Cavalletta ! — murmurait Gilbert éperdu, — la Cavalletta elle-même !

— Elle-même, — répondit le docteur, — nous sommes servis à souhait !... En outre, tu vois ici...

— Monsieur Franchard ! monsieur Gaudaine ! monsieur Victor d'Ambrezil !... Oh ! mon oncle ! pourquoi sommes-nous venus ?

— Le regretterais-tu, par hasard ?

— Plus que jamais !

— Pauvre enfant ! Et notre étude des deux pivots, comment la ferais-tu ?... Je tiens à te faire voir ce que deviennent les reines d'amour et de beauté de ce monde-ci... Regarde l'Italique, ma Cavalletta !... — Gilbert frissonnait. — Je ne suis pas fâché non plus de savoir, — continuait le sévère docteur, — jusqu'à quel point les Vertuchet médisaient ou calomniaient.

Gilbert pâlit à ces mots :

— Mais, — dit-il, — Denise est innocente des travers de son père.

— Tu vas jouer, — interrompit le docteur.

— Oh ! de grâce, mon oncle ! ne m'y obligez pas !

— Il faut payer ta bienvenue. Allons, prends une place, risque quelques louis !...

XIII

INCURABLES.

Gilbert obéit avec répugnance, gagna coup sur coup et eut honte d'avoir gagné :

— Que faire de cet or ? — dit-il.

— Tu vois cette belle brune qu'abandonne monsieur Franchard, — répondit le docteur, — propose-lui d'être de moitié dans ton jeu.

— Mais je ne la connais ni ne veux la connaître !

— Je t'en prie ; je l'exige au besoin.

Émile Franchard ayant rejoint Ernest de Roqueville, Thérèse avait perdu tous les coups gagnés par Gilbert et le donnait au diable, quand il s'approcha d'elle.

— Vous êtes gentil, par exemple ! — fit-elle avec joie, — et vous avez la main tièrement heureuse ! — Gilbert continua de gagner. — Autant de veine que d'adresse, monsieur le comte, — reprit Thérèse Colibri, — vous enlevez la mise comme les pains à cacheter...

— Que voulez-vous dire ?

— J'étais au bois hier. Ne m'auriez-vous pas reconnue, vilain ? Oh ! je vous ai reconnu de suite ; il suffit de vous avoir vu un instant pour ne vous oublier de ses jours... — Thérèse soupira sentimentalement. — Vous avez logé six balles au beau milieu de la cible et boutonné au fleuret le Beau-Ténébreux. Quel joli cheval vous aviez et comme vous montiez bien ! J'en ai rêvé, parole d'honneur !... — Gilbert était au supplice. Thérèse minaudait, souriait, flattait, se penchait sur lui avec un abandon exagéré, ne négligeant rien pour répondre à ses avances apparentes. — Je lui ai plu, — pensait-elle, — puisqu'il me fait gagner avec lui ; quelle chance qu'Émile ait filé ! — Gilbert accrut son erreur en lui demandant d'un ton maussade, qu'elle prit pour de la jalousie de débutant, comment elle connaissait monsieur Franchard, et de quelle nature étaient ses relations avec lui. — Émile vous inquiète, — dit-elle. — Oh ! soyez tranquille, je me dépêtrerai de lui sans peine ; d'abord, il est très-changeant !... Tenez, il a passé ces deux derniers jours sans venir chez moi !... En tous cas, je puis vous promettre de ne plus le recevoir...

— A quoi bon ? — murmura Gilbert attristé de l'évidente inconduite d'Émile Franchard. — Ce n'était pas le jeu seulement qui lui faisait délaisser ses enfants et sa femme. Les Vertuchet, sur ce point au moins, n'avaient pas menti.

Gilbert étouffa un soupir.

— Tiens ! — disait Thérèse, — vous m'avez l'air de ne pas bien savoir ce que vous voulez. Vous m'aimez, je vous aime !... Je n'ai qu'une parole, et je chasse Émile net comme Torchet.

A ce langage, le jeune comte, n'y tenant plus, quitta la place, et, laissant son gain à Thérèse :

— Continuez sans moi, — dit-il durement.

— Sans vous, je vais tout perdre !

— Qu'importe !

— Mais si vous ne jouez plus, je ne tiens pas à jouer davantage ! Pourvu que je sois avec vous, tout le reste m'est indifférent !

Le docteur Hugues, ayant prié Italique de se faire remplacer par un croupier, l'emmenait dans un coin, où Gilbert, maîtrisant à peine son humeur, lui dit brusquement :

— Je ne sais plus comment me débarrasser de la drôlesse à la tête de qui vous m'avez jeté.

— Eh bien ! invite-la à prendre quelques rafraîchissements avec nous.

Thérèse accourait gaiement :

— Il est timide et farouche, mais riche, jeune, généreux ; on l'apprivoisera !

Cependant la vieille Italique, surprise du langage de Gilbert, le regardait avec une attention étrange ; puis elle arrêta son regard oblique sur le docteur Hugues, le reporta sur Gilbert, et, se souvenant enfin :

— Monsieur le comte, — dit-elle avec une sorte de terreur, — que me voulez-vous ? Pourquoi cette grosse somme que vous m'avez donnée ? Pourquoi le nom de Cavalletta ? Ne me faites pas de mal ; il y a si longtemps de l'histoire de Saviero ! car je vous reconnais, moi aussi, maintenant, à votre ressemblance avec votre fils.

— Tiens ! — dit Thérèse à mi-voix, — ce vieux richard est ton père ?

— Non ! — répondit Gilbert d'un ton sec.

— J'oubliais, c'est son oncle, un braque ! — se dit Thérèse ; — et le neveu n'est pas mal toqué aussi !... Bah !... allons toujours !

Elle remplit les verres. La Cavalletta disait en italien :

— Si vous saviez combien vous avez été vengé, monsieur le comte, vous auriez pitié de moi !

— Femme ! — répondit le docteur dans la même langue, — rassure-toi. Je t'ai pardonné depuis bien longtemps ; j'exige seulement que tu racontes ici, sans mentir, toute ton histoire à ce jeune homme...

— Mais, — murmura la vieille, — on pourrait m'entendre, on sait l'italien à Paris, et puis il y a des choses...

— C'est justement à ces choses-là que je tiens le plus. Je veux inspirer à mon fils, comme tu l'a bien nommé, une invincible horreur pour les plus séduisantes d'entre vous.

— Et tu l'amènes ici ! — dit la mégère.

— Alighieri descendit bien dans l'enfer.

— *Evero !* — fit la Cavalletta.

— Nous te jurerons de ne rien répéter. Tu dois avoir quelque réduit à ta disposition ; conduis-nous !

La dame du tripot ouvrit un cabinet, y fit entrer le docteur et Gilbert, mais arrêta Thérèse sur le seuil :

— Nous avons à parler d'affaires !... Et puis ce gentilhomme n'est pas pour toi, souviens-t'en !

La Colibri, déconcertée, puis indignée, vomit une injure grossière qui, passant par sa bouche rose et fraîche, n'en parut que plus révoltante.

— Ah ! m'en voici donc délivré ! — dit Gilbert quand la porte se referma.

Le docteur Hugues s'assit :

— Mon fils entend l'italien ; Cavalletta, commence.

Une histoire de sang et de boue fut alors racontée, non sans efforts, par la misérable aventurière qui avait été citée, de Naples à Florence et à Venise, comme la plus belle des Danaë vagabondes. Elle s'anima en parlant, elle se surexcita en buvant de l'eau-de-vie. Avec un rire rauque et saccadé, elle nomma les adorateurs, souvent illustres qu'elle avait eus ; elle vanta sa beauté perdue et osa en prendre à témoin le docteur Hugues lui-même. Elle parla de ses rixes, de ses blessures, de ses maladies, de ses emprisonnements, de ses évasions et enfin de son arrivée en haillons à Paris, où, grâce à la protection d'un escroc, elle avait obtenu la gérance du tripot qu'elle dirigeait.

Le docteur Hugues la contraignit à entrer dans des détails qui donnaient le cauchemar à Gilbert :

— Eh bien ! — demanda-t-il d'un ton charitable, — es-tu rassasiée de vices ? Si je t'offrais, moi, une existence honnête, l'accepterais-tu ?

Italique le regarda fixement, hocha la tête, remplit de rhum son grand verre et dit sourdement :

— Aux brebis la bergerie, à la vieille louve la caverne ! Puis elle vida d'un trait sa forte dose d'oubli.

— Incurable ! — dit le docteur à Gilbert.

Cependant Franchard, accostant Roqueville, lui avait dit tout d'abord :

— Tes cent louis sont chez toi, je n'aurais pas touché une carte avant de te les avoir rendus !

— Plût à Dieu alors, — dit Ernest avec amertume, — que tu n'eusses jamais pu me les rendre !

Aurore Clinquant, la voisine d'Alexandrin Gaudaine, s'écria tout à coup :

— Oh ! la bonne charge ! le Beau-Ténébreux ici !

— Peste ! — pensa Gaudaine, — cet Amadis s'aviserait-il de gâter mes affaires ?

Sur cette réflexion, le digne confident de Franchard se leva, en dépit des efforts d'Aurore Clinquant :

— D'Ambrezil est à sec, je lui passe mon enjeu ; bonsoir !

Repoussée par Gilbert et l'Italique, Thérèse Colibri se rabattait sur Franchard, à qui Gaudaine prenait le bras en demandant :

— Eh bien! gagnez-vous? perdez-vous?

Thérèse lui posait la main sur l'épaule et lui disait de son côté :

— Que deviens-tu donc, méchant déserteur? Je commençais à être jalouse, ma parole!

L'amour et l'argent ramenaient au jeu le mari de Nathalie. Ernest de Roqueville, qui n'avait pu achever sa phrase commencée, se retira navré :

— A demain donc! — se disait-il. — Ah! pourvu qu'Emile ne soit pas incurable!

XIV

ÉTIENNETTE.

L'intérêt que le docteur Hugues avait témoigné à Vallier remplissait de joie le cœur de sa vieille mère. Prompte à se faire illusion, malgré les revers d'une existence qui se terminait dans un état voisin de la misère, elle traduisait avec chaleur les propos de son fils et s'en exagérait la portée.

Etiennette, qui ravivait un reste de feu pour le cas où le laborieux répétiteur passerait, comme d'ordinaire, une partie de la nuit à préparer les leçons du lendemain, Etiennette leva ses grands yeux bleus vers la vieille dame avec une expression de tendre mélancolie, et d'une voix émue :

— Dieu vous entende! — murmura-t-elle.

— Ah! — reprit madame Vallier, — si Louis avait enfin de l'avancement, il pourrait veiller un peu moins et ne s'épuiserait plus.

— Oh! oui! — fit la jeune ouvrière, — monsieur Louis fatigue trop.

— Il dort à peine. A l'heure où nous sommes, il donne sa dernière leçon; avant le jour, il sera chez son premier élève.

— Ah! si je pouvais être bonne à quelque chose, moi! — s'écria Etiennette d'un accent chaleureux.

— Ma pauvre enfant, tu fais pour nous cent fois plus que tu ne dois!

— Vous êtes si bonne, madame; vous me donnez des conseils si sages, et je vous aime tant! — ajouta l'orpheline en rougissant de pudeur. — N'avoir rien que son aiguille! — pensait-elle; — oh! l'argent! le vilain argent!

Louis Vallier aimait Denise Franchard, Etiennette l'ignorait; l'eût-elle su, sa secrète tristesse n'aurait pas sensiblement augmenté, tant elle trouvait énorme la distance qui la séparait du modeste employé, répétiteur de droit. Et cette distance allait s'accroître encore au dire de madame Vallier.

— Monsieur le docteur Hugues est un homme très-sérieux; s'il s'en mêle, Louis fera son chemin. Avant de mourir, je le verrai en bonne position, et je ne me dirai plus chaque jour, comme à présent : « Si je n'étais à sa charge, le pauvre enfant pourrait prendre un peu de repos... » Car il y a des moments où je voudrais avoir cessé de vivre.

— Oh! madame! — fit Etiennette en joignant les mains; — grâce à Dieu, monsieur Louis ne vous entend pas!

Elle ne put s'empêcher de songer à son propre sort. Ses parents, morts coup sur coup du choléra, ne lui avaient fait donner que les éléments d'une instruction primaire fort incomplète, à peine savait-elle lire, elle ignorait l'orthographe et la bonne prononciation; mais ils lui avaient légué des principes solides qui se raffermirent encore dans la fréquentation de madame Vallier.

Elle travaillait avec un goût naturel et une extrême promptitude, et n'avait d'autres ressources que le fruit incertain de son travail, car elle ne possédait rien, si ce n'est le chétif mobilier paternel. Etiennette vivait par des miracles d'économie, manquait de relations et se disait avec effroi que du moment où madame Vallier, devenue plus à son aise, déménagerait pour occuper un logement moins pauvre, elle resterait seule dans l'univers.

— Alors, je ne serai plus leur petite voisine; peu à peu je serai forcée de m'éloigner d'eux, et enfin viendra le jour où je ne les verrai même plus!...

Quelques larmes se suspendirent aux longs cils qui ombrageaient ses paupières.

En cet instant, Vallier rentra, lui souhaita le bonsoir d'un ton amical, embrassa sa mère et se hâta de rouvrir ses livres. Etiennette se retirait.

La pauvre jeune fille ne se coucha point sans avoir prié pour lui, pour son avenir, pour le succès de ses travaux et de ses démarches, avec l'ardeur désintéressée d'un cœur plein d'amour. Elle pria pour sa vieille mère, qu'elle aimait d'une filiale tendresse; mais elle s'oublia elle-même dans cette chaste et brûlante prière, qui monta vers le ciel comme un parfum agréable aux anges de l'abnégation et au Dieu de la charité.

XV

LE FEU SOUS LA CENDRE.

Denise, enchantée, revenait de chez ses jeunes amies, et Nathalie, essuyant ses larmes, prenait un air riant pour l'embrasser.

— Pauvre madame! — pensa Simonne en soupirant, — j'ai bien peur, moi, que monsieur de Roqueville ne gagne rien là où nous avons perdu notre peine. Un si joli ménage, mon Dieu! quel malheur! Ils avaient tout : l'amour et l'argent. L'amour s'en est allé, pour ce qui de monsieur, au moins, et l'argent risque bien de s'en aller de même.

Emile, en définitive, avait fait de brillantes affaires après le départ de Roqueville, grâce à Gaudaine, à la rouge et à la noire. Le docteur Hugues l'avait revu au milieu du tourbillon :

— Leçons données trop tard, — dit-il en fronçant les sourcils. — Espérons que Gilbert aura mieux profité de celles de ce soir.

En chemin, l'oncle et le neveu n'échangèrent que peu de mots; mais, le lendemain, il y eut grande séance dans la bibliothèque galerie.

Roqueville, à la même heure, avait avec Franchard une explication des plus chaleureuses :

— Je ne te répéterai pas ce que je te disais hier, mais ouvre au moins les yeux sur ton imprudence. Cinq administrateurs savent que tu joues avec frénésie; ta position à la compagnie ne peut manquer tôt ou tard d'être compromise.

— Bah! Gaudaine est mon ami; messieurs de Valvert et de Traymontpré, tout aussi joueurs que moi, me tiennent pour leur camarade. Quant au docteur Hugues, peut-il trouver mauvais que j'aille où il mène son neveu et que je fasse ce qu'il fait lui-même?

— Le docteur est un homme indéchiffrable qui, pas plus que moi-même, ne pénétrait pour son plaisir dans votre caverne. J'ai cru deviner qu'il veut faire voir de tout à son élève, système bizarre, dangereux assurément, qui a peut-être son bon côté, mais que je condamne pour ma part.

— Ah! — dit Emile avec un accent de regret fort singulier, — je ne le condamne pas, moi! Que n'ai-je joui de ma jeunesse!...

Ernest de Roqueville fut tenté de s'écrier avec un accent douloureux : « Mais personne au monde n'en a mieux joui que toi, ingrat, mille fois ingrat! » Il se contint et répondit froidement :

— Je n'admets pas qu'on ne puisse être un père de famille rangé qu'après avoir été *un viveur*. Loin de là, je crois que les vieux libertins, qui se marient avec l'intention de devenir des modèles de sagesse, retombent, le plus souvent, dans leurs anciennes habitudes.

Emile Franchard éclata de rire.

— Bon! — fit-il, — si le mariage ne convient ni aux bons ni aux mauvais sujets, à qui convient-il, je te le demande?

Roqueville, encore une fois, ne répondit pas, selon sa pensée, que le mariage, avec ses devoirs sacrés et ses consolations, convient à tous les honnêtes gens, quel qu'ait été leur passé, qui ne s'y engagent point à la légère, connaissent la valeur d'un double serment prêté devant les lois et devant Dieu, et ont la fermeté de résister à la première occasion de faiblir.

Avant tout, Roqueville s'était bien promis de ne pas blesser Franchard; il ne s'engagea donc pas dans une interminable discussion, mais revenant au fait :

— Le docteur Hugues, — dit-il, — n'aura pas été fâché de montrer à son neveu en quels lieux on risquait de rencontrer le père de Romuald et de Denise. Tu as été pour lui, n'en doute pas, un sujet d'observations, un exemple... Monsieur Fortunat, ton directeur, est un chef rigide. Qu'un envieux comme ce monsieur Priot, qui t'épiait hier par le trou d'une serrure, qu'un ennemi, qu'un bavard imprudent éveillent ses soupçons, et qu'ensuite il aille aux preuves, espères-tu qu'il t'épargne?

— Pourvu que ma caisse soit régulièrement tenue, qu'a-t-il à dire? Hors de l'administration, je fais ce qu'il me plaît! Ah! si j'écrivais des drames, si j'alignais des vers comme Vallier, par exemple...

— Allons! — interrompit Roqueville, — n'essaye pas de te donner le change. On n'aime point que les employés aient des préoccupations littéraires, pourquoi? Parce qu'insensiblement elles les absorbent, leur donnent des distractions et les portent à dérober aux travaux administratifs une partie du temps qu'ils y doivent, ne feraient-ils que rêver à des canevas ou à des scénarios. Eh bien! toute autre préoccupation violente est condamnée de même, le jeu surtout, dès qu'il devient une passion. Du reste, tu es caissier, tu as de grands maniements de fonds : pourquoi Priot t'espionne-t-il? Réponds.

— Ce Priot est un misérable! — s'écria Franchard.

— Si monsieur Fortunat, pourtant, en venait un jour à penser ce qu'a osé penser cette âme damnée des Vertuchet qui te jalousent tous, autre danger pour toi, conviens que ta position deviendrait intolérable.

Ernest insista, pria, conjura et fit si bien qu'Emile, ébranlé, profitant du gain de la veille, s'acquitta de toutes ses dettes, à commencer par Gaudaine.

— Morbleu! — pensait Turcaret, — je n'avais pas du tout compté sur une veine si peu vraisemblable.

Avec une surprise mêlée de dépit, il s'aperçut que le mari de Nathalie, non-seulement ne jouait plus, mais avait rompu avec le cercle entier des Thérèse Colibri et des Aurore Clinquant.

Le duc de Traymontpré, les frères Valvert, Victor d'Ambrezil surtout, en firent le sujet de plaisantes jérémiades : « Franchard avait brillé comme une chandelle romaine, et retournait à la vertu pot-au-feu, songeait à *établir sa demoiselle* et visait à prendre du ventre. »

Ces spirituels messieurs en dirent tant que Priot, les trois Vertuchet et les trois Parques, leurs compagnes, furent réduits au silence du désappointement.

On avait espéré une catastrophe, mais il fallait se rendre à l'évidence : on se séchait sur pied. Le vicomte de Lyomphe ralentissait ses visites, et madame Franchard continuait à passer pour *la plus heureuse des femmes*. Sa bonne étoile, à peine obscurcie un instant, redevenait plus brillante que jamais.

Ernest de Roqueville, cependant, jouissait de la confiance absolue de Nathalie, dont il était le guide et le soutien. La jeune femme lui parlait parfois avec une mélancolie sérieuse de son cortége d'adorateurs.

— Leur amour et leur argent, — disait-elle, — sont monnaies de même fausseté; j'en rirais de bon cœur, si l'hypocrisie n'était tout justement le sujet de mes peines. Emile a détourné les soupçons, voilà tout! mais le feu couve sous la cendre.

— Je voulais le guérir, je n'ai donc pas réussi, — dit Ernest avec découragement; — et pourtant il me remercie de mon zèle fraternel : « J'ai sauvé, me dit-il, sa réputation, sa fortune et son repos. »

— Il ment! — murmura Nathalie. — Grâce à vous, mon ami, l'orage le plus menaçant a été détourné, mais pour combien de temps? Emile a fort adroitement trompé tout le monde... Hélas! il a beau faire, il ne me trompera point, moi!

. . . .

Ce douloureux sujet d'entretien revenait sans cesse :

— Je crains que son état actuel soit pire que le précédent, — dit un jour Nathalie d'une voix tremblante. — Forcé de mettre dans ses actions un mystère continuel, il ne se soucie plus qu'elles soient plus ou moins coupables. — Ernest sentit qu'elle devait avoir fait quelque pénible découverte. Elle ne tarda pas à dire en effet : — Il sort toutes les nuits très-tard, comme un malfaiteur. Où va-t-il? je l'ignore, puisque monsieur de Lyomphe ne le sait pas!... Voyez jusqu'où il pousse la ruse : il attend que je sois couchée ainsi que Simonne, et il en est descendu à prendre pour compère le portier, dont il paie chèrement sans doute la discrétion et les services. Il a la clef d'une petite porte donnant sur des jardins et ne risque plus ainsi d'être surpris ni quand il sort, ni quand il rentre. Avant-hier, à deux heures du matin, je m'aperçus par hasard de son absence. Hier, Simonne a tout vu; et maintenant que faut-il faire?

— Attendre! espérer! prier! se taire! ne pas l'irriter par des scènes inutiles, l'aider encore à sauver les apparences...

— Attendre! n'ai-je donc point assez attendu! — dit Nathalie ne retenant plus ses larmes. — Espérer! suis-je donc maîtresse de mes impressions? Je désespère, moi, et je redoute un dénouement horrible. Prier!... mais je prie nuit et jour!... O mon Dieu! — s'écria-t-elle en joignant les mains, — que son amour me soit rendu, qu'il me revienne enfin, et je lui pardonne tout, et il sera reçu comme l'enfant prodigue de l'Ecriture, avec des transports de joie! — Ernest tressaillit d'admiration; il lisait dans l'âme de celle qu'il aimait, et son triste cœur se brisait à entendre l'expression de ses vœux sublimes! — Ne pas l'irriter, l'aider à sauver les apparences, — poursuivit-elle, — c'est ce que je fais, monsieur de Roqueville; mais l'abîme se creuse et se creuse encore sous mes pieds, sous les siens, sous ceux de nos enfants!... Il lui faut de l'argent pour ses autres amours... Où en trouve-t-il?

Nathalie pâlit épouvantée devant cette question fatale.

Ernest de Roqueville en était réduit à souhaiter qu'Emile Franchard pérît subitement, fût-ce au milieu d'une de ces lamentables aventures nocturnes.

XVI

DEUX ANS APRÈS.

Théodore Fortunat, le jeune directeur, avait pour habitude de ne parler inutilement à personne de ses affaires ni de ses sentiments. Son ami Charles Saint-Dié, l'auteur du *Départ et du Retour*, ne le questionnait jamais à cet égard, mais, en revanche, le prenait souvent pour confident et conseil.

Un soir pourtant les rôles se renversèrent :

— Je suis un homme positif et tu es un poëte, — dit tout à coup Théodore. — Je calcule, tu composes. Avant tout, je suis forcé d'être froid comme un chiffre, méthodique, rangé, posé, toujours maître de moi ; tu dois être tout le contraire.

— A savoir ! — murmura le littérateur.

— Eh bien ! mon ami, tu es de sens rassis et je bous ; tu es calme, je suis hors de moi ; tu marches, je galope ; tu chemines terre à terre et moi je me perds dans les espaces.

— Ah ! messieurs les gens du monde, — s'écria Saint-Dié en souriant, — comme vous voilà bien ! nous sommes les fous, vous êtes les sages ; mais vienne à souffler le vent d'une passion quelconque, tout votre positif n'y peut rien, et l'on voit les maîtres sages deux fois plus fous que nous ne le sommes jamais. — Au seul mot de passion, Théodore avait fait un mouvement de surprise ; Charles poursuivit sur le ton badin : — Tu calcules, je compose, dis-tu ; mais crois-tu donc qu'en composant je ne calcule rien. Te figures-tu que la combinaison d'un drame, d'une comédie, d'un roman, d'une pièce légère même, ne nécessite pas des réflexions, de l'ordre, de la méthode, de la précision, du sang-froid?... Un cheval qui s'emporte conduit-il son cavalier au but? Notre imagination doit être tenue en bride tout aussi sévèrement que la vôtre, sinon... Mais revenons à toi ; as-tu la fièvre d'argent ou la fièvre d'amour? Projettes-tu d'ouvrir à d'immenses capitaux un essor fabuleux, ou bien es-tu tout simplement en crise sentimentale? Me voici confident ; j'accepte mon nouvel emploi.

— Merci !... Eh bien ! je suis amoureux, impatient et jaloux.

— Peste ! c'est complet.

— Je suis sur le point de faire l'opposé de ce que j'avais résolu ; je lutte contre moi-même, je dors mal, je rêve, je soupire... C'est désespérant !...

Charles Saint-Dié se prit à rire.

— Il voudrait, étant amoureux, dormir comme un sabot, adorer sa belle sans divaguer, sans rêver, sans commettre le moindre soupir !... Et voilà l'homme positif ! Mais toute opération a ses résultats inévitables, monsieur le calculateur, toute situation a ses conséquences obligées ; tu es amoureux, tu éprouves les conséquences de l'amour. Désespère-toi d'être amoureux ! très-bien !... Mais la passion te plaît, tu ne voudrais pas y renoncer, et tu t'irrites de soupirer, d'être entraîné à changer de projets. Voici qui devient burlesque... Sur quoi, voyons, quelles étaient tes belles intentions?

— La personne que j'aime est trop jeune encore ; avant de la demander en mariage, j'avais une foule d'excellents motifs pour attendre quelques années ; j'aurais tout doucement joui du plaisir de lui faire ma cour, et...

— Et ce plaisir ne te suffit plus? — interrompit gaiement Charles Saint-Dié, — première conséquence. Tu vas manquer à tes décisions, demander et obtenir la main de mademoiselle Franchard, deuxième conséquence. Bref, tu te marieras et tu te calmeras, troisième conséquence, tout aussi nouvelle que les autres... *Amen*.

— Tu sais donc que j'aime Denise.

— Me prends-tu pour un myope ou pour un sourd? Ton armée bureaucratique ne s'entretient que de cela ! La dynastie Vertuchet le crie sur les toits. On t'accuse d'être d'une sévérité farouche pour tous tes subordonnés et d'une indulgence aveugle pour le père de mademoiselle Franchard, qu'on surnomme déjà madame la directrice. Les trois Parques font leur partie dans ce concert assourdissant. Faut-il donc que moi, étranger à ton administration, je t'informe de ce qu'on y répète du matin au soir?

Très-contrarié d'être la fable de ses bureaux, Théodore se mordit les lèvres, mâcha une exclamation de mauvaise humeur, haussa les épaules et dit enfin :

— Franchard est le fils du meilleur ami de mon père ; il est déjà un de nos plus anciens employés ; il mérite toute confiance ; nous en avons mille preuves. C'est un excellent père de famille, cité comme le modèle des maris et apportant à son service un ordre méticuleux.

— Ah ! tant mieux ! — s'écria Saint-Dié qui avait eu l'occasion de recueillir une foule de propos bien différents.

— Denise n'existerait pas que je laisserais, à la caisse, les choses telles que je les ai trouvées établies en vertu d'un long usage, et tous les Vertuchet du monde, y compris l'administrateur, ne m'y feront rien changer. Si notre organisation prête à la critique, s'il y a quelque part abus et népotisme, c'est sous le rapport des Vertuchet, qui ont tout envahi, grâce au lent travail souterrain de l'administrateur, leur aîné à tous. Correspondance, inspection, comptabilité, contentieux, importations, exportations, tous les détails sont remplis de leurs créatures.

— Tant pis ! — fit Charles Saint-Dié.

— Oh ! je ne crains point ces gens-là, et leurs bavardages ne peuvent que stimuler mon impatience. Plus ils parleront, moins je me sentirai la force d'attendre.

— Bravo ! tu es amoureux, tu ne doutes pas du succès de tes démarches, va donc ! mademoiselle Franchard a dix-sept ans, n'est-ce pas? Je ne vois point, moi, qu'elle soit par trop jeune.

Depuis deux ans, c'est-à-dire depuis la mémorable soirée de madame la baronne de Senneval, Théodore avait su temporiser avec une adresse infinie, et si son amour l'en avait laissé maître, il eût bien encore temporisé deux autres années ou environ.

— Quant à ta jalousie, — continuait Charles Saint-Dié, — je veux être pendu si j'y comprends rien ; de qui es-tu jaloux?

— De tous les jeunes gens qui s'approchent d'elle, de tous ceux qui ont l'air de remarquer sa grâce et ses charmantes qualités, de ceux à qui elle trouve un mérite quelconque, et surtout enfin de ceux qu'on reçoit dans sa famille...

— Ah ! tu n'es jaloux que comme cela, marie-toi donc au plus tôt !

— Je suis jaloux, mon cher, au point d'avoir, par exemple, des scrupules très-singuliers à l'égard de Vallier, notre poëte amateur.

— Un aimable et intéressant garçon, mais sans sou ni maille ; voyons tes scrupules.

— Je le laisse dans une position très-secondaire, parce que j'estime qu'un versificateur ne saurait être bon comptable...

— Grand merci ! — fit Saint-Dié en riant.

— Aurais-tu des prétentions comme administrateur?

— Assurément ! Ma toute petite comptabilité est un modèle d'ordre, de régularité, d'exactitude ; je te défierais de mieux faire. Je calcule comme Barême qui, par parenthèse, faisait des vers. Et toi, tu es injuste envers Vallier. Je conçois donc tous tes scrupules, mais quel rapport ont-ils avec mademoiselle Franchard?

— Vallier est amoureux d'elle. Madame Franchard la reçoit supérieurement. Denise semble attacher du prix aux pièces de vers qu'il lui dédie. On me refuserait trois mots de simple prose; on recueille, on relit, on sait par cœur ces trois mots délayés en bouts rimés.

— Médiocre privilége de la poésie. Même en amour, elle n'est pas prise au sérieux.

— Bref, Vallier fait sa cour en tremblant que je ne m'en aperçoive, mais avec l'espoir secret de me succéder tôt ou tard.

— L'honnête garçon en a bien le droit, j'espère, en te voyant si peu pressé d'en venir au dénoûment.

— Le docteur Hugues, voici environ deux ans, me parla très-chaudement en faveur de Vallier; je fis d'abord la sourde oreille, mais il revint à la charge, me peignit la situation touchante de cet employé qui soutient sa vieille mère, m'émut et obtint pour lui une augmentation.

— Ah! très-bien!

— Mais aujourd'hui c'est madame Franchard qui me le recommande. Denise même a plaidé sa cause, elle m'affirme qu'il ne versifie plus. On ne me parle que de son mérite; j'en suis contrarié à l'excès.

— Oh! mon ami!...

— Tu ne me comprends pas! Je crains d'être influencé en sens contraire par trop de recommandations, car chacun s'en mêle; la baronne de Senneval, le docteur Hugues, le comte de Fontmarie, monsieur de Roqueville, d'autres encore... Bref, j'ai peur d'être devenu inflexible parce qu'on me le vante trop...

— S'il mérite ces éloges, donne-lui de l'avancement, fais-lui prendre un poste supérieur, tu seras tranquille.

— Mais sa position le rapprocherait de Denise...

— Oh! oh! — s'écria vivement Saint-Dié, — tu peux faire une réflexion pareille! Eh bien! le repos de ta conscience exige que tu lui assignes immédiatement un emploi en rapport avec ses aptitudes.

— Je le crois. D'ailleurs on m'a contraint à l'observer de près; il est plein de zèle, de régularité, d'intelligence; ses procès verbaux sont parfaits; il a fait son droit et pourrait nous être utile au contentieux...

— Quoique poëte! — interrompit Charles Saint-Dié en riant, — et poëte très-passable, son épître à Egérie était un modèle du genre. Mais passons! Vallier te devrait-il une place de quatre mille francs, ne serait pas fort redoutable, et ta jalousie n'a pas le sens commun.

— Théodore sourit affirmativement. Par une des contradictions d'ici-bas, la rivalité que Vallier redoutait lui fut très-utile en éveillant les scrupules de son jeune directeur, non moins rigide envers lui-même qu'envers les autres. — Ce premier sujet de jalousie écarté, — reprit Charles Saint-Dié, — cite m'en un second, moins bénin s'il est possible.

— Monsieur le comte Gilbert de Fontmarie, unique héritier d'une fortune colossale.

— Pour le coup, tu déraisonnes.

— Il aime Denise, te dis-je.

— Vision cornue! monsieur le comte de Fontmarie ne peut faire qu'un grand mariage; il épousera quelque noble enfant du noble faubourg; les millions s'unissent aux millions et non pas aux bachelettes. Toi, déjà, par ta position, tu es de beaucoup au-dessus de mademoiselle Franchard, mais tu l'aimes...

— Il l'aime aussi.

— Impossible!

— Si tu savais ce que je sais, moi!...

— Que sais-tu donc? Je suis Théramène, c'est convenu :

Ah! seigneur! si votre heure est une fois marquée,
Si dans un fol amour...

— Tu plaisantes...

— Mais j'écoute.

— Denise ne met pas le pied dans un salon sans y rencontrer monsieur le comte de Fontmarie...

— ... Qui fréquente tous les salons de Paris, et qui ne peut point s'éclipser à l'aspect de mademoiselle Franchard.

— Au bal, il est le plus empressé, le plus galant de ses cavaliers; elle a plusieurs fois, même devant moi, vanté son amabilité.

— Petit manége de jeune fille qui n'a pas menti, mais n'ignore point que cent autres ont une part égale à la courtoisie de monsieur le comte, l'élégant à la mode. Les railleries de monsieur de Beauregard lui ont fait un éblouissant succès de salon.

— Monsieur Horace de Beauregard cherche à ridiculiser l'oncle par le neveu et le neveu par l'oncle; il raconte les aventures de Télémaque et de Mentor avec autant de malice qu'il le peut et ne réussit qu'à rendre trop intéressants les gens dont il se moque. D'après lui, monsieur le comte de Fontmarie voit de tout, fait de tout, s'égare philosophiquement dans les sociétés les plus équivoques, y fait les plus incroyables rencontres et ne passe pas une journée qui ne puisse fournir matière à dix chapitres de roman. Là-dessus pleuvent les anecdotes. En faut-il davantage pour faire tourner les têtes?

— Mademoiselle Franchard est trop bien élevée pour partager l'engouement général; elle n'a pas notion de la moindre des aventures du comte de Fontmarie...

— De ses aventures à Paris dans un certain monde, d'accord; mais Gilbert est l'ami intime de Romuald, qu'on a vu très-souvent au château de Fontmarie pendant ses vacances de saint-cyrien.

— Cette amitié ne peut te porter le moindre ombrage.

— L'été précédent, à l'époque de la mort de madame Séverant et de la maladie de son mari, qui succomba peu après, madame Franchard et Denise allèrent à Nemours. Je ne parlerai pas du zèle que le comte de Fontmarie déploya pour leur service, de la part très-vive qu'il sembla prendre à leurs douleurs, ni de plusieurs traits de générosité qui m'ont été racontés avec enthousiasme, mais voici un épisode plus saillant : Faute de voitures, ces dames furent obligées de traverser le pays à cheval; le docteur Hugues, son neveu et quelques domestiques, servaient d'escorte. On avait cru donner à Denise la plus pacifique des montures; on se trompait. Dans un défilé très-dangereux, sa maudite bête s'emporte et court droit au marécage. Sans le jeune comte, Denise était perdue; il se lance au galop, l'atteint, l'enlève dans ses bras et la ramène, au moment même où la jument disparaissait engloutie par les fondrières. Depuis lors, elle l'appelle volontiers son sauveur.

— Monsieur de Fontmarie a fait acte de courage et d'adresse; mademoiselle Franchard est reconnaissante; voilà tout ce que ceci prouve. On n'a pas besoin d'être amoureux d'une jeune fille pour la sauver d'un péril de mort, et si on la sauve, ce n'est pas un motif pour qu'on l'épouse. Allons! ne cherche pas midi à quatorze heures. Tu aimes Denise, tu es bien convaincu qu'elle te préfère à tous ceux dont tu t'avises d'être jaloux. Madame Franchard te fait presque des avances. Son mari serait heureux de t'avoir pour gendre. Mais tes retards calculés donnent des doutes à tous les membres de cette famille, et, dans le doute, on s'abstient de refuser la porte à certains jeunes gens pour qui, d'ailleurs, tu parais plein d'estime.

— Oh! je ne me permets pas de blâmer les parents de Denise.

— A la bonne heure!... En résumé, tu ne crains donc que monsieur Gilbert de Fontmarie, lancé à corps perdu dans les tourbillons des mondes les plus divers, et dont mademoiselle Franchard est, selon moi, le moindre souci. Mais enfin, supposons que ta jalousie ait raison : le simple bon sens veut que tu prennes les avances. Au diable tes calculs, tes intentions et tes hésitations! Fais ta demande de mariage, tu ne soupireras plus, tu dormiras et tu digéreras en paix; tu seras heureux deux ans plus tôt... Voyez le grand malheur! *Dixi*, j'ai dit... et bonsoir.

Le lendemain de cette conversation amicale, Théodore Fortunat se disposait à se rendre chez madame Franchard lorsqu'il reçut un factum anonyme ainsi conçu :

« Avant d'épouser la fille, assurez-vous que le père » soit un homme d'honneur. Il serait contrariant d'être » le gendre d'un monsieur qu'il faudrait, le lendemain, » en qualité de directeur, traduire en cour d'assises. »

— L'auteur de ce billet est un misérable! — s'écria Théodore.

Il mit la lettre sous clef et sortit, mais, chemin faisant, il modifia ses projets. Au lieu de demander formellement la main de Denise, il se contenta de parler de son amour, dit que plusieurs motifs impérieux l'obligeaient à retarder une démarche décisive et pria, en quelque sorte, madame Franchard de ne pas disposer de sa fille sans avoir avec lui un second entretien confidentiel.

. . . .

Denise avait été frappée par l'air mystérieux de Théodore; elle voulut savoir quels secrets il avait dit à sa mère :

— Adressez-vous à madame Franchard! — répondit Théodore en souriant.

— Adresse-toi à monsieur Théodore Fortunat, — répondit madame Franchard en la baisant au front.

Denise, dont le cœur battait de joie, rougit, sourit finement et se mit à écrire une longue lettre à son frère Romuald qui, alors en première division à l'école de Saint-Cyr, ne recevait que d'excellentes notes, se faisait remarquer par son intelligence, son aptitude à tous les exercices militaires, son application et sa bouillante ardeur.

Le soir, à l'heure où Charles-Dié fumait le cigare avec le jeune directeur, son ami, la lettre anonyme fut exhibée :

— Est-ce la première que tu reçois? — demanda le littérateur.

— Oui, et j'en suis indigné!

— J'en ai chez moi une collection. On m'y reproche de ne pas savoir l'orthographe, en m'écrivant : « *Faits des souliers*, et plus de prose ni de *verts*; on se souviendra de ton *stile*... » Puis viennent les menaces et les injures brutales. Cette ordure-ci ne t'a pas influencé, je l'espère bien?

— Mon Dieu! j'en ai honte, mais j'ai ajourné ma demande, malgré mon mépris profond pour les lettres anonymes et leurs auteurs.

Théodore rendit un compte détaillé de sa visite à la mère de Denise. Sur quoi Charles Saint-Dié, le poëte, se prit à siffler un air de chasse, puis il causa politique.

— Et mon ami Fortunat se croit un homme sérieux, — pensait-il, — et nous autres, gens de lettres, artistes, bohêmes, nous sommes les sauteurs!... Tout ou rien! On croit ou l'on ne croit pas! On fait sa demande en règle ou l'on ne remet plus les pieds dans la maison. Décidément, mon cher, — disait-il tout haut, — la question d'Orient se complique!

. . . .

Depuis deux ans bientôt, le docteur Hugues, fidèle à son système, déroulait sous les yeux de Gilbert le tableau complet des passions et des infirmités humaines.

Au sortir des cercles les plus distingués, il le conduisait dans les lieux les plus difficiles à décrire, recherchant les contrastes et les extrêmes, mais ne s'arrêtant guère aux régions des demi-mondes, des demi-vertus et des demi-vices, sortes de terrains neutres où l'honnête pactise avec le malhonnête jusqu'à ce qu'il s'assimile à lui, parages dangereux où l'on ne doit s'aventurer qu'avec le cœur cuirassé d'un triple airain.

Les femmes qui gravitent dans ce milieu, leur ouvrage, y dépensent un art infini à prouver qu'elles seules suivent le bon chemin. Elles ont des principes quintessenciés en matière de sentiment, sinon en fait de fidélité conjugale. Aussi méprisent-elles ce qui tourbillonne au-dessous d'elles avec autant de dégoût qu'elles ont de verve pour railler ce qui s'ennuie au-dessus dans l'immobilité des préceptes religieux et des scrupules de conscience.

L'*amour*, les sympathies, les aspirations, les attractions, sont des théories favorites qu'on met en pratique, sans souffler mot de l'*argent*, qui n'en est pas plus oublié pour cela. Nulle part on ne parle avec autant de fiel des tripotages financiers du grand monde, des mariages d'argent, des convenances, des dots, des *espérances*, qui signifient : « Morts de proches parents et successions; » nulle part la fortune d'un fils de famille ou d'un mari infidèle ne se font plus vite.

Ce fut dans cette région moyenne que Franchard oublia ses devoirs pour la première fois. L'intrigue fut banale et sera passée sous silence. Par une pente rapide, il avait été de la société équivoque à la mauvaise. Là, sa halte fut plus longue.

Maintenant, de la mauvaise il s'égarait dans la pire, puisqu'il se cachait même de ses compagnons de plaisir, puisqu'il faisait perdre sa trace à Gaudaine, au vicomte de Lyomphe, à Victor d'Ambrezil et à plus forte raison aux moins intimes.

De cette inconduite mystérieuse résulta une trêve qui se prolongea longtemps et valut à Nathalie d'être proclamée encore *la plus heureuse des femmes*.

Cependant le docteur Hugues, qui avait dit à Gilbert : « Je veux t'initier à la grande et terrible science du bien et du mal, » ne négligeait pas de lui montrer le beau en opposition avec le laid, le sublime au revers du hideux.

Hôpitaux, amphithéâtres, tribunaux, prisons, bouges impurs, antres de la misère noire, il lui fit tout voir avec une infatigable ténacité. Les établissements de la religion, les asiles ouverts au repentir par la charité, les œuvres de bienfaisance, les institutions vraiment philanthropiques et chrétiennes, les ateliers, les manufactures, vastes fournaises du travail en ébullition, furent l'objet d'études fécondes. Le maître ne déguisait rien; l'élève se laissait pénétrer par les leçons qu'il déduisait de tant de spectacles à la fois touchants et douloureux, admirables ou cruels.

Le prêtre, la sœur hospitalière et le médecin, le magistrat, le fabricant, le marchand, l'artiste et enfin l'ouvrier, vus de près, chacun à son poste, chacun à son travail, perdirent et gagnèrent en même temps dans l'esprit de Gilbert, exercé à voir, à sentir, à comprendre.

Loin de lui endurcir le cœur, le docteur Hugues lui enseignait la pitié, le respect pour le pauvre, la charité indulgente pour tous, la miséricorde fraternelle, s'il est permis d'unir ces deux mots. Il développa en lui, par le raisonnement appliqué à des exemples continuels, ces sentiments toujours si incomplets parmi les gens du monde.

Pour tout autre que Gilbert, la méthode du docteur Hugues eût été mauvaise peut-être, mais le maître avait commencé par étudier l'élève, et tant vaut la terre, tant vaut la graine.

En apprenant à se conduire convenablement dans quelque milieu qu'il se trouvât, Gilbert ne risquait plus d'être nulle part ni victime, ni bourreau. Son cœur s'était élargi avec son jugement. Il avait cessé d'être du nombre des implacables qui pèchent innocemment par leur rigorisme et faussent la parole évangélique à force de ne s'attacher qu'à un seul passage du texte.

Le bon Germain, malgré cela, ne laissait point que de s'alarmer :

« Monsieur le comte était allé dans les coulisses de l'Opéra. Monsieur le comte s'était fait recevoir du club des gentilshommes maquignons, où il se trouvait sans cesse avec messieurs de Traymontpré, de Valvert, d'Ambrezil, compagnons cent fois pires que monsieur Romuald. Monsieur le comte avait rendu visite à monseigneur l'archevêque et assisté à une édifiante conférence sur l'œuvre des prisons; à la bonne heure!... Mais il voyait des artistes, il fréquentait continuellement la mauvaise compagnie!... Par moments, Dieu me pardonne! je suis prêt à penser que monsieur le docteur radote; car enfin la chair est faible, le diable est malin, et, dame! tant va la cruche à l'eau...»

Mais le docteur Hugues, faisant des réflexions analogues, s'attachait à pétrir, chair et os, âme et corps, l'enfant de son adoption, à le prémunir contre tous les dangers de la vie et, s'il était possible, à le rendre invulnérable.

L'amour maternel de Thétis eut beau faire, Achille était vulnérable au talon; Gilbert aimait la fille de Nathalie et d'Emile Franchard.

XVII

RENCONTRE AU BOIS.

Le fils de Raoul de Fontmarie et de Clémence de Mesles, Gilbert, était naturellement bon et généreux, très-confiant, mais timide, très-expansif, mais ombrageux, pouvant passer sans transitions à la défiance excessive et capable de prendre en horreur son ami de la veille à la découverte de quelque mauvais penchant, de quelque vice caché.

D'une susceptibilité, d'une délicatesse plus que féminines, parce qu'en résumé il possédait instinctivement une fermeté virile, ce jeune homme, élevé dans la solitude, poussait la retenue jusqu'à s'offusquer d'un mot qui blessait sa foi ou sa pureté. Il manquait de toute tolérance pour les faiblesses d'autrui.

Ainsi le jugea le docteur Hugues au bout d'une année d'observations assidues, et avant de lui appliquer un système d'éducation quelconque, c'est-à-dire que le vieux penseur ne livra rien au hasard et procéda en parfaite connaissance de cause.

Balzac dépeint un père dont le dessein fut de transmettre à son fils la froide expérience qu'il avait échangée contre ses illusions évanouies : « Dernières et no» bles erreurs des vieillards, qui tendent vainement de » léguer leurs vertus et leurs prudents calculs à des en» fants enchantés de la vie et pressés d'en jouir (1). » Ce père prévoyant conçoit un plan qui aboutit au malheur de son fils; il lui cache l'étendue de ses biens, il le condamne à subir toutes les privations et les sollicitudes d'un jeune homme jaloux de conquérir l'indépendance. Il veut lui inspirer les vertus de la pauvreté, la patience, la soif de l'instruction, l'amour du travail. En outre, il prend, à son insu, de minutieuses précautions contre l'effervescence de sa jeunesse, encore très-innocente. Mais la base de toute cette combinaison est le *mensonge*; les plus funestes résultats en sont la conséquence.

Le docteur Hugues fait tout le contraire, il se fonde sur l'étude de la vérité nue, de la réalité complète. Pour résoudre le difficile problème de donner l'expérience à un homme de l'âge de Gilbert, il lui arrache violemment toutes les illusions de la jeunesse. Et encore n'agit-il point ainsi en vertu d'une règle générale; il connaît Gilbert à fond; c'est à Gilbert, non à tout autre, qu'il entend expliquer son système.

Monsieur Horace de Beauregard avait commencé par prédire que l'oncle ferait de son neveu le plus détestable sujet des temps anciens et modernes; la conduite de Gilbert démentit cette charitable prophétie.

Le jouvenceau naïf, qui rougissait jusqu'au blanc des yeux, la première fois qu'il se trouva mêlé à la société folâtre de messieurs les gentilshommes-maquignons, était, en somme, devenu, pour ces messieurs eux-mêmes, une énigme indéchiffrable.

Les plus blasés le trouvaient froid, et pourtant on ne pouvait dire qu'il eût abusé de rien. Les plus roués le trouvaient fou. Il semblait se connaître en hommes. Chose plus surprenante encore, il portait sur les femmes de toutes les conditions des jugements qui décelaient une rare maturité. Aucun sujet de conversation ne l'embarrassait, mais il parlait assez peu, ne disait rien mal à propos et, suivant les personnes ou les circonstances, mesurait ses paroles au ton convenable.

Un jour, au bois, où il était allé de compagnie avec messieurs Jules et Lucien de Valvert, on rencontra la compagnie vagabonde du Mont-Navarin. Thérèse Colibri, complétement délaissée par Franchard depuis plus de vingt mois, savait Gilbert non moins difficile à captiver que le *Beau-Ténébreux* lui-même. Elle voulut essayer encore, le rejoignit et ne tarda point à lui parler de sa séance dans le tripot clandestin d'Italique.

— M'apprendrez-vous au moins, — demanda-t-elle, — pourquoi vous me mîtes de moitié dans votre jeu?

— Afin d'intéresser quelqu'un à ma chance, car gagner ou perdre au jeu, rien ne m'est plus indifférent.

— A quoi bon jouer alors?

— Je venais voir un spectacle curieux et payais mon écot.

— Et vous m'en fîtes profiter d'une manière charmante. Mais, je vous prie, pourquoi moi de préférence à toute autre?

Gilbert n'était pas malappris au point de répondre : « Pourquoi une autre de préférence à vous? » Il sourit, et d'un ton galant :

— Faut-il vous dire que vous étiez la plus jolie, la plus distinguée, ou la mieux mise, ou celle dont la physionomie pétillante m'avait le plus frappé!...

— Non! — interrompit Thérèse, — dites la pure vérité, je vous en prie...

— Je vous laisse le choix entre tous les compliments imaginables; voilà, j'espère, de la franchise.

— Je n'en croirai un mot que si vous m'appelez : mon adorée.

Gilbert repartit en riant :

— Ce serait mentir, adorable amazone.

— Adorable... pour les autres, — répliqua Thérèse en faisant la moue, — Ah! monsieur le comte, ce soir-là, je m'imaginai un instant que j'avais eu le don de vous plaire.

— Mais à qui ne plairiez-vous point?

— A vous!

— Quelle injustice! je vous trouve jolie, gracieuse, spirituelle, ravissante... adorable, je l'ai déjà dit!

— Si je vous plaisais, — repartit vivement Thérèse, — pourquoi m'avoir laissé chasser du cabinet où vous introduisait Italique?

— Chasser n'est pas le mot; vous n'étiez pas entrée.

— On me ferma la porte au nez, c'était humiliant!

— Vous n'entendez pas l'italien, — dit Gilbert.

— On aurait bien pu parler français.

— Vous vous trompez, croyez-moi.

— Que vous conta donc l'ancienne?

— Son histoire.

— Et en savez-vous la suite?

— Je la devine, — dit Gilbert avec un accent de tristesse.

— Voyons?

— Sa maison de jeu aura été signalée à la police, et la malheureuse doit être aujourd'hui dans quelque prison.

— Vous ne devinez qu'à moitié! Le tapis vert était couvert d'or et de billets de banque. Au moment de la saisie, elle se précipite sur les enjeux avec une rage frénétique; les agents la repoussent, elle fond sur eux, les égratigne et les mord; ils l'ont blessée grièvement et on l'a emportée sur un brancard.

(1) *Le Médecin de campagne.*

— Pauvre femme! — dit Gilbert en levant sur Thérèse un regard plein de douce pitié ; — Elle avait été la plus fameuse des reines du plaisir. Rome, Naples, Florence, la proclamaient la plus belle. L'Italique était alors telle que vous êtes aujourd'hui...

— Comme vous me dites cela! — murmura l'écuyère déconcertée.

— Comme si j'étais un vieillard ou un sage, mais, pardon! je vous parais maussade...

— Non! vous dites votre pensée, vous ne badinez plus; je vous aime mieux ainsi; allez donc jusqu'au bout.

— Vous l'exigez?

— Oui, monsieur le comte, je vous en prie.

— Eh bien! le présent de cette incurable Italique est votre avenir. Changez donc, dès aujourd'hui, s'il est temps encore.

— Est-ce possible? — fit l'amazone avec mélancolie.

— Vouloir, c'est pouvoir!

— Non! toutes les portes me seraient fermées comme celle de votre cabinet chez Italique.

— Vous vous trompez, il est toujours des portes ouvertes aux repentirs sincères...

— Dans le monde, non!

— Hors du monde! — dit Gilbert d'un ton grave.

— Il faudrait travailler!

— Sans doute.

— Vivre pauvrement, pâtir et souffrir jeune... Quand je serai vieille, il sera temps assez!... Et puis, souvent on meurt avant d'être vieille!...

— Grain semé dans le sable! — murmura Gilbert. — Thérèse s'était mise à fredonner la chanson : « *Avait pris femme le sir' de Framboisy.* » — Dans quel hôpital est l'Italique? — demanda brusquement le jeune homme.

— A Saint-Lazare.

— Merci!

Gilbert tourna bride, piqua des deux et retourna droit à Paris.

Victor d'Ambrezil relança Thérèse :

— Que diable te contait donc monsieur le comte mystérieux?

— Il me faisait de la morale! — répondit-elle en brandissant sa cravache. — Hop! hop!... un temps de galop!

Les cavaliers partirent d'un éclat de rire, on alla boire du champagne.

Dès le lendemain, à Saint-Lazare, la Cavalletta recevait un secours anonyme dont elle n'eut pas grand'peine à deviner l'auteur : « D'un vieux chrétien à une vieille diablesse, » grommela-t-elle.

Ici la semence tomba sur le roc.

Mille fois plus incurable au moral qu'au physique, la misérable ne songea pas un seul instant à s'amender et mériter enfin la pitié du docteur Hugues. Elle guérit à peu près, s'évada encore, employa l'argent de l'aumône à se procurer un costume décent, un lit et quelques meubles, et enfin, sous le nom de madame veuve Cavallet, elle loua un petit logement dans une maison d'honnête apparence.

XVIII

LES LOUPS ET L'AGNEAU.

L'augmentation des appointements de Vallier avait eu pour effet immédiat, hélas! ce qu'Etiennette redoutait le plus. Il déménagea, et madame Cavallet s'établit précisément dans les mansardes laissées vacantes.

La jeunesse, la grâce et la pauvreté de l'orpheline frappèrent dès le premier soir la vieille louve : « J'ai trouvé un trésor, » dit-elle en ricanant. Elle avait au moins trouvé une garde-malade, car la triste enfant, toujours charitable, toujours prodigue de ses soins dévoués, se proposa d'elle-même, en la voyant infirme, convalescente et décrépite.

La Cavalletta semblait avoir trente ans de plus que son âge. Contemporaine du docteur Hugues et plus jeune que lui, on eût refusé de la croire, si elle s'en fût vantée.

— Il faut s'entr'aider, comme disait la mère de monsieur Louis, — pensait Etiennette. — En soignant cette pauvre dame, je n'aurai rien changé à mes habitudes; je reverrai au moins la place où il travaillait.

Prenant un langage hypocrite, la hideuse Italienne lui disait alors : Le bon Dieu, qui a soin des veuves et des orphelins, vous récompensera de votre zèle, chère enfant; vous me rendez la santé. Par un miracle de la sainte Providence, je vous donnerai le bonheur.

— Il n'y a plus de bonheur possible pour moi! — murmura Etiennette en soupirant.

— Grosse peine de cœur! je vois cela, ma jeune voisine. Confiez-vous à moi, je veux être votre mère!...

L'orpheline avoua son chaste et timide amour.

— Il ne s'agit que de devenir riche! — dit la Cavalletta; — eh bien! moi, toute vieille, toute pauvre que je suis, je me charge de votre fortune. — Etiennette souriait avec mélancolie. — Vous ne me croyez pas, ma fille, mais je sais, moi, tout ce que vous valez; j'ai des nièces à leur aise, je veux d'abord que vous soyez leur amie; ensuite, nous vous trouverons des protecteurs...; laissez faire!

— Vous avez des nièces riches! — s'écria Etiennette, — et elles vous abandonnent ici, toute seule, souffrante, dans un galetas, sans même venir vous voir.

— Ne portons pas de jugements téméraires, ma fille. Mes nièces sont en voyage, elles ignorent mes derniers revers de fortune, et n'ont encore pu me secourir; mais vous les connaîtrez et les aimerez bientôt.

Peu de jours après cet entretien, vers l'époque du carnaval, Madame veuve Cavallet, travestie de manière à mettre en défaut les plus habiles argousins, se mit à la recherche de mesdames ses nièces. Aurore Clinquant, Thérèse Colibri, Champagnotte, Papillonne, Olympia Brodequin, si fière de son petit pied, Célestine Taïti, qui aimait les costumes sauvages, Clara Fourchette, célèbre par son goût pour les longs soupers, vingt autres reçurent son intéressante visite.

Le soir même, madame Cavallet eut des rideaux de soie, un tapis presque neuf, une pendule, des bronzes et de très-vastes armoires remplies de toutes sortes d'objets disparates. L'origine de ce luxe soudain et presque inexplicable s'expliqua facilement pour Etiennette par le retour des nièces de madame Cavallet.

Avant la fin du mois, l'innocente jeune fille se voyait costumée en bergère par deux de ces aimables personnes, qui riaient de sa répugnance pour le bal de l'Opéra.

— Ces distractions-là sont de ton âge, ma fille, — disait la duègne. — Quelles idées saugrenues te fais-tu donc du bal masqué! On s'y intrigue, on y plaisante un peu, on s'y amuse, on danse... Il n'y a pas le moindre mal à se divertir ainsi. Tu as des chagrins, il faut les étourdir! Allons, de la gaieté! je te l'ordonne.

Etiennette fit bien encore quelques objections, mais la tante et les nièces avaient réponse à tout. En la cajolant, la caressant, et riant de ses scrupules, elles en triomphèrent.

Dès l'arrivée à l'Opéra, trois cavaliers de connaissance se présentèrent; le plus âgé, monsieur le chevalier Bilouard, offrit le bras à Etiennette qui, suivant l'exemple de ses compagnes, l'accepta gracieusement.

Une petite demi-heure plus tard retentissait dans un des couloirs la voix de Victor d'Ambrezil arrêtant Emile Franchard au passage :

— Un revenant, messieurs! Trouvaille! merveille! — s'écriait-il.

— Ici, au bal de l'Opéra! — dit le vicomte de Lyomphe, — c'est un rare prodige en effet. Savez-vous bien, mon bon, que vous devenez effroyablement rangé.

— Mais il a l'air tout affairé, — ajouta le gros Alexandrin Gaudaine, ravi de retrouver à pareille fête le mari de Nathalie.

— Cher ami, seriez-vous en bonne fortune? — demandait le vicomte.

— Moi!... Désormais incapable!... Je maudis mes erreurs!

— Magnifique!... incroyable!... sublime!...

— Et si vous me voyez, c'est que je fais office de mentor.

Le groupe des gentilshommes-maquignons salua profondément. Sous les loups de velours des dominos de leur bande de petits rires moqueurs se firent entendre. Une femme masquée disait tout bas à l'imprudent Emile:

— Nous savons ce que vaut l'aune de ta sagesse, farceur! et la petite bergère qui t'échappe le sait mieux encore.

— Silence! Thérèse, ma toute belle! — répondit Emile troublé; — sans rancune, j'irai te voir...

— Je ne suis pas Thérèse, merci de ta visite, on n'y tient pas!... Tu n'as plus le sou... l'on dit même pis que ça...

Emile pâlit; le cruel domino, l'une des nièces de madame Cavallet, se glissa dans un autre groupe.

— Notre ami est tout intrigué, — dit le vicomte, reprenant l'offensive.

— Il paraît... on l'accable!... Heureux mortel!...

— Messieurs, — répondit Emile, — vous plaisantez, bravo! rions! mais j'ai fait d'éternels adieux aux plaisirs d'autrefois; vous voyez en moi un père de famille exemplaire...

— Bon! il n'en sort pas!

— Je me conforme aux grands exemples du docteur Hugues, mon fils Romuald est en congé, il a besoin de se former...

— Oh!... oh!... De plus fort en plus fort!... Cette sollicitude paternelle m'attendrit, parole d'honneur!... C'est donc votre fils que vous cherchiez avec tant de vivacité? J'avais cru, moi... Ah! le petit vaurien qui égare son papa!

— Tenez, entre nous, Franchard, je le crois tout formé, votre futur colonel... Quel costume porte-t-il, s'il vous plaît?

— Romuald a voulu quelque chose de distingué; il est en seigneur castillan...

— Et vous l'accompagnez en habit noir?

— L'habit noir entre au foyer, messieurs, — dit aussitôt le vicomte de Lyomphe, — et le vieil Anacharsis, pendant que le jeune polkera, ne sera pas fâché de retrouver ici quelques anciennes connaissances.

Les dames de la compagnie lançaient chacune leur mot.

— Mon cher Franchard, — ajouta Gaudaine, — nous vous invitons à souper vous et votre fils, et nous comptons sur quatre...

— Impossible!

— Impossible de refuser. Si vous ne venez pas, nous vous déclarons coupable d'une intrigue ténébreuse.

— Au diable les fâcheux! — pensa Emile, à qui la rencontre de ses amis venait de faire perdre la trace de la plus ravissante bergerette qui fût au bal ce soir-là.

Dix-huit ans au plus, un air d'innocente candeur absolument invraisemblable, seule, sans masque, les yeux en pleurs, inconsolable sans doute de la désertion d'un ingrat et conséquemment susceptible d'être consolée, pour peu qu'on sût s'y prendre.

Mais la piste perdue par Emile fut retrouvée par Romuald qui, reconnaissant tout à coup Etiennette, poussa un cri de joie. Elle, de son côté, le reconnut pour l'audacieux saint-cyrien qui, en plein jour, dans la rue, l'avait si fort effrayée dix-huit mois auparavant. Romuald, se rappelant son gracieux sourire à Gilbert, n'en était que plus hardi. Etiennette, déjà fort effarouchée et inhabile à opposer la résistance d'une femme habituée à pareilles rencontres, eut encore recours à la fuite. Cherchant une issue, n'en trouvant pas, arrêtée sans cesse par la foule, apostrophée à chaque instant en termes d'une galanterie qui redoublait son trouble, elle allait au hasard.

Romuald, distancé parfois, parvenait toujours à la rejoindre; tout à coup, deux femmes en domino s'interposèrent:

— Laissez donc notre amie! — dit l'une.

— Elle n'a pas de cavalier, je lui offre mon bras.

— De quoi vous mêlez-vous, petit écolier, — dit l'autre.

— Retournez à vos tartines!... Ça croit être un homme!

Romuald répliqua par des injures fort vives. On s'attroupait. Emile survint, prit son fils par la main et eut la douleur de perdre de nouveau la trace de la piquante bergère qu'il brûlait de consoler. Romuald était d'une humeur massacrante.

— Pourquoi m'emmener? — disait-il! — je commençais à m'amuser.

— Tu faisais scandale!

— Le beau malheur! J'aurais mis à la raison ces deux dominos, et la bergère danserait avec moi maintenant.

— Les danseuses ne manquent pas! Une de perdue, cent de retrouvées.

— Ce n'est pas mon avis.

Emile maudissait la fâcheuse idée qu'il avait eu de conduire monsieur son fils au bal de l'Opéra.

— Sois tranquille! nous souperons en joyeuse compagnie, — lui dit-il encore.

— Avec qui donc?

— Avec Gaudaine, Lyomphe, messieurs de Valvert et leurs amis.

— Je les déteste, — interrompit Romuald. — Ils me traitent en gamin! J'ai juré de leur faire changer de ton à la première occasion, et, si nous soupons ensemble...

— Y songes-tu?

Franchard en était réduit à faire de la morale à son fils; l'heure et le lieu étaient bien choisis!

Etiennette, cependant, conjurait les deux nièces de madame Cavallet de la ramener chez elle, ou au moins de l'y laisser retourner.

— Es-tu folle?... Nous arrivons à peine.

— Je m'ennuie, j'ai un gros chagrin, j'ai peur!

— Allons donc!... laisse-toi faire!... Nous nous amuserons bien!

— Je veux rentrer à la maison.

— C'est impossible!... Sois raisonnable, Etiennette!

— Faites-moi rendre mes effets.

— Nous nous en irons ensemble.

— Restez, si vous voulez!... Je me trouve très-mal ici!

— Bah! quelles idées!

— Je m'en irai... je veux m'en aller!

— A pareille heure, toute seule, courir les rues dans ce costume... Tu te ferais arrêter!...

— Je vous redemande ma pelisse et la clef de ma chambre.

— Reste avec nous, petite obstinée, et ne t'avise plus de nous planter là...

— Je ne veux plus revoir votre monsieur, c'est un méchant homme.

— Tais-toi donc! il est charmant, riche à millions, généreux comme mylord! Il raffole de toi!... Il te dotera, ma chère!

— Mourir plutôt! — dit Etiennette, — et puisque vous me parlez de même, je ne vous aime plus!... Lâchez-moi!

Loin de la lâcher, les deux nièces de madame Cavallet l'entraînaient, tout en riant, vers une loge entr'ouverte où elle aperçut avec épouvante le vieux cavalier qui, le premier, s'était présenté à elle. Alors elle se cramponna résolûment à une colonnette.

— Je ne bougerai plus d'ici ! — dit-elle ; — laissez-moi, ou j'appelle au secours !

— Quelle manie ! Viens donc !

— Je vais crier !

— Pauvre enfant ! mais la salle est pleine d'agents de police. Si tu fais du bruit, sans même l'écouter, ils t'emmèneront au poste, où tu seras enfermée avec des gens grossiers, ivres, insolents. Nos messieurs sont polis et ne veulent, après tout, que nous offrir à souper en sortant du bal.

— Je n'irai pas ! non, je n'irai pas ! — Du fond de sa loge, l'inconnu assistait à ce débat en souriant ; son binocle était outrageusement braqué sur l'infortunée jeune fille, qu'il contemplait sans perdre une de ses paroles. Tout à coup, Etiennette bondit comme un gazelle, et saisit le bras d'un jeune homme distrait qui errait à l'aventure parmi les masques et les dominos. — Monsieur le comte de Fontmarie, par pitié, protégez-moi ! — lui dit-elle. Gilbert interrogeait du regard. — Au nom de monsieur Louis Vallier, sauvez-moi ! emmenez-moi d'ici où je me suis laissé conduire par des menteuses sans savoir ce que je faisais...

La vive prière d'Etiennette avait l'accent de la vérité.

— Rassurez-vous, mademoiselle, — répondit Gilbert déjà ému, — je vous défendrai avec le respect d'un frère.

— Ah ! mon Dieu ! soyez béni ! — s'écria la tremblante jeune fille. — Les deux nièces de madame Cavallet accouraient. — Préservez-moi de ces femmes ! — dit Etiennette.

Gilbert les attendit le sourire du dédain aux lèvres.

L'une des deux intrigantes s'arrêta déconcertée. L'autre retourna vers la loge et dit au vieux gentleman :

— Le guignon s'en mêle ! Etiennette s'est placée sous la protection du comte mystérieux qui a l'air de la connaître ; c'est étonnant !

— Que me chantes-tu là, pécore !... Italique m'a juré qu'elle n'avait jamais eu de relations qu'avec un petit employé qui ne l'aime pas, le sot !...

— Madame Cavallet a dit la vérité toute pure.

— Qu'est-ce donc que votre comte mystérieux ?

— Je vous répète que je n'y conçois rien moi-même.

— Je vais voir, moi.

A ces mots le vieil amateur, fort contrarié, sortit de sa loge et rejoignit l'autre prétendue nièce Cavallet.

— Ah ! les voici tous les trois sur nos pas, — murmura Etiennette encore tremblante.

— Vous êtes à mon bras, mademoiselle, — dit Gilbert, — soyez absolument sans crainte ; faisons-leur face.

Il prit une carte dans son calepin et se tint prêt à la jeter au visage du vieux coureur d'aventures, à qui les dominos masqués disaient alors :

— Dame ! ce n'est pas un écolier, celui-ci ! Il est plus riche que vous, monte à cheval mieux que Franconi, mouche une bouteille au pistolet, et, au fleuret, boutonne tous les autres.

— Que le diable vous croque, vous et votre stupide duègne ! — s'écria le gentleman, que Gilbert accosta froidement en remettant sa carte dans son gousset.

— Monsieur, — lui dit-il, — vous inquiétez mademoiselle ; votre présence ici lui déplaît ; je vous invite donc à partir sur-le-champ.

— Impertinent, vous m'insultez !

— Impossible, monsieur le chevalier du Rouge et Noir ; un mot de plus, je vous livre ici même à la police...

Les deux prétendues nièces de madame Cavallet prenaient la fuite, et l'aventurier, changeant de langage, disait d'un ton obséquieux :

— Me permettrez-vous, monsieur le comte, de vous demander qui vous êtes ?

— Monsieur le chevalier Edouard, je suis le neveu du docteur Hugues et l'ami respectueux de mademoiselle.

En achevant ces mots, Gilbert pirouetta sur les talons. Etiennette passait de l'effroi à une surprise extrême.

— Ce monsieur, qui a été un homme du monde et qui spécule aujourd'hui sur tous les vices clandestins, s'aperçoit que je le connais à fond. Mais, me voici à vos ordres, mademoiselle. Où voulez-vous être reconduite ?

— Oh ! mon Dieu ! — s'écria Etiennette, — je n'en sais plus rien. La clef de ma chambre est au vestiaire, dans la poche de ma pelisse, dont ces femmes ont gardé le numéro... Et puis, j'ai peur... j'ai peur de retourner chez moi. Que faire ? que devenir ? Du jour où madame Vallier a quitté notre maison, le malheur y est entré pour moi de toutes les manières.

Etiennette se remit à sangloter.

— Mademoiselle, — dit Gilbert, — mettez-moi au courant de tout ce qui vous est arrivé ; je devine déjà une partie des dangers qui vous menacent et je ne négligerai rien pour vous en garantir. — Le tumulte joyeux qui régnait de toutes parts dans la salle et les couloirs rendait impossible une conversation suivie ; Gilbert se fit ouvrir une loge : — Ici, — dit-il, — nous pourrons causer à notre aise.

Etiennette remonta au jour où madame veuve Cavallet s'était établie dans le logement contigu au sien. Elle peignit en termes touchants la misère de sa vieille voisine, sa pitié pour elle, les services qu'elle lui avait spontanément rendus. Puis, vint l'histoire des fausses nièces et bientôt celle de la soirée.

— A peine à l'Opéra, ce vieux monsieur que vous appelez le chevalier Edouard m'a emmenée dans une loge où, au bout de peu d'instants, je me suis trouvée seule avec lui. Il me pria très-poliment d'ôter mon masque ; j'y consens avec plaisir, c'est si gênant, j'étouffais ! mais presque aussitôt son langage et ses gestes m'effrayèrent tant que je le repoussai et m'échappai sans savoir comment... J'avais perdu la tête... — Etiennette raconta ensuite ses plus fâcheuses rencontres, celles entre autres d'Emile et de Romuald, dont elle ignorait les noms, mais qu'elle se sentait capable de reconnaître, fût-ce dans dix ans. A mesure qu'elle parlait, l'indignation de Gilbert se manifestait par des exclamations qui la pénétraient de reconnaissance. Pleine d'espoir, maintenant, elle ne pleurait plus et retrouvait son pudique sourire : — Le bon monsieur Louis, — dit-elle, — nous a souvent parlé de votre cœur. Vous vous intéressez à moi, vous me dites de ne plus rien craindre. Eh bien ! je suis aussi tranquille qu'à côté de monsieur Louis lui-même.

— Peut-être même davantage, — dit Gilbert avec une douceur pénétrante.

Etiennette leva sur lui ses grands yeux encore humides.

— Oh ! — murmura-t-elle, — ne lui dites jamais cela, au moins ! Ce que vous devinez, monsieur le comte, il doit l'ignorer toujours. Je ne suis qu'une pauvre ouvrière sans instruction ; je fais des fautes en parlant ; je n'ai jamais eu le temps de lire et ne sais rien de ce qu'il faudrait savoir pour être digne de lui... — Une vive rougeur couvrit, à ces mots, les traits charmants d'Etiennette. — Tout mon bonheur, — reprit-elle après un soupir, — était de servir sa vieille mère. Quand il rentrait de sa longue journée de travail, il me remerciait affectueusement ; j'étais trop récompensée. Un jour, il me dit : « Vous êtes notre ange gardien, Etiennette. » Ce mot-là, monsieur Gilbert, m'est resté dans le cœur. Qu'il est bon et dévoué pour sa mère ! Celle qui sera sa femme sera bien heureuse ! — Gilbert fut profondément touché de cette résignation mélancolique : — Il est joliment agréable d'être riche, — ajoutait Etiennette, — mais, croyez-moi, monsieur le comte, je n'ai jamais désiré la richesse que pour eux !... Maintenant, ils sont partis ! Le dimanche seulement, je puis aller faire une courte visite à madame Vallier ; monsieur Louis n'y est presque jamais... — Etiennette s'interrompit brusquement en se renfonçant dans la loge.

— Qu'avez-vous, mademoiselle ? — demanda Gilbert.

— Tenez !... je les vois ensemble, les deux qui m'ont fait le plus de peur, après le méchant monsieur Edouard ; ils nous regardent... de là-haut.

Elle désignait Emile et Romuald : le père et le frère de Denise. Gilbert en fut péniblement affecté.

Romuald disait avec humeur :

— Sans vous, mon père, je serais à la place de Gilbert.

— Ah! diable! — repartit Franchard, dont la soirée n'avait été qu'une série de contrariétés et d'inquiétudes. — Cette bergère est-elle donc unique en son espèce?

— Pour moi, oui! — répliqua le saint-cyrien.

— Tu es insupportable aujourd'hui!

— Il n'y a qu'elle que j'aie remarquée depuis près de deux ans et qui m'ait inspiré le sentiment que j'éprouve.

— Du sentiment pour une coureuse de bals masqués, et tu te blesses d'être traité en petit garçon? Crois-tu donc rencontrer ici des rosières...

— Par exception, peut-être.

— Mais tu vois celle-ci en tête-à-tête avec ton ami Fontmarie...

— Un hypocrite! il faisait semblant de ne pas la connaître; il ne voulut seulement pas me dire son nom; voilà ce qui me vexe le plus!... — Et Romuald raconta comment, la veille de son entrée à Saint-Cyr, il avait suivi et accosté la gracieuse ouvrière, confidence fort singulière de la part d'un fils de dix-neuf ans et qui faisait jouer à Emile un rôle honteux.

Aussi, malgré le défaut de sens moral que Nathalie avait eu la douleur de remarquer en son mari et que Roqueville avait si tristement constaté, Franchard, en ce moment, regrettait de plus en plus de s'être fait le cicérone bénévole de Romuald; d'un autre côté, il ne se souciait guère de souper avec Gaudaine.

— Tiens! — dit-il, — réflexions faites, je m'en vais!

— Et l'invitation de ces messieurs?

— Je la brûle.

— Je n'y renonce pas, moi! J'ai une revanche à prendre; ils payeront pour Gilbert.

— Quelle mouche te pique? Ne va pas à leur souper, je t'en supplie.

— Ah çà! mon père, ce n'était point la peine de me conduire à l'Opéra, pour m'ôter ensuite toute espèce d'agrément.

— Tu veux te quereller!

— Chacun prend son plaisir où il le trouve!

Emile Franchard se vit réduit à la dure nécessité de rester pour être sérieusement jusqu'au bout le surveillant de monsieur son fils. Il rejoignit Gaudaine, le vicomte, Victor d'Ambrezil et leurs dames, qui l'accablèrent de lardons, mais il eut enfin la satisfaction de ne pas revoir Romuald.

A l'heure où la bande joyeuse des gentlemen riders s'attablaient à la Maison-Dorée, le saint-cyrien courait follement après un équipage armorié qui emportait Gilbert et sa jeune bergère.

L'équipage entra dans l'hôtel d'Espades. La porte se referma. Romuald, exaspéré, eut pourtant le bon sens de reprendre le chemin de l'Opéra, où l'on ne sait s'il finit par trouver quelque compensation à sa déconvenue.

Emile, se voyant débarrassé de lui, ne soupa point et rentra chez lui, où l'attendait une scène, car Nathalie, inquiète de l'absence prolongée de Romuald, ne s'était pas couchée.

— Vous rentrez seul! — s'écria-t-elle; — qu'avez-vous de mon fils?

— Il est au bal! il s'amuse!... Et vous devriez être au lit.

— Au bal de l'Opéra! mais vous achèverez de le perdre!...

Emile haussa les épaules.

. . . .

Cependant l'honnête Germain reculait épouvanté en voyant une bergère enrubannée descendre du carrosse des comtes de Fontmarie : abomination de la désolation!

— Fais-nous servir à souper, — dit Gilbert.

— Ah! mon Dieu! — murmura le fidèle serviteur, — nous y voici donc! Je savais bien, moi, que ça ne manquerait pas d'arriver... Monsieur le docteur va être satisfait!

Ces lamentations, fort heureusement, ne retardèrent point l'exécution des ordres du jeune comte. Deux couverts furent mis, et Germain lui-même vint servir à table.

— Oh! que c'est beau! que c'est donc beau ici! — dit Etiennette en entrant dans la salle à manger.

Elle était radieuse, gaie, riante, jolie à faire frémir l'excellent valet de chambre, qui découpait les perdrix en se disant :

— Quel scandale!... à l'hôtel d'Espades!... Oh! comment tout cela va-t-il finir?

XIX

PETIT SOUPER.

Elle n'aurait pas été grisette parisienne, si elle n'eût bravement fait honneur à la collation que lui offrait Gilbert. Honnêteté ni candeur ne nuisirent oncques à bon appétit. Etiennette croquait à belles dents, trouvait tout exquis et n'en était que plus gaie. Les émotions violentes ou douces, consolantes ou cruelles, qu'elle avait éprouvées depuis minuit, s'étaient fondues en un sentiment de joie expansive qui se trahissait par de petits éclats de rire veloutés.

— Ah! le maudit lutin femelle! — pensait Germain. Elle avait un asile, elle se sentait à l'abri des corrupteurs et des corrompus; le comte de Fontmarie, dont Louis Vallier lui avait dit tant de bien, s'était engagé à la protéger toujours. Elle était rassurée, elle était heureuse. Pourquoi ne se serait-elle pas régalée à son aise, une fois en sa vie? — Elle ne se gêne pas! elle rit, elle boit, elle mange! Oh! la petite enragée avec son air mignon! — poursuivait mentalement Germain. Perdrix, pâté truffé, confitures, gâteaux, fruits conservés, elle savourait et vantait tout; jamais elle n'avait goûté choses meilleures. De plus, autour d'elle il n'était rien qu'elle n'admirât avec une ingénuité à laquelle Gilbert prit bientôt un vif plaisir. — J'aurais juré en rencontrant ce minois-là dans la rue que ça n'entendait point la malice! — continuait Germain avec dépit. — Et je suis pourtant un ancien connaisseur, moi. Bah! le plus madré s'y trompe! Elle a ensorcelé notre jeune monsieur!...

— Du malaga! — dit Gilbert.

— Bon! pourquoi pas du champagne? — grommela Germain, dont la mine piteuse ne laissait point que de divertir aussi beaucoup le jeune comte.

Enfin, après le thé qu'Etiennette, comme de raison, déclara délicieux, et après une causerie enjouée que le valet de chambre traduisit tout de travers :

— Va réveiller madame Dorlan et prie-la de venir ici tout de suite, — dit le jeune comte.

Germain, pour le coup, ouvrit des yeux grands comme des lanternes.

— Madame Dorlan, — murmura-t-il, — mais c'est une dévote... sévère.

— Sa dévotion et sa sévérité ne l'empêchent point d'être la femme de charge de l'hôtel d'Espades, et j'ai besoin de ses services. — Germain ébahi ne bougeait pas; Gilbert riait, mais Etiennette commençait à rougir; il reprit donc très-gravement : — Je veux que mademoiselle soit traitée avec tout le respect qui lui est dû. Madame Dorlan va lui faire préparer une chambre et s'occupera sur-le-champ de lui procurer des vêtements convenables.

Germain, abasourdi, alla transmettre ces ordres à

madame Dorlan, qui fut mise au courant et déploya aussitôt un zèle extrême. Il faisait presque jour. Après avoir salué la jeune fille, qui balbutiait l'expression de sa reconnaissance, Gilbert entra chez le docteur Hugues, très-matinal d'habitude, encore couché, mais lisant et travaillant déjà.

L'oncle, enchanté du récit de son neveu, le congédia paternellement :

— Va te reposer, — lui dit-il, — je me charge du reste.

A sept heures, Germain, revenu de son long étonnement, entrait chez madame Cavaillet et lui réclamait la clef du logement d'Etiennette, dont il rapportait le costume de bergère :

— Tout ceci est bel et bon ! — dit la vieille qui avait revu ses nièces : — qui êtes-vous ? de quelle part venez-vous ?

— Je viens au nom de mademoiselle Etiennette et de la part de messieurs de Fontmarie, dont je suis le serviteur.

— Tenez, voilà la clef! et que le diable vous étouffe tous! — riposta la duègne avec une colère mêlée d'inquiétude.

Certes, elle n'avait pas tort d'être inquiète.

Avant midi, sur une plainte du docteur, qui ne se doutait point qu'elle fût la Cavalletta, la police envahit son domicile. Elle fut réintégrée à Saint-Lazare, reconnue pour une fugitive évadée et mise en cellule. D'autre part, son luxe inattendu ayant paru fort suspect, elle fut soupçonnée d'être recéleuse. Ces soupçons étaient faux.

L'enquête devait prouver que son industrie, moins coupable, consistait à faire le brocantage pour le compte de ses innombrables nièces. Moyennant une retenue usuraire, elle revendait les cadeaux de tous genres faits à sa clientèle, et, sans l'aventure d'Etiennette, on peut affirmer qu'elle aurait en peu de temps réalisé une fortune.

— Qui trop embrasse mal étreint!... Il ne faut pas courir deux lièvres à la fois! — dit au sujet de son arrestation l'usurier Mathias, qui en fut ravi, car elle commençait à lui faire une fâcheuse concurrence.

XX

LE RÉVEIL DE L'ORPHELINE.

Etiennette, à son réveil, vit auprès de son lit sa plus jolie robe des dimanches, et sur la commode une foule d'accessoires de toilette dont elle n'avait jamais fait usage. Elle hésitait à s'en servir, quand la femme de charge entra, la combla de soins affectueux et lui dit que tout ce qu'elle voyait lui était destiné.

Les questions de l'orpheline trahissaient un embarras charmant.

— Qu'ai-je donc fait pour mériter tant de bienveillance? — murmurait-elle. — Après une nuit si agitée et si terrible, un si doux réveil! Oh! madame, combien monsieur le comte de Fontmarie est bon! Monsieur Vallier, son répétiteur, ne le disait pas encore assez!

Madame Dorlan finit par essayer à Etiennette un léger chapeau qui encadra bientôt sa gracieuse physionomie.

— Ah! j'ai l'air d'une demoiselle, — fit-elle en rougissant de plaisir; mais, se reprenant aussitôt : — Je ne suis qu'une pauvre ouvrière, ce costume est trop élégant pour moi. Vous vous êtes trompée, sans doute.

— Non, mon enfant, j'exécute les ordres que j'ai reçus.

— Bien sûr? — dit encore la jeune fille.

— D'aujourd'hui, mademoiselle, vous êtes la protégée de l'oncle de monsieur le comte de Fontmarie, monsieur le docteur Hugues qui vous attend.

Etiennette, introduite chez le maître de la maison, s'avança toute tremblante, les yeux baissés, intimidée à l'extrême, mais le cœur plein de confiance. Gilbert était debout à côté du docteur Hugues, dont le ton paternel la rassura dès les premiers mots :

— Mon neveu, — disait-il, — a eu le bonheur de vous défendre, je l'en ai félicité; il vous a promis son appui; c'était vous assurer le mien.

Etiennette osa enfin regarder le docteur; elle rencontra son sourire et celui de Gilbert, lut sur leurs traits leurs intentions, et alors, tout à coup, joignant les mains :

— Jésus, mon Dieu, — s'écria-t-elle, — rendez-leur tout le bien qu'ils me font!

— Nous n'avons rien fait encore, chère enfant, mais vous êtes orpheline, exposée dans le monde à tous les périls, et d'autant plus digne d'intérêt que vous avez failli être victime de votre charité.

— J'ai été bien trompée, c'est vrai! je ne croyais pas, moi, qu'on pût être si méchant!

— Je sais avec quel dévouement vous avez servi tour à tour madame Vallier et ensuite l'indigne créature qui est devenue votre voisine. Vos bons sentiments m'ont touché; ne craignez rien désormais, je veille sur vous.

— Cette mauvaise femme aura donc eu raison, — s'écria Etiennette frémissante. — Elle me disait, messieurs : « Qui sait si par un miracle je ne suis pas prédestinée à vous donner le bonheur? » Elle me jette au milieu des loups... et le miracle se fait... Oh! je voudrais vous remercier à genoux!... Je ne suis donc plus seule et abandonnée!...

Etiennette, à ces mots, ne put retenir ses larmes; on voyait qu'elle rendait grâce à Dieu.

— Mon oncle, — dit Gilbert tout bas, — je ne m'étais pas abusé.

Le docteur contemplait la jeune fille, ravie en une sorte d'extase pieuse; il s'approcha d'elle et, lui prenant la main :

— J'ai une prière à vous faire, — lui dit-il.

— Vous, à moi? — murmura Etiennette.

— Dans votre intérêt, chère enfant.

— Dites, monsieur, dites, mon plus grand désir est de vous être agréable.

— Et moi, — reprit le vieillard doucement ému, — je voudrais vous préparer une existence paisible, mais il faudrait que vous me fussiez soumise.

— C'est avec bien du plaisir que je vous obéirai, moi, vous me paraissez si bon!

— Je ne puis, sans votre consentement, exercer sur vous aucune autorité.

— Ordonnez, commandez sans craindre que je résiste jamais.

— Vous m'acceptez donc pour tuteur?

— Pouvez-vous me le demander! — répondit la jeune fille palpitante.

— C'est que je suis extrêmement sévère. Si je me mêle de votre éducation, je veux que vous vous soumettiez aveuglément à mes conseils. Sinon nous veillerons à votre sûreté, mais nous ne ferons rien de plus.

— Vous vous occuperiez de mon éducation! — s'écria Etiennette éperdue.

— Mon neveu m'a dit que vous regrettiez amèrement de ne pas être instruite, de parler incorrectement et de manquer du temps nécessaire pour étudier. Si vous aviez vos parents, je me garderais bien de vous faciliter les moyens de vous élever au-dessus d'eux, mais vous êtes seule au monde, entourée de piéges, digne de ma sympathie, je crois bon de vous retirer de la classe inférieure où vous rencontreriez sans cesse de nouvelles tentations.

— Oh ! monsieur, pour mériter tant de générosité, je suis prête à tout ; je serai la plus docile des enfants, je vous le jure du fond de mon cœur.

— Mon intention est de vous placer, dès aujourd'hui, dans un pensionnat. Vous serez recommandée spécialement à une supérieure de grand mérite, qui ne vous traitera pas comme les autres élèves et vous fera faire en secret des progrès rapides. Mais vous ne recevrez d'autres visites que la mienne ou celle de madame Dorlan, vous n'écrirez à personne.

— Pas même à madame Vallier ?

— A personne absolument.

— Madame Vallier était ma vieille amie ; son fils me témoignait un intérêt fraternel ; ils seront inquiets ! — dit la jeune fille en soupirant.

Gilbert fut tout à la fois attristé et contrarié. Pourquoi ce mystère ? Quel était donc le but de son oncle ?

— Je ne suis pas content de l'abandon dans lequel vous ont laissée madame Vallier et son fils, — dit le docteur d'un ton froid. — Ils auraient dû songer davantage à la pauvre orpheline qui leur avait prodigué son dévouement... Ils sont ingrats !

— Oh ! non ! non ! — s'écria Etiennette avec vivacité, — vous les traitez trop mal !

— Ils vous ont oubliée, oubliez-les à votre tour !

— Moi, je ne les oublierez jamais ! — murmura la jeune fille.

— Mes premiers ordres vous pèsent !

— Ah ! par pitié, ne commandez pas l'impossible ! — dit Etiennette alarmée ; — oublier ceux que j'aime !... Si je vous promettais cela, je mentirais !... Et si je vous désobéis en vous refusant cette promesse, retirez-moi toutes les vôtres, monsieur !... Rendez-moi à ma pauvreté... Je n'en serai pas moins reconnaissante du secours que je dois à monsieur le comte.

Gilbert allait se récrier.

— Généreux cœur ! — dit le docteur Hugues. — Non ! votre réponse n'est pas une désobéissance ! Conservez donc le souvenir de madame Vallier et de son fils, mais ne leur écrivez point sans en avoir obtenu de moi la permission formelle ; j'ai les meilleures raisons pour exiger cela de votre part.

Etiennette courba la tête en signe d'assentiment.

— Mon Dieu ! — dit-elle peu d'instants après, — que deviendra le mobilier de ma petite chambre ? Mes parents ne m'ont laissé que cela !... Et moi, j'aime ces vieux meubles plus qu'un trésor.

— Nous en aurons le plus grand soin, ma chère fille, — dit le docteur.

— Ah ! mon oncle ! — s'écria Gilbert dès qu'Etiennette se fut retirée, — combien vous êtes sage et bon ! J'ai souvent de la peine à vous comprendre, mais toujours je suis forcé de vous donner raison contre moi !

— L'expérience ne rend pas infaillible !... Dans le labyrinthe de la vie, c'est un flambeau et non le fil d'Ariane !... J'aurais pu avoir tort !... Tu es bien aise maintenant d'avoir été forcé d'aller au bal de l'Opéra ; tu en serais fâché si tu avais à te reprocher quelque faiblesse.

— J'ai cependant eu le cœur serré en apprenant de cette jeune fille qu'elle avait surtout été obsédée par Romuald et par monsieur Franchard...

— Oh ! c'est ici le bord amer du vase ! Gilbert... Mais préférerais-tu de sottes illusions ? Romuald est un jeune écervelé ; monsieur Franchard avait des torts plus graves. — Gilbert devint soucieux. — Bref, continue à faire le bien en regardant le mal en face. Pour vaincre l'ennemi, mon fils, il faut le voir, le connaître, le combattre pied à pied.

Etiennette, le soir même, fut conduite par madame Dorlan au couvent des Colombelles, dont la supérieure, qui avait auparavant reçu le docteur Hugues, était déjà pénétrée de la nature des soins qu'il convenait de donner à sa nouvelle pensionnaire.

XXI

LES LETTRES ANONYMES.

— Ce qu'il y a de plus intéressant dans cette aventure, c'est que les amours du comte mystérieux ont cessé d'être un mystère, — disait Victor d'Ambrezil en plein club maquignon.

— Tout mystérieux qu'il est, — repartit Lucien de Valvert, — Fontmarie n'a fait mystère de rien. Nous l'avons vu, pendant plus d'une heure, goûter les charmes du tête-à-tête en loge découverte.

— Un souper a dû s'ensuivre, je suppose ?

— Mais où ? voilà la question.

— Vous verrez, — dit ironiquement le vieil Horace de Beauregard, — que le champagne aura été sablé à l'hôtel d'Espades.

— Vous croyez plaisanter ! une version le dit...— Gilbert entra, sans être vu, au moment où Victor d'Ambrezil, continuant sur le ton badin, s'avisa de dire : — Je trouverais gai d'écrire une petite lettre anodine à ce bon docteur Hugues pour le féliciter sur son système d'éducation.

Gilbert allait intervenir, mais le jeune duc de Traymontpré s'avançant vivement :

— Qu'entendez-vous par lettre anodine ? — demanda-t-il.

— Mais un poulet mystérieux à propos de mystères galants, rédigé en termes piquants et en collaboration.

— Tenez, d'Ambrezil, je vous pardonne cette idée saugrenue, pourvu que vous ne vous fâchiez pas de ce que je vais ajouter...

— Doucement, cher, je ne réponds de rien !

— Eh bien ! laissons-là votre proposition, mais je suis encore indigné d'avoir reçu ce matin la plus infâme des lettres anonymes.

— Toi !... toi aussi ? — dirent Jules et Lucien de Valvert.

— Tous les trois ? — s'écria Gaudaine.

— Je sais de quoi il s'agit, — ajouta Horace de Beauregard, — c'était une circulaire décidément.

— Mais que disait-elle ? — demandaient d'Ambrezil et plusieurs autres membres du cercle.

— Messieurs, — reprit le duc de Traymontpré, — par des insinuations odieuses on veut perdre un de nos excellents amis, Emile Franchard, en attaquant sa réputation auprès de tous les administrateurs de la compagnie universelle.

Gilbert se précipita au milieu du groupe :

— De quoi donc accuse-t-on monsieur Franchard, — dit-il.

— Je ne le répéterai certes pas, mais monsieur le docteur Hugues, notre collègue, aura aussi reçu sans doute la circulaire anonyme.

— Vous faites bien, monsieur le duc, — dit Gilbert, — de vous refuser à propager des bruits calomnieux. Quant aux lâches qui n'osent signer ce qu'ils écrivent, je déclare qu'ils ont mon plus souverain mépris.

D'Ambrezil se mordit les lèvres, fut tenté de chercher querelle à Gilbert, mais se contint, car tous les autres, et même Horace de Beauregard, approuvaient le jeune comte.

La circulaire anonyme n'en avait pas moins produit les plus funestes effets.

A l'heure même où l'on s'en entretenait en plein club, Théodore Fortunat relisait pour la quatrième fois son exemplaire ainsi conçu :

« Monsieur le directeur,

» Vous êtes un honnête homme ou un fripon, un chef consciencieux, ferme et capable, ou un franc imbécile. Quoi qu'il en soit, la lettre que nous prîmes la peine de vous écrire, il y a six semaines, n'ayant produit aucun effet, sachez que chacun des membres de votre conseil d'administration reçoit la copie ou l'abrégé de de la suivante :

» Monsieur Emile Franchard, caissier de la compagnie universelle, après avoir été le modèle des pères de famille, s'est laissé aller d'abord à une intrigue assez insignifiante avec une demi-vertu du monde au-dessus des préjugés.

» Cette liaison passagère lui donna le goût des plaisirs. On le vit se lancer dans la fréquentation fort dispendieuse des beautés les plus renommées dans les bals publics de Paris. (Prendre des renseignements auprès de mesdames Aurore Clinquant, rue Navarin, n° 45, Olympia Brodequin, rue des Martyrs, n° 88, Thérèse Colibri, rue Neuve-Saint-Georges, n° 55 *bis*, etc...) Il devint joueur, dissipa rapidement la majeure partie de sa modeste fortune, fut bientôt une espèce de lion, se fit admettre dans un club d'où semblaient l'exclure son nom, sa profession et son infime avoir, mena grand train et conduisit de front maintes fois plusieurs dispendieuses conquêtes.

» Dès cette époque, des bruits fâcheux couraient sur la probité du sieur Franchard, qui perdait facilement cent louis par soirée, comme, par exemple, chez madame la baronne de Senneval, la veille de l'entrée à Saint-Cyr de son fils Romuald. Toutefois, soit qu'il eût été instruit de ces rumeurs, soit par toute autre cause, il parut renoncer brusquement à ses habitudes désordonnées. D'un autre côté, madame Franchard ayant perdu ses parents, l'héritage qu'elle fit justifia suffisamment l'aisance dont son ménage jouit encore.

» Cependant tous les biens de cette famille sont hypothéqués ou vendus secrètement (s'informer), et monsieur Emile Franchard, loin de s'être amendé, fréquente la plus basse et la pire des mauvaises sociétés avec une hypocrisie qui met en défaut jusqu'à ses plus anciens compagnons de plaisir.

» Pour subvenir à ses dépenses occultes, à qui a-t-il recours?

» On est fondé à croire qu'il fait de larges et fréquents emprunts à la caisse de la compagnie universelle.

» Mais monsieur le directeur, étant épris de sa fille, ferme les yeux sur sa conduite.

» Avis à messieurs les membres du conseil d'administration et de surveillance ! »

Bouleversé par cette lecture, Théodore Fortunat se promenait avec fureur dans son cabinet, quand Vertuchet aîné, l'administrateur, se fit annoncer et se présenta devant lui. A peine le jeune directeur eut-il le sang-froid nécessaire pour le recevoir poliment.

— Mon cher monsieur Fortunat, — dit le doyen de l'envahissante dynastie Vertuchet, — j'ai reçu ce matin une lettre dont je vous dois communication officieuse. Il s'agit de notre honorable ami Franchard, qui est certainement à l'abri de tout soupçon. — A ces mots, il ouvrit sa vaste tabatière, et, de son air le plus gracieux : — En usez-vous? — dit-il.

— Jamais ! — répondit tragiquement Théodore. — J'ai reçu copie de votre odieuse lettre.

— J'ignorais naturellement cette circonstance; mais puisqu'il en est ainsi, qu'avez-vous résolu dans votre sagesse?

Théodore chercha le regard de son interlocuteur; Vertuchet aîné portait ce jour-là des lunettes bleues. Du reste, il souriait bonnement, n'était ni plus rouge ni plus pâle qu'à l'ordinaire et ne disait rien par son attitude.

—Monsieur,—répondit le jeune directeur,—si monsieur Franchard est *certainement à l'abri de tout soupçon*, comme vous le dites, je ne vois guère quel compte ma haute sagesse doit tenir d'un factum anonyme qui m'a l'air calomnieux d'un bout à l'autre.

— Anonyme, oui; calomnieux, oui encore, j'aime à le penser avec vous; mais d'un bout à l'autre, non, monsieur Fortunat, non.

— En ce cas, monsieur, vous êtes mieux renseigné que moi, et mon devoir est de vous prêter la plus sérieuse attention. — L'administrateur rouvrit sa tabatière, offrit encore du tabac, se le fit refuser, en bourra de nouveau ses profondes narines, secoua son jabot et, toujours souriant, se complut à dépeindre longuement les félicités passées du ménage Franchard. — Rien de rien de ceci n'est en question, — dit enfin Théodore, poussé à bout par son verbiage.

— Pardonnez! Ceci prouve au moins qu'il y a quelque chose de vrai dans nos lettres anonymes. Continuons! Quant aux intrigues de ce pauvre Franchard... je ne crois pas positivement qu'il y ait là rien de pendable... Seulement je sais... vaguement, très-vaguement;... j'ai ouï dire... car, vous le sentez bien, mon cher monsieur Fortunat, un honnête bourgeois tel que moi, un homme de mon âge et de mon caractère, ne saurait connaître, même de nom, ces Aurore Bredequin, Rose Colibri, Olympe Clinquant.

— Qu'avez-vous ouï dire, enfin? — interrompit Théodore avec une impétuosité bien opposée à ses habitudes.

— Ne nous emportons pas, monsieur Fortunat. Il s'agit de l'honneur d'un galant homme...

— Et voilà précisément, monsieur, pourquoi j'ai hâte de savoir où vous voulez en venir...

— Mais j'en veux venir, mon cher directeur, au même but que vous, à des éclaircissements qui ne laissent pas l'ombre d'un doute sur l'honorabilité de cet excellent Franchard que j'aime infiniment, un garçon rempli d'obligeance, d'une humeur facile et cordiale...

— Revenons à la question, je vous en supplie, — dit Théodore maîtrisant son impatience.

— Franchard se serait fait recevoir membre du club maquignon...

— Eh bien! n'en a-t-il pas le droit? C'est un des cercles les mieux composés de Paris; cinq ou six de nos administrateurs en font partie, et il y a fort loin de là à cette pire des mauvaises sociétés dont on nous dénonce l'existence.

— Assurément! — fit Vertuchet; — c'est aussi ce que j'ai pensé. On ne peut passer sa vie entière entre sa femme et ses enfants; il faut bien se tenir un peu au courant des nouvelles. Où lire les journaux? où faire sa petite partie?... Malheureusement le club maquignon est composé de gens pour la plupart très-riches, et Franchard ne l'est guère...

— Voilà donc, monsieur Vertuchet, à quoi se réduisent les vérités articulées dans des lettres dictées par la plus lâche envie... Oui, Franchard est membre de ce club, je le savais.

— Pardon!... vous êtes beaucoup mieux instruit que moi.

— La lettre anonyme de ce matin n'est pas la première que je reçoive...

— Ciel! que m'apprenez-vous là?

— Malgré ma répugnance pour les recherches sur la vie intime de mes subalternes, je suis allé aux renseignements et j'ai acquis la certitude que monsieur Franchard n'a rien de grave à se reprocher.

— Oh! tant mieux! vous me comblez de joie, — s'écria Vertuchet en essuyant ses lunettes bleues.

— Il perdit, à la vérité, une somme de cent louis contre monsieur d'Ambrezil, à l'époque signalée dans la lettre anonyme ; c'était une faute, mais elle eût les plus heureuses conséquences, car, depuis, ni au club, ni dans le monde, monsieur Franchard n'a jamais risqué aucune forte somme.

— Vraiment! Oh! quel plaisir vous me faites!

Théodore Fortunat ajouta d'un ton très-net :

— Je vais fort souvent passer la soirée chez monsieur Franchard, je le trouve toujours chez lui : par conséquent, quoique membre d'un cercle, il ne fuit point son intérieur comme vous me le donnez à entendre.

— Voilà une de ces manies qui ont toujours dépassé mon intelligence! — dit Vertuchet. — Se faire recevoir à grand frais d'un cercle où l'on ne met pas les pieds, payer sa cotisation pour rien, bref, jeter son argent par la fenêtre... Je connais vingt pères de famille qui sont dans ce cas, et qui se refusent une loge au théâtre.

— Quant à la caisse, monsieur, — ajouta Théodore, — tous les trimestres, selon l'usage établi par mon père, je la contrôle moi-même, et la dernière fois, je l'ai contrôlé plus minutieusement que jamais, avec un profond dégoût, je ne vous le cacherais pas, car j'étais influencé, malgré moi, par les délations infâmes du coquin qui ose nous écrire de nouveau... Ah! que ce drôle-là prenne garde à lui!

— Allons, tout est au mieux!... Je crois presque inutile de demander à messieurs de Traymontpré, de Valvert, Gaudaine et de Beauregard, mes honorables collègues, ce qu'il peut y avoir de plus ou moins exact relativement à mesdemoiselles Thérèse Papillon, Aurore Colibri, Olympia Clinquant et compagnie. D'ailleurs, c'est de l'histoire ancienne!... D'après la lettre même, monsieur Franchard aurait d'autres relations.

— Mais, monsieur, où, quand, comment les entretiendrait-il? La moitié du temps, je sors de chez lui entre onze heures et minuit. Dès neuf heures du matin il est à son bureau d'où il ne sort qu'à cinq heures ; à six, il dîne en famille...

— Je suis ravi d'apprendre tout cela, — dit Vertuchet, — et plaise à Dieu que le notaire Montmichel, mon respectable collègue, ait été induit en erreur, car il me disait... Il me disait en propres termes, monsieur, que tout l'avoir des Franchard, dot, patrimoine, économies, héritage, tout était réduit à zéro!

— Admettons cela, monsieur Vertuchet. S'ensuit-il que nous ayons un déficit dans notre caisse!

— Oh! non! mille fois non! mon bon monsieur Fortunat, — dit l'administrateur en rouvrant sa tabatière. — D'ailleurs, rien de plus facile à vérifier... là, impromptu, sans que l'époque soit connu d'avance. Nous causerons de cela, lundi, au conseil... Adieu, mon cher directeur!... En usez-vous?

— Jamais.

— Pardon! mauvaise habitude de priser, on se figure que tout le monde en pince... Quoi qu'en dise Aristote et sa docte cabale, le tabac est divin... Votre bien humble serviteur... à lundi donc!

Vertuchet aîné se retira toujours souriant, prisant et grimaçant sous ses lunettes bleues.

Théodore Fortunat fut tenté de descendre à la caisse, d'ouvrir les livres et de compter les valeurs :

— Non! non! — s'écria-t-il, — je ne tomberai pas dans leur piége! Non! je ne ferai pas cette sanglante injure au père de Denise. Le but est de me brouiller avec Franchard, de crainte que je n'épouse sa fille... Et l'on s'arrangera pour rejeter sur moi l'origine de tous les soupçons... afin que Franchard, indigné, cherche une position en dehors de la compagnie et laisse sa place vacante, ce qui ferait monter d'un cran tous les Vertuchet de l'administration... A d'autres! — En réfléchissant davantage, Théodore alla jusqu'à supposer qu'il pouvait y avoir dans la caisse quelques irrégularités ignorées de Franchard lui-même, et dont on lui ferait un crime, avec certaines apparences de raisons devant le conseil prévenu par d'habiles calomnies. — Une erreur, un oubli, fût-il de dix ans passés, suffirait à ces gens-là!... On procède par dénonciations secrètes... Eh bien! je ne cacherais rien à Franchard!... Oui, mais j'aime sa fille, on m'accuse de fermer les yeux sur sa conduite, on va jusqu'à me poser le plus injurieux des dilemmes. Si j'avertissais Franchard dès à présent, on s'en ferait une arme contre lui, contre moi-même peut-être. Je l'instruirai de tout, c'est nécessaire, mais le plus tard possible, dimanche, la veille du conseil, et d'ici là, je ne veux point le voir, je n'irai pas chez lui!... Deux de mes douces soirées sacrifiées ; ô Denise! vous remplissez tout mon cœur... Et que m'importe à moi que votre père soit un peu plus ou un peu moins à son aise!

Malgré son esprit positif, Théodore aimait désormais Denise au point d'être absolument au-dessus des questions de dot et de fortune. A la vérité, sous son active direction, la compagnie faisait des affaires gigantesques, et il avait droit à une part proportionnelle dans les bénéfices. Depuis fort longtemps déjà, Denise répondait à ses propos aimables avec une confiance extrême ; depuis six semaines elle ne lui cachait plus que son amour était vivement partagé. Elle se regardait comme sa fiancée, accueillait ses visites par des mouvements de joie pétulante et le pressait de revenir souvent, bientôt, toujours :

— Tous vos loisirs me sont dus! — lui disait-elle ; — oh! je ne vous permets plus de passer un jour sans me voir! D'abord, j'en aurais trop de chagrin!

— Chère Denise, — répondait Théodore, — mon cœur devance votre doux appel.

Emile et Nathalie approuvaient et encourageaient les tendres causeries dont, par des motifs bien divers, ils attendaient le dénoûment avec une égale impatience.

— Une fois qu'il sera mon gendre, — pensait Franchard, — ma position devient inébranlable. Mon crédit se relève d'un coup, je ne crains plus rien ; Gaudaine, Mathias, Edouard, m'ouvrent leurs coffres à l'envi. Allons donc! allons, mon cher directeur, un dernier effort! Fiancé, c'est à merveille, mais parlez-moi d'un bel et bon mariage.

Nathalie, cruellement affligée des absences nocturnes de son mari et convaincue de l'inutilité des efforts de Roqueville, voulait espérer que Théodore, devenu membre de sa famille, prendrait sur Emile l'influence qu'elle avait, hélas! perdu sans retour. Elle parlait en ce sens à Ernest de Roqueville, qui respectait ses dernières illusions sans les partager.

Pourrait-on bien admettre que Théodore Fortunat, chef sévère, réputé puritain, réussirait là où il avait échoué, lui, Ernest, malgré son indulgence, sa vieille amitié, son zèle infatigable? Que ferait un gendre trompé par des semblants de bonnes mœurs?

Le meilleur parti encore était, au moment de la conclusion du mariage, d'avoir une dernière explication aussi ferme, aussi claire que possible avec le père de Denise. Alors, au pis aller, un éclat, une rupture, ne seraient plus que demi-mal, puisque Nathalie trouverait au moins un asile chez le mari de sa fille. Ernest désirait donc aussi fort ardemment que Théodore fit sa demande en règle.

Mais pourquoi tardait-il tant? Quels motifs l'obligeaient à différer encore!

Voilà ce que le léger Emile ne se demandait même point, malgré son impatience ; voilà ce qu'Ernest et Nathalie ne cessaient de se répéter.

En réalité, la demande ajournée par suite de la première lettre anonyme eût été faite déjà sans la réception de la seconde, sans la visite de Vertuchet aîné et sans la certitude que, le lundi, en plein conseil, l'examen de la gestion d'Emile Franchard serait à l'ordre du jour :

— Soit! — s'écriait Théodore ; — visitez! fouillez! cherchez! Ce n'est plus seulement comme directeur, mais aussi comme fiancé de Denise que je le veux! Cherchez bien, messieurs Vertuchet, car je chercherai aussi, moi, et je trouverai l'auteur de ces lettres anonymes, je vous le jure!

Un soupçon, rapide comme l'éclair, mais repoussé aussitôt comme absurde, traversa l'esprit du jeune directeur : « Si c'était Vallier!... »

Vallier était consterné de tout ce que l'on disait dans les bureaux et de ce qu'il voyait assez par lui-même : « Mademoiselle Denise Franchard va épouser monsieur Fortunat, c'est décidé! »

Le lendemain du jour où Etiennette entra au couvent des Colombelles, Gilbert de Fontmarie, frappé de la tristesse du répétiteur de droit, le questionna. Il crut un instant que la disparition de la pauvre orpheline était la cause de son souci. Vallier ne parla que de Denise :

— Je ne me suis point fait de folles illusions, — disait-il avec une douleur touchante; — je suis sans avenir, sans fortune, sans espérances; j'ai prévu depuis longtemps que monsieur Fortunat finirait par épouser mademoiselle Franchard, et pourtant je suis foudroyé.

Gilbert lui-même était accablé d'une douleur qu'il devait, selon sa promesse, révéler à son oncle et mentor le docteur Hugues.

— Monsieur le comte de Fontmarie, — répondit celui-ci dès les premiers mots, — vous venez à moi à l'instant où j'allais vous faire appeler. En vous forçant à renoncer aux illusions qui faussent l'esprit et amollissent l'âme, en mettant tous mes soins à vous faire acquérir une expérience salutaire, je vous ai laissé libre de vos inclinations.

— Votre neveu vous en est doublement reconnaissant; votre infatigable sollicitude a rectifié ses idées, votre indulgente bonté lui a permis de ne point faire violence à ses vœux les plus chers.

— Vous étiez fort épris de mademoiselle Franchard, — reprit le docteur, — je n'ai ni encouragé ni contrarié ce penchant; je ne vous ai jamais questionné jusqu'ici, mais j'ai droit à vos confidences.

— Oui, et j'en suis heureux, — dit le jeune homme d'un ton plaintif, — car en vous faisant mes aveux je viens solliciter vos consolations.

A peine eut-il ainsi parlé que l'accent du vieillard changea :

— Cher enfant, — dit-il d'une voix affectueuse, — tu souffres! ne vois plus en moi le tuteur et le maître, mais le père et l'ami.

— J'aime toujours Denise, — dit Gilbert ne se contraignant plus; — je l'aime, quoiqu'elle soit la fiancée d'un autre, malgré son indifférence, malgré la répugnance que m'inspire son père, malgré mon peu d'estime pour son frère Romuald, malgré toutes mes réflexions, malgré moi, malgré vous-même peut-être...

— Non, ce n'est point malgré moi! — dit le docteur avec bonté, — je t'avais laissé libre, tu l'es encore.

Gilbert respira moins péniblement.

— Je l'aime parce que je l'ai aimée la première; et comment mon cœur aurait-il changé lorsque votre sagesse l'a mis en garde contre toutes les séductions, contre toutes les fraudes et toutes les roueries du haut et du bas monde? Partout vous m'avez fait voir l'égoïsme, la cupidité, les vices se disputant leur proie humaine tantôt sous le masque, tantôt sans le masque. L'école de la nécessité me manquant, la misère ne pouvait me vendre l'expérience : vous avez su me contraindre à étudier de près les hommes, et, commençant par me révéler les secrets de votre vie, vous m'avez obligé à reconnaître le danger des illusions. Je suis riche, on le sait, on me caresse, on me fête, on me flatte, on me courtise. Grâce à votre sollicitude, je vois les piéges. Ici ou là, quel que soit l'amour qu'on m'offre, quelle que soit la main qu'on me tende, on m'inspire un égal dégoût. En résultat, si mon cœur n'a pas changé, c'est que ma raison, formée par vos soins, l'a empêché de s'attacher ailleurs.

— Très-bien! — murmura non sans fierté le docteur qui, s'adressant aux images chéries des parents de Gilbert, ajoutait mentalement : — Clémence, Raoul! j'ai fait un homme! j'ai fait un homme de l'adolescent efféminé que vous me léguiez en mourant. Viennent les rudes assauts, ils le trouveront capable de soutenir le choc; viennent les passions et le malheur, il ne faillira point par faiblesse, il ne tombera point du découragement dans le désespoir!

Le docteur Hugues, après bien des heures de doute, triomphait enfin. Enfin il pouvait s'applaudir d'avoir osé suivre une méthode hardie dont il n'eût conseillé la pratique à personne, car il exigeait de la part du maître une énergie vigilante égale à la docilité, à la droiture et au jugement naturel qu'elle demandait chez l'élève.

— Denise aime Théodore Fortunat, — poursuivit Gilbert, — je m'en suis convaincu d'abord et, après quelques hésitations, j'ai fermement voulu vaincre mon penchant; mais je n'ai découvert aucune tache dans cette âme limpide. Alors, je me suis pris à admirer sa constance, non sans porter quelque envie à un rival qui n'a peut-être si longtemps reculé que par un calcul d'intérêt...

— Je crois que tu te trompes, mon ami.

— Tant mieux! — dit Gilbert. — Oui, plaise à Dieu, si je ne puis, moi, rendre Denise heureuse, qu'elle trouve en monsieur Fortunat un mari digne d'elle!

Le docteur Hugues approuva ces vœux d'un sourire à la fois doux et fin, mais il n'interrompit point :

— Quant à la conduite de monsieur Franchard, quant à la fougue de Romuald, rien de cela ne me touche.

— Prends-y garde, Gilbert, tu te raidis contre l'opinion et les préjugés : pousse ton raisonnement à l'extrême. Suppose le père et le frère de mademoiselle Franchard publiquement déshonorés, que ferais-tu?

— Je l'aimerais encore! — s'écria le jeune homme, — et une profonde pitié pénétrant mon cœur, je crois que mon amour en serait plus grand. Du reste, il y a déjà beaucoup de cela dans le sentiment que j'éprouve. La mère de Denise est malheureuse, je l'ai compris. L'avenir les menace toutes les deux, je le crains. Au lieu de m'éloigner d'elles, je m'en suis rapproché. La résignation de l'une, la pureté de l'autre, ont accru mon intérêt pour leur sort. Vous avez mis tout en œuvre pour me rendre pénétrant; vous m'avez obligé à voir le mal où il est, le bien où il se cache; je ne confonds plus les innocents avec les coupables; voilà pourquoi j'aime Denise plus que je ne l'aimais autrefois... Eh! mon Dieu! si cet amour n'avait été ma sauvegarde, n'aurais-je point maintenant à vous faire quelque confession plus difficile?

— Je sais, mon enfant, que les tentations ne t'ont pas manqué; je t'observais, je te suivais pas à pas, et certes, au lieu de te voir acquérir des forces, si je t'avais vu faiblir, je ne t'aurais pas abandonné.

— Ne m'abandonnez donc pas à cette heure, — repartit Gilbert avec feu. — Denise est fiancée, Denise ne peut plus être à moi!

Le docteur Hugues hocha la tête en signe de doute.

— Que faire? Comment me guérir d'un amour que les obstacles font grandir? Fuir! mais j'ai passé une saison entière sans voir Denise. Fuir! mais au fond de l'Italie, vous aimiez Clémence de Meslés...

— J'étais un enfant, tu es un homme. J'étais sans espoir, l'espoir te reste...

— A moi! Elle se marie.

— Qui te l'a dit?

— J'ai vu Vallier en pleurs, car il l'aime, lui aussi, et, par moment, j'ai honte d'avoir accepté sa confidence sans lui avoir fait la mienne.

Le docteur Hugues, se levant, dit d'une voix brève :

— Monsieur Fortunat n'épousera jamais mademoiselle Franchard! — Gilbert tressaillit. Le docteur Hugues parcourut trois fois la longueur de la galerie sans rompre le silence; il s'arrêta devant le portrait de Clémence de Meslos, soupira, regarda son neveu, reprit sa promenade, et enfin avec une mélancolie profonde : — Amour! mystère cruel! — dit-il à demi-voix, — bizarre et douloureux phénomène, source de déceptions amères, cercle vicieux éternel, seras-tu donc toujours la cause des souffrances les plus poignantes, toi qui parais être l'essence du bonheur! — Gilbert écoutait avec une avidité inexprimable. — Denise a livré son jeune cœur à monsieur Fortunat, qui l'abandonnera sans pitié! Etiennette, avec un dévouement qui attendrirait le bronze et le marbre, aime Vallier, qui ne s'enquiert même pas du sort de cette pauvre jeune fille... Et toi, Gilbert, toi, plus tu découvres d'obstacles, plus tu te sens épris. Tu pressens des malheurs, ces malheurs même t'attirent! Tu ne m'as pas tout dit.

— Si l'on ne s'est pas trompé, mon oncle, vous devez avoir reçu, comme chacun des membres du conseil de la compagnie universelle, une lettre anonyme du genre le plus infâme contre le père de Denise. Depuis deux jours, je répugne à vous en parler...

— Ah! ah! — interrompit vivement le docteur, — c'était donc une circulaire! Je m'en doutais! Qui l'a reçue, à ta connaissance?

— Traymontpré, Jules et Lucien de Valvert, monsieur de Beauregard et monsieur Gaudaine.

— Sonne Germain, je te prie.

Gilbert sonna :

— Mais, vos conseils? — dit-il.

— Attends! — Le docteur se fit donner son habit, sa canne et son chapeau; puis, avant de sortir : — As-tu des fleurets démouchetés? — demanda-t-il.

— Oui, mon oncle, dans mon atelier de peinture.

— As-tu fait des armes depuis peu?

— Pas depuis six semaines.

— C'est un tort, il faut s'entretenir la main. Va passer une heure ou deux à la salle d'armes et applique-toi surtout à désarmer ton adversaire. De plus, n'accepte pour demain aucune invitation à déjeuner. Adieu!

Sur ces mots le docteur sortit.

— Contre qui mon oncle veut-il donc que je me batte? — se demandait Gilbert stupéfait. — Comment Théodore Fortunat pourrait-il maintenant abandonner Denise? Et ces lettres anonymes, dont j'ignore le contenu, auraient-elles quelques rapports avec l'ordre de m'entretenir la main?

Germain, de son côté, murmurait avec indignation :

— Notre vieux comte est un enragé, c'est positif!... Un duel, maintenant! un duel au fleuret démoucheté! Oh! j'en ai la chair de poule! Car son déjeuner ne me rassure pas du tout. Tel duel commencé avec l'intention de plumer les canards finit fort mal par un enterrement; morbleu, ça s'est vu! Ah! monsieur le docteur Hugues, avec ses inventions diaboliques, me rendra fou, foi de Germain!

XXII

LE BALAI DE SIMONNE.

Messager de malheur, le vicomte de Lyomphe, dès le lendemain du bal masqué, n'avait pas manqué de reparaître chez madame Franchard. Irrité de sa résistance, il venait non plus comme autrefois, offrir les banales consolations d'une tendresse à toute épreuve, mais savourer l'âcre plaisir de torturer une femme vertueuse. En quelques transitions le bal de l'Opéra fut sur le tapis.

— Je sais que vous étiez en nombreuse compagnie, — dit Nathalie d'un ton dégagé. — On ne se lasse donc point de ce singulier plaisir? A votre âge, pourtant, monsieur le vicomte, quand on en a tant et tant vu, cela devrait sembler monotone.

— A mon âge! quand on en a tant vu! — se dit le vicomte, — mais elle m'attaque, parole d'honneur!

Avec une volubilité merveilleuse, Nathalie poursuivait :

— Emile qui a voulu montrer, une fois en passant, ce bruyant spectacle à Romuald, qui en est dégoûté, j'espère, Emile m'a dit, pourtant, que vous paraissiez, en général, fort ennuyés, messieurs!... Affaire d'habitude, n'est-ce pas! Il faut bien tuer le temps, par esprit de vengeance! mais, franchement, pourquoi s'imposer des corvées fatiguantes dans une cohue assez grossière, en somme? Mieux vaudrait, selon moi, se mettre bourgeoisement au lit. On n'en serait pas moins blasé, mais on vieillirait moins vite. Ces bals creusent les rides et blanchissent les cheveux. On a, il est vrai, la ressource du cosmétique; mais que faire aux yeux qui rougissent, aux paupières qui se gonflent, aux pattes d'oie qui s'étalent insolemment sur les tempes...

— Hélas! — dit le vicomte terrassé par ces railleries, — nous n'avons pas, comme vous, mesdames, le don de résister aux outrages du temps.

— Toujours poëte! — interrompit Nathalie, — toujours grand imitateur des maîtres. Ceci est du Racine tout pur. Vous occupez-vous encore d'allemand? Ah! pardon! je confondais avec monsieur Charles Saint-Diél... Mais que disions-nous donc? Ah! vous m'adressiez un de vos compliments nouveaux. Je ne vieillis pas. Si vous saviez, monsieur le vicomte, combien peu nous importent les rides ou les cheveux gris, à nous autres mères de famille, j'allais presque dire grand'mère, car, enfin, ma fille Denise pourrait être mariée depuis deux ans. Quand j'avais son âge, Romuald était sevré. Oh! nous ne visons plus aux conquêtes, mais vous, messieurs les *vieux garçons*... savez-vous bien que votre qualité de *vieux* est désolante!... Et vous allez vous exténuer au bal masqué, au lieu de vous reposer sur un oreiller réparateur; j'ai toujours admiré votre imprévoyance!...

Le vicomte de Lyomphe ne quitta point la place, pourtant, sans avoir raconté comment messieurs Franchard père et fils, avaient alternativement pourchassé une jeune bergère d'une beauté rare que monsieur le comte Gilbert de Fontmarie leur avait soufflée à tous les deux. Malgré la vivacité de Nathalie, malgré les efforts qu'elle ne cessa de faire pour décourager le porteur de méchantes nouvelles, il tint bon, entra dans les moindres détails et blessa tour à tour la mère et la femme.

— Je trouve, en vérité, fort réjouissants, — dit-il enfin, — les pères et les oncles qui croient former leurs fils ou leurs neveux en les envoyant au bal de l'Opéra.

Nathalie souffrait; monsieur de Lyomphe était venu chez elle insulter à ses douleurs; elle répondit fort vertement :

— Pourquoi donc y aller, vous? mais peut-être n'avez-vous plus rien à former ni à déformer. Pardonnez-moi, j'ai encore une leçon à donner... à ma fille, monsieur le vicomte. — Elle se leva, sonna, se dirigea vers sa chambre et, se retournant : — J'oubliais de vous dire, monsieur, que j'ai trouvé votre récit de bergère fort joliment imaginé. L'auriez-vous tiré de l'allemand, ou du grec, ou des auteurs anciens?

Simonne entrait dans le salon :

— Reconduisez monsieur! — ajouta d'un ton sec Nathalie, qui, sans daigner saluer, disparut.

— Faquine! — murmura le gandin outré.

Pour compléter son guignon, Simonne l'entendit :

— Hein! — fit-elle en mettant les poings sur les hanches, — vous êtes chez une honnête femme, et, si vous y revenez, gare à vous!... On a son balai pour balayer les ordures, *faquin!*

Le mandarin lettré s'esquiva, sans avoir eu à se louer de sa dernière tentative auprès de madame Franchard, mais il fut promptement remis de sa déconvenue.

Nathalie, au contraire, songeait avec une amertume nouvelle à son imprudent mari, à son fils, aux médisances, aux calomnies que l'on colporterait encore, à la scène déplorable qu'elle avait eue, le matin, avec Emile, lorsqu'il était rentré du bal ; enfin, le soir, pour comble de soucis, Théodore Fortunat ne vint point faire sa visite accoutumée. Denise en fut au regret, mais supposa qu'il avait un surcroît de travaux.

XXIII

ALARMES ET TERREUR.

— Monsieur Fortunat n'est pas venu hier soir, malgré sa promesse réitérée de la veille, — disait Nathalie à Ernest de Roqueville.— Plus j'observe ce jeune homme, plus je redoute ses hésitations. Si, quelque jour, il était instruit des fautes d'Emile par des gens tels que messieurs de Lyomphe et Gaudaine, n'abandonnerait-il pas ma pauvre Denise, dont l'amour pour lui m'épouvante maintenant?

Roqueville eût donné sa vie pour rendre la paix à la noble femme dont les tortures le navraient ; il ne put, hélas ! lui donner aucune consolation.

. . . .

Les craintes trop légitimes de Nathalie redoublèrent le lendemain ; les larmes de Denise coulèrent.

— Monsieur, — dit Nathalie à son mari en l'attirant à l'écart, — voyez votre fille qui pleure ! Sauriez-vous pourquoi monsieur Fortunat, après les ouvertures qu'il m'a faites, la néglige depuis deux jours?

— Que Denise ait du chagrin comme une enfant qu'elle est, je la plains, je l'excuse, mais que vous partagiez ses ridicules susceptibilités, rien n'est moins vraisemblable. A Paris, on ne peut pas, tous les soirs, filer le parfait amour, quand on dirige une grande entreprise industrielle.

— Denise ignore ce que j'ai le malheur de savoir.

— Allez-vous me faire une nouvelle scène?

— La mère de Romuald et de Denise plaidera toujours pour le bonheur de vos enfants. Si monsieur Fortunat vous connaissait bien, voudrait-il jamais devenir votre gendre?... —Emile pâlit de colère. Naguère encore, il gardait quelques ménagements ; il était au moins poli envers sa femme, mais à présent, tour à tour morne et sombre, dur ou même brutal, il ne supportait aucune observation avec calme. — Silence ! — dit Nathalie, — Denise pourrait entendre...

— Décidément, vous me rendez odieux le séjour de ma maison... Je m'enfuis.

Nathalie, désespérée, alla se rasseoir auprès de sa fille qui pleurait. Du fond de l'âme elle priait en tremblant.

Emile Franchard allait étourdir son remords.

La matinée du dimanche, consacrée par le docteur Hugues à interroger Gilbert, fut horriblement triste pour Denise et pour Nathalie. A leur retour de l'office, elles se trouvèrent de nouveau en présence ; elles n'avaient pas la ressource de prendre leur ouvrage pour se donner une contenance indifférente ; leurs yeux se rencontrèrent ; elles y virent des larmes :

— Ma mère ! — s'écria Denise en se jetant dans les bras de Nathalie,— Théodore m'aurait-il délaissée ? Pourquoi pleurez-vous comme je pleure?

— Chère enfant, tes larmes font couler les miennes, ton bonheur est mon bonheur, tes chagrins sont mes chagrins.

— Quand j'étais petite, si je pleurais pour un vain caprice, vous me consoliez ou vous me grondiez. Oh ! grondez-moi aujourd'hui, dites-moi que j'ai tort, je serai consolée.

— Eh bien ! tu as tort !... Essuie tes larmes, j'espère encore fermement que monsieur Fortunat t'aime toujours...

— Mon Dieu ! si je lisais votre confiance dans vos regards, je serais déjà pleine de joie. Mais vous doutez, au moins, ma bonne mère, ou même vous ne doutez plus.

— Denise, t'ai-je jamais trompée? Si je savais que monsieur Fortunat dût nous retirer sa parole, au lieu de t'encourager, je te préparerais à supporter ta douleur.

— Pardonnez-moi, ma mère !... je m'inquiète de la longue absence de Théodore. Trois jours ! c'est un siècle maintenant. Je me rappelle qu'autrefois vous me parliez de notre peu de fortune, mais ni mon père ni vous ne lui avez dit autre chose que la vérité sur ce point. Lui aurais-je donc déplu? En aimerait-il une autre? — Denise se perdait en folles suppositions dont aucune ne ressemblait à la triste réalité entrevue par Nathalie, qui résolut d'aller immédiatement sonder la baronne de Senneval sur les intentions de son cousin. — Tous les dimanches à pareille heure, — s'écriait Denise, — Théodore était ici déjà ! Le temps passe ! il ne vint point ! il ne reviendra plus !

— Ton imagination s'égare, mais enfin, écoute... je vais sur-le-champ prendre des informations précises, et jusqu'à mon retour, au nom du ciel, calme-toi !

— Un mot encore, ma mère. Hier soir, vous avez causé à voix basse avec mon père de Théodore et de moi... que disiez-vous donc ainsi? Oh ! de la nuit je n'ai pu dormir.

— Tu me déchires l'âme ! ménage-moi, par pitié ! ne m'ôtes pas la force de faire la seule démarche raisonnable à présent ! — dit Nathalie, qui, ne pouvant faire de sa fille la confidente de ses tortures, n'acheva ces mots qu'au milieu de sanglots entrecoupés.

Simonne se précipita dans le salon.

— Madame ! — dit-elle, — laissez-la pleurer toute seule, notre pauvre chère demoiselle ; ne pleurez plus vous-même... — Et baissant la voix : — Gardez votre courage.

Nathalie fixa les yeux sur sa fidèle servante, embrassa Denise pour la dernière fois et passant dans l'antichambre.

— Simonne, — demanda-t-elle en frémissant, — que veux-tu dire ?

— Ah ! ma bonne maîtresse, il y a des gens que je ne vois jamais sans peur. Monsieur Gaudaine est venu deux fois pendant que vous étiez sortie ; il n'a demandé que madame... Il reviendra.

Nathalie pressentit une nouvelle crise d'argent et pâlit, car elle avait déjà remarqué en son mari tous les symptômes d'une inquiétude extraordinaire.

— Est-ce tout, Simonne? — demanda-t-elle ensuite.

— Je crois utile de dire à madame que j'ai rencontré Germain, le domestique de messieurs de Fontmarie, un honnête garçon de chez nous, mais qui est bien comme ses maîtres : on ne sait jamais trop ce qu'il pense. Il s'est informé des nouvelles de madame et de mademoiselle, avec un air... Je n'aime pas cet air-là, moi !... Et après, il m'a demandé si monsieur Théodore venait *encore* ici ! «*Encore*, pourquoi cet *encore?* — lui ai-je dit, moi. « —Dame ! pour savoir, » m'a-t-il répondu. Et çà, justement lorsque monsieur Théodore n'est pas venu depuis trois jours.

Nathalie sortit enfin et se rendit en droite ligne chez son ancienne amie Sophie Riffault, baronne de Senneval, qui fut sur le point de ne pas la recevoir, car le comte Riffault, président, et le baron de Senneval, vice-président du conseil de la compagnie universelle, s'étaient fort longuement entretenus en sa présence des lettres anonymes relatives à Franchard. Mais à la réflexion, la baronne dit : « Faites entrer ! »

Il était temps de mettre un terme à une situation fausse et de rompre une liaison vieille d'un siècle, qui risquait, au premier jour de devenir compromettante.

Nathalie fut donc introduite; on lui rendit à peine son salut; on lui offrit un siége d'un air contraint; on l'appela constamment *madame*, et l'on se garda par-dessus tout de lui adresser aucun des aimables reproches d'usage sur la rareté de ses visites.

La mère de Denise ne se laissa pas déconcerter par cet accueil glacial. Son sourire charmant ne disparut pas de ses lèvres; elle sut avec un tact exquis contraindre la maussade Sophie à lui demander des nouvelles de sa fille, et, la transition amenée, elle courut au fait :

— Denise, en enfant qu'elle est, a passé la matinée à pleurer, — dit-elle.

— Ah! vraiment! la perte d'un jouet favori, la maladie d'une perruche!... Nous avons connu ces grandes douleurs.

— Non, Denise n'est plus tout à fait si naïve... Elle pleure parce que monsieur Fortunat la néglige depuis quelques jours. Vous n'ignorez pas que monsieur votre cousin est fort épris de ma fille?...

— Première nouvelle, en vérité! Quoi! mon cousin le directeur ferait du roman en action!... C'est invraisemblable.

— Il m'a déclaré, madame, qu'il aimait Denise.

— Est-ce bien possible? Je supposais qu'il visait à un mariage d'argent.

— Ma fille Denise, en ce cas, ne saurait lui convenir.

— Assurément! — fit la baronne avec le plus impertinent des sourires.

— Mais nous n'étions pas plus riches il y a six semaines que nous ne le sommes aujourd'hui, et monsieur votre cousin était alors bien résolu à faire un mariage d'inclination.

— Mauvais mariages, en général! — dit la baronne d'un ton nonchalant.

— Les avis sont fort divisés à ce sujet, et, pardonnez-moi d'insister, monsieur Théodore Fortunat, votre cousin, était positivement de l'opinion opposée à la vôtre.

— Ah! combien cela me surprend de la part d'un jeune homme plein de maturité comme lui!

— Avant vous, madame la baronne, — répliqua Nathalie, — j'ai été fort surprise aussi, je l'avoue, par sa demande formelle. Il m'a déclaré ses intentions avec une franchise qui m'a étonnée, mais fort agréablement, car je suis mère. Monsieur votre cousin unit à une position et à une fortune très-supérieures à mes espérances toutes les qualités qui peuvent rendre une femme heureuse. L'esprit d'ordre que vous lui reconnaissez n'exclut pas les sentiments d'honneur... — La baronne bâilla fort insolemment. — La maturité même de son esprit, — poursuivit Nathalie avec fermeté, — ne permet pas de penser qu'il soit vain, changeant, incapable de mesurer la portée de ses paroles. C'est pourquoi je n'ai pas cru devoir lui refuser la faveur de fréquenter ma fille avec une assiduité qui est devenue, à mes yeux, madame la baronne, un engagement des plus sacrés...

— Oh! madame Franchard, le mariage est chose grave!...

— Très-grave.

— Et qui peut se rompre jusqu'au dernier moment...

— Malgré tous les serments d'amour, malgré toutes les paroles d'honneur, je sais cela, madame la baronne. Je sais que le monde est rempli de gens capables de toutes sortes de lâchetés. Monsieur Théodore, homme sérieux, homme d'honneur, venait tous les soirs passer deux heures avec ma fille; il lui jurait sur tous les tons qu'il ne rêvait que d'elle, il n'avait à la bouche que protestations de tendresse brûlante... Oh! j'y étais, madame!...

— Les mères sont sujettes à se faire des illusions! — dit la baronne d'une voix mourante. — Ce mariage-là est impossible..., selon moi, du moins...

— Vous paraissez bien souffrante aujourd'hui, — dit Nathalie du ton le plus affectueux. — Les fatigues du monde, n'est-ce pas?

— Oh! c'est bien cela! j'ai les nerfs dans un état affreux! Il faudra que je renonce à recevoir.

— Vous ferez bien! ménagez votre précieuse santé... Mais je vous ai fatiguée, — ajouta Nathalie en se levant. — Pardonnez-moi, ma bonne et vieille amie, j'ai abusé de votre grâce et de votre amabilité invincibles. Merci mille fois du vif intérêt que vous prenez aux chagrins de ma pauvre Denise!.. Adieu, ma chère Sophie, je cours la consoler!... Ne vous dérangez donc pas, je vous en supplie!... Et, croyez-moi, supprimez vos jours de réception... Adieu!

Madame Franchard, toujours souriante, sortit sans avoir rougi, pâli, ni tremblé, mais, à peine hors du salon, elle abaissa son voile pour cacher aux gens de l'hôtel Riffault ses traits décomposés.

— Tout est perdu! — pensait-elle, — ô Denise! pourquoi ai-je eu le malheur d'encourager ton penchant pour ce monsieur Fortunat! Et plaise à Dieu encore que notre désastre ne soit pas plus grand!

Sur le seuil de l'hôtel, elle rencontra le vicomte de Lyomphe, qui entrait en sautillant; il salua, mais avec un sourire méchant qui accrut ses alarmes. Elle devait, chez elle, retrouver brusquement l'espoir perdu. Théodore était auprès de Denise.

À peine madame Franchard était-elle sortie qu'on sonna. Théodore fut accueilli par un cri de joie de l'excellente Simonne, qui lui dit aussitôt fort rudement :

— Vous nous faites pleurer à trois par ici, ce n'est pas bien! Mais enfin, entrez! et obtenez votre pardon! — Denise, tournant vers Théodore ses yeux encore pleins de larmes, se leva timidement; elle semblait craindre de demeurer en tête à tête avec lui; par bonheur, Simonne ajoutait : — Monsieur Fortunat, attendez le retour de madame, qui ne tardera pas à rentrer; elle a bien des reproches à vous faire, elle aussi!

— Et vous, Denise, — dit vivement Théodore, — m'auriez-vous donc cru coupable d'une impardonnable négligence?

— Moi! — répondit la jeune fille avec mélancolie, — je craignais de vous avoir déplu...

— Oh! mademoiselle, mon cœur ne saurait qu'être charmé par votre grâce! — s'écria Théodore qui, en toute autre occasion, se fût félicité d'être seul avec elle, mais qui, sous l'influence des lettres anonymes, eût, cette fois, préféré rencontrer Emile Franchard.

Il se hâta pourtant de donner à son absence un prétexte plausible. Denise sourit et se contenta de dire :

— Ne recommencez plus! Ecrivez un mot à maman; envoyez quelqu'un. Vos vilaines affaires sont insupportables.

— Je les maudis aussi sincèrement que je vous aime, — dit Théodore.

Denise, d'un air mutin et sérieux tout à la fois, poursuivit sans embarras :

— Eh bien! monsieur, puisque je vous tiens là en pénitence, répondez-moi!

— De tout mon cœur.

— Sincèrement, comme vous le dites, sincèrement comme vous m'aimez. — Le jeune directeur éprouva un certain malaise, car il devinait que Denise, profitant de l'absence de ses parents, allait provoquer des explications au moment même où il tenait le plus à les différer. — Sans les deux jours qui viennent de s'écouler, monsieur Théodore, je ne connaîtrais pas l'inquiétude et je ne songerais même pas à vous demander si les obstacles dont vous avez parlé à maman s'aplaniront bientôt.

— Je l'espère! — répondit Théodore troublé.

— Vous n'en êtes donc pas tout à fait sûr?

— Est-on jamais sûr du bonheur? — répliqua le jeune directeur avec un accent de tristesse dont Denise fut frappée.

— Cependant, — murmura-t-elle, — vous ne dépendez que de vous. Mes parents approuvent vos sentiments pour moi. Ce n'est point à eux de vous contraindre à vous prononcer; leur dignité les retient... mais moi je souffre!...

— Mademoiselle! — dit vivement Théodore, — vous augmentez ma propre souffrance! Ah! votre impatience n'égale pas la mienne! Que ne suis-je véritablement maître de mes actions!

— Quels sont donc les malheureux obstacles qui vous arrêtent! Je ne puis même pas en soupçonner la nature.

— Rien de plus facile, pourtant! Ils tiennent encore à ma position. Je suis obligé d'attendre la fin d'une de ces grosses affaires que nous maudissions ensemble tout à l'heure. Le reste, mademoiselle, n'est plus mon secret.

— Peu m'importe de le savoir! — s'écria Denise rassurée, — du moment que ce sont choses étrangères à vos sentiments, à ma famille, à sa fortune... — Théodore sentit son cœur se serrer; Denise, tout heureuse, ajoutait en rougissant : — Tenez, mon ami, je ne vous le cacherai plus, j'avais peur que des conseillers méchants vous eussent influencé... — Théodore frissonna. — On ne parle que de mariages d'argent; vous vivez au milieu de gens d'affaires qui ne connaissent que l'argent; mes parents ne sont pas riches...

— Denise, sur mon honneur, je vous le jure! — s'écria Théodore d'un ton pénétré, — je vous aime pour vous, pour vous seule. Je ne me suis pas même informé de ce que pourront vous donner vos parents. La question d'intérêt n'en est pas une à mes yeux, et, s'il faut tout dire, je m'attends à vous épouser sans dot.

— Ah! mon cher Théodore, vous êtes bon, vous êtes généreux, je n'ai plus peur de rien, je ne pleurerai plus, — s'écria Denise avec effusion.

Elle fut tentée de se jeter dans ses bras, et sa pudeur de jeune fille l'en empêcha moins que la retenue de Théodore lui-même, qui ne cessait, hélas! de songer aux lettres anonymes :

— Sans dot, oui, — pensa-t-il, — mais si son père a eu le malheur de se déshonorer : non!

En ce moment, Nathalie rentra; Denise courut l'embrasser avec transport :

— Il m'aime plus que jamais! — dit-elle. — Nous venons d'avoir une explication qui me comble de joie. Il sait que nous sommes sans fortune et m'a juré qu'il ne reculerait pas devant cette considération... Oh! maman, je suis sauvée! — Madame Franchard avait été suivie dans sa chambre par Denise, qui ajoutait : — Je suis sauvée, ma bonne mère; aussi je ne crains plus de le dire : « S'il m'avait trahie, j'en serais morte de douleur! »

Nathalie frémit, la pressa sur son cœur, à plusieurs reprises, et passant enfin au salon, dit à Théodore :

— Votre présence ici, monsieur Fortunat, nous charme et me console, car je rentrais ayant perdu tout espoir.

— Vous, madame...

— Oh! ma mère! — s'écria Denise, oubliant déjà toutes ses craintes.

— Inquiète de votre absence prolongée, — disait Nathalie à Théodore, — je suis allée aux informations auprès de madame la baronne de Senneval, votre cousine et mon amie d'enfance. Elle a hautement désapprouvé vos projets d'union avec Denise.

— L'approbation de madame ma cousine m'est souverainement indifférente.

— Elle a semblé dire que jusqu'ici vous étiez libre de tout engagement envers nous, et a même ajouté que votre mariage lui paraissait impossible.

— Impossible! — répétèrent les deux fiancés avec des accents bien divers. Denise souriait, quoiqu'elle fût indignée des propos de madame de Senneval. Théodore, soucieux, pensait que le vieux comte Riffault et son gendre avaient dû parler des lettres anonymes. Il demandait si monsieur Franchard ne rentrerait pas bientôt, quand Emile parut, lui tendit les mains, se félicita d'être revenu à temps pour le voir, et, se moquant tout d'abord de sa femme et de sa fille, ajouta d'un ton badin :

— Vous étiez perdu pour nous! On a soupiré, gémi, versé des flots de larmes!... On ne devait plus vous revoir! Vous étiez un infidèle, un ingrat, un papillon-monstre!

— J'espère bien, au contraire, — dit Théodore, — déposer avant peu aux pieds de mademoiselle votre fille le faible reste de mes ailes et devenir plus assidu que je ne l'ai été jusqu'ici.

— Enfin! — murmura Nathalie avec bonheur.

— Très-bien! — s'écriait Emile toujours riant. Denise, toute rouge de plaisir, parlait bas à sa mère. Théodore attira Franchard dans un angle du salon : — Ces dames me pardonneront de m'occuper d'affaires en leur présence. Je dois vous annoncer, mon cher, que le conseil, dans sa séance de demain, s'occupera tout spécialement de votre comptabilité et de la tenue de votre caisse. — Emile ne tressaillit pas. — Ceci est un avis officieux, parce que vous avez plus d'un ennemi secret dans les bureaux...

— Moi! — murmura Franchard; — je ne m'en connais pas un seul.

— Bref, profitez de votre matinée pour mettre toutes choses en règle, à jour, minutieusement; on vous épluchera.

— Merci! merci! — balbutia Emile.

Théodore lui serrait la main pour la dernière fois; il salua ensuite les dames, se retira, et, d'un pas rapide, alla faire une promenade solitaire. Il était mécontent, inquiet, plein de doutes, plus amoureux que jamais.

Denise était aux anges. Elle courut au balcon, suivit Théodore du regard tant qu'elle put le voir, et enfin se retira dans sa chambrette pour écrire un volume à son frère Romuald, confident de toutes ses pensées.

Nathalie, cependant, observait son mari avec une sombre attention. Elle découvrit en lui les traces d'un trouble qui se manifesta par un tremblement nerveux.

— O mon Dieu! prenez pitié de nous! — murmura-t-elle avec terreur en levant les yeux au ciel. — Et s'approchant de lui : — Qu'avez-vous, Emile, — dit-elle, — vous pâlissez?

— Allons donc! quelle est cette nouvelle lubie? — repartit Franchard avec aigreur.

— Au nom du ciel, répondez-moi, rassurez-moi! Ce que vous a dit monsieur le directeur paraît vous affecter.

— Moi! Et pourquoi donc, madame?... Me prendriez-vous pour *un voleur?*

Emile, en vomissant ce mot, ricana d'un air sinistre; il était livide, il était hideux.

Nathalie, défaillante, eut peine à atteindre un fauteuil.

. . . .

La violence avec laquelle Franchard referma sur lui la porte de l'appartement fit trembler tous les meubles; il descendit les escaliers en courant, et une fois dans la rue :

— Que faire? où aller? à qui m'adresser à présent? Demain, rendre mes comptes au conseil! Qui aurait pu prévoir cela?... Demain! demain!...

Il se dirigeait au hasard, gesticulant, soupirant, blasphémant à demi-voix, sans voir les passants qui le croisaient.

Nathalie essuyait alors ses larmes de désespoir et disait à Simonne :

— Va chez monsieur de Roqueville et supplie-le de venir ici tout de suite.

XXIV

DE L'ARGENT ! DE L'ARGENT !

A peu de distance de son hôtel, le docteur Hugues, sorti dans l'intention de se rendre chez madame Franchard, rencontra Emile dont il remarqua l'état d'exaspération.

— On est prévenu du danger, — pensa-t-il; — ma visite est donc inutile aujourd'hui, usons mieux des instants

Et il se mit à suivre le père de Denise. Celui-ci fut bientôt devant la porte du chevalier Edouard, hésita évidemment avant d'entrer, mais, enfin, composant ses traits, monta chez l'agent général du jeu clandestin qui le reçut, sinon avec les grands égards prodigués au docteur Hugues, du moins avec toutes les formes de la politesse :

— A quelle heureuse circonstance attribuerai-je la visite de monsieur Franchard ? — demanda-t-il en avançant un siége.

— A une série de déveines qui me mettent momentanément dans l'embarras et me conduisent à recourir à votre obligeance ordinaire.

— Diable ! — fit le chevalier en souriant.

— Seriez-vous gêné vous-même ? — murmura Emile d'un ton contraint.

— Ceci n'est pas la question, — répliqua le gentilhomme déchu. — Quand on a bon appétit, mon cher monsieur Franchard, on est toujours gêné ! Allons au fait. Quelle somme vous faudrait-il ?

— Une somme assez forte.

— Tant pis !

— Et je suis pressé.

— Tant pis encore ! mais voyons !

— Il me faut aujourd'hui même, pour trois ou quatre fois vingt-quatre heures, quarante mille francs ! — Le chevalier Edouard garda un sérieux imperturbable, mais ses yeux vitreux pétillèrent méchamment tandis qu'Emile ajoutait : — Vous n'aurez pas obligé un ingrat, monsieur le chevalier; je vous rembourserai cette somme à gros intérêts.

— Qu'entendez-vous par gros intérêts ? — demanda gravement l'entrepreneur de tripots.

— Mais, dix pour cent pour trois jours.

— Vous êtes caissier, n'est-ce pas ? — dit le sieur Edouard du ton le plus simple.

— Oui, monsieur, — répondit Franchard en rougissant.

— Dix pour cent est une plaisanterie, mon bon monsieur.

— Doublons.

— La somme totale ?

— Non, certes, — s'écria Emile.

— Eh bien ! cher ami, soyez sans regrets, car vous la tripleriez sans obtenir de moi une obole. — Emile était atterré; il voulut se lever et fuir; il n'en trouva pas la force. — Le chevalier Edouard partait d'un éclat de rire infernal : — Un de plus !... Encore un !... Ah ! ah ! vous prendrez vos degrés à notre académie. Le diplôme de bachelier y coûte cher, mais vous deviendrez licencié, docteur ou même recteur comme moi ! Alors, votre crédit renaîtra, vous aurez l'avantage d'être un parfait coquin.

— Monsieur ! — s'écria Emile, passant de l'apathie à la fureur, — vos ricanements sont de trop !...

Il s'avançait menaçant, hors de lui, prêt à commettre un acte de violence. Le chevalier sonna, et armant un pistolet à deux coups :

— Je reçois de temps en temps la visite de certains fous qui prétendent me racheter pour une bagatelle leur réputation, leur bonheur domestique et leur honneur... mais, comme vous le voyez, je suis homme à précaution. — Un valet venait d'entrer. — Au revoir, monsieur Franchard, — dit le chevalier du ton le plus aimable.

. . . .

Emile, tremblant de colère, passa devant le docteur Hugues, qui monta aussitôt chez le chevalier Edouard, dont la figure riante s'assombrit à sa vue.

— Ah ! monsieur le docteur ! — dit-il, — j'avais pleine et entière confiance en votre parole de gentilhomme, et monsieur le comte de Fontmarie, votre neveu, me connaît sans être venu ici...

— Qu'importe, si ma parole le lie ? Mon neveu et moi, à nous deux, nous ne faisons qu'un; mais à vous seul, vous faites deux...

— Je n'ai pas l'honneur de comprendre, monsieur le docteur Hugues.

— Patience ! monsieur l'agent général du jeu clandestin a ma promesse; il ne sera dénoncé ni par mon neveu, ni par moi. Au résumé, vous ne recevez guère dans vos coupe-gorges que des gens qui savent où ils vont; vos dupes mêmes méritent à peine la pitié. Mais le vieux libertin qui tend des piéges à l'innocence pour la corrompre, n'a droit à aucun ménagement, et j'ai approuvé la conduite du comte de Fontmarie.

— Cependant, — objecta le chevalier avec un cynisme plein de logique, — la petite ouvrière que monsieur votre neveu m'a enlevée n'est pas, que je sache, comtesse de Fontmarie à l'heure qu'il est.

— Je suis ici, — répliqua l'oncle de Gilbert, — pour vous demander des renseignements, non pour vous en fournir. Je veux savoir quelle somme venait vous emprunter monsieur Franchard.

— Ah ! monsieur le docteur ! les secrets de monsieur Franchard ne sont pas les miens.

— Tant de délicatesse me pénètre d'admiration ! Mais je suis très-pressé, et j'ai le plus grand intérêt à connaître le chiffre exact de l'emprunt... que vous avez refusé, sans doute ? — Le chevalier avait recouvré son sourire. — En homme positif, j'irai droit au fait, avec votre permission, monsieur ! (l'agent général s'inclina.) Choisissez donc entre une somme de deux mille francs que je vous offre et une plainte au parquet pour votre guet-apens contre la jeune Etiennette.

— Diable ! — fit l'entrepreneur de tripots, — je dirai, comme le personnage de Beaumarchais, que vous avez des arguments irrésistibles. Monsieur Franchard voulait m'emprunter quarante mille fr.

— Je vous en dois deux mille que vous recevrez dès que j'aurai vérifié la quotité de l'emprunt.

Le chevalier accepta, comme un compliment, ce dernier témoignage de défiance.

— Je reçois avant tout, — dit-il, — votre parole d'honneur que vous ne donnerez aucune suite à vos projets de plainte.

— C'est déjà convenu.

— Monsieur le docteur, si je ne me trompe, est membre du conseil de la compagnie commerciale dont monsieur Franchard est le caissier !

— Précisément.

— Et le conseil, qui s'assemble tous les lundis, se réunira demain ?

— Oui, monsieur.

— Sur mon honneur, je plains fort ce pauvre Franchard, un aimable viveur, un garçon charmant ! Il allait bien, monsieur, il allait très-bien !

Le docteur salua, sortit et n'eut aucune peine à contrôler le dire du chevalier Edouard, tant il était sûr qu'Emile renouvellerait sa démarche chez les principaux usuriers de Paris, classe nombreuse qui, ayant marché avec le progrès, ne vivote plus en guenilles dans quelque repaire obscur.

Aujourd'hui, l'usurier a toute la distinction d'un gentleman, il porte bottes vernies et gants paille, il a voiture et loge aux Italiens; il reçoit, il est reçu; ses filles sont élevées dans les meilleurs pensionnats; ses fils obtiennent des prix au concours général. L'un de ces lycéens fut couronné, l'autre année, pour un discours latin sur le désintéressement.

L'usurier n'a point d'âge. C'est parfois un estimable négociant retiré des affaires, parfois un jeune élégant qui n'a pas même l'air de s'occuper des choses positives; celui-ci fait courir; celui-là s'adonne à la culture des fleurs. Il est une aimable veuve, fort bien conservée et parfaitement posée dans le monde, qui fait valoir ses fonds à deux ou trois cents pour cent, avec autant d'habileté que le plus habile. Elle refusa d'être la Providence d'Emile Franchard qui, gracieusement éconduit de partout, songea au vieux Mathias, dernier représentant de l'ancienne école, mais non de l'ancien système.

Mathias, l'usurier de génie qui, dépassant tous ses pareils en audace, a souvent prêté sur les gages les plus étranges, Mathias qui, mettant en coupe réglée les sentiments et les passions bonnes ou mauvaises, comme s'il avait la clef du cœur humain, a osé s'intituler lui-même *usurier sentimental*, Mathias pouvait être la planche de salut de Franchard.

— Que m'offrez-vous en gage? — demanda-t-il à travers les barreaux de son vasistas.

— Tout ce que vous voudrez! Mon honneur, ma vie, mon sang, l'avenir de mes enfants, le bonheur de ma femme! Dites, qu'exigez-vous?

Le vampire se fit bien expliquer la situation : « Madame Franchard, attachée à tous ses devoirs, était par trop vertueuse. Mademoiselle Franchard était ardemment aimée par un jeune homme riche, mais directeur de la compagnie universelle. Monsieur Romuald, élève à l'école de Saint-Cyr, coûtait une pension et ne rapportait rien. Les biens fonciers étaient hypothéqués pour toute leur valeur. Le mobilier parisien ne représentait qu'une bagatelle. Les serments de joueur représentaient beaucoup moins que zéro... »

Mathias secoua la tête :

— Matériellement et moralement insolvable! — dit-il. — Rien de ce que vous m'offrez n'a de cours, monsieur le caissier, car votre vie est dans le canon de votre pistolet.

Et le vasistas se referma sans miséricorde.

Ce fut chez l'*usurier sentimental* que le docteur Hugues acheta les renseignements dont il avait besoin pour contrôler le chevalier Edouard.

Mais comment un homme tel que le docteur Hugues pouvait-il tolérer l'existence de commerces hideux comme celui de Mathias?

Le docteur était un philosophe, un observateur, un philanthrope chrétien, un citoyen généreux, non un Don Quichotte s'arrogeant la mission de redresseur de torts. Il aimait à faire le bien et ne s'ingérait que rarement de punir le mal, parce qu'ayant un rôle supérieur à remplir, il ne pouvait s'en laisser distraire par des devoirs d'un ordre moins élevé.

Enfin, ce ne fut pas toujours sans difficultés qu'il découvrit les iniquités dont il révélait les mystères à son neveu; et souvent il dut s'engager, comme envers le chevalier Edouard, à demeurer neutre dans la lutte de la corruption contre la société.

Les douloureux sujets d'étude que le docteur sut trouver pour ses propres forces, d'autres ont la stricte obligation de les rechercher et de les punir. Il s'abstenait d'empiéter sur les attributions de personne, par des motifs toujours sages, souvent impérieux. Et, quant à ce qui touche l'usurier Mathias, jamais coquin plus retors ne pratiqua son industrie avec une égale crainte des lois.

Au sortir de son antre, Emile Franchard avait dans le cœur tous les feux de l'enfer.

— Le suicide! — murmura-t-il; — ai-je une autre ressource? Non! Mathias a dit vrai!... Eh bien, qu'importe à présent la plus téméraire des tentatives! — Avec l'énergie du désespoir, il alla droit à la recherche d'Alexandrin Gaudaine, l'administrateur, son ami, son commensal, l'hôte assidu de son logis, un richard plusieurs fois millionnaire, pour qui quarante mille francs n'étaient qu'une bagatelle, mais un confident impossible.

— Ah! — s'écria tout à coup Emile, — je me rappelle un mot qui sera peut-être mon salut. Il m'a promis une dot pour ma fille quand le temps en serait venu! Allons! allons!... courage!

Un quart d'heure après, il entrait chez Gaudaine qui, ganté de frais et mis avec la plus galante recherche, achevait de relire pour la vingtième fois son exemplaire de la circulaire anonyme, en songeant à l'inexorable Nathalie.

Nathalie, à la même heure, recevait Ernest de Roqueville que Simonne avait fini par trouver. Mandé à la hâte dans les termes les plus pressants, il accourait avec terreur. Sa terreur redoubla au seul aspect de la jeune femme qui, d'une voix étouffée, eut peine à lui dire :

— Tout est perdu!... Après Dieu qui aura pitié de mes pauvres enfants, je n'ai plus d'espoir qu'en vous!

Puis elle raconta la visite de Théodore et sa dernière scène avec Emile. Enfin, prenant les mains d'Ernest et prête à s'agenouiller :

— De l'argent! de l'argent! — dit-elle. — De l'argent pour combler le vide! De l'argent pour sauver mon mari et l'honneur de mes enfants!

— Plaise au ciel, madame, — répondit Ernest en la forçant à s'asseoir, — que ma petite fortune puisse suffire! tout ce que je possède vous appartient!

— Ernest! vous êtes sublime!

— Madame! s'il fallait ma vie pour assurer votre bonheur, je la donnerais avec joie, je sacrifierai mon indépendance sans regrets, trop heureux de répondre ainsi à la confiance que vous daignez mettre en moi!

Jamais le dévouement ne tint un langage plus respectueux ni plus digne. Ernest de Roqueville, malgré son émotion, ne trahit point par un mot le sentiment exalté qui le dominait; il ne se permit point un blâme pour les criminelles erreurs de celui qu'il avait si vainement essayé de retenir sur la pente fatale.

Et les larmes de Nathalie, arrêtées jusque-là par l'excès de la douleur, coulèrent enfin.

XXV

AMOUR ET ARGENT.

Celle que depuis si longtemps on avait surnommée *la plus heureuse des femmes*, celle que désignaient encore ainsi quelques naïves bonnes gens, grand nombre d'indifférents ou de sots, et tout un groupe d'envieux implacables, l'infortunée Nathalie, tremblante, désespérée, ne trouvait plus de paroles pour exprimer ses angoisses ni sa reconnaissance. Ses yeux en pleurs levés sur Ernest de Roqueville disaient éloquemment tout ce qu'elle éprouvait d'admiration pour lui, de craintes horribles pour son indigne époux et pour ses enfants.

— Mais quelle somme faudrait-il?

— Je l'ignore, mon Dieu! — s'écria-t-elle en se tordant les mains. — Et comment le savoir!... Monsieur Franchard est hors de lui; vous ne vous figurez point son état de fureur.

— Si je l'interrogeais, moi? — dit Roqueville.

— Oh! gardez-vous-en bien!... par pitié pour moi!... Il vous outragerait peut-être; votre secours me serait été. Ne le questionnez donc pas, lui... Je tâcherai d'en avoir le courage.

— Vous, madame ! quand vous redoutez sa violence !

— Je l'épierai cette nuit ; j'arracherai son secret à ses rêves ou à son insomnie ; je braverai sa rage ; enfin, s'il le faut....

— Oh ! par grâce, soyez prudente !

— Je suis mère, monsieur, je serai prudente comme j'ai été résignée. Croyez-vous donc que, si je n'avais une fille et un fils, j'aurais attendu jusqu'à cette heure ! Lasse d'être honteusement délaissée, la femme se serait révoltée, et depuis longtemps il n'y aurait plus rien de commun entre monsieur Franchard et moi... Mais je suis mère ; le nom de monsieur Franchard est celui de mes enfants, et son honneur est leur honneur qu'il faut sauver aujourd'hui ! De l'argent donc, de l'argent ! pour qu'on ne sache pas ce que je sais, moi... ce que vous savez, vous, ô mon ami !...

— Vos secrets mourront dans mon cœur, madame. Sur-le-champ je me mets à l'œuvre, mais aujourd'hui dimanche, à l'heure qu'il est, que pourrai-je ? Demain, dès la pointe du jour, je sortirai pour réaliser toutes les valeurs dont je dispose. Faites vos efforts pour gagner du temps... Et si vous découvrez de votre côté ce que je dois aussi tâcher d'apprendre, hâtez-vous de me renseigner sur-le-champ.

Denise, toute joyeuse, tenant à la main sa volumineuse lettre pour Romuald, parut dans le salon.

— A bientôt, à ce soir, si vous le pouvez, — dit Nathalie en reconduisant Ernest de Roqueville.

Puis elle embrassa sa fille, dont les illusions et la gaîté contrastaient si cruellement avec ses tortures sans nom. Par d'héroïques efforts, elle se faisait un masque ; elle souffrait doublement. Chaque parole de Denise la blessait. Aussi, après le dîner, auquel Emile n'assista point, s'empressa-t-elle de l'envoyer passer la soirée chez ses jeunes amies.

Alors madame Franchard put, en toute liberté, se livrer à sa douleur, se jeter à genoux, invoquer à haute voix la miséricorde divine. Elle pria longtemps en se frappant la poitrine comme une pécheresse ; elle s'offrit en victime expiatoire ; elle demandait grâce pour ses enfants menacés du déshonneur, car elle voyait déjà son mari traîné devant les tribunaux et condamné à une peine infamante. Une horreur profonde était peinte sur ses traits ; des cris de désespoir s'échappaient de ses lèvres. La prière la calma pourtant.

Elle voulut espérer ; elle crut que Roqueville parviendrait encore à sauver son mari qu'une leçon si terrible corrigerait enfin. Ses larmes avaient cessé de couler. Une animation extrême remplaça, par réaction, sa pâleur livide. Ses yeux étaient brillants, et, par un phénomène fréquent après les crises très-violentes, elle recouvra soudain la plénitude de sa beauté.

On sonna ; Simonne accompagnait Denise ; Nathalie elle-même dut ouvrir. Elle s'attendait à revoir Ernest de Roqueville, ce fut l'éblouissant Gaudaine qui entra.

Renseignements pris chez le concierge, il était monté plein de confiance en sa bonne étoile. Il avait dans son portefeuille quarante mille francs, d'une part, de l'autre la terrible lettre anonyme dont Nathalie ignorait encore l'existence.

« L'écrin de madame, cette fois, ne comblera pas le déficit ; il ne s'agit plus d'une dette de jeu, ni même d'une lettre de change. Je m'avance comme un bienfaiteur, comme un sauveur et, bref, comme un triomphateur... »

Nathalie recula et rougit au seul aspect de Gaudaine, qui fixait sur elle des regards d'autant plus enflammés qu'il venait de dîner magnifiquement en caressant ses honteux espoirs.

— D'honneur, belle dame, — fit-il, — vous n'avez jamais été aussi attrayante qu'aujourd'hui, et l'on aurait mauvaise grâce à vous demander de vos nouvelles. Je bénis mon heureuse fortune qui me vaut la faveur d'un tête-à-tête avec la plus adorable des jolies femmes de Paris.

— Monsieur Gaudaine est en joyeuse humeur et nous accable de compliments ! — dit Nathalie, qui eut soin de s'asseoir assez loin du présomptueux personnage.

— Eh ! eh ! l'on a l'air de me craindre, ce soir. A merveille ! — pensa Gaudaine, qui reprit avec audace : — Les instants du bonheur sont précieux, j'en suis avare, charmante Nathalie...

— Vous êtes bien familier, monsieur, — interrompit la jeune femme d'un ton glacial.

— Je rends hommage à votre beauté trop farouche, mais qui va se laisser toucher, j'espère, par les preuves de mon dévouement sans bornes. J'ai reçu la visite de votre mari.

Froissée par ce genre cavalier, Nathalie allait répliquer sèchement : une réflexion plus prompte que l'éclair la frappa :

— Cet homme saurait-il quelle somme il faudrait ? — Elle se contraignit, elle parvint même à sourire : — J'estime fort les amis dévoués, — dit-elle ; — continuez, de grâce...

Gaudaine rapprocha son fauteuil.

— Ce bon Franchard, — poursuivit-il, — m'a paru dans un grand embarras, il est venu à moi, il a eu raison...

— Je ne vous comprends pas bien ! — murmura Nathalie affectant un calme bien opposé à ses émotions poignantes.

— Je déteste l'esprit pointu qui joue aux énigmes, j'ai pour habitude d'être clair, et je ne vous cacherai pas que je viens vous offrir, à vous, madame, tout ce que j'ai refusé à ce pauvre Franchard...

Nathalie devint pourpre :

— O mon Dieu ! — pensa-t-elle, — donnez-moi la force d'écouter jusqu'au bout et acceptez en expiation la honte que j'éprouve !

— Il m'a fait part de ses projets de mariage pour votre fille et m'a confié que, loin de pouvoir lui donner la moindre dot, il était criblé de dettes. Entre nous, ma chère dame, si Franchard était seul dans sa position, j'en rirais assez volontiers. Il a voulu mener un train de petit seigneur ; il a joué, il a perdu ; il n'a pas su jouir du bonheur d'être votre époux, il s'est fort mal conduit envers la plus charmante des femmes !... Mais je m'intéresse à vos enfants, car je vous aime... — A ces mots, Gaudaine prit la main de Nathalie frémissante, qui feignit de n'y point prendre garde. — ... La dot qu'il m'a demandée, je vous l'apporte. C'est à vous seule, chère amie, que votre Denise devra...

Nathalie, par un effort suprême, déguisa son courroux sous un sourire :

— Un seul mot ! — dit-elle. Les yeux de Gaudaine pétillaient rutilants ; il savourait avec une ivresse stupide le sourire douloureux de la jeune femme, qui ajouta : — Vous allez me trouver bien positive ? Quelle somme, je vous en prie, vous empruntait monsieur Franchard ?

— Quarante mille francs ! — répondit Gaudaine, dont l'accent de joie brutale fut une sorte de rugissement. — C'est peu, sans doute, mais demain, je doublerai, je triplerai cette somme... Oh ! permettez-moi de vous exprimer mon amour.

Nathalie, suffoquée, n'écoutait plus ; elle se leva pour sortir du salon. Gaudaine avait plié le genou ; il tendait les mains, mais, la voyant s'éloigner, il courut après elle, encore tout rempli de la plus ridicule confiance.

Sur le seuil de la chambre voisine, la noble femme éclata enfin :

— Arrière ! monsieur ! Je crois vous comprendre et je vous invite à sortir de chez moi !...

— Oh ! oh ! — fit Gaudaine stupéfait. — Un seul instant encore, madame Franchard, il reste un malentendu entre nous...

Nathalie resta sur la porte entr'ouverte.

— La dot n'est qu'un prétexte, et je suis administrateur de la compagnie universelle. — La femme du caissier poussa un cri déchirant. — Ah! vous saviez donc tout! — reprit le Gaudaine s'avançant avec un reste de cynique espoir; — écoutez! Dès aujourd'hui, voici les quarante mille francs nécessaires pour combler le déficit, et la lettre qui m'a renseigné sur la probité de votre mari... Demain, je dote en outre mademoiselle votre fille! ma fortune entière est à vos pieds!

— Vous êtes le plus vil des misérables! — dit Nathalie en fermant au verrou.

— Eh bien! malheur sur tous les vôtres! — hurla Gaudaine qui, d'un coup de pied terrible, enfonça la porte; mais, quand il pénétra dans la chambre à coucher, madame Franchard avait disparu. En même temps, il entendit pousser avec précipitation la porte de l'appartement. — Elle s'enfuit!... Allons! je n'ai encore fait qu'une lourde bêtise! — dit-il en se laissant tomber dans un fauteuil. Au bout de peu d'instants, il remit en place, tant bien que mal, la porte défoncée, et sortit avec humeur. Sur l'escalier, il rencontra Nathalie qui remontait, accompagnée de Simonne; dans la rue, le premier passant qu'il remarqua fut Ernest de Roqueville. — Morbleu! — s'écria-t-il, — je ne suis qu'un sot! Voilà le galant à qui l'on me sacrifie, c'est clair! Et je ménagerais ces gens-là!... Non! de par tous les diables! assez de faiblesses, plus de miséricorde!

Roqueville allait apprendre de la bouche de Nathalie tous les détails de la scène précédente.

— Et maintenant, quand j'y songe! — s'écria-t-elle en terminant, — n'ai-je pas augmenté les dangers que court monsieur Franchard? Ce monsieur Gaudaine est désormais notre ennemi acharné.

— Oui, mais je suis le sien, moi! Et je saurai bien l'empêcher de nuire, je vous le jure!

— Ciel! — interrompit Nathalie, — un duel, un éclat! Oh! je vous en supplie, n'essayez pas de punir cet insolent! Je ne le crains que pour monsieur Franchard.

— Assurément! mais tous vos efforts doivent tendre à gagner vingt-quatre heures, car je ne serai pas en mesure de vous remettre la somme complète avant la réunion du conseil.

— O mon Dieu! — dit Nathalie, — nous sommes perdus!

— Non, madame, il suffit que le conseil ne soit pas en nombre pour que la séance soit ajournée, et monsieur Fortunat, qui a la main forcée, ne vérifiera rien par lui-même. Eh bien! je réponds déjà de l'absence de messieurs de Valvert, du duc de Traymontpré et de Gaudaine, le plus dangereux de tous, peut-être.

— Comment cela? — demanda Nathalie tremblante.

— Vous savez bien, madame, que je ne suis pas sans relations avec ces messieurs; j'ai passé à leur club tout à l'heure, et j'ai si bien fait que monsieur Victor d'Ambrezil organise pour demain une grande partie qui durera jusqu'à la nuit.

— Mais monsieur Gaudaine sacrifiera tous les plaisirs à sa rancune.

— Oh! oh! — fit Ernest en souriant, — il n'entrera pas sans ma permission à la compagnie universelle.

— Encore une fois, monsieur de Roqueville, point de querelle, je vous en supplie à genoux.

— Pardon, madame! Je suis résolu à lui barrer le passage, mais soyez absolument sans craintes, je suis prudent. Quatre des administrateurs une fois de moins, il suffit qu'un seul des autres soit malade ou absent pour affaires...

— Monsieur le comte Riffault n'assiste guère au conseil, — dit Nathalie.

— Monsieur Montmichel est habituellement retenu dans son étude; le docteur Hugues, monsieur de Beauregard, le baron de Senneval, s'absentent aussi quelquefois!

— Ne pourrai-je donc pas être utile à quelque chose? — dit Nathalie. — Parlez! assignez-moi un rôle... — Mais enfin! — s'écria-t-elle tout à coup, — si je m'étais trompée, moi? Si mon mari n'était pas coupable, si... — Roqueville gardait un silence pénible. — Non! — reprit Nathalie avec désespoir, — non! lors même que son trouble ne l'aurait pas trahi, la démarche odieuse de monsieur Gaudaine ne me permettrait plus le moindre espoir. Monsieur Franchard a dû successivement emprunter à sa caisse des sommes qui s'élèvent aujourd'hui à quarante mille francs, il les aura jouées dans le but de se rattraper, il les aura perdues... Et demain!... demain!...

Nathalie fondit en pleurs; ses sanglots l'étouffaient. Ernest fut obligé d'appeler Simonne, trop clairvoyante pour n'avoir pas pénétré une partie de la vérité. Elle se mit à genoux devant sa maîtresse, et, avec la tendresse d'une mère, lui adressa des paroles pleines de foi:

— Vous avez eu pitié de moi, ma bonne dame, — disait-elle, — le bon Dieu aura pitié de vous! Courage encore, courage! Je vois bien qu'un vilain moment approche, mais souvent c'est de même dans la vie, la consolation suit de près le pire du mal...

Ernest de Roqueville, ému jusqu'aux larmes, mêlait ses exhortations à celles de la pauvre Simonne; lorsqu'enfin il se retira, Nathalie, plus calme et plus forte, lui serra la main en murmurant:

— Espérance!... Et à demain!

XXVI

LA NUIT DES ARMES.

Vers minuit, Germain rendait compte au docteur Hugues de l'interminable faction qu'il avait faite dans le cabaret le plus rapproché de la demeure de madame Franchard. Il avait vu tous les va-et-vient de Simonne, de Roqueville, de Gaudaine et des Franchard; il avait observé toutes les physionomies, et si, pour sa part, il n'y comprit pas grand'chose, du moins il mit le pénétrant docteur à même de deviner à peu près les scènes qui s'étaient succédé.

— Très-bien, m[illegible]n garçon, je suis content de toi, — dit le maître. — Pas [illegible] mot à mon neveu ni à qui que ce soit, mais, en toute [illegible]ccasion, cause avec Simonne.

— Cette servante-[illegible] est une diable de sournoise, — dit Germain.

— Elle en pense p[illegible]t-être bien autant de toi, mon ami.

— Au fait, elle n'au[illegible] pas tort.

— Joue au fin avec e[illegible].

— Fin contre fin, mo[illegible]eur le docteur, vous savez le proverbe.

Tout en causant ainsi, le [illegible]octeur écrivait un petit billet qu'il fit immédiatement [illegible]rter chez l'opulent Gaudaine, dont il tenait, par pl[illegible] d'un motif, à connaître exactement la conduite.

— L'étude de ce drame inti[illegible] complétera l'éducation de Gilbert, — pensait le judi[illegible] vieillard; — elle le touche de près, puisqu'il aime [illegible]ise; mais, pas de précipitation, le moment n'est pas v[illegible]n de faire comprendre ce dernier et douloureux exe[illegible]ple. — Après avoir médité un instant: — Malheureuse [illegible]mme! — ajouta le docteur avec une expression de pitié [illegible]rofonde. — Et son mari lui-même est-il indigne de tou[illegible] intérêt? N'est-ce point encore une victime de cette éd[illegible]ation fausse qui colore la vie avec les illusions et dégu[illegible] tous les vices sous d'attrayantes parures? Emile Fra[illegible]chard est-il incurable?... Je le saurai; Gilbert le saura.

Le docteur avait activement utilisé tous les instants de sa journée; il avait successivement visité non-seulement le chevalier Edouard et l'usurier Mathias, mais encore la plupart des membres du conseil, tellement qu'il se risqua au club maquignon où il rompit, par occasion, quelques lances avec Horace de Beauregard en présence de messieurs de Valvert et du jeune duc de Traymontpré que divertirent beaucoup ses boutades paradoxales.

Sans avoir eu l'air de s'en informer, il connaissait les dispositions de chacun de ses collègues, car partout on avait plus ou moins parlé de la famille Franchard. Enfin il venait de consacrer deux heures à la rédaction d'un mémoire assez étendu sur les exportations dans les mers du Sud et le commerce de l'Océanie.

Quant à Gilbert, il avait eu le plaisir de passer la soirée dans la même maison que Denise, dont la gaieté, ce soir-là, fut remarquée par toutes ses compagnes :

— Elle va se marier, ce n'est pas douteux!... Voyez donc! elle est folle de joie! — dit Marcelle d'Ambrezil, une de ses bonnes amies.

Gilbert, qui recueillit ces propos, rentra fort triste à l'hôtel d'Espades, et pourtant, telle était sa confiance en son bizarre tuteur, qu'il se sentait encore rempli d'espoir :

— Mon oncle peut se tromper, mais il déteste trop les illusions pour m'en donner, — se disait-il. — Rien ne me prouve que monsieur Fortunat renonce à Denise qui n'aime que lui, et, pourtant, sans m'encourager, mon oncle m'a clairement défendu de désespérer de l'avenir.

— Eh bien! Gilbert,— lui demanda le docteur,—as-tu fait des armes? Es-tu content de toi?

— Je ne sais, — dit le jeune homme, — si l'on gagne à se reposer; j'avais un jeu qui m'étonnait moi-même. Monsieur Gaudaine, qui m'a vu faire assaut, en était émerveillé.

— Bravo! supérieurement. Bonne nuit et à demain matin!

Nathalie donnait de même le bonsoir à sa fille Denise, dont l'expansive gaieté lui faisait mal :

— La ruine, le déshonneur, le désespoir nous menaçent, et elle est ivre de joie! Elle croit au bonheur, qui va se briser à jamais... Pauvre enfant!... O mon Dieu! est-il bien possible qu'Emile ait commis une action criminelle?

Abîmée dans ses réflexions, madame Franchard songeait avec épouvante à l'énormité des fautes de son mari. A chaque instant, elle frissonnait, saisie d'une terreur toujours nouvelle, devant la funeste découverte. Voulait-elle essayer de douter encore, un mouvement convulsif la ramenait à la vérité. L'affreux mot de *voleur* qu'Emile, le premier, avait osé prononcer, retentissait à ses oreilles et glaçait son âme.

Tantôt elle priait avec la ferveur d'une martyre, tantôt elle se relevait haletante, se frappant elle-même avec une sorte de fureur. Elle ne se coucha point; elle attendait, passant ainsi de l'un à l'autre extrême, le retour de son mari, dont le pas chancelant se fit entendre enfin.

Emile avait joué comme jouent les damnés au milieu des flammes. Il était arrivé à gagner jusqu'à vingt mille francs, la moitié de la somme fatale. Il les risqua d'un coup, d'un coup il les perdit.

Une porte vitrée séparait sa chambre de celle de sa femme. Ce fut contre cette porte que se blottit Nathalie frémissante : elle le vit semblable à un spectre, pâle, les cheveux hérissés, les yeux hagards, la bouche béante, les lèvres tapissées d'écume blanchâtre. Il s'assit à son bureau et resta immobile durant plusieurs minutes. Ce repos le calma un peu. Ensuite il prononça des mots entrecoupés :

— Un coup de plus, j'étais sauvé!... Allons! à demain, quitte ou double!... — Il ouvrit un registre, y traça des chiffres, et reprenant une sorte d'espoir fiévreux : — Bah! — fit-il,—avec de l'aplomb je m'en tire demain!... Après la déveine, la veine! Ils ne seront pas en nombre peut-être. — Nathalie était pétrifiée d'horreur; la légèreté d'Emile lui semblait plus hideuse encore que sa furie de joueur.—Or, pour avoir à ma disposition du calme et de la force, il faut dormir d'un sommeil profond!... Prenons une dose de sang-froid.

A ces mots, Emile versa quelques gouttes d'opium dans un verre d'eau-de-vie, se jeta sur son lit, but et s'assoupit aussitôt :

— Il dort!... il dort, lui! — dit enfin madame Franchard avec l'accent du mépris le plus superbe. Mais, à la pensée de ses enfants, elle se remit à prier et à gémir. Au point du jour, elle priait encore : — A moi aussi, — dit-elle alors avec amertume, — il me faut de la force pour la journée qui commence! Pourquoi m'épuiser quand je vais avoir besoin d'agir?

Elle se coucha, contraignant ainsi son corps à se délasser; son esprit, hélas! demeurait accablé sous le poids de la douleur.

. . . .

Denise s'éveilla en chantant; Simonne, soucieuse, apprêtait le repas du matin; Emile rouvrit les yeux; il n'eut pas d'abord la notion exacte de la situation, mais bientôt il s'en souvint et pâlit.

Nathalie le rejoignit dans la salle à manger, et, d'une voix tremblante :

— Mon ami, — dit-elle, — vous paraissez souffrant!

— Moi! pas le moins du monde... j'ai même un rare appétit.

— Vous êtes très-pâle, je vous assure, — reprit Nathalie avec insistance. — Restez, j'enverrai Simonne dire que vous êtes indisposé.

— Y songez-vous, ma chère? — repartit Emile, faisant bonne contenance.—M'absenter après l'avis que monsieur Fortunat m'a donné hier? je me ferais plutôt porter sur un brancard.

Il but une rasade d'excellent vin, posa un baiser au front de sa fille, dit adieu à Nathalie et partit en fredonnant.

A peine était-il sorti qu'une pensée terrible se présenta à l'esprit de sa femme; elle entra dans sa chambre, y chercha sa boîte de pistolets, l'ouvrit et s'aperçut qu'il en avait emporté un. Un cri s'échappa de ses lèvres; Simonne accourut, la vit défaillante et la soutint :

— Silence! — murmura Nathalie. — Denise n'a rien vu?

— Rien, ma pauvre dame.

— Grâce au ciel!...

Après une courte prière, madame Franchard, comme par une aspiration soudaine, sortit précipitamment de sa demeure.

Il était alors neuf heures du matin.

XXVII

LE BARBON TERRIBLE.

Le plus beau temps du monde devait favoriser la partie de plaisir décrétée la veille par acclamation sur la proposition de Victor d'Ambrezil, que Roqueville avait mis en avant; mais, au moment du départ, deux des cavaliers firent remettre des billets d'excuses.

— Bon! — fit d'Ambrezil en riant, — le Beau-Ténébreux, qui me pressait tant hier, se ravise à point contre les tentations et les séductions. Pleurez, mesdames!... Amadis nous fait faux-bond.

— Celui que je regrette le plus,—dit Thérèse,—c'est le gros Gaudaine! Comme je l'aurais taquiné! Sa Dulcinée n'est guère tendre apparemment : « Ingrate! cruelle! pécore! » disait-il hier sans se douter que je l'écoutais.

Le malheureux mettait son cigare dans la bouche par le bout allumé, signe infaillible de passion brûlante!

— Avec son affaire impérieuse, il est plaisant!

— Alexandrin Galaor est fort triste, au contraire, s'il faut en croire Thérèse.

— En route, mesdames! Déjeuner refroidi ne valut jamais rien!

Les amazones prirent les devants, messieurs Jules et Lucien de Valvert, le duc de Traymontpré, d'Ambrezil et leurs amis suivaient de près. Le vicomte de Lyomphe, qui n'était point invité, apparut.

Les poëtes ont souvent d'heureuses inspirations.

Tandis que trois des membres du conseil parmi les plus favorables à Emile Franchard dépassaient l'arc de l'Etoile, Roqueville battait Paris, avec le regret d'avoir dédaigné de se procurer les adresses de quelques usuriers complaisants, car les affaires régulières sont toujours lentes. Il n'avait encore que des promesses, quand approcha l'heure de la réunion du conseil.

Il croyait de la plus grande importance d'empêcher Gaudaine d'y assister, et sur ce point, il ne se trompait pas; il se hâta donc de rejoindre deux officiers de cavalerie, ses camarades, qui l'attendaient au café:

— A tes ordres, mon cher, — dit l'un d'eux, — il s'agit d'un duel, c'est positif, mais encore?

— En trois mots, j'ai les plus graves motifs pour provoquer un insaisissable personnage qui, tous les lundis à pareille heure, entre dans l'hôtel d'en face. Je me poste sur le trottoir, j'amène ici mon adversaire de gré ou de force, et nous l'obligeons à vider la querelle sur-le-champ.

— Peste! comme tu y vas!... il eût été plus régulier de nous envoyer chez ton homme, de prendre jour et heure... Aujourd'hui, que diantre! il n'aura pas de témoins, là, tout prêts.

— Je lui en fournirai. J'ai tout prévu. Vous ne connaissez pas mon olibrius, et me connaissant, moi, vous devez admettre que j'ai mes bonnes raisons. Fumez donc quelques cigares, donnez de temps en temps un coup d'œil dans la rue; moi, je me mets en vedette...

— Voici qui est original! Garçon, du feu! et des dominos!

Roqueville pénétra dans la cour de la compagnie universelle et fit prier Vallier de venir lui parler un instant.

— Si d'ici à ce soir, — lui dit-il, — je ne vous ai pas donné d'avis contraire, vous auriez la bonté de passer chez moi, où vous trouverez une lettre dans laquelle je vous demande un service important et pressé. Quoi qu'il arrive, d'ailleurs, ne parlez à personne de ce que je viens de vous dire.

Pour le cas improbable où sa rencontre avec Gaudaine aurait un résultat tragique, Ernest prenait ainsi ses mesures, afin que la somme promise à Nathalie lui fût remise en mains propres.

L'administrateur Vertuchet aîné parut et monta le perron d'un pas guilleret. Le notaire Montmichel et Horace de Beauregard, causant avec animation, passèrent ensuite.

— Trois! déjà trois! — murmura Ernest, qui avait pourtant essayé, par des moyens détournés, de faire retenir le notaire à son étude et le vieux dandy au cercle maquignon. Deux autres administrateurs se montrèrent bientôt. — Cinq! — murmura Ernest; — oh! je tremble! — Le docteur Hugues ne tarda pas à descendre de sa voiture; il répondit par un sourire et un geste amical au salut profondément triste d'Ernest de Roqueville, qui eût la douleur de voir le général Riffault passer appuyé sur le bras du baron de Senneval. Le conseil était en nombre, malgré l'absence de Gaudaine. Ernest n'en prolongea pas moins sa faction durant plus d'une heure avant de remercier ses deux témoins: — Affaire manquée pour aujourd'hui, — leur dit-il.

En se retirant, l'un des deux officiers disait à l'autre:

— L'ami Roqueville a vraiment le diable au corps! Il pâlissait de rage à tous moments. Je connais cela, mon cher, tel que vous me voyez, moi, j'ai failli mourir d'un duel rentré. C'était en Afrique. Avez-vous connu Menneehal?

. . . .

Ernest, rentré seul dans le café, y attendait l'issue du conseil, dont la séance commença, selon l'usage, par la lecture du procès verbal de la séance précédente. Le docteur Hugues demanda la parole.

— L'ordre du jour est bien chargé, ce me semble, — murmura non sans humeur Vertuchet aîné, qui venait d'y voir en première ligne: *Question des exportations, proposition de monsieur le docteur Hugues.*

— Messieurs, — dit le docteur, — malgré la judicieuse observation de notre honorable collègue monsieur Vertuchet aîné, je ne puis renoncer à prendre la parole avant que le procès verbal ait été voté, car c'est du procès verbal que j'ai à vous entretenir.

— Rien de plus juste, — dit le comte Riffault, président.

— En effet, messieurs, une fois le procès verbal voté, les observations qu'il me suggère deviendraient hors de propos...

— Au fait! au fait! — dit Horace de Beauregard; — voilà un exorde qui pèse un quintal...

Enchanté de cette interruption, le docteur prit à partie son vieil antagoniste, le mit en colère, se fit dire par lui dix impertinences, demanda son rappel à l'ordre, provoqua un tumulte inexprimable, pendant lequel Vertuchet aîné regardait la pendule d'un air douloureux, se fit rappeler à la question, s'efforça de prouver en trois points qu'il n'en était pas sorti, du moins par sa faute, piqua deux ou trois de ses collègues, qui réclamèrent la parole pour faits personnels, usa du droit de réplique, irrita de nouveau tout le conseil, dont les murmures furent cause que le vieux président lâcha un scandaleux juron militaire en menaçant de lever la séance.

Ceci n'aurait fait le compte d'aucun des administrateurs, venus dans le dessein de faire contrôler la caisse. Le silence se rétablit. Le docteur Hugues en profita pour déclarer respectueusement à monsieur le président qu'il venait de manquer à toutes les convenances et pour l'inviter à retirer le *« mille tonnerres de chien! »* qui venait de lui échapper.

Un nouveau tumulte s'ensuivit. Mais, vaincu par les prières de son gendre et de quelques autres membres du conseil, le général rétracta son juron. Après quoi, le docteur, se faisant verbeux à plaisir, reprit en sous-œuvre tous les incidents de la séance du précédent lundi, les examina, les commenta, ne recula devant aucun développement, se jeta dans d'interminables digressions, rasséréna le vieux président, qui aimait les anecdotes, passa en revue toutes les opinions émises par chacun des membres présents ou absents, et mit le comble à la méchante humeur de Vertuchet aîné, qui demanda la parole.

— Vous êtes inscrit après monsieur le docteur, — répondit le président.

Le temps marchait, l'insupportable docteur pérorait de plus belle; il eut l'audace de dire que, grâce au remarquable procès verbal de la réunion précédente, la présente séance se trouvait considérablement allégée...

— Ah! par exemple! Il est déjà trois heures! — s'écria Vertuchet d'un ton lamentable.

— Oui, messieurs, — continua le docteur en souriant, — le succinct procès verbal de notre secrétaire pose clairement la grande question des *exportations*, sur laquelle j'ai à vous lire le rapport dont vous avez bien voulu me charger; ce compte rendu renferme tous les prolégomènes de mon propre travail, il nous trace très-nettement notre route, et c'est pourquoi avant de passer outre, je vous en propose l'adoption avec mention d'éloges pour monsieur Vallier.

— Enfin! — fit Vertuchet.

— Oui! — dit Horace de Beauregard à demi-voix, — une montagne en mal d'enfant.

— Monsieur de Beauregard, — repartit vivement le docteur Hugues, — vous me comparez à une montagne, j'en suis flatté; en mal d'enfant, ceci m'est égal, attendu mon âge et mon sexe... (le conseil riait). Mais qui accouche d'une souris, non! je proteste énergiquement. La mention que je propose est une note honorable qui sera utile à monsieur Vallier dans sa carrière administrative, et je ne vois là rien de commun, monsieur de Beauregard, avec le petit quadrupède vif, alerte, rongeur, rusé, subtil même, que l'inimitable La Fontaine a mis dans ses fables.

— Messieurs, le temps se passe, — dit le notaire Montmichel. — On a l'air de se faire un jeu de le gaspiller! Nous volons nos jetons de présence, parole d'honneur!

— A qui la faute? — dit le docteur Hugues, — on n'a cessé de m'interrompre.

Tout le monde parlait à la fois; le comte Riffault, découragé, ne présidait plus; le malicieux docteur taillait silencieusement son crayon.

Enfin, le conseil vota à l'unanimité l'adoption du procès verbal, et, Vertuchet excepté, la mention élogieuse pour son rédacteur, qui remercia le docteur d'un regard reconnaissant.

— L'ordre du jour, — reprit le président, — appelle la question des exportations...

— Je demande la parole contre l'ordre du jour! — dit Vertuchet.

— Très-bien! très-bien!

Le docteur Hugues demanda la parole pour le maintien de l'ordre du jour. Le conseil en murmura.

— Messieurs, — disait Vertuchet, — nous aurons toujours le temps de nous occuper d'exportations, et nous ne saurions assez tôt réprimer certains désordres graves qui, s'il faut en croire des documents très-précis, se seraient introduits dans le maniement de nos fonds. Je prie donc monsieur le président d'intervertir l'ordre du jour, et je lui demande de m'accorder la parole sur la tenue de la caisse générale.

Théodore Fortunat devint sombre; Vallier, stupéfait, était le seul des membres de la réunion qui ne comprit pas bien la portée de la proposition de Vertuchet, mais il n'ignorait pas que sa coterie entière était hostile à Franchard.

— L'urgence invoquée par le préopinant ne me frappe pas, — répliqua le docteur, — et sa proposition me choque sous tous les rapports. Elle implique une défiance contraire à nos usages et blessante au premier chef pour notre honorable directeur.

Théodore Fortunat, si brusquement mis en cause, tressaillit. Après quoi le docteur, avec l'obstination d'un enfant terrible, eut beau jeu pour prolonger la discussion, accabler de son mépris les prétendus documents très-précis annoncés par Vertuchet, déclarer qu'il serait au-dessous de la dignité du conseil de se laisser distraire de ses travaux par une circulaire anonyme et démontrer l'urgence capitale de la question des exportations, pour laquelle une convocation spéciale eût été nécessaire si le conseil n'avait dû tout naturellement se réunir; car, dit-il en finissant, il s'agit de ne point se laisser enlever une affaire dont les bénéfices nets ne sauraient être au-dessous de soixante-dix millions.

En présence de cette somme imposante, tous les administrateurs se rallièrent à la lecture immédiate du mémoire; mais Vertuchet, s'appuyant sur l'importance même de la question nouvelle, demanda que le conseil fût convoqué extraordinairement pour le lendemain.

Sa proposition fut appuyée de toutes parts, et le président ordonna en conséquence au secrétaire de rédiger immédiatement des lettres de convocation à l'adresse de tous les membres absents.

Le docteur Hugues commença sa lecture.

Cependant le sous-caissier Priot ne cessait d'observer la contenance d'Emile Franchard, qui, de sa vie, n'avait paru de plus joyeuse humeur. Pour se donner du ton, il avait assez tardivement fait un second déjeuner, bu des vins généreux, pris une double dose de gloria et successivement relancé dans leurs bureaux tous les plus aimables garçons de la compagnie universelle. Il allait, venait, s'agitait avec une activité fébrile, ne cessait de plaisanter et riait aux éclats.

— Rira bien qui rira le dernier! — pensait Priot.

D'autres se disaient :

— Décidément, il marie sa fille avec le directeur.

Vertuchet aîné reprenait courage :

— Trois quarts d'heure au plus pour lire le rapport, que j'appuie en son entier, quitte à le combattre demain; pas de discussion, et aux voix!... A quatre heures et demie au plus tard, je demande l'ouverture de la caisse.

A quatre heures et demie, Emile Franchard se voyait déjà une semaine devant lui, et sa gaieté factice se transformait en gaieté folle, quand un garçon de bureau vint l'inviter à comparaître au conseil.

Priot grinça des dents; il étouffait un rugissement de plaisir; Emile ne pâlit point, ne se trahit ni par une exclamation ni par un geste, et pénétra dans la salle des délibérations avec une assurance modeste qui charma Théodore Fortunat, plut au vieux comte Riffault, déconcerta Vertuchet aîné, mais ne trompa point le docteur Hugues, qui, mandataire d'une société de capitalistes, avait pour devoir impérieux de ne tolérer aucun abus de confiance.

L'obstination avec laquelle le *barbon terrible* retardait la reddition des comptes peut donc sembler contraire à son esprit d'équité, mais, dans son for intérieur, il avait pris des résolutions qui justifieront sa conduite, car elles conciliaient tous les intérêts.

Dès neuf heures du matin, une femme voilée avec le plus grand soin lui avait fait remettre un billet ainsi conçu :

« Madame Franchard supplie en grâce monsieur le » docteur Hugues de lui accorder quelques instants d'au» dience *très-secrète*. »

— Je n'y suis pour personne absolument, pas même pour mon neveu, — dit le docteur. — Introduisez. — Nathalie défaillante entra, et le docteur lui dit aussitôt d'un ton affectueux : — Je connais déjà le grave motif qui vous amène, et, en réponse à une confiance qui me touche, je vous promets, madame, la discrétion d'un confesseur, le zèle d'un vieil ami. Si vous n'aviez pris la peine de venir, j'aurais eu l'honneur de me présenter chez vous avant de me rendre au conseil, car, mieux que vous-même peut-être, je suis informé de votre déplorable situation.

— Ah! monsieur le docteur! la voix intérieure qui m'a dicté ma démarche ne me trompait donc pas! Vous aurez pitié d'une mère qui demande grâce pour ses enfants! — Le vieillard s'inclina; la jeune femme, levant sur lui ses yeux remplis de larmes, poursuivit d'une voix tremblante : — Vingt-quatre heures de retard, un jour, un seul jour, et la somme empruntée à la caisse par mon mari se retrouvera intacte!

— Madame, — dit le docteur, — le retard que vous demandez, je le ferai naître, et, quoi qu'il arrive, ni vous ni vos enfants ne serez atteints, je vous en donne ma parole.

Nathalie joignit les mains en remerciant tour à tour Dieu, qui exauçait sa prière, et le secourable protecteur qui ne tarda point à l'interroger :

— Etait-ce de monsieur Franchard lui-même qu'elle tenait la vérité?

— Hélas! non! — répondit Nathalie avec amertume, — il me cache tout! Sans une série de rapprochements fortuits, j'ignorerais encore le danger.

Sur ces mots, elle raconta la visite de Théodore Fortunal, la scène d'intérieur qui l'avait suivie, les inquiétudes des journées précédentes, le froid accueil de la baronne de Senneval et même l'insultant sourire du vicomte de Lyomphe.

— Tout cela, madame, tient à la même cause, et s'explique par la distribution d'odieuses lettres anonymes adressées à chacun des membres du conseil d'administration. Je méprise et je déteste les dénonciateurs qui n'ont pas le courage d'agir ouvertement. Il y a là une machination que je tiens à démasquer; aussi n'est-ce pas seulement par sympathie pour votre famille innocente, c'est encore dans l'intérêt de notre compagnie que je veux vous servir. Monsieur Franchard est fort heureux de n'avoir pour ennemis que des lâches!... Mais vous me parlez d'une somme qui serait complétement remboursée demain: comment en connaissez-vous l'importance?

— Par celui de vos collègues que je crains le plus maintenant, — dit Nathalie, dont la pâleur se dissipa tout à coup, car elle ne put sans honte raconter comment Gaudaine s'était comporté chez elle; — et maintenant cet homme, qui veut se venger, dira clairement: « Il manque quarante mille francs, et la preuve, c'est que monsieur Franchard a voulu me les emprunter. »

— Madame, — interrompit le docteur, — monsieur Gaudaine n'ira pas aujourd'hui à la compagnie universelle, car je me charge de l'en empêcher.

— Vous, monsieur le docteur? — murmura Nathalie stupéfaite.

— Il déjeune chez moi et n'en sortira pas sans ma permission.

. . . .

Au risque de faire rougir de nouveau la jeune femme, le vieillard lui adressa ensuite diverses questions sur le compte de Roqueville et sur celui du vicomte de Lyomphe. Ce fut avec un dédain suprême qu'elle peignit le misérable rôle d'espion joué auprès d'elle par le prétendu vicomte; ce fut avec un enthousiasme reconnaissant qu'elle parla d'Ernest, sans rien dire pourtant de l'immense service qu'elle attendait de lui.

Ses réticences plus que ses paroles touchèrent le docteur:

— Nobles cœurs! — pensa-t-il; et avec une mélancolie sereine, les yeux fixés sur l'image vénérée de Clémence de Mesles: — Je veux la sauver! — murmura-t-il; — mais ceci doit avant tout être un grand enseignement pour ton fils! Les souffrances du vice sont une faible leçon auprès de celles de la vertu. Le vice expie ses propres fautes, la vertu rachète celles des coupables. O rédemption! mystère sublime!... — Le docteur, jusque-là poli et même affectueux, mais réservé, s'écria chaleureusement: — Persévérez! espérez! croyez! Je ne veux pas, moi, que la faute de votre mari retombe sur votre tête ni sur celles de vos enfants!

— Monsieur, — répondit Nathalie frémissante, — je vous demandais de la pitié, vous me donnez du courage; je suis venue à vous pleine de terreur et de honte, mais ce n'est pas la mère seulement, c'est la femme elle-même que vous rassurez, que vous relevez! Soyez béni, monsieur, vous et tous ceux que vous aimez! soyez béni!

Alors, rabaissant son voile épais, elle se retira enveloppée dans le manteau qui la rendait méconnaissable.

Le docteur la reconduisit jusqu'au bas de l'escalier avec toutes les marques d'un respect fraternel; ensuite il resta plongé dans une rêverie profonde.

Par ses ordres, toutefois, Gilbert de Fontmarie était chez Gaudaine, qu'il ramena vers onze heures du matin.

— Ah çà! cher docteur, — dit le gros millionnaire en entrant, — vous m'invitez gracieusement à déjeuner, j'accepte; vous êtes charmant; mais vous m'envoyez relancer chez moi par votre neveu, comme si vous aviez peur d'un manque de parole.

— Eh! oh! ceci est littéralement vrai.

— Qu'avez-vous donc de si important à me dire?

— Mille choses dans votre plus grand intérêt, mais d'abord déjeunons. J'ai des vins sur lesquels je réclame votre avis de connaisseur.

Gaudaine, qui s'était privé de la partie organisée par d'Ambrézil, n'assista point au conseil, par une conséquence forcée de l'invitation du docteur, barbon non moins terrible chez lui qu'à la compagnie universelle, où tout son rapport relatif aux exportations fut adopté en principe.

Vertuchet aîné fit observer aussitôt que la réunion des administrateurs devant être plus complète le lendemain, il convenait de laisser à monsieur le directeur le soin de faire préparer le travail par ses commis; sur quoi l'on passa unanimement à l'ordre du jour, sans la moindre objection du docteur.

Le vieux président, harassé de fatigue, au lieu d'ouvrir la discussion sur la question du contrôle de la caisse, ordonna d'introduire immédiatement monsieur Franchard. Les administrateurs s'entre-regardèrent.

Qu'allait-on dire? qu'allait-on faire?

Le président avait son projet, sans doute.

Le docteur Hugues souriait malicieusement.

— Monsieur le président, — dit Emile, — me voici aux ordres du conseil.

Personne ne lui adressait la parole. Théodore Fortunat n'avait garde d'empiéter sur les attributions des administrateurs. Vertuchet aîné trouvait qu'il s'était bien assez mis en avant, Horace regardait voler les mouches. Le notaire Montmichel observait. La plupart des membres de la réunion éprouvaient un certain embarras. Enfin, le vieux comte Riffault fut bien obligé de rompre le silence:

— Monsieur Franchard, — dit-il, — quelques plaintes, que nous aimons à croire mal fondées, nous ont été adressées sur la tenue de votre caisse; elles nous portent à vous interroger directement. En d'autres termes, le conseil juge opportun de prendre une connaissance exacte de la situation financière de la compagnie...

— Ce n'est pas ça du tout! — murmura Vertuchet.

— Je demande la parole! — dit le docteur Hugues.

— Parlez! — s'écria le président, qui espérait être secouru et ne le fut guère.

— Je ferai remarquer au conseil que les seules plaintes dont il ait connaissance sont *anonymes*... — Un véritable orage éclata autour du tapis vert. — Et je demande à monsieur le président s'il en a d'autres, — ajoutait le docteur dominant le tumulte.

— Monsieur, — dit le baron de Senneval, — on n'adresse pas de questions semblables en présence de la personne mise en cause.

— Je vous demande bien pardon, monsieur. Aucune discussion préalable n'ayant eu lieu, je crois que ma question est aussi régulière que fondée. Une accusation très-grave plane sur un de nos employés supérieurs: il importe au conseil de savoir si quelqu'un de connu en prend la responsabilité.

— Nous n'accusons pas, — dit Vertuchet; — nous surveillons. Balance faite, quel est l'encaisse? C'est ce qu'il s'agit de savoir.

— Très-bien, messieurs, je comprends! — dit Emile Franchard avec un sourire. — Monsieur le président me permettra d'aller chercher mes livres; je vous ferai connaître parfaitement la situation actuelle.

— Allez, monsieur, — dit le président.

Emile sortit; la séance fut suspendue.

— Morbleu! — fit Horace de Beauregard d'un ton dégagé, — à la place de cet employé, moi, je vous camperais ma démission à l'instant même. Le duc de Traymontpré, messieurs de Valvert et plusieurs autres de nos amis n'étaient pas moins indigné que moi des lettres anonymes.

— Monsieur de Beauregard, vous me surprenez, — dit le baron de Senneval. — Notre mission n'est-elle pas de surveiller et de contrôler toutes choses dans l'administration ?

— Il y a manières et manières, emplois et emplois, soupçons et soupçons! — s'écria le vieux dandy.

— Ai-je donc manqué aux convenances, monsieur, — réplique le comte Riffault.

— Moi, — dit le docteur Hugues, — je ne vois qu'un moyen de contrôler notre caisse, c'est de l'ouvrir et de compter les valeurs qu'elle renferme.

— A la bonne heure! — s'écria Vertuchet aîné, enchanté de voir enfin le docteur Hugues de son avis.

On se tut, et la séance fut reprise régulièrement, car le caissier rentrait, ses registres sous le bras.

XXVIII

LA CLOTURE.

La courte interruption qui avait eu lieu venait de changer subitement la physionomie du conseil.

Horace de Beauregard, tardivement, s'était posé en champion prêt à défendre Franchard calomnié, molesté, outragé. Le docteur Hugues, en revanche, prenait l'attitude d'un contrôleur sévère. Le vieux président semblait tenir à se montrer plein d'égards envers un homme accusé seulement par des anonymes. Le baron de Senneval gardait un sage milieu.

Vertuchet laissait clairement percer ses sentiments hostiles. Exception faite du notaire Montmichel, les autres étaient fort ébranlés par les boutades d'Horace de Beauregard. Théodore Fortunat, le directeur, comprimait de violentes émotions et gardait le silence. Vallier, le secrétaire, qui ne se permettait jamais de prendre la parole, était très-péniblement affecté. Quant à Franchard, qui voyait l'heure fort avancée, il payait d'audace avec un rare sang-froid :

— Monsieur le président, — dit-il, — je suis prêt à faire connaître au conseil tous nos mouvements de fonds, mais est-il convenable de remonter au-delà du dernier compte rendu trimestriel ?

— Il faut prendre la situation au jour d'aujourd'hui! — dit Vertuchet d'une voix aiguë.

— Pardon! — repartit le docteur Hugues, — un point de départ est évidemment indispensable.

— Ce que propose monsieur le caissier répond à toutes les exigences, — dit Horace de Beauregard.

— Soit! Voyons!... écoutons!

Franchard, comme pour ménager les instants, donna une lecture très-rapide de ses recettes et de ses versements depuis le commencement du trimestre, risquant à peine çà et là quelques mots de commentaire, auxquels il eut toutefois l'adresse de mêler plusieurs traits semi-plaisants. Ainsi, par exemple, à propos de l'exportation de vieux habits galonnés :

— En dorant messieurs les sauvages sur toutes les coutures, — dit-il, — la compagnie a réalisé la somme de..., immédiatement employée, *chapitre des Importations*, en acquisitions de cuirs de la Plata. Dans nos heureuses mains le galon devient *cuir*. Eh bien! cette nouvelle méthode de fondre la broderie n'est pas la plus mauvaise, puisque ces cuirs, après vente, figurent en recettes avec un bénéfice de cinquante pour cent sur le prix d'achat des vieux galons.

Franchard n'abusa pas de semblables parenthèses ; en général, un mot et un chiffre disaient tout. Mais, arrivé à une première opération considérable sur un placement de capitaux, il feignit de prendre le change : c'était sur ce point sans doute que le conseil désirait des éclaircissements.

— Non, — interrompit Vertuchet, — ce n'est point de cela qu'il s'agit.

— Pardon! — s'écria le docteur Hugues rentrant dans son rôle de barbon terrible, — n'escamotons rien, contrôlons consciencieusement.

— Nous perdrons notre temps, — repartit Beauregard. — Avec votre conscience, docteur, nous serons encore ici demain matin.

— Non, mais demain après midi.

— Messieurs, — dit le président, — ne sortez pas de la question.

— J'y rentre, — reprit le docteur. — Je tiens beaucoup à me rendre compte de l'opération, qui me paraît au moins obscure.

— Hé! hé! — fit Vertuchet, — voyons!

— Comment une recette de cent cinquante mille francs peut-elle être balancée par une dépense de quatre-vingt-douze mille?

— Messieurs, — dit Théodore Fortunat, — ce que vous voyez est parfaitement régulier, conforme à mes ordres et à tous les précédents de notre comptabilité en cas analogues.

— Eh bien! passons! — fit Vertuchet. — Balance faite, quel est l'encaisse ? Voilà l'essentiel, ne l'oublions pas!

— Eh, monsieur! — s'écria le docteur, — il y aura dans la caisse tout ce que l'on voudra, si nous procédons ainsi. Faire la balance, comme vous le dites, est une nécessité préalable. J'insiste donc pour savoir ce que sont devenus les cinquante-huit mille francs dont je ne retrouve point trace, et je m'adresse à monsieur le directeur, moi!

Théodore Fortunat, blessé au vif, se leva pour rendre compte de l'opération, qui était irréprochable, comme le docteur le savait bien, mais qui était aussi très-compliquée. Son explication fut obscure, car il éprouvait un trouble extrême, accru encore par les observations réitérées du docteur. Certains membres du conseil, naturellement ombrageux, se rappelant les insinuations des lettres anonymes, confondaient déjà la cause du jeune directeur avec celle du caissier. Les objections pleuvaient; le temps se gaspillait en questions oiseuses. Cinq heures et demie sonnèrent; jamais le conseil ne s'était prolongé si tard.

— La séance n'en finit pas! — dit Horace de Beauregard avec humeur, — je demande la clôture!

Franchard, à ces mots, vint au secours du directeur. Avec une lucidité complète, il fit comprendre aux plus défiants comme aux moins versés en pareilles matières que les cinquante-huit mille francs ne figuraient en recettes que d'une manière fictive, en vertu de règles qu'il importait d'observer et qu'on avait toujours suivies.

— Très-bien! monsieur Franchard, — dit le docteur. — Vos explications sont parfaites et votre méthode excellente abrège le travail en le simplifiant.

— La clôture! — cria Horace de Beauregard.

— Quelle heure est-il donc? — demanda le docteur.

— Près de six heures!

— Appuyé la clôture! appuyée!

— Non! non! impossible! — s'écria Vertuchet.

— Voulez-vous donc que nous couchions ici? Nous n'avons pas vu la moitié des comptes.

— Il suffit de cinq minutes pour compter les valeurs! — dit encore Vertuchet d'une voix perçante.

Une explosion de murmures lui répondit.

— Messieurs, la séance est levée!... A demain! — dit le président brisé de fatigue, exténué, rendu.

— « A demain!... » — pensa Emile, qui avait cru gagner huit jours. Avec un reste d'énergie il salua le conseil et se retira. Priot l'attendait à la caisse.

— Pâle! bouleversé! Ah! ah! nous touchons au dénoûment, — se disait-il, tandis que Franchard se cramponnant à une espérance horrible, s'asseyait comme pour prendre quelques notes. — Ne bougeons pas! De deux choses l'une : ou une commission, accompagnée du directeur, va immédiatement ouvrir la caisse, ou l'inspection en est remise à demain. Dans le premier cas, il faut être ici pour voir, savoir et au besoin dire mon petit mot; dans le second, maître Franchard, prêt à jouer quitte ou double, ou même à passer la frontière, va faire une rafle dans le coffre. Mais je ne m'en vas pas, moi! Je veille! C'est mon devoir et mon intérêt.

Dans la salle du conseil cependant, Vertuchet persistait à réclamer la parole.

— La séance est levée! Assez de tapage, monsieur Vertuchet... Ce monsieur Franchard est évidemment un honnête homme.

— Il convient, monsieur le directeur, d'ouvrir une autre enquête pour trouver l'auteur des lettres anonymes...

Au milieu de ces propos, Vertuchet reprit avec emportement :

— Je suis administrateur, moi! Eh bien! si personne ici ne veut faire son devoir, je ferai le mien!

— Qu'est-ce à dire, par la sambleu! — fit Horace de Beauregard.

— Monsieur Vertuchet entre à la caisse! — s'écria le jeune directeur, qui le suivit précipitamment.

— J'y vais aussi, moi! Venez-y tous, messieurs! Assez de défiances et d'injures, morbleu! Ah! ah! je raconterai tout ceci, dès ce soir, à mes jeunes amis de Valvert et de Traymontpré. Demain, nous serons en nombre ici.

Le docteur Hugues et plusieurs autres administrateurs accompagnèrent Horace de Beauregard. Le vieux comte Riffault, à bout de forces, dit au baron de Senneval :

— Allez-y aussi, mon cher gendre, et mettez fin, je vous en prie, à cette scène scandaleuse. C'est révoltant...

Vertuchet, hors de lui, sommait Franchard de fermer la caisse sous ses yeux et de lui remettre l'une des clefs. Emile protestait; Priot riait sous sape.

— J'use de mon droit, conformément à l'article 29 du règlement, — disait Vertuchet; — je suis administrateur de semaine, et j'exige cette clef!

Horace de Beauregard intervint avec violence :

— Refusez, monsieur le directeur... refusez mon cher Franchard; vous avez affaire à un ennemi personnel.

— J'ai droit à l'une des trois clefs, je la réclame, ou j'intente un procès à la compagnie.

Le docteur Hugues s'avança d'un air conciliant :

— Au milieu d'une enquête, — dit-il, — l'on ne saurait assez observer des règlements trop négligés peut-être. La caisse a trois clefs qui doivent être en trois mains différentes.

— Cela ne s'est pas fait depuis vingt ans! — s'écria encore Horace de Beauregard. — Il y a donc parti pris d'insulter notre ami Franchard. Autant affirmer qu'il y a déficit, fraude, vol de confiance!

— Eh! messieurs, — dit le docteur Hugues, — les lettres anonymes et monsieur Vertuchet ne disent pas autre chose.

— Pardon! je n'ai rien de semblable, — répliqua Vertuchet en rougissant.

— Quant à moi, — continua le docteur, — c'est encore moins par respect pour nos règlements que dans l'intérêt de monsieur le caissier, et afin de couper court à toute accusation nouvelle, que j'appuie monsieur Vertuchet, au fond, malgré l'inconvenance de la forme...

— Voici un galant homme qu'on torture à plaisir, j'en suis indigné, — dit Horace de Beauregard en trépignant.

Emile Franchard, pâle et tremblant, remit les trois clefs au baron de Senneval, qui en prit une, donna la seconde à Théodore Fortunat, et livra la troisième à Vertuchet aîné en disant :

— Soyez satisfait, monsieur, l'article 29 est exécuté à la lettre.

Le conseil se dispersa.

XXIX

AU FOND DES COEURS.

Théodore Fortunat qui remontait à son appartement, observait Franchard avec un doute cruel.

— A sa place, qu'aurais-je fait, moi? — se demandait-il. — Sans laisser le conseil se dissoudre, j'aurais voulu que l'état de la caisse fût constaté. J'aurais dit à monsieur Vertuchet : « Comptez, monsieur, comptez dès ce soir; demain, vous me ferez vos excuses! » Eh bien, non! il ne va pas au-devant des soupçons... et il tremble. Est-ce de colère? N'est-ce point de peur?

Le cœur glacé par ces réflexions trop justes, le jeune directeur voyait descendre, après les administrateurs, le père de Denise et Vallier, qui lui témoignait la plus chaleureuse sympathie. Mais Emile était dans un état d'égarement tel qu'il entendait à peine :

— Demain! demain! — pensait-il. — Qu'ai-je sur moi? Dix francs. Et à la maison? Rien! L'écrin de Nathalie n'est plus qu'en pierres fausses. Dix francs et mon pistolet.

— Vous ne me répondez pas, mon ami! — disait Vallier avec une douceur touchante. — Calmez-vous, de grâce!

Dans le péristyle, Franchard, rompant enfin le silence, jura que dès le lendemain il prendrait une revanche éclatante de Vertuchet et de sa dynastie; puis, ayant l'air de se raviser :

— Ah! maladroit que je suis! La scène de tout à l'heure m'a fait oublier que j'ai besoin d'une centaine de francs pour un petit cadeau de surprise.

— J'ai tout justement cent francs d'économies à votre service, — dit le pauvre Vallier trop heureux de pouvoir obliger le père de Denise.

— Eh bien! venez dîner avec nous; vous me les remettrez en secret.

— J'y cours! — dit Vallier, qui prit les devants.

Cependant Ernest de Roqueville, bouillant d'impatience et de plus en plus inquiet, avait vu sortir, les premiers, Vertuchet et Priot causant avec une satisfaction évidente.

— Je parierais cent contre un qu'il y a déficit, — disait le sous-caissier. — Vous auriez dû, entre nous, commencer par faire constater l'encaisse.

— Je n'ai cherché que cela! mais le diable se mêlait des affaires de Franchard. Dix fois, j'ai cru pouvoir compter sur ce vieux fou de docteur, dix fois, il m'a jeté des bâtons dans les roues. Au résumé, je tiens une clef du coffre-fort...

— Et j'ai bon œil; rien n'y rentrera sans que je le voie.

— La somme doit être ronde; où Franchard la prendrait-il?

— Eh! eh!... Gaudaine est fort amoureux de sa trop heureuse moitié. Savez-vous que j'ai été fort surpris de l'absence de ce gros gaillard?

— Son club est en partie, au dire de notre stupide Beauregard, autre brise-raison!

Le docteur Hugues accosta Roqueville en disant :

— Le conseil est dissous, chaude séance, enfin me voici libre; par malheur, tout est à recommencer dès demain. Mais que vous importent ces tracas administratifs, à vous, mon cher philosophe? Venez donc nous voir de temps en temps; Gilbert vous aime beaucoup; nos deux familles ont été très-liées; ne perdons pas les bonnes traditions! Eh quoi! déjà si tard!... Adieu!... au revoir! — Ernest, rassuré, avait à peine pu répondre; il vit le docteur accoster Nathalie qui, brisée par sa longue attente, venait, la terreur dans l'âme, chercher des renseignements à la compagnie universelle. — Madame, — dit le docteur en passant, — les vingt-quatre heures sont gagnées ; le conseil se rassemble demain... Silence et prudence surtout !

A ces mots, il s'éloigna sans attendre les remerciments de la jeune femme que Simonne et Denise suivaient d'assez près : car, si, malgré le docteur, tout était découvert, Denise seule, d'après Nathalie, était capable de sauver son père du suicide.

En voyant Roqueville s'approcher :

— Mon enfant, — lui dit-elle, — va avec Simonne au-devant de ton père ; vous me retrouverez à la maison. — Puis, prenant le bras d'Ernest, elle voulut presser le pas.

— Pardon ! madame, un seul instant, — dit-il, — en cas de duel avec monsieur Gaudaine, qui n'a point paru, j'avais prié Vallier d'être chez moi à sept heures précises. Il faut que je lui rende sa promesse, car je vous apporterai moi-même les quarante mille francs. — Au même instant, Vallier, qui venait de saluer Denise avec une expression de joie, aperçut Roqueville et lui demanda, tout en saluant madame Franchard, s'il aurait encore besoin de ses services. — Non, mon ami, j'allais vous remercier.

— Vous me charmez ! car j'ai l'honneur de dîner chez madame. Monsieur Franchard vient de m'inviter...

— C'est à merveille, vous m'en voyez ravie.

— Je me hâte d'aller prévenir ma vieille mère.

— Prenez tout votre temps, monsieur Vallier, nous vous attendrons.

Denise aperçut à la fois son père dans le péristyle et Théodore au sommet de l'escalier ; elle poussa un petit cri de plaisir ; Théodore se recula précipitamment :

— Il ne m'a pas vue ! il n'a pas reconnu ma voix ! je l'en gronderai ce soir !... — pensait la jeune fille en disant à son père : — Oh ! mon Dieu ! comme vous êtes en retard aujourd'hui !

Elle le préservait de la plus horrible des tentations, car il lâcha enfin la crosse d'un pistolet de poche pour lui offrir le bras.

— Simonne, — dit-il, — retournez à la maison et mettez un couvert de plus.

Roqueville rendait alors compte de l'emploi de son temps à Nathalie, qui, avec une égale sincérité, lui parla de sa visite au docteur Hugues :

— Quoi ! vous lui avez tout conté ? — s'écria Ernest.

— Tout, excepté le service que j'attends de vous, mon ami.

— Merci, madame ! — dit Roqueville d'un ton pénétré.

— Je n'ai demandé qu'un jour de retard, vous voyez que je l'ai obtenu.

— Grâce à Dieu qui vous a inspirée. Je n'aurais jamais osé vous conseiller une démarche si délicate : aussi étais-je dans un état de terreur égal au vôtre quand j'ai vu que la séance se prolongeait au delà de l'heure ordinaire. Ah ! monsieur le docteur avait déjà toutes mes sympathies ; ce qu'il a fait pour vos enfants et pour vous, madame, m'oblige à lui vouer une reconnaissance ardente.

— Monsieur de Roqueville, — murmura Nathalie, — notre véritable sauveur, c'est vous !

— Un jour, madame, j'ai été coupable, j'essaye de racheter ma faute ou plutôt de me rendre digne de votre pardon.

Nathalie, après un instant de silence, tressaillit :

— Sommes-nous hors de danger ? — dit-elle. — Monsieur Franchard, j'en suis sûre, a déjà songé à se tuer ; il a un pistolet sur lui.

— Ciel ! — s'écria Ernest.

— Denise le garde sans le savoir ; mais que s'est-il passé au conseil ? Un commencement d'enquête a dû avoir lieu ; et si monsieur Franchard en redoute les conséquences, tout est encore à craindre.

— Ne le perdez pas de vue avant mon retour, madame. Prolongez un peu le dîner ; vous serez encore à table quand je reviendrai.

Ernest, pourtant, n'avait point reparu quand fut desservi un dîner dont la gaieté de Denise et l'amabilité empressée de Vallier firent une sorte de trêve pour le maître et la maîtresse de maison, également résolus à dissimuler leurs angoisses.

— J'ai le cœur qui me bat comme si le tonnerre allait nous tomber ici ! — pensait la fidèle Simonne, qui ne cessait de chercher les regards de Nathalie, mais ne les rencontrait jamais. — Oh ! ma bonne chère dame, je sais bien ce que vous souffrez, je n'ai qu'à me sentir !... Et mademoiselle, la pauvre petite, est toute contente ; ça vous en fait mal !... Méchant ! vilain homme !... ingrat !... Qui aurait pu soupçonner la centième partie du mal, dans les temps, à Nemours, quand on les citait comme trop heureux ?

On causait des mille riens qui défrayent les conversations parisiennes. Emile et Nathalie, faisant effort, souriaient aux saillies de Denise, dont Vallier admirait l'esprit et la grâce, non sans étouffer de temps en temps des soupirs auxquels personne ne prenait garde. Denise était trop remplie de sa joie. Emile, Nathalie et Simonne trop préoccupés de leurs terreurs.

— Ernest va venir ! Ernest va le sauver ! mais qui me sauvera de mon mépris, à moi ! — se disait Nathalie, tout en se mêlant à la causerie animée de Vallier et de Denise.

Les à parté d'Emile étaient des expressions de désespoir :

— Malheureux que je suis, je léguerai donc le déshonneur et la misère à tous ceux que j'aime !... à Romuald mon fils qui maudira ma mémoire ! à ma fille Denise encore si heureuse ce soir de ses illusions ! à ma femme ! la plus noble, la plus résignée des compagnes... — Il regarda Nathalie à la dérobée et la trouva belle comme une martyre, belle comme l'ange du bien ; il se rappela ses amours bénies et se maudit lui-même. — J'avais le bonheur entre les mains et je l'ai brisé sans retour !... Si je rencontrais Gaudaine tout à l'heure, je le tuerais, je crois !... Sans ses offres infâmes, je me corrigeais dès la première fois et je suivais franchement les sages avis d'Ernest !... J'étais encore sans tache, alors. Qu'est-ce qu'une dette de jeu en comparaison de ces emprunts continuels qui ont tout dévoré... tout... absolument tout !...

Si le jeu favorisa souvent Emile Franchard, plus souvent encore ses gains ne suffisaient pas au remboursement des emprunts successifs qu'il fit à sa caisse ; il aliéna ses propriétés, il emprunta des sommes parfois assez fortes à des gens tels que le chevalier Edouard ou l'usurier Mathias, vampires qui, mieux que lui, connaissaient l'étendue de ses ressources.

A la dernière époque trimestrielle, Emile, pour combler le déficit, fit changer en pierres fausses les rares diamants de sa femme. Et depuis, au lieu de s'arrêter, il plaça son fatal espoir dans un jeu hardi ; la déveine fut complète. Ses inquiétudes alors furent remarquées par Priot, qui rassembla le conciliabule Vertuchet jeune et Fabrice Vertuchet.

On résolut, pour les besoins de la cause, de ne pas mettre dans la confidence Vertuchet aîné l'administrateur :

— Mon frère ira tout seul ! — dit Vertuchet jeune : — adressons-lui seulement, comme aux autres une lettre anonyme bien détaillée, et causons avec lui de tout ce qui se voit.

Si, sans prendre tant de peine, ces messieurs eussent attendu quelque temps encore, la crise se fût déclarée d'elle-même, selon toute probabilité, et alors Franchard désespéré se fût dit ce qu'il se disait, hélas ! trop tardivement à cette heure :

— Oh ! que je réchappe par miracle au déshonneur et au désespoir, que je survive à la nuit qui commence, je jure de ne plus toucher une carte, je jure de redevenir le plus fidèle des époux, le modèle des pères de famille... O mes enfants! ô Nathalie!... Mais comment échapper sans risquer la faible somme que j'ai empruntée à Vallier par un mensonge ignoble? Allons! quelques heures de force, de fièvre ou de folie...

A huit heures du soir, quand Nathalie vit qu'Ernest n'arrivait point, son effroi égala celui d'Emile.

Denise s'accompagnait au piano en chantant avec expression :

Il va venir! c'est l'heure où mon cœur le devance.

— Monsieur Théodore Fortunat! — pensa Vallier avec dépit, — Vais-je attendre, moi, pour avoir le chagrin de le voir accueilli en fiancé? ma foi, non! « *Il va venir!* » Allons-nous-en!

Il prit son chapeau et voulut sortir. Nathalie le retint avec vivacité. Ce ne fut ni la mère, ni la femme, ce fut la chrétienne qui lui dit tout bas :

— Promettez-moi, monsieur, de ne pas quitter mon mari et de me le ramener... j'attendrai votre retour!

— Vous craignez donc quelque danger pour lui?

— Je crains, — dit Nathalie, — qu'humilié par les affreux soupçons dont il est l'objet, il ne veuille se donner la mort... Veillez sur lui, je vous en conjure... et soyez discret, je vous en fais un devoir d'honneur. — Elle ne put ajouter un mot : — Qu'il soit déshonoré! qu'il soit jugé et condamné par les hommes, pensait-elle, mais qu'il ne se rende pas coupable de suicide!

Emile s'apprêtait à sortir et Roqueville ne venait pas.

XXX

LE FLEURET DÉMOUCHETÉ.

Après le déjeuner, qui fut excellent, le docteur Hugues fit servir le café dans l'atelier de Gilbert :

— Eh bien! mon cher amphitryon, — demanda Gaudaine, — me direz-vous enfin?...

— Un instant, vous êtes bien pressé.

— L'heure marche et, aujourd'hui lundi, nous avons conseil.

— Tenez-vous donc beaucoup à votre jeton de présence?

— Vous plaisantez, docteur; je tiens à la séance, et tellement que j'ai refusé d'être d'une partie organisée par d'Ambrezil et tous mes amis. Sans cela, je n'aurais pas eu le plaisir d'être votre convive. Votre grave, d'honneur, ne le cède qu'à vos vins du Rhin.

— Tout cela ne nous dit point pourquoi vous tenez tant à une séance qui vous ennuie assez d'ordinaire...

— Heum!... les jours se suivent sans être toujours aussi ennuyeux.

— Vous comptez donc bien vous divertir?

— Vous verrez.

— Non, je ne verrai pas!

— Vous ne viendrez donc point, mon cher docteur!

— C'est vous, bon ami, qui n'irez pas.

— Je vous réponds bien que si.

— Demandez à Gilbert, que je charge de vous tenir compagnie. Au revoir!

Gaudaine s'écria d'un ton badin :

— Vous avez bien pour oncle le plus fier original des cinq parties du monde. Il avait mille choses à me dire et ne m'a parlé de rien...

— Vous vous trompez, mon cher, il vous a tout dit.

— Quoi donc?

— Que vous n'irez pas au conseil. Je vous le répète.

— Trêve de facéties! merci de votre aimable accueil, mais sérieusement, il faut...

— Il faut jouer, boire, causer, nous amuser, faire des armes, — interrompit Gilbert en s'armant d'un fleuret démoucheté avec lequel il se mit en garde.

— Que faites-vous? — s'écria Gaudaine en reculant. — Ce fleuret est aiguisé.

— Libre à vous de prendre le pareil.

— Pas pour un empire! J'entends à merveille la bonne plaisanterie, mais celle-ci...

— Celle-ci est fort bonne, je trouve! — répliqua Gilbert en riant.

— Pardon! mon ami, car j'ai des raisons majeures pour assister à la séance.

— Et mon oncle, de son côté, en a de terribles pour que vous n'y assistiez pas.

— Prétendez-vous me retenir prisonnier?

— Tout justement. Voici des cigares, des liqueurs, un divan moelleux, des cartes, des journaux, un tric-trac, des romans, un bilboquet, des crayons, un piano. Tout ce que j'ai chez moi est à votre disposition.

— Excepté la clef de votre porte, — dit Gaudaine riant d'un rire forcé.

— Je suis à vos ordres de la tête aux pieds, mais ma porte ne se rouvrira qu'au retour de mon oncle.

— Vous me vexez!... Je m'impatiente!...

Gilbert se remit en garde, le sourire aux lèvres. Gaudaine marcha droit sur le fleuret.

— Vous vous blesserez! — dit Gilbert immobile et sérieux.

— C'est vous qui me blesserez!

— Moi! je garde ma porte.

Gaudaine voulut saisir le fleuret à pleines mains; Gilbert lui piqua légèrement les doigts.

— Mais c'est un guet-apens! un assassinat!...

— Tout ce qu'il vous plaira! J'exécute les ordres de mon oncle; vous ne sortirez qu'en me passant sur le corps.

Gaudaine, exaspéré, s'arma du second fleuret. Gilbert, avec une grâce nonchalante, parait ses bottes en souriant :

— Blessez-moi! tuez-moi! brisez la porte! Dans l'antichambre vous serez arrêté par Germain. Assommez Germain, vous trouverez la porte cochère barricadée et tous les domestiques prêts à défendre le concierge qui vous refusera le cordon. Croyez-moi, bon ami, votre colère est malsaine, vous vous troublez la digestion... Mais, voyant que je vous ménage, vous devenez par trop imprudent!... Assez! notre assaut pourrait mal finir!... — D'un petit coup sec, Gilbert fit sauter le fleuret de Gaudaine qui, tout haletant, se jeta sur le divan, en proférant des injures grossières. Assis à califourchon sur une chaise, le dos contre la porte, son fleuret d'une main, sa cigarette de l'autre, le jeune comte attendait avec calme, et lorsque Gaudaine se tut enfin : — Causons raisonnablement! — dit-il. — Croyez-vous que mon oncle vous eût envoyé Germain à minuit et moi dès huit heures du matin, s'il n'avait eu son projet bien arrêté?

— Je vois assez, morbleu! qu'il y a eu préméditation, mais vous n'aurez pas le dernier mot avec moi! Je porterai une plainte à la justice...

— Voulez-vous donc être la fable du club et de Paris?

— Ce qui m'arrive pourrait arriver à tout le monde.

— Erreur! mon oncle m'a chargé de répondre à ceci que votre tête-à-tête d'aujourd'hui avec moi fait pendant à votre tête-à-tête d'hier avec une personne dont j'ignore le nom. « C'est la peine du talion, » a-t-il ajouté. Vous comprenez cela, sans doute; moi, je n'y comprends rien. Enfin, le docteur Hugues affirme qu'en vous retenant ici, de gré ou de force, je vous sauve la vie. Et mon rôle de sauveteur m'amuse beaucoup!...

— Impertinent! — dit Gaudaine.

— Bien! — fit Gilbert, — redevenez malhonnête. Jusqu'au retour de mon oncle, je ne me fâcherai pas; mais ensuite comme il vous plaira, monsieur.

— Le docteur Hugues protége les voleurs! — grommela encore Gaudaine.

Gilbert haussa les épaules et, se défiant toujours de quelque surprise, ne quitta ni sa place, ni son attitude vigilante.

Gaudaine, découragé, bouda, mais ne s'emporta plus; prit un livre qu'il feuilleta en bâillant et maugréant tour à tour, essaya de tout, même du bilboquet, sans parvenir à se calmer, et, pour la centième fois, jurait de se venger, lorsqu'enfin le perfide docteur entra, le sourire aux lèvres, en s'écriant :

— Ah! mon bon ami, vous l'échappez belle!

— Morbleu! — interrompit le gros millionnaire, — vous méritez...

— Des remercîments, car nous venons de vous sauver la vie, pour le moins.

Gilbert se prit à rire.

— Autre mystification! Sachez, messieurs, que je suis bien déterminé à ne plus en supporter.

— Une minute d'attention, s'il vous plaît, — dit le docteur. — Apprenez que monsieur de Roqueville, escorté de deux bretteurs intraitables, vous a attendu jusqu'à six heures sur le seuil de la compagnie universelle pour vous contraindre, par la dernière des insultes, à vous battre avec lui. Si vous avez fait quelques heures d'arrêts, il a fait, lui, une faction beaucoup moins agréable. J'ai eu la délicatesse de ne vous prévenir de rien; votre honneur est sauf, et si l'on s'avisait de dire que vous vous êtes rendu invisible pour esquiver un duel, nous sommes prêts à déclarer que vous ignoriez tout.

— Mais vous-même, monsieur le docteur?

— Depuis hier soir, je connais les intentions de Roqueville. Fallait-il vous laisser entre la mort et un faux point d'honneur? Ne me remerciez point, libre à vous, mais fâchez-vous plus longtemps, vous serez injuste, vous méconnaîtrez mes meilleures intentions.

— Vous êtes un diable d'homme, ma parole! — fit Gaudaine d'assez bonne grâce. — Avec vous, on n'est jamais sûr d'avoir raison ni tort. Vous m'emprisonnez, vous me mystifiez, vous me vexez, et sous peine de sembler ingrat, me voici forcé de me dire votre obligé.

— Ce premier point établi, convenez qu'à défaut du coup d'épée que vous destine Roqueville vous mériliez bien une petite leçon. Vous attendez l'instant où madame Franchard est seule pour lui adresser une déclaration en termes d'un positif révoltant; on vous résiste, et vous brisez les portes à coup de talon. — Les yeux de Gilbert pétillaient menaçants; Gaudaine, interdit, pâlissait sur la sellette. — D'un autre côté, non content d'attaquer la vertu de la femme, vous prenez au sérieux un factum anonyme dirigé contre l'honneur du mari.

— Ici, pour le coup, je ne suis plus dans mon tort! — s'écria Gaudaine en frappant du pied. — Franchard est coupable.

— Et de quoi donc? — reprit Gilbert avec emportement.

— De vol dans notre caisse! — répondit brutalement Gaudaine.

— Ne répétez plus cela! — répliqua le jeune comte devenu pourpre de colère, — ou, malgré mon oncle...

— Du calme, Gilbert! — dit très-sévèrement le docteur Hugues, — monsieur Gaudaine est mon hôte...

— Mais il vient de proférer une infamie!

— Silence, te dis-je! Monsieur Gaudaine, à qui je demande pardon de tes fureurs, ne dit rien de pis que messieurs Vertuchet aîné, Montmichel et autres qui ont voulu à toute force contrôler la caisse.

— Eh bien! — demandèrent à la fois Gilbert et Gaudaine.

— Eh bien! — dit malicieusement le docteur, — monsieur Franchard fera la paire avec monsieur de Roqueville.

— Moi, je fais trois! — s'écria Gilbert.

— Non! parce que je le défends!... Je l'apaiserai, mon cher Gaudaine, ce qui ne vous empêche point d'avoir encore trois ennemis redoutables, et vous connaissez le vers fameux :

Que vouliez-vous qu'il fît contre trois?

— Quel est donc le troisième, puisque monsieur le comte de Fontmarie daignera m'épargner? — demanda Gaudaine avec une amertume mêlée de découragement.

— Ecoutez le conseil d'un vieillard expérimenté qui ne vous veut que du bien. Je suis indulgent par principes, moi; j'ai vu tant de fautes, tant de faiblesses, tant de malheurs mérités, que j'en suis arrivé à excuser un peu les coupables dont la punition rejaillit presque toujours sur des innocents. Vous, par exemple, vous avez des parents, des amis, une sœur, une mère éminemment respectable. Raison de plus pour que je prenne intérêt à votre fâcheuse position, car, outre le coup d'épée de Roqueville et les coups de pistolet de Franchard, vous avez à craindre la plainte que madame Franchard compte déposer contre vous. Tout cela, c'est du scandale, du ridicule, des ennuis, des tracas, des dangers, pour fort longtemps, en cavant au mieux.

— Mais votre conseil? — demanda Gaudaine alarmé.

— Dînez tranquillement ici, où personne ne viendra vous relancer, et, à nuit tombante, montez en chaise de poste.

— J'accepte le dîner, docteur.

— Très-bien!... Et vous suivrez le conseil?

— Je ne dis pas cela, — dit Gaudaine par un reste de pudeur. Gilbert, fort mal apaisé, allait éclater encore.

— Pas un mot! — fit le docteur en lui coupant la parole. — Tu désobligerais ton vieil oncle en ne te contentant pas de la franche rétractation de notre ami, qui reconnaît ses torts.

Alexandrin Gaudaine s'exécuta :

— Voici le fait, — dit-il. — Franchard est venu me demander quarante mille francs pour la dot de sa fille. Nous en avions parlé autrefois, il est vrai, mais, au moment des lettres anonymes, cette demande m'a paru louche. Au bout du compte, pourtant, j'ai pu me tromper.

— Parfait! — s'écria le docteur. — Gilbert est désarmé; le potage est servi, ne le laissons pas refroidir.

Gaudaine, rasséréné, mangea comme quatre, but comme six, donna mentalement au diable les duels, les procès, la compagnie universelle, et la cruelle Nathalie, *la plus heureuse des femmes*, au résumé, puisque le seigneur Hugues se mêlait de ses affaires; bref, le dangereux gentleman, dont les bavardages pouvaient encore être très-nuisibles, roulait en chaise de poste, dès neuf heures du soir.

— Bon voyage et bon débarras! — dit le docteur Hugues aussitôt qu'il fut sorti de l'hôtel d'Espades.

XXXI.

LEÇON SÉVÈRE.

— M'expliquerez-vous enfin, mon oncle, — demanda Gilbert, — ce que signifie la triste et bizarre comédie que nous jouons ici depuis ce matin?

— Non! — répondit le docteur d'un ton qui attrista son neveu. — Je suis très-mécontent de toi.

— Fallait-il donc supporter les propos indignes de monsieur Gaudaine?

— Oui, très-certainement, et surtout il ne fallait pas dire à un pareil homme : Je suis amoureux de mademoiselle Franchard.

— Mais...

— Tu as dis cela aussi clairement que je le dis. Ah! tu te fâches au lieu d'écouter; tu révèles tes secrets au premier ennemi venu, tu n'es ni sang-froid ni prudence, et tu songe à te marier, à t'affranchir de ma tutelle, à te conduire seul dans le monde! Gilbert, il faut toujours savoir jusqu'au bout le mal qui se dit des gens à qui l'on porte intérêt, ceci est élémentaire. Et tu interromps dès les premiers mots. Il ne faut jamais se mettre en colère, ou l'on se vend, l'on se perd soi-même. La colère est une ivresse qui prive de l'usage de la raison : aussi voit-on le comte de Fontmarie parler de duel comme un spadassin à l'homme qu'il a tenu en échec, le fleuret à la main, pendant une demi-journée. L'on voit le comte de Fontmarie nier de but en blanc et crier à la calomnie sans avoir la moindre certitude.

— Mais, mon oncle, — objecta Gilbert déconcerté, — vous avez vous-même donné à monsieur Gaudaine la preuve...

— Je n'ai rien prouvé, absolument rien! et même à la compagnie, il n'y a rien de prouvé, puisque la caisse n'a pas été ouverte.

— Monsieur Franchard est un honnête homme, pourtant!

— Voilà tout justement la question.

— Puis-je au moins vous demander votre opinion, à vous, mon oncle?

— A moi!... Ai-je donc perdu mon temps et mes peines! Seras-tu toujours un enfant ou plutôt n'auras-tu de jugement et d'expérience qu'avec la barbe grise?... S'il en est ainsi, ceux qui se moquent de nous ont bien raison, et le vieux docteur Hugues, tout le premier, n'est qu'une espèce de maniaque dénué de sens commun! Eh quoi! je t'ai fait voir de tout, des salons et des bouges, des asiles de repentir et des antres ouverts à toutes les corruptions; je t'ai mis en présence de gens d'honneur déchus et de criminels réhabilités; je t'ai montré des incurables dans toutes les régions sociales, je t'ai conduit devant de simples malades, et tu me demandes mon opinion, à moi, sur le compte d'un homme que tu voies sans cesse!

— Oh! mon oncle, vous me faites frémir! Cependant, — dit encore Gilbert à demi-voix, — l'on peut être joueur et libertin sans être pour cela...

— Sans être pour cela autre que le père de la Denise, ni que le mari de sa femme! — interrompit le docteur Hugues, dont le regard avait repris une expression de tendresse paternelle. — Je t'ai assez grondé, mon cher enfant; les écoles que tu as faites seront heureusement sans conséquences, puisque monsieur Gaudaine prend la fuite. Mais, au lieu de me questionner, pénètre au fond des choses, vois par tes yeux, prouve-moi que tu sais apprécier et juger par toi-même. Et, puisque tu as un intérêt de cœur dans la famille Franchard, va à la découverte du dénoûment de la crise!... Voilà une étude! Voilà une leçon!

— Merci! mon oncle, et maintenant, à défaut d'une explication, à défaut d'un conseil, donnez-moi un ordre précis, je vous en conjure.

— De grand cœur! écoute-moi donc! — reprit le docteur avec un sourire, car son propre dessein était déjà de donner à Gilbert des instructions très-détaillées sur l'emploi de la soirée qui commençait.

Chez madame Franchard, la romance de Denise était achevée et son père l'embrassait avec plus de tendresse que de coutume :

— Chère enfant! — murmura-t-il, — puisse-tu être heureuse!

Ensuite, [contr]airement à son usage, il embrassa Nathalie el[le-m]ême. C'était un mouvement de repentir et un suprê[me a]dieu. Il avait mis dans ce dernier baiser tout ce qui restait de sentiments purs au fond de son âme bouleversée.

Nathalie le comprit et pâlit d'horreur.

— Trop tard! — pensait-elle. — Je pardonne tout, mais le mépris a tué l'amour dans mon cœur!... O mon Dieu, sauvez le père de mes enfants! — Et d'une voix mélodieuse : — Vous sortez de bien bonne heure, — murmura-t-elle : — vous êtes donc bien pressé?

— Oui, malheureusement! Sans les plus urgentes affaires, je ne vous quitterais pas aujourd'hui. Est-on jamais mieux qu'avec ceux qu'on aime!

— Mon bon père! — dit avec expression Denise en revenant l'embrasser.

Ah! si Ernest de Roqueville était arrivé avec la somme promise, si seulement il avait envoyé dire : « Je viens! » Nathalie se fut cramponnée à Emile, elle aurait bravé sa colère et invoqué au besoin le secours de Simonne, celui même de Denise : mais Ernest, dont la noble femme ne douta point, avait dû rencontrer quelque obstacle invincible. Elle fit, avec épouvante, la part de ce pouvoir infernal que les poëtes nomment la fatalité.

— Il viendra! — se dit-elle, — il viendra, ne serait-ce que pour partager mon désespoir. Mais que va faire monsieur Franchard? — Trop certaine que son mari, s'il échouait dans ses démarches, était décidé à se tuer, elle n'essaya point de le retenir. Eût-elle été sûre qu'il dût encore avoir recours au jeu, elle n'aurait pas eu la force de l'en détourner cette fois; elle se borna donc à lui dire : — Ne rentrez pas trop tard! Ménagez-vous! Vous paraissez très-fatigué.

— Je le suis en effet, — répondit Franchard, — et, si je ne suis pas ici de bonne heure, c'est que je n'aurais pu faire autrement.

Devant ce tableau de famille si calme en apparence, après des paroles et des marques de tendresse échangées avec tant d'expansive simplicité, comment Vallier n'aurait-il pas trouvé follement exagérées les craintes de madame Franchard! Il fut discret, néanmoins, et tâcha de tenir sa promesse, mais Emile entra au club maquignon afin surtout de se débarrasser de lui.

Vallier n'y avait point ses entrées. Il ne songea pas un seul instant à se mettre en faction devant la porte et retourna chez sa mère qu'il devait trouver fort alarmée de la disparition d'Etiennette. Plusieurs dimanches consécutifs s'étant passés sans qu'elle eût revu son obligeante petite voisine d'autrefois, la bonne dame était allé aux informations et n'en avait recueilli que de la plus triste nature :

— Tu me vois désolée, — dit-elle à son fils dès qu'il entra. — Je tremble pour Etiennette. Notre premier pas dans l'aisance aurait-il causé la perte de cette généreuse enfant! La locataire qui nous a remplacés lui a évidemment donné les pires conseils. Pourquoi l'avons-nous abandonnée? Va, mon bon Louis, va sur-le-champ à sa recherche. Consulte monsieur de Roqueville, qui habite encore notre ancienne maison. Ne néglige rien, je t'en supplie.

Vallier, qui partageait les inquiétudes trop fondées de sa mère, ressortit avec un surcroît de tristesse, en songeant tour à tour à Denise, à monsieur Fortuné et à la pauvre Etiennette, mais sans se rappeler seulement sa promesse à Nathalie. Il s'était engagé à veiller sur Franchard; il aurait dû le guetter, le suivre, le rejoindre partout; il n'en fit rien.

La première partie de cette tâche fut accomplie pourtant, car Emile, au sortir de chez lui, fut suivi par un homme qui, le voyant entrer au club maquignon, se posta résolûment devant la porte. Or, ce n'était ni le docteur Hugues, qui aurait été parfaitement reçu au club, ni Roqueville si impatiemment attendu par Nathalie, ni Gilbert, puisque le jeune comte fumait sa cigarette dans la première salle, ni même l'intelligent Germain, car celui-ci marcha plutôt sur les traces du personnage qui s'attacha d'abord aux pas d'Emile Franchard; aussi monta-t-il pour dire secrètement à Gilbert :

— Monsieur Fortunat a suivi monsieur Franchard et m'a l'air d'attendre qu'il ressorte : que dois-je faire maintenant, monsieur le comte?

— Rester à mes ordres et descendre de temps en temps pour voir ce que devient monsieur Fortunat.

— Palsambleu! mon cher, — s'écriait le vieil Horace de Beauregard en abordant Emile, — je ne puis assez m'indigner de ce qui s'est passé au conseil. Nos amis Valvert et Traymontpré le sauront. Mais leur diable de partie ne finit pas! Lyomphe les a laissés chez Ambroise où ils traitaient selon leur mérite les révoltantes lettres anonymes que vous savez. Demain, monsieur Vertuchot major, notre puritain de docteur Hugues et les autres trouveront à qui parler, j'en réponds! Donnez votre démission, croyez-moi! Nous fonderons par actions une vaste entreprise dont je veux que vous soyez le directeur.

— Votre intérêt me rend confus, — dit Emile. — Je vous en remercie mille fois.

— Ah! j'étais outré, — s'écria le vieux dandy.

— Il est certain que l'injure qu'on m'a faite a une origine odieuse. Ai-je jamais refusé les clefs de la caisse à monsieur Fortunat, qui pouvait la contrôler à toute heure?

— Voilà ce que je disais au moment où vous entriez à monsieur le comte de Fontmarie; et qu'il le répète à son oncle, si bon lui semble. Je ne mâche pas les mots, moi. Je trouve tout cela ignoble, intolérable, infâme!... et je veux une revanche éclatante.

Gilbert, soucieux, mais froid maintenant comme une statue de glace, reparaissait après avoir donné ses ordres à Germain, il entendit parfaitement monsieur de Beauregard, se contenta de sourire et s'approcha d'un air aisé. Son oncle, à le voir ainsi écoutant, observant, maître de lui, ne donnant aucun signe d'approbation ni de mécontentement, eût été satisfait.

— Il est question de mettre en actions les mines de Saint-Guilhem, — reprenait Horace de Beauregard. — Lyomphe pousse beaucoup à cette affaire, mais nous avons besoin d'un directeur entendu et non d'un poète de sa trempe. Laissez-nous faire, mon cher Franchard, je ne vous en dis pas davantage.

— Si j'avais reçu de pareilles ouvertures vingt-quatre heures plus tôt, j'étais sauvé! — pensait Emile avec une poignante douleur. — Sur la seule parole de monsieur de Beauregard, Mathias m'aurait avancé mes quarante mille francs.

En même temps, il remerciait de son mieux le vieux dandy, qui le laissa libre enfin de passer dans la salle voisine, où l'on jouait un assez modeste écarté, car les règlements du cercle interdisaient le gros jeu.

XXXII.

MARCHES ET CONTRE-MARCHES.

A l'écarté, tantôt en pariant, tantôt en tenant ses cartes, Franchard doubla la modique somme de cent francs empruntée à Vallier : mais que signifiait un tel avantage? Il était entré un peu malgré lui, il sortit furtivement, de manière à échapper à Beauregard; il n'échappa point à Gilbert, qui donna ordre à Germain de le suivre et de retourner ensuite à l'hôtel d'Espades pour y prendre les instructions du docteur. Gilbert descendit en même temps que Germain, et abordant Théodore Fortunat, fit perdre à celui-ci la trace d'Emile Franchard, qui, craignant d'être vu, tournait rapidement à chaque coin de rue.

Théodore Fortunat, contrarié à l'excès, désolé de ses soupçons, honteux du rôle d'espion qu'il venait de jouer si vainement, rentra chez lui sans avoir revu Denise dont les inquiétudes allaient renaître. Il devait, pendant une insomnie dévorante, maudire tour à tour ses devoirs, ses principes rigides, sa faiblesse, son amour même : Que n'avait-il tranché la question de son autorité privée! Ses ménagements pour le père de Denise n'avaient fait qu'aggraver et prolonger une crise déplorable.

Gilbert, toujours indifférent en apparence, était remonté au club, où assis auprès de deux joueurs d'échecs, il méditait avec amertume sur la situation de la compagne et des enfants de Franchard, sans vouer à la honte d'un supplice infamant l'auteur de tant de maux :

— Si monsieur Fortunat était convaincu de son innocence, — se disait-il, — au lieu de l'épier pour le surprendre, sans doute, en flagrant délit de jeu effréné, il serait aux côtés de Denise. Ah! je tremble de trop bien saisir le sens de cette parole de mon oncle : « Monsieur Fortunat ne l'épousera jamais! »

Elevé à l'école du docteur Hugues, Gilbert était rempli d'un sentiment de pitié profonde. Il ne maudit point, il plaignit. La loi de Dracon n'était point la sienne. Rédemption, repentir, salut, voilà ce que rêvait son cœur affligé.

Théodore, au contraire, maudissait sans merci. Dès que ses soupçons l'emportaient sur ses doutes, il s'écriait avec véhémence :

— Malheur sur cet homme! Je ferai justice! C'est mon devoir! Point de sursis, point de grâce!... Ah! malheur sur moi-même! — murmurait-il ensuite en pleurant.

Denise pleurait aussi. Elle avait aux yeux de belles larmes d'amour. Il lui semblait, à cette heure, que Théodore avait fait exprès de ne point la voir dans l'escalier de la compagnie. Boudeuse, rougissant de dépit, soupirant, puis parfois souriant d'espoir, elle ne voyait pas son infortunée mère qui, assise auprès d'elle, frémissait d'horreur.

Enfin, l'on sonna :

— C'est lui! c'est Théodore! — dit Denise joyeuse en essuyant ses yeux.

— O mon Dieu! — murmurait Nathalie, — faites que ce soit Ernest!

Ce fut Ernest à qui Simonne ouvrit. Denise, qui accourait gaîment, recula; mais Nathalie passa dans l'antichambre, et là, sans ouvrir la bouche, elle serra le bras de Roqueville qui lui dit avant tout :

— J'ai la somme enfin... la voici!

Madame Franchard ne put même balbutier un remercîment; d'une main elle prit le portefeuille, de l'autre elle serra plus fort le bras qu'elle étreignait comme le naufragé sa planche de salut.

— Ah! madame! — dit ensuite Ernest, — j'ai vu le moment où je ne pourrais même venir. L'odieux vicomte de Lyomphe, avec une méchanceté préméditée, opiniâtre, infernale, et puis Vallier, fort innocemment, m'ont tour à tour retenu...

— Eh quoi! — interrompit Nathalie, avec un accent d'épouvante, — monsieur Vallier s'est donc séparé de mon mari!

Elle fut sur le point de s'évanouir, mais, soutenue par Simonne, elle parvint à rentrer dans le salon, d'où Denise s'enfuyait pour que monsieur de Roqueville ne vît point ses larmes.

— O mon Dieu! Emile est sorti! vous n'avez pu l'en empêcher?

— Vous n'arriviez pas! monsieur Vallier m'avait promis de ne point le perdre de vue! Où est monsieur Franchard à présent? Au tripot sans doute! Le reverrons-nous vivant?

. . . .

Si le vicomte de Lyomphe cessa de prendre part aux plaisirs de messieurs d'Ambrezil, de Valvert et de Traymontpré, pour revenir seul à Paris, c'est que ces messieurs parlèrent beaucoup trop de la compagnie universelle et de la situation de son caissier. Plus haineux que parasite, avide de se réjouir d'une catastrophe dont il avait hâte de connaître les détails, le vicomte se rendit droit au club, où l'indiscret Horace de Beauregard, en déblatérant contre ses collègues, lui apprit tout ce qui s'était passé à la séance :

— Gaudaine n'y a point paru, c'est étrange! — pensa Lyomphe. — Qui peut l'en avoir empêché? Roqueville, sans doute. L'ouverture de la caisse n'a pas eu lieu. Alerte! ne négligeons rien pour assurer la défaite du mari de la plus insolente et de la plus ingrate des créatures.

L'ingrate qui n'avait pas récompensé ses espionnages par un amour adultère, l'insolente qui l'avait chassé de chez elle, méritait bien d'être publiquement accablée comme femme d'un malheureux flétri par les lois. Le généreux vicomte alla travailler de tout son pouvoir à rendre certain un résultat douteux encore. Il courut d'abord chez Gaudaine qu'il vit, de ses propres yeux, monter en chaise de poste. Sans le redoutable balai de Simonne, il se fût immédiatement rendu chez Nathalie. L'esprit du mal l'inspira :

— Roqueville veut les sauver! Tout tient peut-être à quelques heures de retard; allons gêner Roqueville!

Tout tenait en effet à l'emploi du temps. Le bailleur de fonds d'Ernest lui avait demandé un court répit pour lui apporter en personne les cinquante mille francs que Roqueville attendait avec une impatience extrême, tout en écrivant à Nathalie.

La porte était consignée pour tout autre que l'homme d'affaire : Lyomphe força les consignes, s'imposa bon gré mal gré à Roqueville, ne cessa de parler de la situation de Franchard, accrut avec perfidie l'embarras d'Ernest réduit à feindre une indifférence au-dessus de ses forces et ne quitta point la place, pas même après que le bailleur de fonds, reçu dans la pièce contiguë, eut apporté la somme.

Ernest mit les cinquante mille francs dans un portefeuille, fut sur le point d'achever et d'expédier sa lettre à Nathalie, mais cette lettre pouvait être dérobée, lue par un ennemi, mal remise ou interceptée par Emile.

— Non! il faut que je fasse ma commission moi-même, — pensa-t-il fort sagement.

L'indiscret vicomte fit en sorte de voir qui sortirait du cabinet de Roqueville, reconnut l'homme d'affaires et se mordit les lèvres avec dépit : « Diable! » fit-il, « voici un moyen triomphant! Monsieur comble le déficit à ses frais ou peut-être à ceux de Gaudaine. » Le vicomte imaginait une combinaison monstrueuse. « Bah! » reprit-il avec une rage secrète, « si le mari, pour cette fois, est à l'abri des poursuites du parquet, la femme n'en est pas moins perdue. On saura dans le monde à quel prix *la plus heureuse des femmes* a racheté l'honneur de son cher époux! »

Basile aurait pu se retirer après cela, mais il calcula fort bien que Nathalie attendait avec terreur et qu'Ernest éviterait d'aller tout droit chez elle : — Acharnons-nous, se dit-il, je me venge.

Mais Roqueville, libre enfin de sortir, prétexta un rendez-vous, envoya chercher une voiture et descendit. Au bas de l'escalier, il rencontra Vallier, autre fâcheux, qui, après avoir questionné les concierges sans en tirer aucun renseignement nouveau, le pria de prendre part à son extrême chagrin :

— Montez dans ma voiture, nous causerons chemin faisant.

— Je vous ramène dans votre quartier, — dit Ernest, — qui fut ainsi délivré du vicomte, dont l'œuvre malfaisante n'était point interrompue pour cela.

Par l'expression de ses craintes et de celles de sa vieille mère, Vallier toucha véritablement Roqueville, mais n'obtint, hélas! que la promesse d'un ardent concours. Ses confidences, pourtant, ne furent pas inutiles, car il dit par occasion que Franchard était allé au club maquignon immédiatement après le dîner.

Ernest put donc répondre à Nathalie avec une sincérité complète :

— Rassurez-vous, madame et amie, il est à son cercle, et moi qui sait tout, je suis à vos ordres; je veillerai sur lui, je vous le rendrai!

— Toujours notre sauveur! — s'écria la jeune femme avec exaltation. — Ma terreur, tout à l'heure, allait jusqu'à étouffer l'expression de mon inexprimable gratitude! Je ne vous remerciais pas, moi, lorsque vous me sacrifiez votre fortune, lorsque je vous dois le salut de mes enfants, car, tenez! le cadavre de monsieur Franchard me serait-il apporté ici, à l'instant même, le déshonneur ne serait plus à craindre. La mère de Romuald et de Denise remettrait vos quarante mille francs au docteur Hugues qui saurait bien, lui, les restituer de manière à sauvegarder les apparences!

— Madame, — dit Roqueville, — j'ai mis dans ce portefeuille dix mille francs en plus, par précaution, et de crainte surtout que cette nuit Emile ne fît de nouvelles dettes.

— O le plus prévoyant des amis! — murmura Nathalie en pleurant de reconnaissance.

— Mais ma tâche n'est pas achevée! Il importe que je rejoigne Emile. Adieu! Que le ciel vous protége!

— Vous êtes le secours vivant qu'il m'envoie! A défaut du bonheur à jamais perdu, vous me rendez la force de vivre... et de souffrir.

Elle lui tendit sa main amaigrie et brûlante; il y porta les lèvres avec un respect pieux.

Moins d'un quart d'heure après, il entrait au club. Franchard n'y était plus, mais le duc de Traymontpré, messieurs de Valvert et leurs compagnons, troupe élégante de jeunes blasés, revenaient légèrement pris de champagne; ils l'abordèrent en plaisantant :

— Morbleu! mon très-cher, — s'écria d'Ambrezil, — vous êtes, sur ma parole, de plus en plus ténébreux! Nous promettre d'être des nôtres, être même, s'il m'en souvient bien, l'un des plus chauds partisans de la cavalcade d'aujourd'hui, et, au dernier moment, nous abandonner sans miséricorde! Ces dames étaient fort désappointées. Thérèse a failli être maussade!

— De quoi vous plaignez-vous, messieurs; monsieur le vicomte de Lyomphe m'a fort avantageusement remplacé.

— Je n'ai pas cette outrecuidante prétention, — dit le vicomte en personne.

Gilbert, nonchalamment assis sur un divan, observait avec une froideur affectée.

Quelqu'un parla de l'absence impromptue de Gaudaine.

— Absence plus longue que vous ne pensez! — ajouta Roqueville.

— Bah! que voulez-vous dire?

— Gaudaine roule pour l'Italie à l'heure qu'il est.

— Pas possible?...

— Demandez à notre cher Lyomphe venu tout exprès chez moi pour m'en apporter la nouvelle.

Le vicomte attesta qu'il avait de ses propres yeux vu partir le gros Turcaret.

— Palsambleu! — s'écria Beauregard, — voilà une fugue qui me contrarie beaucoup! c'est une voix de moins pour nous au conseil de demain.

— De lundi prochain, voulez-vous dire?

— Pas du tout, messieurs. Nous sommes extraordinairement convoqués pour demain mardi.

Là-dessus, comme il se l'était tant promis, le vieil Horace fit avec indignation le récit détaillé de la séance.

Or, Ernest de Roqueville et Gilbert ayant disparu avant qu'il eût fini, le vicomte de Lyomphe put tout à son aise risquer quelques mots prudents. Il déplora, entre parenthèse, qu'un aussi aimable compagnon que Franchard fût père de famille et n'eût pas une fortune en rapport avec ses goûts de gentilhomme :

— Pour mener ce train-là, il faut autre chose que des appointements de caissier...

— Aussi a-t-il autre chose! — interrompit Jules de Valvert.

— Il avait, il a eu, hélas! mais Olympia, Thérèse, la brune, la blonde, la rouge et la noire surtout, ont depuis envoyé le capital rejoindre le revenu.—Sur le ton du plus tendre intérêt, Basile s'empressa de répéter ce qu'il avait si cruellement dit une heure auparavant à Roqueville sur les erreurs possibles de la part d'un caissier, et sur la probabilité que les auteurs des lettres anonymes avaient découvert quelque irrégularité *innocente assurément*, mais compromettante ou même dangereuse. — Par bonheur, vous êtes de ses amis, messieurs, — ajouta-t-il en terminant.

Ces propos atteignirent leur but. Messieurs de Valvert en furent frappés :

— Négligence, soit! Erreur, je le crois très-fermement! — dit l'aîné.— Il n'en est pas moins désagréable de compter parmi les membres de notre cercle un homme sur qui planent des soupçons d'escroquerie.

— Lyomphe n'a pas dit tout ce qu'il pense...

— Ni même tout ce qu'il sait.

En retournant chez eux, le duc de Traymontpré, et même Horace de Beauregard, firent des réflexions analogues.

Basile décochait dans le salon voisin sa flèche la plus empoisonnée :

— Qu'il y ait erreur, négligence, omission, qu'importe! — dit-il devant bons entendeurs; — avec des amis tels que Gaudaine et Roqueville, qui ont eu de bonnes raisons pour ne point venir au bois, ou plutôt avec une femme heureuse comme madame Franchard, on peut être sans inquiétudes. Les anonymes y perdront leurs placets et le conseil aura fait beaucoup de bruit pour rien!

— Ceci est ingénieux! — dit un rieur.

— Un peu brodé, ce serait amusant! — pensa un bavard.

Le vicomte de Satanville pouvait aller dormir du sommeil du scorpion; il n'avait point perdu sa journée.

Au moment où Horace de Beauregard pérorait avec le plus d'animation, l'honnête Germain faisait glisser dans la main de Gilbert un laconique billet portant une adresse, un mot de passe et l'ordre suivant :

« S'il n'était plus là, y attendre un nouvel avis. S'il y » est encore, me renvoyer Germain.

» Dr H. »

— Monsieur le comte, — dit Ernest de Roqueville accostant Gilbert au moment où il sortait, — permettez-moi, je vous prie, de vous adresser une question confidentielle : vous êtes homme d'honneur et en mesure peut-être de me rendre le plus grand des services.

— Votre confiance m'honore; je serais heureux de vous oblig[illegible] mais, de grâce, ménagez mes instants, car une af[illegible]gente m'appelle ailleurs.

— En d[illegible]ots, j'ai un intérêt de premier ordre à retrouver monsieur Franchard. Une fois déjà, monsieur votre oncle et vous avez pu m'introduire...

— Monsieur, — interrompit Gilbert, — mon oncle est chez lui, et, si vous voulez monter dans ma voiture, je vous déposerai, en passant, à la porte de l'hôtel d'Espades.

XXXIII

JEU D'ENFER.

Le démon aux griffes d'acier et au cœur de bronze qui, drapé dans sa robe d'or, préside aux tortures des joueurs, avait, cette nuit-là, une vengeance à exercer sur un de ses fidèles d'hier, coupable aujourd'hui d'un sincère repentir.

Il ne faut pas dire qu'un serment de joueur ne puisse être tenu : celui que ses remords de père et d'époux dictèrent à Emile Franchard devait l'être, quoi qu'il advînt, par la mort en cas de perte, et en cas de gain, par un changement de vie complet.

Vengeance est le plaisir non des dieux mais des esprits infernaux.

— Ah! tu veux m'échapper par l'amour ou par le suicide; c'est au suicide, mon frère bien-aimé, que je te livrerai, vil transfuge! Mais, auparavant, il faut que je m'amuse un peu; il faut que je joue, moi aussi! Corps et âme, tu m'appartiens encore.

Le démon déploya ses ailes d'argent tachées de boue et de larmes, tournoya en ricanant dans la salle fameuse où il régnait, s'abattit sur le jeu d'Emile, et de là lui plongea dans le cœur ses griffes brûlantes; il lui pétrissait les entrailles, il lui déchirait le cerveau.

Le tigre, le chat et le diable s'entendent à faire durer le plaisir. Emile gagna fort souvent.

Ses deux cents francs se décuplèrent; ses deux mille se doublèrent et se doublèrent encore.

Il allait perdre le coup suivant. Le démon lui souffla la pensée louable de mettre à part les cent francs du pauvre Vallier.

Mais quand il n'eut plus que ces cent francs, il les exposa.

Ils se multiplièrent, ils devinrent un enjeu énorme. Emile alors, avec une fureur téméraire, risqua d'un coup huit mille francs, sur une seule chance de gain contre quatre de perte.

Plus le jeu est inégal, plus la règle favorise le banquier, qui, cette fois, ne devait que tripler la mise. Emile gagna. Si la règle avait été mathématiquement équitable, il était sauvé; mais la part de faveur réservée à la banque représentait par malheur le cinquième de la somme qu'il voulait.

Il avait donc trente-deux mille francs devant lui. Il refait huit mille, un contre un, il perd. Même jeu, par la martingale, il perd encore.

La vengeance des démons est un formidable plaisir. Pâle comme un spectre, haletant, les cheveux hérissés, Emile veut en finir d'un coup. Il calcule un nombre, il attend son tour, et ponte enfin avec un sombre désespoir. Il risque son tout, son honneur et sa vie, sur une combinaison qui doit, en cas de gain, lui donner ses quarante mille francs.

Le banquier a, maintenant, sept chances de gain contre une seule; mais, vienne cette huitième chance, la mise sera quintuplée.

L'impassible croupier fait le relevé des sommes, la roulette est lancée. Que dira-t-elle?...

— Mort!

Le râteau sinistre passe, une case est vide, une place est libre, un homme a renoncé à vivre; le jeu continue.

Si ce n'est l'or et le tapis vert, les cases numérotées et la roulette fatale, Emile Franchard n'avait rien vu.

Gilbert était à sa droite, Ernest de Roqueville à sa gauche, le docteur Hugues en face de lui, quand il perdit enfin au milieu de tortures qu'on ne peut comparer qu'aux supplices de l'enfer.

Or, dès qu'Emile Franchard eut pénétré dans un antre dont celui de la Cavalletta ne peut donner qu'une faible idée, le chef du tripot avait expédié un de ses plus alertes vauriens chez monsieur le chevalier Edouard, qui fit immédiatement prevenir le docteur Hugues, tandis que, par surcroît de précautions, Germain, de son côté, suivait le malheureux joueur.

Alors même que le coupable père de Denise et de Romuald, se croyant abandonné de Dieu et des hommes, se livrait corps et âme à un jeu infernal, trois cœurs généreux veillaient activement sur ses démarches.

Deux femmes agenouillées priaient pour son salut. Simonne pleurait encore; Nathalie, terrifiée, n'avait plus de larmes.

Au sortir de l'immonde caverne, Gilbert s'approcha seul d'Emile :

— Monsieur Franchard, ma voiture est à vos ordres, — lui dit-il obligeamment.

. . . .

Quand la voiture s'arrêta, Nathalie palpitante se mit à la fenêtre : « Son mari était-il encore vivant : ou lui ramenait-on un cadavre? » Elle le vit de ses propres yeux, et, levant les mains au ciel :

— Mes enfants sont sauvés, ô mon Dieu ! — s'écria-t-elle en tremblant.

Simonne s'était précipitée au bas de l'escalier.

Gilbert l'aperçut, jugea inutile d'accompagner Franchard jusqu'à son appartement et repartit.

XXXIV

CONTROLE DE LA CAISSE.

Emile Franchard songeait à faire son testament, où il n'eût pas oublié d'ordonner de rendre à Vallier la modique somme qu'il lui devait; il comptait employer ses dernières heures d'existence à écrire à Nathalie.

— Encore debout! — dit-il durement à Simonne.

— Pour remettre à monsieur un paquet très-pressé.

Emile entra dans son cabinet; Nathalie épiait à travers la porte vitrée. Le portefeuille contenait quarante billets mille francs. Franchard les compta, les recompta et demeura pétrifié : Etait-il devenu fou?... Etait-ce un rêve?... D'où venait cette somme?

« Ne le demandez jamais, » lui répondit une courte » lettre de Nathalie; « vous n'avez point le droit de le » savoir! Sachez seulement qu'elle ne vous est prêtée » qu'à la condition de renoncer à votre emploi de cais- » sier et à tout autre entraînant des maniements de fonds. » La somme ci-jointe est-elle insuffisante? Répondez! » Que vous faut-il de plus? »

Emile se leva pour aller trouver sa femme; Simonne lui barra le passage :

— Madame attend un mot d'écrit.

— Mais je veux lui parler! — dit Emile avec force.

— Monsieur, — reprit Simonne en joignant les mains, — ayez donc enfin pitié d'elle! Madame n'a fait que pleurer tous ces jours-ci. N'allez pas la tuer, au nom de Dieu!

Emile se rassit, commença une lettre, mais la déchira.

— C'est Ernest...ou Gaudaine!... ou... Que penser!... Et comment a-t-elle su quelle somme?

Un commencement de jalousie se mêlait à sa joie; la joie l'emporta néanmoins; il écrivit :

« Merci à mon bienfaiteur inconnu! merci à vous, » Nathalie! La somme est suffisante. Cependant il me » faudrait encore cent francs. »

Simonne les rapporta, puis alla s'enfermer avec sa maîtresse.

Franchard se promena longtemps dans sa chambre. Une réflexion soudaine coupa court à ses pensées :

— Tout n'est pas fini! Mon secret n'est plus à moi seul. J'aurai encore besoin de force, d'adresse, de sang-froid.

Comme la veille, il prit un narcotique pour s'endormir.

Quand il partit pour son bureau, Nathalie était enfermée dans sa chambre, mais Denise attristée lui dit tout bas :

— Mon père, faites, je vous en prie, que monsieur Théodore revienne! Ah! j'ai peur qu'il ne m'aime plus!

— Enfant! — répondit Emile en l'embrassant, — sois sans crainte, je te promets qu'il reviendra!

Alexandrin Gaudaine excepté, le conseil se trouva au grand complet; mais, après les propos doucereux du vicomte de Lyomphe, la nuit avait singulièrement refroidi les mieux disposés d'entre les administrateurs.

Le duc de Traymontpré, les frères Valvert et même Horace de Beauregard se taisaient.

La question du contrôle de la caisse fut appelée la première sans obstacle.

Priot guettait les moindres mouvements de Franchard, qui ne s'en inquiétait qu'à demi, car il avait eu l'adresse, dès son arrivée, de renfermer ses quarante mille francs dans le tiroir où il plaçait d'ordinaire quelque monnaie pour les payements de peu d'importance.

Le docteur Hugues, sentant bien que l'unique embarras de Franchard serait de réintégrer la somme dans la caisse proprement dite, y pourvut très-simplement dès qu'elle eut été ouverte en présence des administrateurs.

Il commença par demander que les personnes étrangères au conseil se retirassent; Vallier, quelques employés et, par contre-coup, Priot, durent sortir. S'adressant ensuite à Franchard d'un ton sévère :

— Tout ceci est fort mal rangé, — dit-il. — Mettez, s'il vous plaît, de l'ordre dans vos fonds. N'avez-vous pas des sommes pour appoints dans vos tiroirs? Veuillez les en retirer.

Emile mêla facilement parmi les petits billets ceux qu'il remettait dans la liasse, fit tomber une chemise dont le contenu s'éparpilla, répara l'accident en classant les valeurs comme il le fallait, et pria le directeur de faire son inspection.

Les interminables comptes de la veille ayant été terminés en peu d'instants, la situation de la caisse, résumée par un chiffre précis, fut énoncée.

Théodore Fortunat, avec une émotion violente, compta les billets et les espèces sous les yeux du docteur Hugues, qui affectait une vigilante attention, et sous ceux de Vertuchet aîné dont le désappointement devait égaler la joie suprême du jeune directeur.

— Tout est en règle, comme vous le voyez, messieurs! — dit-il en frémissant, et, tendant la main à Franchard : — Croyez bien, mon ami, que je ne suis pour rien dans la mesure dont vous venez d'être l'objet.

Vertuchet aîné tressaillit de colère.

— Par la sambleu! — s'écriait Horace de Beauregard, — je n'y suis pour rien non plus, moi!...

Les Valvert et le duc de Traymontpré serraient cordialement la main d'Emile.

Dès que le conseil fut rentré dans la salle de ses délibérations, Vertuchet aîné, le docteur Hugues et Horace de Beauregard réclamèrent la parole coup sur coup.

— Je demande, — dit le premier avec aigreur, — que monsieur le directeur soit sévèrement rappelé à l'ordre, pour s'être permis de blâmer en notre présence une mesure prise conformément à un vote...

— Non! palsembleu! non! ou je donne ma démission! — interrompit Horace de Beauregard.

— Moi aussi! moi aussi! — dirent les frères Valvert et leur cousin Traymontpré.

— C'est intolérable! — reprenait Vertuchet; — vous faites de l'intimidation, messieurs! Le directeur nous est soumis, il n'a pas le droit de nous critiquer. Aux voix!

— Vous n'avez pas le droit vous-même de...

— Je répondrai à monsieur Vertuchet, — dit le docteur Hugues.

— La parole vous appartient ! — cria le président en agitant sa sonnette.

— Messieurs, — dit le docteur, — je ne saurais absolument désapprouver monsieur Vertuchet aîné, quoique la situation soit compliquée de circonstances dont il nous importe de tenir compte avant de passer outre. Si l'enquête aussi regrettable qu'inutile à laquelle nous venons de consacrer en pure perte des instants précieux avait été motivée par l'un d'entre nous, je voudrais, moi aussi, qu'une réprimande très-sévère fût infligée à monsieur le directeur. Mais, au résumé, qu'a-t-il dit? Ce que nous pensions tous, ce que nous disions hier, en nous déterminant avec répugnance à la mesure dont monsieur le caissier vient d'être l'objet Cette mesure résulte de lettres anonymes. Nous désirons vivement que leur auteur nous soit dénoncé. Voilà, selon moi, la véritable question !...

— Oui ! oui ! Très-bien !

— Je maintiens ma motion ! — s'écria Vertuchet.

— Oh! oh !... Assez ! assez !...

— Je demande la parole ! — dit Théodore.

— Je vous cède mon tour ! — se hâta d'ajouter Horace de Beauregard.

— Parlez, monsieur le directeur.

Théodore étala sur la table dix exemplaires de la circulaire anonyme et dit en souriant :

— D'après les rapports d'experts en écriture, prêts à comparaître devant le conseil, ces lettres ont été écrites par messieurs Vertuchet jeune, Fabrice Vertuchet et Priot, que je demande au conseil de rayer du cadre de nos employés.

Vertuchet aîné, que ses chers parents n'avaient jamais mis dans leur confidence, pâlit, perdit contenance et, de dix minutes, ne recouvra l'usage de la parole. Des éclats de rire foudroyants avaient suivi la communication de Théodore Fortunat :

— A la porte! par la sambleu ! A la porte ! Votons messieurs, votons ! — s'écriait Horace de Beauregard.

— Pardon ! — objecta le docteur,—les experts doivent être entendus.

Le président ordonnait de les introduire, quand Vertuchet aîné, se relevant furieux, cria de toutes ses forces :

— Je donne ma démission !

Un éclat de rire homérique, unanime, prolongé, suivit cette déclaration désespérée. Vertuchet prit son chapeau et sortit. Après quoi, sa démission fut acceptée par un vote qu'enregistra le secrétaire Vallier. Les experts furent entendus pour la forme, et l'ordre du jour appelant la question des exportations, le docteur la traita cette fois avec un laconisme des plus concluants.

La séance se termina de fort bonne heure.

XXXV

LE BIEN ET LE MAL.

De fort bonne heure, comme il ne s'y attendait que trop, le vicomte de Lyomphe sut qu'Émile, complétement justifié, avait fait preuve d'autant de régularité que de modération. Les Valvert et le duc de Traymontpré chantaient ses louanges en plein club. Horace de Beauregard persistait à dire qu'après un tel affront Franchard devait abandonner la compagnie et chercher une position indépendante. Le nom des mines de Saint-Guilhem fut prononcé; le vicomte se sentit atteint :

Beauregard et sa coterie songeaient-ils donc à faire donner au mari de Nathalie la place qu'il ambitionnait pour lui-même?

A son animosité contre la noble compagne d'Émile se joignait un sentiment d'intérêt personnel qui devait le rendre encore plus impitoyable. Roqueville et Gilbert étant absents tous deux, il ne craignit pas de dire d'un ton mordant :

— Madame Franchard, décidément, est *la plus heureuse des femmes* : toujours et partout elle porte bonheur à son mari.

Puis il sortit, laissant à de plus bavards le soin de commenter ce propos. Les Vertuchet des deux sexes étaient nécessairement exaspérés; Basile alla chez eux verser du venin dans du fiel, semer de l'ivraie dans des orties, inoculer du virus dans la plaie vive.

« Le conseil avait été aussi injuste qu'absurde. Les » administrateurs avaient eu la stupidité de ne pas sen- » tir la nécessité de l'anonyme quand le petit Fortunat, » épris de mademoiselle Franchard, ne pouvait être im- » partial. Aussi le cher directeur avait-il facilité les moyens » de couvrir le déficit à l'aide de fonds fournis par les » Gaudaine, les Roqueville et autres galants de l'impec- » cable Nathalie, *la plus heureuse des femmes.* »

Clothon, Lachésis et Atropos, ainsi que leurs trois époux, trouvèrent charmant le vicomte, dont l'amabilité apaisait, pour un instant, des querelles intestines sur lesquelles s'abaissera un voile discret.

Ernest de Roqueville, encore très-inquiet, avait attendu au café la fin de la séance du conseil. Dès qu'il vit sortir les administrateurs devisant d'un air enjoué, il alla serrer la main de Vallier, qui lui apprit la nouvelle des bureaux, c'est-à-dire le grand désastre de la dynastie Vertuchet. Il se rendit immédiatement chez Nathalie et y arriva au moment où le docteur Hugues, de son côté, renseignait Gilbert, qu'il trouva plongé dans des réflexions fort sérieuses :

— Ainsi, mon oncle, — dit le jeune homme, — vous avez atteint votre but.

— Non, certes, — répliqua le vieillard. — Mon but peut-il être de faire proclamer innocent un individu que je sais coupable? Mon but peut-il être qu'un honnête homme, comme monsieur de Roqueville, se ruine pour sauver un fripon?...

— Cependant, mon oncle,— objecta Gilbert avec une respectueuse fermeté, — voilà ce que vous venez de faire.

— Oui, mais je n'ai pas atteint mon but, ou plutôt je n'ai accompli que la moindre partie de mes projets. Avant tout, j'avais absolument résolu de détourner le déshonneur public d'une famille intéressante, et peut-être est-ce pour toi d'abord que j'ai agi. Aujourd'hui comme hier, je suis allé au conseil portant sur moi les valeurs nécessaires pour combler le déficit. J'avais tout combiné pour garantir, au dernier moment, monsieur Franchard, mais je n'ai pas eu besoin d'employer mes moyens extrêmes; et désormais va se dérouler devant nous un drame nouveau. Je veux voir la fin d'une situation qui sera pour toi d'un grand exemple.

— Plût à Dieu, — dit Gilbert avec tristesse, — qu'une telle leçon m'eût été épargnée ! Ah ! mon oncle, l'expérience que vous appréciez si haut est cruellement douloureuse !

— Monsieur Franchard, — continua le docteur, — se montrera-t-il digne du secours qu'il a reçu? S'amendera-t-il ou succombera-t-il, puni par ses ennemis et par ses passions, plus sévèrement encore que par les lois !

— J'ai obéi à vos ordres, — dit Gilbert, — j'ai servi vos desseins, et j'ai ardemment désiré que l'époux de madame Franchard, que le père de Denise fût sauvé, mais à présent, un dégoût amer emplit mon cœur, car je sais, moi, ce que vous êtes parvenu à cacher.

— Poursuivons ! — interrompit le docteur; — au sortir du lieu sans nom où rien, j'espère, ne nous ramènera, je me suis trouvé en face de monsieur de Roqueville, homme d'honneur que je t'offre jusqu'ici pour modèle. Je l'ai interrogé sur sa position à lui-même et lui ai fait quelques avances. Il m'a répondu avec dignité que des revers de fortune soudains allaient l'obliger à solliciter un emploi. — Mon concours le plus actif vous est acquis, monsieur! — me suis-je écrié. — Mais vous parlez de la perte de votre indépendance avec une résignation ou plutôt avec une indifférence que j'admire. « — Ah! monsieur le docteur, — m'a-t-il dit en souriant, — je parle en homme qui n'en est point à son apprentissage. »

Prévoyant bien ce qui arriverait aujourd'hui, je lui ai conseillé de s'adresser à notre jeune directeur...

— Mon oncle! — interrompit impétueusement Gilbert, — pourquoi ne pas faire pour un si galant homme ce que vous auriez fait pour un caissier infidèle?

— Un homme tel que lui eût refusé mes offres...

— Ai-je parlé d'offres directes, moi? Vous n'aviez qu'à chercher un biais pour le trouver.

— Je suis charmé de ta délicatesse et de ta confiance en moi, — dit le docteur en souriant. — Du reste, monsieur de Roqueville, détournant de lui-même notre conversation, ne m'a plus parlé que des inquiétudes de madame Vallier et de son fils au sujet d'Etiennette. Je me suis bien gardé de l'interrompre. J'aime à entendre apprécier les belles actions, et mesure volontiers les cœurs sur leur degré d'enthousiasme. Monsieur de Roqueville, après m'avoir peint avec feu la conduite généreuse de notre protégée envers sa vieille voisine, s'est adressé à ma sensibilité : « — Monsieur le docteur, vous qui semblez avoir une police à vos ordres, ne pourriez-vous point, par humanité, nous aider à retrouver cette intéressante orpheline? »

— Et qu'avez-vous répondu? — demanda vivement Gilbert.

— La vérité, mais en recommandant un certain mystère. A l'instant où nous sommes, madame Vallier et son fils savent qu'Etiennette vit à l'abri de tout danger, grâce à un protecteur inconnu.

— Monsieur Fortunat, — se disait Gilbert, — va évidemment obtenir la main de Denise. Pourquoi ne l'épouserait-il point? — L'élève du docteur Hugues n'avait pas osé lui adresser cette question; il osait à peine faire des vœux pour que Théodore échouât dans ses démarches. J'aime toujours Denise, pourtant, — s'écriait-il parfois. — Elle est innocente, elle, des fautes de son père! Les apparences sont sauves! Oui, les apparences... Mais comment se résigner à témoigner du respect filial à monsieur Franchard?... — Ainsi raisonnait le comte Gilbert de Fontmarie, malgré son ardent amour, malgré ce qu'il avait dit à son oncle bien peu de temps auparavant, et malgré enfin cette longue étude du bien et du mal qu'un mentor tenace l'avait obligé de faire.

XXXVI.

L'HOMME D'HONNEUR.

Esperaba desesperada, elle attendait désespérée.

Elle attendait, comme l'héroïne de la ballade, la mort dans l'âme, la terreur dans les veines..

Une maladresse, une méprise, un accident, un retard, pouvaient encore faire découvrir le crime de son mari.

Elle attendait désespérée, tremblant et priant pour le coupable qu'elle méprisait et surtout pour les enfants dont il était le père.

Plus elle avait médité, plus s'était accrue son incurable douleur : « Emile, fût-il sauvé devant le monde, ne redeviendrait jamais pour elle l'honnête homme qui avait reçu ses serments d'épouse. »

Et c'est pourquoi, aux instants mêmes où elle désespérait le moins, elle restait désespérée.

Or, elle était seule en son logis dont elle avait éloigné Denise, car les illusions de sa fille, joie ou tristesse, larmes ou soupirs d'amour, la troublaient, l'irritaient ou la forçaient à une contrainte trop pénible. Ne pouvant par respect pour ses devoirs de mère lui faire ses confidences, elle avait voulu demeurer seule jusqu'à ce qu'elle connût enfin l'arrêt décisif.

Plus de distractions, plus de diversion; le silence et la douleur se prêtent un appui fatal. Si forte qu'elle fût, Nathalie n'était qu'une femme; elle eut tort d'ajouter au poids de ses angoisses celui de l'écrasante solitude. Des émotions sans cesse renaissantes, deux nuits d'insomnie, d'épouvante et d'horreur, près de trois jours d'efforts violents, avaient surexcité son système nerveux au delà de toute mesure.

La sensitive est moins impressionnable, au moindre bruit, elle tressaillait palpitante, pâlissait ou frissonnait convulsivement. Sa solitude se peuplait de fantômes hideux. Une exaltation voisine du délire se peignait sur ses traits. La présence de Denise eût été utile; la présence de Simonne, qui accompagnait la jeune fille, eût été salutaire.

Nathalie poussait des cris inarticulés, elle allait et venait haletante, soutenue par la fièvre de l'impatience et de l'effroi. Elle ne priait plus; elle ne se gardait plus elle-même.

Quand Ernest de Roqueville parut, quand il eut dit : « Sauvé! Sauvés enfin! » elle se jeta dans ses bras avec transports; elle le serra contre son cœur en répétant : « Enfin! enfin! » près de défaillir, succombant sous le fardeau de ses angoisses, de sa joie, de son délire. Puis, se redressant éperdue, sans mesurer ses gestes ni ses paroles, elle dit d'une voix saccadée :

— Par amour pour moi, Ernest, vous l'avez donc préservé de l'infamie, celui qui ne nous a épargné aucune torture! Ernest! Ernest! je le méprise et je le hais, autant que je vous admire et vous aime!

Elle s'exprimait ainsi, après avoir posé des lèvres brûlantes sur ses joues et sur son front; elle était irrésistiblement belle dans son état d'égarement. Ses regards étincelaient. Ses emportements inouïs ne prouvaient, hélas! que sa faiblesse.

Le ciel permit qu'Ernest de Roqueville, abattu par la tristesse, fût en ce moment aussi calme qu'elle était agitée, aussi sage qu'elle était folle. Ses yeux s'emplirent de larmes.

Avec l'accent de la plus sombre mélancolie :

— Vous avez eu mes premières amours, — dit-il, — comme vous avez les dernières; ma jeunesse a été remplie de votre image, et j'ai pris la fuite devant votre bonheur...

— Maudit l'instant où j'ai aimé votre rival! — interrompit Nathalie méconnaissable, hors d'elle-même et dont le trouble affligeant ne saurait être dépeint.

— Après avoir passé ma vie loin de vous, — continuait Ernest, — quand je vous ai revue à Paris, mon amour éteint s'est rallumé, madame; vous le savez, car j'eus l'audace de vous le dire..... Et aujourd'hui, c'est vous.....

— C'est moi! — interrompit la jeune femme avec une fougue étrange, — c'est moi qui parle!... Oui, j'aime ce qui est sublime!

— Eh bien! chère Nathalie, — reprit Ernest d'un ton déchirant, — je resterai digne d'un tel amour. — Et la repoussant avec tendresse : — Entre vous et moi, entre votre amour et le mien, il y a un abîme qu'on nomme *argent!* Vous rappelez-vous Gaudaine? Oh! je vous aime trop pour oublier ce que vous êtes!

Elle poussa un cri, un cri d'enthousiasme et de détresse, elle comprenait, elle revenait à elle, l'hallucination cessait. A la démence engendrée par la solitude et la terreur, à l'ivresse de la douleur et de la reconnaissance, au tumulte des passions aveugles, succédait enfin, non la froide raison, mais le sentiment exalté du vrai et du bien.

Prête à se jeter à genoux, Nathalie, rouge de pudeur, leva les mains au ciel en s'écriant :

— Dieu soit loué !... Béni soit l'homme d'honneur qui me sauve de moi-même ! — Et après un long silence, lorsque l'âme chrétienne, chaste et résignée de la femme, eut recouvré son empire sur les sens énervés de la malade : — Soyez béni, — dit-elle encore, — vous qui avez eu la force de ne pas ajouter le remords à mon désespoir. La terreur et la joie, les tortures que j'ai endurées, la délivrance et les consolations que je vous dois, monsieur, m'avaient rendue folle. Un démon jaloux de votre vertu voulait la souiller sans doute. Ernest ! soyez mon frère, puisqu'il ne m'est point permis de vous donner d'autre place dans mon cœur vide pour mon mari.

Elle lui tendit une main qu'il arrosa de larmes.

Emile Franchard, ramenant Théodore Fortunat, les surprit l'un près de l'autre, dans leur état de trouble longuement prolongé par des explications émouvantes et de chaleureuses protestations.

XXXVII.

DEMANDE EN MARIAGE ET DÉMISSION.

A l'aspect de son mari, l'infortunée que des indifférents ou des ennemis appelaient encore *la plus heureuse des femmes*, Nathalie, sentit son cœur se glacer, elle pâlit : — « Pour la vie, pensait-elle, je serais donc la compagne de cet homme sans honneur ! » Et le mépris refluait vers son front.

Emile Franchard et Roqueville, contrairement à leurs habitudes, n'échangèrent que des saluts assez froids.

Le premier prit sa femme à part pour lui demander où était Denise et dire que monsieur Fortunat venait faire sa démarche décisive. Quoique parfaitement renseigné sur l'absence de dot et de fortune, il passait outre avec la plus grande noblesse.

Nathalie, trois jours auparavant, eût encore trouvé un élan de joie; elle demeura triste et dit seulement :

— Plaise à Dieu que cette union soit heureuse !

— Vous l'avez désirée, votre fille la désire, et c'est ainsi que vous me répondez !

La noble femme fixa sur lui un regard qui pénétra au fond de sa conscience. Emile, changeant de propos, eut la maladroite audace de la questionner sur l'origine des sommes qu'il lui devait :

— C'est mon secret, monsieur, — dit-elle sévèrement, — et je vous défends de m'interroger de nouveau.

Roqueville avait profité des instants pour suivre les conseils du docteur Hugues et solliciter un emploi à la compagnie universelle, en avouant qu'il venait d'essuyer des pertes de fortune.

— Plusieurs places sont vacantes, — lui répondit le jeune directeur ; — je sais que vous avez acquis en Angleterre et dans l'Inde la connaissance des affaires. Nous reparlerons de cela, demain, s'il vous plaît.

Emile avait entendu ces derniers mots :

— Il cherche un emploi ! c'est lui ! — dit-il à Nathalie avec une sourde colère.

Et lorsqu'Ernest sortit, il lui lança un regard jaloux qui n'échappa point à Théodore :

— Malheureux Franchard ! — pensa celui-ci, — on le calomnie au dehors ; on le trahit dans son ménage !

Cette réflexion n'empêcha point Théodore de renouveler auprès de la mère de Denise la demande déjà faite à son père. Toutes les formes furent observées ; les questions d'intérêt étaient vidées d'avance.

. . . .

Malgré son excessive lassitude, Nathalie, avec son tact exquis de femme du monde, accorda son consentement, non sans faire une adroite allusion aux propos de la baronne de Senneval et aux répugnances de la famille Riffault :

— Grâce à Dieu ! je suis mon seul maître, — dit Théodore en souriant ; — je n'ai pas pris ma détermination à la légère ; depuis bien longtemps, madame, j'aime mademoiselle votre fille, et si je passe sur certaines considérations de fortune, je ne suis pas sans les avoir pesées mûrement. J'ai une position assez belle pour ne point marchander avec le bonheur de ma vie. La grâce, les attraits, les talents de mademoiselle Franchard, la bienveillante sympathie qu'elle daigne me témoigner, son éducation, ses principes même, n'auraient pas suffi, je l'avoue, mais l'honorabilité parfaite de sa famille s'est ajoutée à tout cela... — Nathalie tressaillit, Emile ressentit un malaise passager. Théodore Fortunat concluait :

— ... Je n'ai plus hésité, madame. Je trouvais réunies toutes les garanties qu'un galant homme peut désirer, et votre consentement met le comble à mes vœux.

Denise rentra presque au même instant; elle savait par Simonne, qui avait interrogé les concierges, que monsieur Fortunat était en haut avec son père et sa mère. Sa mélancolie se transforma soudain en gaieté; elle monta impétueusement d'abord, puis s'arrêta indécise, rougit et entra dans le salon d'un pas timide, les yeux baissés, le cœur vivement ému, car elle espérait, elle devinait, elle sentait que l'heure si ardemment désirée était venue enfin.

— Ma chère enfant, — lui dit sa mère en l'embrassant avec effusion, — monsieur Théodore nous fait l'honneur de solliciter ta main ; il a obtenu de nous une réponse favorable, la tienne lui manque encore...

Nathalie essaya de sourire ; Denise, tremblante, s'était jetée dans ses bras, Emile Franchard dit avec rondeur :

— Je vous permets, mademoiselle, de répondre comme vous l'entendrez.

— Eh bien ! laissons-la en tête-à-tête avec monsieur Fortunat, — ajouta Nathalie, qui emmena son mari dans la pièce voisine.

. . . .

Alors, entre Théodore et Denise eut lieu une scène charmante qui ne se prolongea peut-être point assez au gré des deux fiancés; entre Emile et Nathalie une lutte nouvelle commençait :

— Monsieur Franchard, — demandait la jeune femme, — avez-vous rempli la condition de renoncer à votre emploi de caissier ?

— Madame, le ton que vous prenez me déplaît.

— Je vous interroge le plus simplement que je puis.

— Et de quel droit m'interrogez-vous ? — repartit Emile frémissant de colère et de jalousie.

Comme si les fautes dont il soupçonnait sa femme pouvaient atténuer ou effacer les siennes, il osait braver les regards désolés de Nathalie, qui reprit avec l'accent de la douleur :

— Nous avons une dette sacrée, monsieur, une dette qui est la vie pour vous, l'honneur pour nos enfants. En la contractant, j'ai fait une promesse en votre nom.

— A qui ?... je veux savoir ! — interrompit Emile.

— Si cette promesse n'était pas tenue, nous serions coupables, vous et moi, d'un grave abus de confiance. Votre démission est exigée. Donnez-la donc, ici, à l'instant même, je vous en supplie...

— Non ! tant que j'ignorai... D'ailleurs j'ai réfléchi ; ce serait me perdre !

— Nous voulons achever de vous sauver.

— Nathalie, prenez garde ! Votre opiniâtreté me met hors de moi !

— Votre résistance m'afflige autant qu'elle m'étonne ; vous devriez, à l'instant où je parle, n'être plus caissier de la compagnie.

— C'est une violence morale, une vengeance, ou plutôt un secret odieux, un secret, madame, qu'un mari finit toujours par punir!

— Ingrat! — s'écria Nathalie avec dégoût. — Je ne vous ai pas adressé de reproches, moi! Je vous ai laissé avec vos remords; et vous osez me dire en face que j'ai de tels secrets! Ah! monsieur! — Emile trépignait; Nathalie reprit d'un ton ferme : — Au nom de Dieu qui m'entend, point de querelles inutiles! Ecoutez! Pour ce qui me concerne, je serai toujours ce qu'avec le secours du ciel je n'ai pas cessé d'être, une épouse fidèle et soumise. Vous recevrez de moi tous les soins, toutes les marques de dévouement ou même de respect qu'une chrétienne doit à son mari, mais n'en exigez jamais... davantage.

— Vous en aimeriez un autre!—interrompit Emile.

— Et quand cela serait! — dit fièrement Nathalie, — m'avez-vous gardé votre amour? Ne l'avez-vous point prodigué à toutes les passions, à tous les vices? Sans estime, moi, je ne puis aimer; mais, sans amour, je puis obéir; je vous obéirai, monsieur!

— Vous commandez, cependant! — repartit Emile, que la présence de Théodore dans la pièce contiguë empêcha seule de s'emporter jusqu'à des actes furieux.

— Non! je ne commande pas! mais je représente celui qui a le droit de commander. Aussi, je vous le déclare, vous donnerez votre démission de caissier... ou bien, je la donne pour vous, moi!

— Vous! vous! — dit Emile en rugissant.

— Moi! car je n'ai qu'une parole et j'ai promis!... moi!... car il faut éloigner de vous des tentations maudites!

Emile, exaspéré, fit un geste de menace :

— Vous m'injuriez, vous me poussez à bout...

— Eh! mon Dieu! non! mille fois non! je vous conjure de faire votre devoir.

— La leçon que j'ai reçue m'a corrigé pour la vie. Je revenais à vous dans des intentions que vous méconnaissez. Mes devoirs, je les remplirai tous!... Mais vous prenez à tâche de me mettre hors de moi.

— Hélas! — murmura Nathalie avec douleur, — il ne veut pas me comprendre!

— Je ne vous comprends que trop, madame!... En me servant en apparence, vous et votre complice, mon sauveur prétendu, vous vous êtes réservé de me punir vous-mêmes... Et le châtiment commence; vous m'infligez la flétrissure domestique. Prenez-y garde, je suis jaloux. Ce que vous voulez, je ne le veux pas!

— Mais je ne veux qu'une chose... je veux que vous soyez tout à fait sauvé, vous, parce que j'ai le malheur d'être votre femme.

— Elle le dit! — interrompit Emile.

— Je veux que votre fils porte un nom sans tache... je veux enfin que ce jeune homme qui croit à votre honneur ne coure pas le risque d'être misérablement trompé.

Emile, tremblant de fureur, dit d'une voix sourde :

— Mais appelez-moi donc « . . . . »—Il ne put, cette fois, articuler le mot fatal; ses lèvres devinrent blanches, ses yeux sortaient de leurs orbites.

Nathalie, effrayée, garda le silence.

Et cependant Théodore charmait Denise par l'expression de son amour; elle recevait ses aveux avec délices; elle y répondait sans contrainte, oublieuse à cette heure de tous ses chagrins, pleine de foi dans un riant avenir.

Peu s'en était fallu qu'Emile ne se laissât aller jusqu'à l'un de ses rares mais terribles accès de violence, et que Nathalie ne fût victime de sa frénésie.

Elle essaya pourtant encore de la persuasion; elle ne put se faire tendre et caressante : elle n'aimait plus, elle méprisait. Emile, après les commotions, les terreurs, les supplices des précédentes journées, aurait eu besoin de consolations et d'encouragements; mais Nathalie, incapable de lui en donner, blessée par ses soupçons, le blessait imprudemment :

— Monsieur, — lui dit-elle enfin,—oubliez-vous donc que je ne suis point seule à tout savoir?

— Menacez-moi de votre Ernest!...

— Infamie!... Je parlerai! — s'écria Nathalie, et, se précipitant dans le salon, elle s'adressa directement à Théodore : — Monsieur Fortunat, — lui dit-elle, — la position de mon mari à la compagnie universelle est devenue intolérable, vous le savez. En son nom, et surtout au mien, je vous prie d'accepter sa démission de caissier en lui accordant l'une des places vacantes de chef de division.

Franchard consterné se taisait.

— Madame, je n'ai rien à vous refuser, — répondit Théodore en souriant, — dès demain la mutation aura lieu.

— Cependant, — murmura Emile avec trouble, — je ne voudrais pas abuser...

— De grâce! monsieur Fortunat, — s'écria Nathalie, — délivrez-le de ses odieuses fonctions.

— C'est accordé, madame! Je conçois votre susceptibilité. Vous serez chef des importations, monsieur Franchard.

Après ces mots, il ne fut plus question que du mariage de Denise et de Théodore, mais quand celui-ci se fut retiré après avoir baisé au front son heureuse fiancée, Emile s'approcha de Nathalie et lui dit tout bas avec colère :

— Vous m'avez trahi, madame! lorsque moi je voulais vous témoigner mon repentir et vous jurer un amour nouveau.

Nathalie le regarda fixement; puis, avec un dédain suprême :

— Offrez votre repentir à Dieu! — dit-elle.

Et aussitôt elle rejoignit sa fille Denise.

Foudroyé par sa repartie glaciale, Franchard resta immobile et muet; ensuite il se leva pour sortir, mécontent de lui et de tous, maudissant la vie, voulant se fuir et marchant sans but, poursuivi par mille fantômes hideux.

XXXVIII

LA VÉRITÉ.

Lorsque Théodore Fortunat, en revenant au chapitre des confidences, eut fait à son ami Charles Saint-Dié le compte rendu complet et détaillé des journées précédentes, la physionomie intelligente du jeune poëte s'assombrit, et sur trois intonations graduées :

— Diable! diable! diable! — murmura-t-il.

— Hein! qu'est-ce qui te prend! — demanda Théodore.

— Le vertige du sens commun, et j'en suis désolé, car tu es amoureux à faire envie. J'aime ton désintéressement, je l'admire dans un homme positif, rompu aux affaires, et je voudrais que mademoiselle Franchard pût être heureuse.

— Et pourquoi ne le serait-elle pas?

— Parce qu'elle t'aime.

— Eh bien! tant mieux!...

— Je dis tant pis! moi, moi qui l'épouserais quand même, si j'étais Théodore Fortunat, mais mon ami Théodore est prêt à me répondre, comme Alexandre : « Je l'épouserais, si j'étais Charles Saint-Dié. »

— Tu me fais trembler, explique-toi!

— Ah! — reprit à regret Charles Saint-Dié,—les vieux poëtes ont bien raison de dire que l'amour est aveugle!... Et j'hésite à parler, parce que je te connais trop.

— Parle, je le veux!

— Moi, je le répète, j'épouserais quand même ! Mais, ou je me trompe du tout au tout, et plaise à Dieu que je me trompe ! ou toi, tu ne vois rien de ce qui est évident. — Théodore, devenu soucieux, interrogeait encore. — Il est clair pour moi que monsieur Franchard n'a pas été calomnié. Tout le prouve : la ruine soudaine de monsieur de Roqueville, la requête de madame Franchard, l'invraisemblable dénûment d'une famille qui a joui d'une aisance réelle, la manière dont a eu lieu l'inspection de la caisse où les quarante mille francs manquaient certainement le premier soir, et vingt autres circonstances accessoires. Tu as bien fait de punir les auteurs des lettres anonymes, mais les drôles avaient raison...

— Si, par malheur, tu dis vrai, tout est perdu ! J'aimerais mieux mourir de chagrin que d'épouser la fille d'un escroc...

— Et elle est innocente, et tu l'aimes ! Ah ! mon pauvre Théodore, je m'attendais à ta réponse, qui me désole pour toi tout autant que pour mademoiselle Franchard ! Si la vérité pouvait à jamais rester secrète, j'aurais respecté tes illusions ; je me serais tû aujourd'hui et toujours ! Mais les preuves vont t'arriver en foule dès demain. Les Vertuchet ont à se venger ; ils ne négligeront aucun moyen. En te mettant sur tes gardes, je remplis un devoir d'ami.

— Merci, Charles ! Tu as bien fait ! — répondit d'une voix étouffée Théodore Fortunat dont les yeux s'emplissaient de larmes.

— Un mot encore ! pour la troisième et dernière fois, j'épouserais quand même, je ne sacrifierais pas le bonheur, je te le jure par ma parole la plus sacrée !... mais je ne suis qu'un poëte, qu'un fou, et tu vas faire, toi, le malheur de ta vie !... Adieu !

Théodore Fortunat, pris de la fièvre, passa huit jours entiers sans sortir de chez lui.

XXXIX

RUPTURE.

— Patience ! patience pour quelque temps encore ! — Après sa dernière scène d'intérieur, Emile Franchard s'était peu à peu calmé en se répétant sur tous les tons : — Patience ! patience ! il faut assurer ma position nouvelle et celle de ma fille ; il faut, vis-à-vis de Roqueville qui demain sera mon collègue, conserver mon attitude de vieil ami. Soyons aveugle encore. Bientôt je me vengerai de ce qu'ils nomment leurs bienfaits !

Le sens moral de Franchard, oblitéré par sa longue inconduite, était encore plus faussé par son ardente jalousie. En se reprenant pour Nathalie d'un tardif amour que le remords empoisonnait, s'il avait renoncé au jeu, à la débauche et aux vices, il n'avait pas vaincu ses passions ; une passion hypocrite remplissait déjà tous les vides creusés par l'oubli du devoir.

Depuis les nombreuses mutations qui avaient eu lieu dans le personnel de la compagnie, Théodore Fortunat, assez gravement indisposé, disait-on, n'avait reçu que certains membres du conseil, ses plus proches parents, et son ami, Charles Saint-Dié. Il fut invisible pour Franchard, qui n'en conçut aucune crainte. Nathalie, plus clairvoyante, s'alarmait déjà.

Roqueville partageait secrètement ses appréhensions. Denise, inquiète seulement de la santé de son fiancé que ... convenances cent fois maudites l'empêchaient d'al... écrivait à son frère des lettres remplies de l'ex... de son bonheur. Romuald, alors sur le point de ...s derniers examens, n'avait guère le temps d'y ..., il se berçait de l'espoir d'assister au mariage de sa sœur avec l'épaulette d'élève de l'école d'état-major.

Louis Vallier avait de grosses peines de cœur dont il entretenait tour à tour Ernest de Roqueville et Gilbert, amis singulièrement réservés qui ne lui rendirent jamais confidence pour confidence. Par compensation, grâce à un concours inespéré de circonstances favorables, il venait tout à coup de grandir dans l'administration où il remplaçait Fabrice Vertuchet comme chef des mouvements.

Charles Saint-Dié, par un sentiment d'impartialité louable, Roqueville, par estime et par amitié, la baronne de Senneval, par amour-propre, le vieux comte Riffault, par bonhomie, les Vertuchet, par un peu de méchanceté, y furent chacun pour quelque chose ; la bienveillance persévérante du docteur Hugues pour beaucoup ; le consciencieux bon sens de Théodore Fortunat fit le reste.

Les préventions anti-poétiques du jeune directeur une fois vaincues, il reconnut les mérites de Vallier, et, n'oubliant pas qu'il avait en lui un rival malheureux, il l'éleva au poste de chef de détail à six mille francs d'appointements.

La bonne mère Vallier en pleura de joie et s'écria aussitôt :

— Ah ! mon Dieu ! pourquoi monsieur de Roqueville n'a-t-il point pu nous dire où est notre chère Etiennette !

— Il m'a promis de la découvrir, mais entre nous, ma mère, c'est elle qui nous oublie ; elle devrait nous écrire.

Madame Vallier soupira. Son fils était malheureusement trop affligé du mariage de Denise pour comprendre le sens de ce soupir maternel : monsieur Théodore Fortunat, son chef et son bienfaiteur désormais, était fiancé avec mademoiselle Franchard.

Monsieur Théodore Fortunat cependant soutenait contre son amour et contre l'opinion de Charles Saint-Dié un combat qui l'avait brisé. Le neuvième jour, il donna l'ordre d'appeler le chef des importations.

Emile Franchard accourut joyeux :

— Enfin ! enfin ! — pensait-il, — nous allons donc arrêter définitivement le jour de la cérémonie. Denise va être ravie ; et quant à madame Franchard... Oh ! dès que j'aurai marié ma fille, il faudra bien que je sache à quoi m'en tenir !... Patience !

Quand il entra dans le bureau du directeur qu'il considérait déjà comme son gendre :

— Ah ! mon cher monsieur Théodore ! combien vous êtes changé ! — dit-il avec un tendre intérêt.

— Je suis bien changé, en effet, monsieur ! — répondit le jeune homme d'un ton sévère, en fixant sur lui des regards secs et brillants ; — *très-changé !* — répéta-t-il en se levant et sans inviter son employé à s'asseoir. — Ecoutez-moi bien, monsieur, et ne m'interrompez pas. — Emile pâlit. Théodore continua d'une voix nette, par saccades et fort bas, afin que des pièces voisines personne ne pût l'entendre. — Vous avez été accusé de détournements de fonds. Les sommes qui devaient se trouver dans la caisse s'y sont trouvées. Je m'en applaudis, car je n'ai guère à me reprocher qu'un léger défaut de surveillance. La compagnie n'a rien perdu ; je n'ai pas eu la douleur de traduire devant les tribunaux le fils du plus vieil ami de mon père, un parent, le mari d'une personne qui a été l'amie de toute notre famille, le père de la jeune fille dont j'ai demandé la main. Les apparences sont sauvées ; je ne suis pas coupable de faiblesse ; j'ai le droit d'user d'indulgence. Vous êtes chef des importations ; gardez-en le titre jusqu'à ce que vous vous en démettiez, *je désire que ce soit bientôt*, et en attendant, *soyez indisposé*, je vous y invite. Vous aurez ainsi plus de temps pour chercher un autre emploi. Quant à mes projets de mariage, inutile, je crois, d'ajouter que j'y renonce. — Franchard allait répliquer. —

Monsieur! — poursuivit Théodore avec vivacité, — je vous ai épargné les reproches, épargnez-moi les protestations et les supplications. J'ai détruit mon bonheur de mes propres mains ; j'en ai assez souffert pour que vous soyez certain que ma conviction est absolue, ma volonté irrévocable. Je vous accorde de plus le secret et ne vous demande pas de remerciments.

Emile Franchard n'eut pas besoin de feindre une indisposition, la fièvre l'avait saisi, à son tour, dans le bureau même du directeur.

Dès le soir, Nathalie et Simonne savaient que le mariage était rompu. Denise ne le sut que le lendemain, l'apprit dans les bras de sa mère, où elle s'évanouit après une horrible attaque de nerfs dont les accès se répétèrent durant plusieurs jours.

Nathalie la pria de n'informer de rien Romuald, pour ne point le distraire au moment des examens de sortie :

— Je ne lui écrirai plus, je vous le promets, mais, mon Dieu! pourquoi suis-je abandonnée? Monsieur Fortunat savait bien que j'étais sans dot ni fortune. Il m'aimait, il m'aime encore, je le sens! Pourquoi donc rompre pour toujours!... pour toujours!...

Et les larmes de Denise coulaient, et sa mère pleurait avec elle en lui cachant la désespérante vérité.

Le bruit de la rupture ne se répandit que plus de dix jours après dans les bureaux de la compagnie universelle. On l'attribua généralement à des questions d'intérêt :

— Ce diable de Franchard, — disaient les mauvais plaisants, — a croqué en grenier la dot de sa femme et en herbe celle de sa fille.

Les créatures des Vertuchet colportaient de pires versions. On savait, en outre, qu'indigné du manque de parole de monsieur Fortunat et, d'ailleurs, dans l'espoir fort légitime d'améliorer sa position, Franchard courtisait activement les membres les plus riches du club maquignon, Horace de Beauregard entre autres, afin d'obtenir la place de directeur de la future compagnie des mines de Saint-Guilhem.

Aussi quelles clameurs ne poussaient point le vicomte de Lyomphe, et les trois Parques, et leurs gracieux époux! Mais Franchard avait le bonheur d'avoir, pour partisans exaltés toute la coterie Valvert et Traymontpré, parmi laquelle le vicomte passait à bon droit pour parasite, où l'on ne riait pas moins de ses prétentions administratives que de sa littérature plagiée et de son hypothétique noblesse.

XL

LE SACRIFICE.

L'amour est le plus souvent égoïste. Ce qui faisait le désespoir de Denise rendit l'espérance à Vallier, dont la position s'était améliorée d'une manière si soudaine. Sans crainte de rencontrer désormais Théodore Fortunat, il put se rapprocher de la famille Franchard. Denise, abattue et souffrante, était à peine sensible à ses assiduités, mais Emile les encourageait, et Roqueville fut autorisé par Nathalie à lui dire qu'elle lui saurait gré de distraire la douleur de sa fille.

Cependant les efforts des Vertuchet et du vicomte de Lyomphe paralysaient tous ceux d'Emile Franchard, à qui Horace de Beauregard aurait voulu confier la gérance de la compagnie de Saint-Guilhem. Un tiers du capital était dû aux amis du vicomte que protégeait, d'ailleurs, le banquier directeur provisoire. Le second tiers représentait les influences favorables à Franchard, mais le troisième fut versé en sous main par le docteur Hugues :

— Mon cher ami, — dit le vieux dandy à Emile, — je suis désespéré de ce qui nous arrive. Mon éternel cauchemar, le docteur Hugues, est maître de faire pencher la balance. Il sait que je m'intéresse à vous, cela suffit pour qu'il fasse nommer le vicomte. Retournez donc à vos moutons, rongez votre frein, supportez de votre mieux les vexations de monsieur Fortunat, et attendons une occasion meilleure.

Franchard consterné remercia monsieur de Beauregard, qui lui parlait fort à son aise d'attendre, il avait compté sur la gérance des mines de Saint-Guilhem; ensuite il mariait Denise à Vallier, et alors, enfin, il satisfaisait sa jalousie croissante. Tout cet échafaudage s'écroulait.

— Attendre! — s'écriait-il avec rage, — attendre! mais c'est impossible!... Il m'est interdit de reprendre mes fonctions. Ma démission est exigible et la misère est à ma porte!... Eh bien! malheur à Roqueville qui m'a dérobé la tendresse de ma femme!

Dominé par sa passion nouvelle, sans vouloir se dire que, s'il sacrifiait à sa jalousie Ernest et Nathalie, il consommerait la ruine de ses enfants, il s'excitait à être sans pitié; il maudissait et blasphémait, il jurait de tuer, sans souci du lendemain, ou plutôt avec le projet de se soustraire à ce lendemain fatal par le suicide, ressource horrible avec laquelle son esprit n'était que trop familiarisé. Il rentra chez lui d'un pas furtif au moment où Vallier en sortait; il sut éviter la rencontre de Simonne, s'arma de ses pistolets et s'aposta dans l'ombre derrière une porte entr'ouverte d'où il voyait Ernest, Nathalie et Denise réunis dans le salon.

S'il était arrivé quelques instants plus tôt, il aurait pu être surpris de l'accueil fait à Ernest par sa femme qui, d'un ton de reproche, à la fois triste et doux, lui dit tout bas :

— Pourquoi être venu, mon ami? Je voulais nous épargner à tous les deux cette cruelle entrevue.

— Pardonnez-moi, chère Nathalie, — répondit Roqueville avec un accent douloureux, — je n'ai pu me résoudre à la séparation que vous exigez sans vous faire au moins mes adieux; et de plus un dernier entretien était nécessaire.

— Mieux vaudrait ménager ma faiblesse, — murmura la jeune femme; — je crains ce tête-à-tête...

— Je vous jure, madame, qu'il est absolument indispensable, — repartit Ernest avec une fermeté respectueuse; et il s'assit pour attendre que Vallier se retirât. Alors enfin, au moment où Franchard se mettait aux aguets en frémissant de jalousie, alors, prenant la parole d'un ton paternel : — Denise, chère enfant, — dit-il, — ma vieille amitié pour votre famille me donne le droit de vous appeler ainsi et de vous parler comme je vais le faire. Veuillez me prêter une attention sérieuse...

— Ecoute, ma fille, écoute les conseils de notre meilleur ami! — ajouta Nathalie avec vivacité.

— De tout mon cœur! — répondit Denise.

— Allons! — pensa Emile en haussant les épaules, — il usurpe jusqu'à mon rôle de père, et madame Franchard l'aide de son mieux. C'est touchant! Nous allons assister à une de ces édifiantes scènes dont le but final est d'envoyer mademoiselle se mettre au lit. Elle est d'âge, en effet, à paraître gênante.

Ernest de Roqueville reprenait affectueusement :

— Ne confondez pas avec une vaine renommée ce que je tiens à vous dire de la véritable résignation. Vous pleurez, vous vous affaiblissez, vous êtes languissante, vous vous renfermez dans une seule pensée douloureuse; et parce que vous ne murmurez pas contre la Providence, vous vous croyez résignée. Vous ne l'êtes pas. La résignation n'est point le découragement. Il faut qu'elle soit énergique, qu'elle lutte, qu'elle aille au-devant de la consolation au lieu de la repousser. Si le malheur est irréparable, elle doit raisonner; en raisonnant, elle soutient, elle relève l'âme abattue. « La volonté de Dieu, mon enfant, est que vous remplissiez tous vos devoirs, dont le premier est de ne pas vous abandonner vous-même. » J'ai trouvé cette pensée dans la *Science des Bonnes gens*, je l'ai admirée, je l'ai méditée, j'ai tâché de la mettre en pratique aux jours les plus pénibles de ma vie. Je m'y conforme encore !...

Ce n'était pas à Denise seulement que Roqueville adressait la définition profondément sentie de la résignation ; il parlait pour Nathalie, il parlait pour lui-même ; et, certes, Franchard, caché dans l'obscurité, préméditant un double meurtre, prêt à l'accomplir, eût pu, lui aussi, profiter de la sainte leçon donnée à sa fille qui, les yeux baissés, écoutait avec recueillement. Les regards de Nathalie rencontrèrent ceux d'Ernest :

— Je suis résignée, moi ! et lui aussi, — pensa-t-elle, — car nous luttons par le sacrifice.

— Résignation... Patience... attente sans fin ! — se disait Franchard avec une rage ironique. — Voyons où aboutira ce joli sermon !

— Par des motifs impérieux, — ajoutait Roqueville, — monsieur Fortunat a rompu sans retour ses engagements envers vous. Voilà un mal irrémédiable.

Denise étouffa un soupir amer.

— Il se complait à torturer ma fille pour se débarrasser de sa présence, mais, ce soir, soit !... elle me gêne aussi, moi !... — Ainsi pensait Emile Franchard.

— Eh bien ! — continua Ernest, — rappelez-vous que l'excès de votre douleur augmente celle de vos parents et de vos amis ; vous n'êtes pas seulement cruelle pour vous-même, vous l'êtes pour votre mère en vous refusant aux consolations qui vous sont offertes. Monsieur Louis Vallier vous aime depuis longtemps ; longtemps il a souffert de votre préférence pour un rival dont la position était d'ailleurs bien supérieure à la sienne. Il s'est résigné ; il se résigne encore avec une admirable constance devant les regrets que vous donnez à une alliance impossible. Mon ami Vallier est doué des meilleures qualités ; sa conduite envers sa vieille mère est celle d'un noble cœur ; un concours de circonstances heureuses lui permet aujourd'hui de pouvoir sans déraison aspirer à votre main. Songez davantage à ce jeune homme estimable ; ayez la ferme volonté de vaincre votre douleur, vous en triompherez. Voilà, ma chère Denise, le vœu de votre mère et le conseil d'un ami qui ne voulait point vous dire adieu sans vous l'avoir donné.

— Je vous remercie, monsieur, de l'intérêt qui vous le dicte, — murmura Denise d'une voix étouffée. Mais, n'ayant pas la force d'ajouter un mot, elle embrassa sa mère et se retira dans sa chambre, où elle pouvait pleurer librement.

— C'est clair ! et le but est atteint ! — se dit Emile en portant les mains aux crosses de ses pistolets. — L'enfant est dehors ! Elle pleure, elle étouffe ! Qu'importe !...

Voilà comment sa jalousie interpréta les graves leçons d'Ernest de Roqueville.

Nathalie s'était levée et disait avec un calme pénible :

— Vous avez sagement parlé à Denise, mon ami. C'est pour cela que vous êtes venu, je le vois. Votre discours germera dans son esprit droit et dans son âme pieuse. Sa mère vous en remercie.

— Se douterait-on que je suis ici ? — se demandait Franchard. — Oh ! cet homme qu'elle appelle son ami ne sortira pas vivant !

Ernest, cependant, avait interrompu Nathalie :

— Non ! non ! — disait-il avec feu, — si je suis venu, ce n'est pas seulement pour Denise, mais pour vous, Nathalie, et pour vous dire tous les secrets qui restent ensevelis dans mon cœur !

Un sourire infernal passa sur les traits d'Emile Franchard.

— Vos secrets sont les miens, monsieur ! — répondait Nathalie. — Je devine, je sais ou plutôt je sens la douleur dont vous allez m'entretenir. Ah ! pourquoi êtes-vous venu ?

— Vous m'écouterez, madame et amie ; c'est une grâce, une consolation suprême que j'implore.

— Je ne saurais sans ingratitude vous la refuser avant notre séparation..... irrévocable.

Aux mots de *séparation irrévocable*, Franchard, pendant la durée d'un éclair, fut dominé par la curiosité :

— Ils savent que j'écoute ! — se dit-il encore, mais sa surprise changeant de nature, s'accrut aux premières paroles de Roqueville :

— Vous m'avez renvoyé, madame, la somme qui a servi à sauver votre mari. Entre vous et moi l'abîme *argent* n'existe plus, il est vrai ; mais l'honneur, le respect, l'estime, la religion enfin, ont élevé des barrières que je ne renverserai jamais.

— Oh ! ne parlez pas ainsi !... « Qui cherche le danger y périra. » L'honneur, l'amitié que vous aviez pour mon mari, la noblesse de votre cœur, rien ne vous empêchera, un jour, d'être téméraire.

— O madame ! je ne vous connaissais pas encore ce jour-là !

— La religion, l'amour sacré du devoir, ne suffirent point à me préserver d'un délire dont le souvenir seul me met la honte au front...

— Oubliez cet instant où vous n'étiez plus vous-même.

— Non ! non ! je me garderai bien de l'oublier !... Et je vous le demande, si ces deux instants eussent été le même instant, que serais-je ? que seriez-vous ?... Ce que je vous ai écrit est ma volonté arrêtée. Reprenez votre indépendance, ne me revoyez plus. J'ai la crainte de Dieu ; c'est par devoir que je vous en supplie. Fuyez ! oubliez-moi !

— Ma présence est un danger, dites-vous. J'espérais, moi, vous avoir prouvé le contraire. Mais vous me bannissez, j'obéis. Je m'éloignerai de vous, je quitterai Paris et la France. Seulement, de même que vous ne voulez rien oublier, je ne veux, je ne puis rien oublier, moi non plus ! Votre souvenir remplira ma vie ; de loin comme de près, c'est à vous et à ceux qui vous sont chers qu'Ernest de Roqueville jure de se consacrer.

Franchard tressaillit d'espoir ; un doute d'une douceur infinie le pénétrait. Il admirait Nathalie et même Ernest. La jalousie grondait encore, mais sourdement :

— Ils se séparent et je reste ! — se disait-il.

— Achevez ! quels sont vos desseins ? — reprenait Nathalie tremblante. — Vous avez trouvé quelque moyen sublime de couronner votre œuvre. A ma défiance, à ma faiblesse, vous allez répondre par un autre sacrifice.

— Rien de plus simple que mes projets, madame et amie. J'aurais voulu rester pour veiller encore sur vous, mais vous exigez mon départ. Eh bien, monsieur Fortunat cherche un agent capable de diriger à l'étranger les opérations de la compagnie et d'y fonder de vastes affaires. Je me proposerai avec la certitude d'être accepté. En remplissant mes fonctions, par elles-mêmes très-lucratives, je ferai valoir mes propres capitaux. Je m'appliquerai à convertir ma modeste aisance en fortune ; je n'ai pas d'héritiers : votre fille est sans dot, votre fils sentira bientôt le poids de la gêne ; vous êtes vous-même menacée de la pauvreté...

— C'est-à-dire, — interrompit Nathalie enthousiasmée, — que vous vous condamnez encore une fois au travail le plus rude, quand vous n'avez d'autres goûts que l'étude et l'indépendance.

— J'ai aimé cela, il est vrai, mais aujourd'hui je m'abandonnerais moi-même, si j'enfouissais ma douleur dans la solitude. Ce que je disais à votre fille, madame, s'applique à moi aussi. Je me résigne, c'est-à-dire je vais demander la consolation à une activité incessante. En travaillant pour vos enfants, et pour vous peut-être, je travaillerai selon mon cœur. Je ne pars pas, cependant, sans un regret plus cruel encore que notre séparation : car vous avez besoin d'un confident, d'un soutien, d'un ami.

— Vous ne pouvez plus l'être! et j'ai foi dans la miséricorde divine. La prière console.

Ernest s'inclina respectueusement, et, après un instant de silence :

— Je vous ai aimée, — reprit-il, — de trois amours bien divers : d'abord avec toute la poétique ardeur et toutes les illusions de la jeunesse; plus tard, avec la fougue téméraire et la légèreté d'un homme du monde qui vous méconnaissait et s'en est amèrement repenti; enfin, avec le respect pieux que votre vertu, votre pardon et votre généreuse confiance ont gravé dans mon cœur. Mon amour pour vous est désormais un sentiment pur et j'oserai dire céleste. Je vous aime comme dans l'autre vie doivent s'aimer les âmes et les anges; ce que j'éprouve est un mélange de vénération, de dévouement fraternel, de tendresse ineffable et de douce pitié, car j'aime en vous jusqu'à celles de vos souffrances dont je puis partager le fardeau. Et tel est le sentiment que vous appelez un danger! Je vous obéis, je m'exile, mais au nom de la vérité, madame, rétractez cette parole injuste.

— Eh bien! — s'écria-t-elle, — je me rétracte! Vous ne seriez pas un danger, vous, vous seul; mais j'en suis un pour moi-même, pour nous deux. Je ne vous ai point aimé, moi, ni dans votre jeunesse, ni plus tard, mais aujourd'hui, ce n'est plus seulement de l'amitié, de la reconnaissance, de l'estime, de la tendresse fraternelle que j'ai pour vous! Le mépris que m'inspire monsieur Franchard donne à ces sentiments une ardeur qui m'épouvante. Vous êtes fort, je suis faible, et j'ai peur que ma faiblesse ne l'emporte, tôt ou tard, sur votre force. Partez, Ernest, partez, parce que je vous aime! Partez, parce que je suis mère et chrétienne! partez, parce que je suis trahie et que mon mari est indigne de mon amour! Partez, parce que mon cœur était vide et qu'il est rempli de vous! Vous m'aimez trop pour oser me revoir après un tel aveu! Vous partirez, vous me laisserez l'estime de moi-même, la certitude de n'avoir jamais trahi mes devoirs d'épouse, la fierté de l'innocence, la conscience calme, la gloire du martyre. Adieu donc!... adieu!

Franchard, lâchant les crosses de ses pistolets, porta la main à ses yeux humectés de larmes :

— Misérable que je suis! — murmura-t-il; — c'est ainsi qu'elle m'aimait! — Sa jalousie avait changé de forme : de furie elle devenait douleur.

Nathalie, éperdue, s'enfuyait vers la chambre de sa fille; d'un geste Ernest la retint, et lorsqu'il put parler sans trouble, elle-même alors avait recouvré son calme.

— Une dernière question, madame, — dit-il. — La somme que vous m'avez renvoyée a une origine qui m'inquiète. Auriez-vous contracté quelque obligation onéreuse? Vous connaissez mes intentions et vous savez que cet argent ne m'est plus nécessaire.

— Rassurez-vous, monsieur, la somme que je vous ai rendue n'est qu'une avance faite sur les émoluments futurs de monsieur Franchard comme directeur de la compagnie des mines de Saint-Guilhem.

Pour le coup, Emile ne sut s'il faisait un rêve : Comment Nathalie pouvait-elle affirmer qu'il dût être directeur au moment où il désespérait de le devenir? Et qui donc lui avait avancé une somme si forte?

Roqueville, au contraire, sembla comprendre, et d'un ton douloureux :

— Adieu donc, madame! adieu, Nathalie! Si vous n'étiez pas la plus vertueuse des femmes, il y aurait peut-être une tache dans ma vie.

— Ernest, vous avez pratiqué la charité envers des innocents en sauvant un coupable, je vous bénis! Que Dieu vous rende vos bienfaits! — Ernest prit la main de Nathalie et la baisa en pleurant. Elle, ne craignant plus son amour, lui tendit le front. Puis, revenant désolée, elle se jeta à genoux : — Le sacrifice est accompli! — s'écria-t-elle au milieu de ses sanglots et de ses larmes. — O mon Dieu! prenez pitié de mes enfants et de moi! Vous voyez que je perds mon consolateur, mon ami! Mais grâces vous soient rendues par une pauvre femme dont vous avez soutenu la faiblesse!

Elle priait ainsi à haute voix sans voir son mari qui, s'étant approché, la contemplait avec une stupeur profonde, amalgame confus de honte, de remords, de jalousie et d'amour.

Devant la porte de sa demeure, Roqueville fut rejoint par Germain, qui lui dit :

— Monsieur le docteur Hugues désire entretenir monsieur d'affaires très-pressantes et m'envoie lui demander s'il pourrait le recevoir ce soir-même.

Roqueville, prévenant le docteur, se rendit aussitôt à l'hôtel d'Espades.

Après mille réflexions tumultueuses, Franchard était rentré dans sa chambre sans avoir rompu le silence, et Nathalie, calmée par la prière, se retirait dans la sienne où Simonne lui dit avec étonnement :

— Je n'ai pas entendu rentrer monsieur; il est chez lui pourtant, et depuis plus d'une heure, au dire du portier.

— Nous aurait-il épiés? — pensa Nathalie. — Ah! par bonheur, je n'ai nommé le docteur Hugues.

XLI

TÊTE-A-TÊTE.

Après avoir eu avec le docteur Hugues plusieurs conférences confidentielles, Ernest de Roqueville partit de Paris en qualité d'agent commercial de la compagnie universelle d'importations et d'exportations. Il devait d'abord explorer l'Espagne, puis l'Algérie, l'Italie entière et enfin les échelles du Levant.

Et ces nombreux travaux firent nécessairement diversion à sa tristesse qui, sous aucun rapport, ne saurait être comparée à celle de Nathalie.

L'infortunée mère de famille n'était distraite de sa douleur que par les douleurs de Denise ou les appréhensions qui lui inspirait son fils Romuald, élève studieux, bien noté, rempli d'intelligence et d'aptitudes, mais nature bouillante, accessible à toutes les passions, vicieuse déjà. Son père lui avait si souvent dit en riant : « Il faut que jeunesse se passe! Travaille bien et amuse-toi bien! Au diable les capucinades! Seulement ne sois pas un paresseux! »

Il apportait aux plaisirs la même ardeur qu'à l'étude : il aimait le jeu, les aventures, les parties galantes, la mauvaise compagnie. Une fois à l'école d'état-major, il se proposait de mener gaiement la vie et, croyant sa famille dans l'aisance, il se promettait de faire des dettes : « Sans argent, point d'amours! Bien sot qui ne profite pas de sa jeunesse, car, au bout du compte, on ne sait qui vit ni qui meurt. »

Romuald allait revenir à Paris et s'y trouver libre; Nathalie s'en inquiétait à bon droit, et c'était là de toutes ses tortures la plus cruelle, car il n'y avait aucun espoir d'en être délivrée, « elle était la femme d'un homme sans probité, d'un *voleur!* » pour trancher le mot. La présence de cet homme lui pesait; elle ne pouvait, sans souffrir, rencontrer son regard, et maintenant ce mari toujours absent autrefois était sans cesse auprès d'elle.

Sombre, silencieux, ne déguisant plus ses souffrances, il la contemplait avec une fixité opiniâtre. Sous toutes sortes de prétextes, il éloignait Denise, et puis, muet comme une statue, il s'asseyait en face de sa femme sans la perdre de vue durant de longues heures vraiment sinistres.

Par moments, il lui inspirait une sorte d'effroi auquel la noble créature se résignait en songeant à l'excès de ses maux :

— Si je n'avais une fille à consoler, un fils à conseiller maternellement, j'aspirerais à mourir. Sans ces devoirs, ô mon Dieu ! je vous demanderais la mort, la délivrance ! — Au bout de plusieurs jours de ces lugubres tête-à-tête, Emile Franchard dit enfin avec effort : — Ernest est parti ! Vous le regrettez, je le sais, mais je sais aussi que vous l'avez banni par une belle défiance de vous-même.

— Ah ! vous avez tout entendu ! — s'écria Nathalie.

— Oui, et j'avoue que je mérite votre colère. Daignez pourtant recevoir mes confessions ; vous prendrez pitié de moi !

Elle leva sur lui ses grands yeux ternis par les larmes et se contenta de dire :

— A quoi bon vos aveux, puisque je n'ignore rien ?

— Non ! vous ignorez mes résolutions ; vous n'avez pas mesuré l'étendue de mon repentir ; vous ne soupçonnez pas la véhémence de mon amour pour vous.

— De l'amour ! — dit Nathalie indignée ; — mais vous êtes mon mari, monsieur ; je suis votre femme ; je vous appartiens. Les lois humaines et les lois divines vous donnent plein pouvoir sur moi. Qu'ont de commun cet amour véhément et vos confessions inutiles ? — Puis avec une ironie glaciale : — Vous m'aimez, je vous en félicite.

— Votre froideur me tuera.

— Ecoutez ! vous avez corrompu mon fils, vous êtes cause que ma fille dépérit, vous avez dévoré leur fortune, vous avez commis une action déshonorante, et, pour avoir racheté votre honneur, moi, je suis calomniée et méprisée. Mais parce qu'un tardif caprice vous ramène vers votre victime, parce que vous l'aimez, dites-vous, il faudrait que son cœur ressuscitât pour répondre à votre amour ! Ah ! monsieur, songez-vous bien à ce que vous demandez !

Une chanson grivoise fredonnée d'une voix rauque interrompit cet entretien, Romuald, à peu près ivre, pâle et défait, rentrait dans la maison paternelle.

Presque au même instant, Simonne, portant Denise évanouie, ouvrit la porte :

— Madame, — dit-elle, — nous venons de rencontrer dans la rue monsieur Théodore Fortunat.

XLII

LES CONVIVES DU DOCTEUR HUGUES.

— Mais, mon oncle, — disait Gilbert, — voici maintenant Vallier qui fait sa cour à Denise, il reprend espoir ; monsieur et madame Franchard, qui l'encouragent, doivent conseiller à leur fille de reporter sur lui ses affections.

— Ceci est assez naturel, — repartit le docteur en souriant ; — un clou chasse l'autre, selon le dicton vulgaire.

— Vous plaisantez, quand d'un autre côté vous faites dire à mademoiselle Etiennette, par madame Dorian, de bien travailler et de ne désespérer de rien. Vous savez pourtant combien elle aime Vallier.

— Ce n'est point la question, — interrompit le docteur. — Voudrais-tu maintenant épouser mademoiselle Franchard ?

— Je l'aime toujours. Son malheur même la rend plus intéressante à mes yeux ; elle est injustement délaissée par monsieur Fortunat.

— Tu blâmes donc monsieur Fortunat ?

— Oui. Sa parole était donnée, il avait le bonheur d'être aimé par Denise ; il ne devait pas la punir des fautes de son père.

— Il s'est puni lui-même, il a beaucoup souffert ; mais tu ne m'as pas répondu.

— Si Denise m'aimait, moi, je n'hésiterais pas.

— Tu hésites donc ?

— Je l'avoue, et je vous prie de me donner vos sages conseils.

— Oh ! oh ! — fit le docteur, — je ne prends pas la responsabilité des chagrins d'amour, moi.

— Vous savez pourtant, mon oncle, que ce sont parfois des douleurs sérieuses.

— Enfant ! — dit le vieux comte de Fontmarie avec un accent triste et doux, — pourquoi faire allusion à ma vie ? Ah ! si je n'avais été le plus inexpérimenté des hommes, si un guide éclairé m'eût dirigé, moi, au lieu de me trahir...

— Pardon ! — murmura Gilbert, — j'ai eu le plus grand tort, mon cher oncle ; mais je souffre, moi aussi.

— Puisque tu es indécis, tu me permettras de l'être.

— Vous ne l'êtes jamais, mon oncle...

— Tu me flattes maintenant.

— C'est au moins sans le vouloir ; vous devinez tout, vous prévoyez tout ; vous semblez diriger à votre gré les événements.

— Combien tu te trompes, mon ami ! J'observe et j'attends ; les circonstances se présentent, j'en profite ; mais, si j'en prévois quelques-unes, je ne puis malheureusement pas détourner les catastrophes. Elles me surprennent la plupart du temps. Aujourd'hui, mes projets restent subordonnés à ta propre volonté que je n'influencerai pas.

— Vous semblez approuver la conduite de monsieur Théodore Fortunat, — dit encore Gilbert.

— Non ! c'est toi qui la désapprouves.

— Eh bien ! — s'écria Gilbert, — moi que Denise n'aime point, moi qui sais tout, je ne balancerais pas, si je n'écoutais que ma raison, parfaitement d'accord avec mon cœur ; mais les préjugés du monde me retiennent. Monsieur Franchard n'est plus un homme honorable ; l'on soupçonne la vérité, j'entends ce que l'on dit, et je me souviens alors que Denise n'a eu pour moi que de la simple politesse.

— Tu fais bien de tenir compte des préjugés qui, semblables aux épines du sentier, empêchent souvent le voyageur de faire fausse route.

— Oui, mais souvent aussi le sentier est tortueux ; franchissez d'un bond hardi les broussailles épineuses, vous n'en irez ensuite que plus droit au but.

— Nous tournons dans un cercle vicieux.

— D'accord, mon oncle. Vous ne m'ordonnez point de ne plus aimer Denise, vous m'engagez seulement à ralentir ma visite à sa famille. J'ai les confidences de Vallier, il n'a pas les miennes. Il ignore le sort d'Etiennette que vous paraissez lui destiner. Tantôt je crois que vous voyez avec déplaisir mon amour secret pour la fille de monsieur Franchard, tantôt je suppose le contraire. Vous êtes juste et bon, vous êtes indulgent surtout. Vous m'avez contraint à connaître le mal pour augmenter en moi la passion du bien. Vous m'avez forcé à admirer monsieur de Roqueville et madame Franchard, tous les deux esclaves de leurs devoirs. Je médite, et je m'égare dans mes pensées contradictoires au point de ne jamais combattre mes sentiments pour Denise ; mais par-dessus tout, c'est son bonheur que je désire, non le mien. Aussi me voyez-vous plus affligé pour elle que pour moi de la recherche de Vallier, s'il doit faire comme monsieur Fortunat.

— Très-bien, mon fils ! — interrompit le docteur, qui

sembla réfléchir un peu, et puis dit résolûment : — Invite à dîner ici, pour demain, monsieur Franchard, sa femme et ses deux enfants, madame Vallier, son fils, et enfin mon vieil ennemi Horace de Beauregard.

Gilbert, fort étonné de cet amalgame de convives, rédigea les lettres d'invitation. Son oncle, toujours économe des instants, reprenait une correspondance interminée.

Fort intrigué par l'invitation du docteur Hugues dont il s'était de gaîté de cœur, fait l'antagoniste, redoutant un piége, mais plein de confiance en lui-même, par la sambleu! Horace de Beauregard arriva le premier.

— Mon excellent ami, je suis charmé de votre exactitude,—s'écria le maître de la maison. — Notre dîner sera un tout petit dîner de famille, mais au fond une assez grosse affaire.

— Je m'en doutais! — dit Horace, qui se tint sur la défensive.

— Vous savez quels bruits courent sur monsieur Franchard, depuis la rupture du mariage?

— Je vous préviens, mon cher,—interrompit le vieux dandy,—que je n'ai jamais cru un mot de ces abominations. Je ne suis pas un Verluchet, moi, grâce au ciel, et j'ai vu ce que j'ai vu.

— Moi aussi,—fit le docteur.

— Qu'est-ce à dire?

— Que nous avons à nous entendre pour la nomination du directeur de notre nouvelle compagnie des mines de Saint-Guilhem. Deux candidats sont en présence; l'un, le vicomte de Lyomphe...

— Sans aller plus loin, mon cher ami, — interrompit de nouveau Beauregard, — je vous déclare formellement que je tiens votre vicomte pour un fat, un cuistre, un paltoquet, un faquin et un drôle!...

— Vous êtes fort sur les synonymes.

— Pour un polisson, un pied-plat, un intrigant, un valet, un insigne menteur et un geai de la pire espèce.

— Ne vous emportez pas, Beauregard, je suis littéralement de votre avis.

— Ah! oh! Est-ce possible? — fit coup sur coup le doyen du club maquignon.

Gilbert riait de sa stupéfaction réjouissante.

— C'est tellement vrai,—ajouta le docteur,—que pour rabattre le caquet intolérable de ce geai, comme vous le nommez si bien, je m'occupe de faire publier par un jeune littérateur de nos amis la traduction de ses œuvres complètes, texte original en regard, le tout précédé de la généalogie de la famille de Lyomphe, éteinte, comme vous pourriez le voir, sans sortir d'ici, dans la personne de Jeanne-Dorothée-Anaïs de Lyomphe, dame d'Espades, ma bisaïeule maternelle.

A ces mots, un fou rire s'empara du vieil Horace de Beauregard qui, de longtemps, ne s'était vu de si belle humeur.

— Mais, nous nommons donc Franchard? — demanda-t-il enfin.

— Et voilà pourquoi je vous ai invité à dîner avec lui et toute sa famille.

— Ah! mon cher Hugues, ceci est une attention charmante.

— Vous lui annoncerez vous-même sa nomination.

— Affaire faite, car je dispose d'un tiers des voix, vous, docteur, d'un autre tiers. Mes compliments de condoléance, à monsieur le vicomte... mais, mais, mais... s'il n'est pas Lyomphe, il ne peut être vicomte. Savez-vous au moins son nom véritable?

— Vous le trouverez en toutes lettres dans le recueil des traductions que je vous annonce et dont j'ai fourni les documents à notre aimable Charles Saint-Dié.

— Eh quoi! — se disait Gilbert, — mon oncle ose confier la gérance d'une grande entreprise à un homme dont il connaît l'indélicatesse!

Comme s'il eût deviné sa pensée, le docteur Hugues y répondit en reprenant :

— Nous fermons la bouche aux bavards. Les bruits propagés par les Verluchet et le prétendu vicomte auraient nui à la carrière du jeune Romuald et rendu tout mariage impossible pour sa sœur, d'autant plus que la calomnie atteignait madame Franchard. Par la nomination de son mari à une position honorable, nous anéantissons une intrigue dont l'origine est percée à jour.

— Oui, corbleu! — fit Horace en riant, — l'office en parle. L'ex-vicomte est un ex-amoureux à qui ses déclarations valurent une expulsion dont mon valet de chambre m'a fait la relation récréative. Il y a du balai dans cette histoire qu'il tenait, je crois, d'une certaine Simonne...

Vallier et sa mère entraient. Le docteur alla au-devant de la vieille dame avec une courtoisie empressée. Horace de Beauregard braquait son double lorgnon!

— Madame Vallier! qu'est-ce que ça? — dit-il à Gilbert qui riposta vivement :

— Ça est la mère d'un de mes meilleurs amis, monsieur, et en outre une personne du plus vénérable caractère.

— Peste! — fit le vieux dandy comme si on lui avait écrasé un de ses cors aux pieds.

La porte se rouvrit à deux battants; Germain annonçait la famille Franchard. Emile et Nathalie, pâles tous deux, tous deux graves, et dissimulant assez mal leurs soucis malgré leur usage du monde, ne parvinrent même pas à trouver ce sourire banal qui fait presque partie du salut.

Denise, évidemment souffrante, inspira un sentiment de compassion à monsieur de Beauregard en personne. Enfin, Romuald, qui portait pour la première fois l'épaulette de sous-lieutenant d'état-major, n'avait pas l'allure fière et dégagée d'usage en pareil cas. Ses yeux étaient éteints, ses lèvres décolorées et son surcroît de travail avant les examens de sortie n'en était pas l'unique cause.

A l'esprit de Gilbert se présenta un rapprochement bien naturel; il fut frappé du changement profond opéré en l'espace de deux ans dans cette famille heureuse qu'un murmure d'admiration avait accueillie chez la baronne de Senneval.

Ces deux années, Romuald les avait passées à l'école de Saint-Cyr, Gilbert à la grande école du docteur Hugues.

Romuald avait appris les exercices militaires, étudié l'allemand et les mathématiques. Son contact avec des jeunes gens remplis des travers de leur âge avait encore accru ses dispositions trop précoces. Il aimait les excès, était plein d'idées fausses sur la vertu des femmes, et sur toutes les choses du monde. Il ne voyait à la vie d'autre but que le plaisir, ce qu'il prouvait bien depuis vingt-quatre heures : le tout sans préjudice d'un vrai fanatisme de point d'honneur.

Gilbert avait terminé son droit, étudié la peinture, entretenu son habileté aux exercices d'adresse et formé son jugement en fréquentant le monde de toutes les classes, de toutes les formes, de tous les rangs. En perdant la candeur naïve qui, dans l'origine, le rendait ridicule, en acquérant une maturité infiniment rare à son âge dans la sphère où il était né, il ne s'était pas endurci.

Ce fut là le triomphe du docteur Hugues.

« Inspirer à un jeune homme l'horreur du mal sans l'horreur des coupables est un double problème dont la seconde partie est mille fois plus difficile que la première. »

Malgré sa générosité naturelle, Gilbert avait eu ses heures draconiennes; alors, le docteur Hugues, procédant selon le véritable esprit du christianisme, si misérablement faussé par la multitude des Pharisiens, émettait et développait devant lui ces préceptes fondamentaux :

« Ne soyons pas plus sévères que Dieu, que désarme le repentir.

» Le monde confond les malades avec les incurables, et, quand la guérison est opérée, il ne veut pas y croire. En même temps, il se laisse parfaitement satisfaire par de vaines apparences de santé.

» Soyons lents à condamner, plus lents à punir. Soyons justes surtout, afin que le châtiment n'excède jamais la faute.

» Enfin, évitons constamment de faire pâtir les innocents pour les erreurs d'autrui ; ne vaudrait-il pas mieux épargner le coupable ? »

Appliquant ces leçons à la conduite actuelle de son oncle, Gilbert se disait : Il espère que monsieur Franchard n'est pas incurable, il le croit peut-être guéri ; il compte sur son repentir, ou bien, le trouvant assez puni déjà, il ne veut pas que le châtiment dépasse la faute. Enfin, s'il lui rouvre l'avenir, c'est pour que sa famille innocente ne porte pas la peine de ses égarements.

Ainsi raisonnait le jeune comte de Fontmarie tandis que Romuald venait à lui, la main ouverte, que le docteur s'approchait avec affabilité de la malheureuse Nathalie et que Vallier s'avançait vers Denise. Quant à Emile, Horace de Beauregard s'emparait de lui et l'emmenait à l'écart :

— Victoire, palsambleu ! victoire invraisemblable, — lui disait-il, — Hugues est pour nous ! Vous êtes directeur de Saint-Guilhem !

Ces paroles relevèrent le courage d'Emile Franchard, qui n'avait attribué l'invitation du docteur qu'à l'intention de fêter l'épaulette de l'ami de son neveu Gilbert.

— Quand Nathalie verra comment je répare mes fautes, elle finira par me pardonner, — pensait-il tout en remerciant Horace de Beauregard. — J'acquitte mes dettes avec une conscience scrupuleuse, je prouve que je suis toujours un honnête homme, qui n'a jamais voulu rien de mal acquis, car enfin je comptais bien rendre... « Oui, mais sur le gain douteux du jeu le plus insensé, répondaient la froide raison et le remords railleur. » Cette fois, je m'acquitterai sur le fruit de mon travail. Mais de qui donc suis-je le débiteur ? Qui a fourni à Nathalie les moyens de rembourser Roqueville ?

Nathalie disait alors au docteur Hugues.

— Vous êtes notre sauveur à tous, présents ou absents ; je vous dois jusqu'au repos de ma conscience. Il est parti, monsieur ; je ne crains plus ma faiblesse. Oh ! soyez béni !

— Assez, madame, assez ! On pourrait vous entendre.

Germain annonçait qu'on était servi ; le maître de la maison demanda aussitôt d'une voix haute si *mademoiselle* était arrivée.

Au même instant, une jeune fille svelte, gracieuse, mise avec une simplicité du meilleur goût, pénétra dans le salon d'un pas timide. En levant les yeux, elle se vit en face du docteur, rougit et s'inclina tremblante. Il lui donna au front un baiser paternel, la prit par la main et l'introduisit au milieu du cercle des invités, en disant :

— J'ai l'honneur de vous présenter ma fille d'adoption.

Vallier poussa un cri de surprise et de joie. Emile et Romuald se troublèrent. Madame Vallier ouvrait les bras :

— Etiennette, ma pauvre enfant ! — disait-elle en la pressant sur son cœur. — Ah ! monsieur le docteur, vous me comblez de joie !... J'étais si inquiète ! Je ne pensais plus qu'à toi, ma fille.

Nathalie et Denise étaient émues de l'émotion de madame Vallier et de celle d'Etiennette, qui pleurait de bonheur. Gilbert parlait vivement à Vallier, à qui la jeune fille tendait une main timide en souriant à travers ses larmes :

— Mais embrassez-la donc aussi ! — dit le docteur Hugues.

— Palsambleu ; — dit Horace de Beauregard à l'oreille d'Emile Franchard de plus en plus décontenancé, — ceci ressemble à un quatrième acte de l'Ambigu, et le potage se refroidit !

Digne élève du docteur Hugues, Gilbert demandait à Romuald s'il ne reconnaissait pas mademoiselle.

— Moi ! mais, pas du tout ! — murmura le jeune sous-lieutenant.

Elle, au contraire, reconnut évidemment, coup sur coup, Emile et Romuald, recula intimidée, et dit avec une sorte d'effroi :

— Eux ici !

Nathalie devina vaguement, et fut surtout froissée de l'effet produit sur Vallier par la présence d'Etiennette.

Le docteur Hugues, à qui rien n'échappait, désigna nominativement chacun des étrangers, comme pour mettre la jeune fille à son aise :

— Monsieur Horace de Beauregard, l'un de mes plus vieux amis ; monsieur Franchard, directeur de la compagnie des mines de Saint-Guilhem... car vous serez directeur, monsieur, c'est convenu, monsieur de Beauregard doit vous l'avoir annoncé...— Emile pâlit, rougit, balbutia un remerciement, surprit un sourire railleur sur les lèvres du docteur Hugues, un regard analogue dans les yeux de Gilbert et une vague expression d'effroi sur les traits d'Etiennette, à qui le maître de la maison nommait madame Franchard : — Une des meilleures amies de sa famille, — disait-il.

Etiennette, en s'inclinant devant Nathalie, fut prise pour elle d'un sentiment de sympathie très-vif ; son aimable cœur devinait une souffrance :

— Madame, — murmura-t-elle, — puisque monsieur le docteur daigne m'appeler son enfant, permettez-moi de réclamer une toute petite part de votre amitié pour lui.

Nathalie embrassa Etiennette. Le terrible docteur Hugues ne fit point grâce à Romuald :

— Monsieur le lieutenant d'état-major que vous voyez, mon enfant, — continua-t-il, — est le fils de madame et le frère de mademoiselle, qui voudra bien, j'espère, être votre amie.

Romuald salua d'un air contraint. Etiennette, effarouchée, essayait de se rapprocher de madame Vallier, mais Denise, imitant sa mère, répondait avec un abandon charmant à l'appel du docteur :

— Soyons amies ! — disait-elle.

Nathalie ajoutait :

— Nous aimons monsieur le docteur Hugues comme le meilleur des hommes.

— Il est mon bienfaiteur, madame, — répondit Etiennette avec expression. — Sans monsieur le comte Gilbert et lui, que serais-je devenue, ô mon Dieu ! Il y a des gens si méchants !...

Ses regards, à ces mots, se tournèrent involontairement du côté d'Emile et de Romuald, qui causaient entre eux avec une animation inaccoutumée ; en vérité, ils échangeaient des propos assez fâcheux. Emile recevait de monsieur son fils une leçon pénible, alors même qu'il prétendait à lui faire de la morale. Etiennette, par bonheur, rencontra le fraternel sourire de Vallier, dont la mère disait :

— Monsieur le docteur Hugues est le bienfaiteur de tout le monde. Mon fils lui doit son avenir, moi le repos de ma vieillesse et le bonheur de te retrouver, chère enfant... Mais qu'es-tu devenue ? Que t'est-il arrivé ! Pourquoi ne nous avoir pas écrit ?

— Monsieur le docteur m'avait expressément défendu de vous écrire ; il me recommandait seulement de bien étudier...

— Touchant ! très-touchant ! par la sambleu ! — murmurait Horace en étouffant des bâillements continus ; — on se croirait au boulevard de la Grande-Vertu ! Mais le dîner sera froid ou brûlé, c'est positif, et j'ai des crampes d'estomac ultra-dramatiques. — Le docteur interrompit ce lamentable monologue en offrant le bras à madame Vallier. — Enfin ! — s'écria Horace qui présenta le sien à Nathalie. Gilbert fut le cavalier de Denise et Vallier celui d'Etiennette, que messieurs Franchard, en ceci parfaitement d'accord, fuyaient à l'envi l'un de l'autre. Les places ssignées aux convives ne furent pas conformes à l'usage. e docteur, qui avait donné sa droite à madame Vallier, oulut qu'Etiennette vint ensuite, pour qu'elles pussent acitement causer ensemble. Vallier était à côté de l'orheline, qu'il séparait de Romuald, voisin de Gilbert. athalie, assise à gauche du docteur Hugues, était séarée de son mari par monsieur de Beauregard, qui avait ainsi pouvoir causer tout à l'aise au futur direcur Emile, lequel, refermant le cercle, occupait forcéent la droite de sa fille Denise.

Mais cet arrangement incorrect offrait, au demeurant, outes sortes d'avantages calculés par l'amphitryon, qui, râce à l'intelligent Germain, ne fut jamais empêché écouter, d'observer, ni de pérorer. Tout d'abord il parla Etiennette, dit quelques mots de sa première jeunesse de son abandon, glissa rapidement sur ses relations e voisinage avec madame Vallier, mais entra ensuite ans plus de détails.

Horace de Beauregard, la fourchette à la main, écouta rès-patiemment cette fois. Emile, Romuald et Nathalie, taient fort diversement impressionnés; le premier s'inuiétait : « Sa place de directeur serait-elle compromise arce qu'une nuit, à l'Opéra, il avait un peu vivement oursuivi une bergère du bal masqué? »

Vallier et sa mère apprirent avec émotion des faits ouveaux pour eux; Etiennette rougissait. La candeur e Denise ne lui permettait de comprendre que vagueent le récit du docteur, qui disait :

— Une vieille femme, d'allures fort équivoques, sur quelle je n'ai que trop de renseignements, avait remlacé dans leur logement madame Vallier et son fils. A instigation d'un certain chevalier Edouard, gentilhomme échu dont je passe la honteuse biographie, elle attira ans un piége sa jeune voisine et la fit conduire au bal e l'Opéra par de prétendues parentes, ses complices.

— Après? après? — dit Vallier avec une indignation ontenue.

— Mademoiselle Etiennette avait besoin de protection de secours, elle ne rencontra que périls dans la cohue ù elle errait épouvantée. Elle fut insolemment pourhassée par tels pères de famille qui avaient peut-être es filles de son âge. Elle fut outragée par certains eunes gens qui tireraient l'épée, je suppose, pour déendre et venger leurs sœurs...—Ici l'audacieux Romuald ut contraint de baisser les yeux, mais il sentait des ouffées de colère lui monter au visage tandis que le octeur ajoutait : — Ces gens-là se conduisaient comme es lâches envers une malheureuse enfant qui implorait eur pitié. Elle était digne de sympathie et de respect; lle pleurait, elle tremblait. Ces messieurs profitaient de on isolement...

— Quelle infamie! — dit madame Vallier en pressant ncore Etiennette contre son cœur.

— Par bonheur, le comte de Fontmarie était au bal ette nuit-là, et il se comporta comme un frère envers a pauvre orpheline persécutée.

— Ah! monsieur Gilbert! — dit vivement Denise! — ous êtes toujours brave! toujours généreux!

Gilbert, confus des éloges que lui donnait son oncle, ut charmé par ces mots. Romuald fronçait les sourcils. 'ranchard sentait que Nathalie devait tout comprendre t craignait un nouveau revers de fortune. Fort rassurée ur ce dernier point, Nathalie était à la fois peinée et saatisfaite des leçons infligées à son fils; et cependant, vec une sorte d'enthousiasme, Denise disait à Etiennette :

— Monsieur Gilbert m'a sauvée aussi, moi, à Larchant. Sans lui je périssais dans les fondrières.

— Sans monsieur le comte, un gouffre plus affreux m'eût peut-être engloutie, — murmura l'orpheline en rougissant.

— Mais enfin, cher docteur, — demanda Horace de Beauregard, — quel fut le dénoûment de ce bal tragique?

— Gilbert offrit son bras à mademoiselle, se déclara son chevalier, la fit respecter par le sieur Edouard et ses nombreux imitateurs, et enfin l'amena ici...

Le vieux dandy, se penchant à l'oreille de Franchard, crut être spirituel [illegible] lui disant :

— Honni soit qui mal y pense!

— Le lendemain, mademoiselle m'était présentée par mon neveu, dont je me chargeai de compléter l'ouvrage, en la faisant entrer au couvent des Colombelles. Germain, les verres sont vides, offrez donc du madère! il n'y a plus de vrai madère en aucun pays monde, par l'excellent motif, messieurs, que toutes les vignes de madère ont été arrachées; mais le vin des Canaries...

Cette dissertation gastronomique adressée à Horace de Beauregard, qui se piquait d'être connaisseur, mit fin à la conversation générale. Elle permit à Gilbert de causer avec Denise, et à Vallier de questionner Etiennette, dont le trouble charmant fut remarqué par Nathalie, qui observait aussi son mari, de plus en plus soucieux, et son fils, qui paraissait de fort méchante humeur.

Madame Vallier, saisissant le moment où le docteur Hugues allait changer de propos, se pencha vers lui. En même temps, Horace de Beauregard se mettait à causer avec Emile de la grosse affaire des mines de Saint-Guilhem.

— Hugues est souvent insupportable, quoique son madère soit un nectar, — disait le vieux dandy; — je ne ne connais pas d'être plus taquin, plus agaçant par ses paradoxes, ses sermons et ses diatribes, plus rempli de lui-même ni plus infatué de son double doctorat. C'est un pédant, un archi-pédant, je le proclame. Mais, en somme, sa parole vaut de l'or; il est très-rond en affaires, ne lésine jamais et a conservé, palsambleu! ce qu'il y a de mieux dans le gentilhomme. Il fera les choses grandement, j'en suis sûr. Vous aurez une position magnifique. Par une chance heureuse, il a pris Lyomphe en grippe, de telle sorte que...

— Monsieur le docteur, — disait madame Vallier, — je suis certaine que vous avez eu d'excellents motifs pour défendre à Etiennette de m'écrire, et cependant je ne puis les deviner. J'ai été sérieusement alarmée...

— Si je n'ai pas craint de vous attrister, madame, — répondit le docteur en souriant, — c'était dans l'intérêt de notre chère enfant, qui aime votre fils Louis.

— Je m'en doutais, mais nous étions si pauvres que je n'ai jamais provoqué ses aveux. Son défaut d'instruction première me paraissait aussi un obstacle invincible. Eh bien! depuis que Louis a une place de six mille francs, je n'ai cessé de me dire que nous l'aurions aisément formée; je la regrettais comme le bon ange du logis.

— J'ai beaucoup compté sur ces regrets, — dit le docteur. — J'ai supposé que vos inquiétudes mêmes contribueraient à vous faire mieux apprécier le trésor dont je vous privais, et j'ai voulu, à tort ou à raison, que votre fils fût surpris par sa métamorphose. Elle sentait son ignorance; aussi a-t-elle mis une ardeur merveilleuse à étudier. Déjà elle ne fait plus de grossières fautes de langue; on a pu la mettre en contact avec les autres élèves du pensionnat, où elle se distingue par sa soumission et la douceur de son caractère. Elle a acquis les éléments d'histoire et de géographie nécessaires à une jeune personne du monde. Madame Dorlan, qui a toute ma confiance, allait la voir chaque semaine; j'y suis allé aussi de temps en temps. Bref, je suis satisfait des progrès de notre chère protégée, et monsieur votre fils doit en être singulièrement étonné en ce moment.

— Ah! monsieur le docteur, que vous êtes bon! — murmurait madame Vallier, ravie de ces explications et tremblante de joie.

— Voyez avec quelle animation ils causent, malgré la présence de mademoiselle Franchard.

— Et que fait cette présence?

— Vous ignorez donc l'inclination de monsieur votre fils...

— Oh! mon Dieu! mais alors la pauvre Etiennette et moi nous nous faisons illusion...

— Plus bas, madame; j'espère que non, pour ma part. Il me semble que votre influence maternelle et que l'affection vraie de notre enfant pour monsieur votre fils doivent l'emporter sur un amour contraire d'ailleurs à ses intérêts d'avenir.

Nathalie, comme si elle eût deviné cette conversation, profita de ce que le docteur se tournait de son côté pour lui dire sur le ton confidentiel :

— Monsieur Louis Vallier fréquente très-assidûment ma maison; je croix qu'il aime ma fille Denise; monsieur de Roqueville s'en est fort nettement expliqué; j'ai, moi-même, donné quelques encouragements, mais j'ignorais l'existence de mademoiselle Etiennette.

— Madame, — répondit le docteur Hugues d'un ton de regret affectueux, — il est bien difficile de concilier les vœux de tous ses amis.

Nathalie baissa la tête en étouffant un soupir.

— J'ai encore été imprudente! — murmura-t-elle, — j'aurais dû me rappeler que monsieur Vallier est le protégé de madame de Senneval et l'inférieur de celui qui a brisé le cœur de ma pauvre fille... Mais j'ai tant de motifs pour vouloir la marier!

— Rien ne presse encore à son âge.

— L'intérieur où elle vit est un séjour funeste.

— Je pensais que la présence de votre enfant serait un soulagement pour vous-même.

— Non, monsieur le docteur, hélas! non! Je souffre de ses douleurs, elle ne doit pas même soupçonner les miennes, et je tremble qu'elle ne surprenne l'une des scènes de notre triste ménage.

— Le départ de monsieur de Roqueville y met un terme, je suppose.

— Bien loin de là! Monsieur Franchard a épié nos adieux; il sait que j'ai acquitté sa dette, il ignore à quel noble cœur je dois d'avoir pu le faire; il m'interrogera, je refuserai de répondre...

— Vous avez raison, madame. Il faudrait éloigner mademoiselle Denise de votre maison. Le couvent des Colombelles, où elle trouverait une amie, pourrait lui servir d'asile. Pendant qu'elle y serait, la paix se rétablirait dans votre intérieur. Nous parviendrions bien, j'espère, à calmer les susceptibilités de monsieur Franchard, dont la position nouvelle va, du reste, rapidement changer la vôtre.

— J'aurais voulu ne rien devoir à monsieur Franchard! — répondit Nathalie avec amertume.

Cette répartie, murmurée d'une voix sourde, affecta péniblement le docteur, qui dit d'un ton presque sévère :

— Madame, vous êtes chrétienne, et Dieu veut qu'on pardonne!

Denise, malgré l'amabilité de Gilbert, remarquait enfin l'empressement de Vallier auprès d'Etiennette, dont la joie se trahissait à chaque instant. Tour à tour familière et craintive, la jeune pensionnaire se sentait forte de l'assentiment de madame Vallier et de la protection du docteur Hugues. Avec une modestie charmante, elle parlait de ses études; avec un abandon naïf, elle faisait en quelque sorte à Vallier la confession de ses espérances; elle exprimait sans détour le chagrin qu'elle avait ressenti en recevant l'ordre de ne plus écrire à sa mère :

— Je ne savais plus quand nous nous rencontrerions, monsieur Louis, et j'en étais par moments toute triste, malgré mon bonheur. Je suis si contente d'acquérir de l'instruction! je parle presque comme il faut, maintenant; aucune de ces demoiselles ne rit de moi. Quand je vous ai vu ici, je me suis crue au ciel! Ah! monsieur Louis, j'avais tant pleuré depuis le jour du déménagement de madame votre mère! Auparavant, chaque soir, j'attendais votre retour, je vous voyais un petit instant, vous me disiez de bon cœur quelques mots d'amitié; ça me suffisait pour être pleine de courage.

Comment Vallier aurait-il pu rester insensible à d semblables propos! Il y répondit avec une politesse af fectueuse, et Denise se disait en rougissant :

— Monsieur de Roqueville, ma mère, mon père, m font entendre que monsieur Vallier m'aime sincèrement je vois bien, moi, qu'il aime Etiennette. — Si Denise s trompait, ses pressentiments ne la trompaient pas. Auss les aimables efforts de Gilbert qui, jusqu'alors, l'avaien au moins distraite, lui semblèrent-ils tout à coup fâ cheux ou même irritants : — Ils tiennent tous le mêm langage! Ils veulent vous faire croire à demi-mot qu'il vous aiment en secret depuis des années, qu'ils ne rê vent qu'à vous, qu'ils ne forment de vœux que pou votre bonheur!... Monsieur le comte de Fontmarie n'é pousera qu'une noble et riche héritière, mais une pauvr fille sans nom, sans dot, sans espérance, est-elle, pa hasard, placée auprès de lui, aussitôt commence la plui des allusions sentimentales. Hier encore, j'étais tout a monde pour monsieur Vallier; aujourd'hui, c'est san doute Etiennette qui est tout pour lui!

Le souvenir amer de Théodore Fortunat suivit ces rapides réflexions. Denise soupira; son front s'assombrit

— Mon Dieu! — lui dit Gilbert, — d'où vient votr tristesse soudaine?

— Je me disais, — répondit-elle d'un ton assez incisif — que la sincérité dont chacun se targue n'est qu'u mensonge de plus, comme cette galanterie banale qui dans le monde, sert de menue monnaie aux conversations.

— La sincérité, mademoiselle, est moins rare peut être que vous ne le supposez, — répliqua Gilbert tro clairvoyant pour ne pas pénétrer ce qu'elle éprouvait. — Il est encore des cœurs francs et droits qui détestent l mensonge.

— J'y ai cru trop longtemps.

— Oh! daignez y croire une seule fois encore!

Une sorte d'indignation mit un éclair dans les yeux languissants de Denise :

— Vous parlez de franchise, monsieur le comte, — dit-elle. — Eh bien! depuis que j'occupe votre droite, que m'avez-vous dit? Quel serait le sens de vos moindres paroles, si je les traduisais avec une ridicule naïveté?

— Vous ne sauriez en exagérer la portée! — interrompit Gilbert, qui dépassa peut-être en ce moment les intentions de son oncle. — Je n'ai de ma vie essayé d'exprimer à personne, ou plutôt je n'ai jamais éprouvé pour personne, les sentiments que je voudrais, mademoiselle, pouvoir vous faire lire dans mon cœur.

La jeune fille rougit de colère et dit sèchement :

— Assez! monsieur le comte! — Puis elle se tourna vers son père.

Après le dîner, les hommes ne s'occupèrent plus que d'affaires ou de politique; une conversation assez difficile s'engagea parmi les dames; Denise, qui s'était réfugiée auprès de sa mère, se plaignait d'être souffrante.

La famille Franchard se retira de très-bonne heure. Horace de Beauregard regagna son club en se frottant les mains.

Madame Vallier ne cessa de causer maternellement avec Etiennette jusqu'à l'heure où elle devait rentrer à son pensionnat.

Alors Gilbert avait enfin avec Vallier une conversation que sa loyauté ne lui permettait plus de différer. Il avait déclaré son amour à Denise, il en devait l'aveu à un rival dont il avait tant de fois reçu les confidences :

— Pardonnez-moi, — lui disait-il, — de n'avoir pas plus tôt répondu à votre confiance; j'obéissais aux ordres de mon oncle; je gardais le silence devant monsieur Fortunat; j'hésitais moi-même.

— Entre le comte de Fontmarie et Louis Vallier, la famille de mademoiselle Franchard n'hésitera pas.

— Je ne me suis point déclaré à ses parents, et mademoiselle Denise m'a fort mal accueilli. Si tôt ou tard, pourtant, elle me préférait, moi, songez-y bien, mon cher ami, ce serait probablement pour votre bonheur, celui de madame votre mère et celui d'Etiennette, qui vous aime.

Le soir, chez elle, madame Vallier exprimait à son fils des pensées semblables, tandis que le docteur Hugues, sans désapprouver formellement Gilbert, disait d'un ton sentencieux.

— Trop tôt ! je le crains, beaucoup trop tôt !

Denise, à peine rentrée, eut une crise de nerfs violente, c'était le résultat de sa longue contrainte, des déclarations de Gilbert et de l'infidélité apparente de Vallier. Par une réaction funeste, elle ressentait avec une douleur nouvelle l'abandon de Théodore Fortunat. Ce fut ainsi que Romuald apprit la rupture du mariage de sa sœur; ses camarades d'école et ses plaisirs avaient, depuis deux jours, absorbé tout son temps, et il était encore sous l'impression des lettres les plus chaleureuses de Denise :

— Mon père ! — s'écria-t-il, — quelle est donc la cause de cette injure faite à notre famille ?

— Notre peu de fortune, — répondit Emile Franchard.

— Mensonge ! — murmura Nathalie à son oreille; — si votre fille meurt, c'est vous qui l'aurez tuée !

La femme et le mari échangèrent deux regards terribles.

Franchard, attendu au club maquignon par messieurs de Beauregard, de Valvort et de Traymontpré, prévint le médecin.

— Monsieur Théodore Fortunat l'épousera ou je le tuerai ! — se disait le jeune sous-lieutenant.

Le lendemain, à midi, un garçon de bureau annonçait monsieur Romuald Franchard à monsieur le directeur de la compagnie universelle...

XLIII

PROVOCATION.

Malgré son extrême jeunesse, son défaut d'expérience et son caractère bouillant, Romuald se présentait à Théodore Fortunat avec le désir de le ramener par la persuasion et avec la volonté de ménager jusqu'à l'amour-propre de celui qu'aimait sa sœur. Il parla donc d'un ton très-modéré, en priant Théodore de prendre sa démarche en bonne part.

— Les démarches d'un frère tel que vous ne sauraient être prises autrement, — répondit le jeune directeur, qui, de son côté, fut de la plus grande courtoisie; — malheureusement, — poursuivit-il, — elles doivent rester sans effet.

— Je me plais à penser le contraire, — répondit Romuald. — Tout était conclu, monsieur. Ma sœur, pleine de foi en votre promesse, souffre de votre abandon. Répondez-moi donc, je vous en prie : Par quels motifs avez-vous cru devoir renoncer à sa main ? N'y aurait-il point en ceci quelque malentendu auquel de loyales explications mettraient un terme ?

— Il n'y a aucun malentendu, — répondit Théodore avec lenteur. — Mes motifs sont impérieux, absolus, péremptoires. Rien ne saurait renouer des relations que je regrette assurément plus que vous.

— Il y a contradiction dans vos paroles ! — répliqua Romuald avec impétuosité.

— Contradiction apparente, j'en conviens. Mademoiselle Franchard souffre de la rupture de notre mariage; j'en ai souffert aussi très-sérieusement. Je ne suis pas encore rétabli de la douleur qui m'a brisé, lorsque j'ai dû renoncer à mon plus cher espoir.

— Je ne vous comprends plus, car vous êtes parfaitement libre.

— Non, monsieur, je suis enchaîné par un devoir rigoureux et plus à plaindre que personne !

Romuald ne put retenir un geste de dédain :

— Vous aviez compté peut-être sur certaines espérances de fortune. Qu'à cela ne tienne ! Apprenez que mon père...

— Pardon ! — interrompit Théodore, — les questions d'intérêt étaient nulles.

— Qu'est-ce à dire ! — s'écria Romuald ; — hors les questions d'intérêt, il ne reste que les questions d'honneur. Ma sœur Denise a-t-elle démérité ?

— Les mérites de mademoiselle Franchard n'ont fait que s'accroître à mes yeux. En perdant tout espoir, je les ai sentis plus vivement, plus cruellement, dirai-je, que quand j'étais plein d'espérance.

— Monsieur Fortunat ! si ma sœur est toujours digne de vous, que signifie votre réponse !

— Elle signifie qu'il y a impossibilité au mariage.

— Soyez clair !

— Ne vous emportez pas ! Et pour vous satisfaire autant qu'il est en moi, je vous donne ma parole la plus sacrée qu'il y a un obstacle absolu et indépendant de ma volonté à ce que j'épouse mademoiselle votre sœur.

— J'ai droit à connaître ce secret. Ma parole d'honneur vaut la vôtre; je vous jurerai de ne point la trahir.

— Je ne puis le révéler.

— C'est me faire injure ! — s'écria Romuald irrité; — je m'en tiens donc à ce que m'a dit mon père : Vous vous êtes honteusement rétracté devant la question d'argent.

— Je ne veux point me mettre en colère, — dit Théodore avec une vive émotion. — Monsieur votre père vous a donné un prétexte excessivement pénible pour moi. Je vous excuse d'y croire, mais j'avais promis d'épouser mademoiselle Franchard sans dot, et j'aurais tenu cette promesse avec une joie profonde, sans les causes que je ne veux ni ne dois vous révéler, monsieur Romuald.

— Des réticences, des détours !... assez de patience !... Vous épouserez ma sœur ou vous me rendrez raison de l'injure faite à notre famille...

— Ni l'un ni l'autre, ma conduite est irréprochable.

— Oh ! oh !

— Ne menacez pas follement, monsieur. Je trouve votre douleur légitime, je pardonne vos emportements, mais...

— Je vais vous envoyer mes témoins !

— Dans l'intérêt même de votre famille, je ne les recevrai pas ! — dit Théodore qui donna un coup de sonnette, salua froidement et voulut sortir par la porte latérale. Romuald le retint par le bras ; - Garçon ! reconduisez monsieur ! — dit encore le jeune directeur. Romuald hors de lui leva la main. Théodore l'avait repoussé en disant très-bas : — Je n'épouserai jamais la fille d'un homme que j'ai chassé d'ici avec justice.

— Vous en avez menti ! — s'écria Romuald d'une voix tonnante en jetant son gant à la face de Théodore Fortunat.

Dix employés, accourus au bruit, Vallier entre autres, furent témoins de cet outrage. Romuald sortit.

— Restez avec moi, Vallier ! — dit le jeune directeur. En même temps, il envoyait chercher Charles Saint-Dié, fort occupé alors de son nouveau recueil de *Traductions choisies*, ouvrage dédié au docteur Hugues qui en faisait les frais d'impression.

Moins d'une heure après, le jeune comte de Fontmarie et un futur élève de l'école de Saumur, monsieur Alfred d'Escormes, saint-cyrien de la promotion de Romuald, d'une part, monsieur Louis Vallier et Charles Saint-Dié, témoins de Théodore Fortunat, d'autre part, étaient réunis dans ce même café où Ernest de Roqueville avait passé, quelques mois auparavant, les plus cruels instants de sa vie.

Théodore Fortunat attendait dans son cabinet les résultats de leur conférence. Mais Romuald se promenait de long en large sur le trottoir voisin, et mieux eût valu mille fois qu'il fût partout ailleurs, car, sa scène avec Théodore s'étant ébruitée déjà, le vicomte de Lyomphe se hâta d'accourir à la compagnie universelle, l'aperçut faisant faction et l'aborda de l'air le plus affectueux :

— Très-bien ! mon jeune ami, — lui dit-il, — un militaire, un officier ne doit pas souffrir qu'on fasse courir des bruits injurieux sur ses parents.

— Que dites-vous ? — demanda Romuald sans se défier de l'ennemi de sa famille.

— Ce n'est pas moi qui répéterai les mille infamies que débite monsieur Fortunat. L'honneur d'une femme, la probité d'un homme, sont choses trop sacrées ! Adieu, mon bon ami, courage et succès !

Après avoir récolté tout ce que disaient les bureaux, le vicomte de Salanville se rendit chez les Vertuchet, où il réjouit singulièrement les trois Parques par le récit de son lâche propos jeté en passant au fils d'Emile et de Nathalie.

— Quoi qu'il arrive, — s'écria Lachésis, — nous ne pouvons qu'applaudir.

— Certes, — ajouta Clothon, — monsieur Fortunat, qui ménage les caissiers infidèles et fait perdre leurs places à d'honnêtes gens, n'aura que ce qu'il mérite, s'il attrape un bon coup d'épée.

— Et si c'est l'autre qui reste sur le carreau, — dit Atropos, — je ne le plaindrai guère, je vous en réponds, ni ce voleur de Franchard père, ni cette effrontée pécore de Nathalie.

— On a vu faire coup double ! — ajouta doucereusement Priot qui trouva bon d'imiter le vicomte, sortit, se présenta comme par hasard au malheureux Romuald et se complut à satisfaire sa curiosité par une longue confidence dont la précision devait accroître sa trop juste fureur.

Cependant les quatre témoins, avec plus de sagesse qu'on n'en aurait attendu de leur âge, cherchaient les voies de conciliation. Gilbert et Vallier n'avaient accepté leur rôle que dans ce but. Charles Saint-Dié sentait combien son ami Fortunat devait être désolé de se battre contre le frère de Denise. Alfred d'Escormes, quoique luron et ferrailleur, préférait en somme un joyeux souper à une rencontre. Mais comment arranger une affaire aussi grave !

— Rien de plus simple, — dit le saint-cyrien. — Que monsieur Fortunat cesse de s'obstiner dans son refus, qu'il se déclare prêt à épouser mademoiselle Franchard, aussitôt mon ami, qui ne peut vouloir tuer son futur beau-frère, lui fera des excuses en règle.

— Ceci s'appelle résoudre la question par la question, — dit Charles Saint-Dié, — car malheureusement mon ami Fortunat n'épousera jamais mademoiselle Franchard.

— J'avoue, — dit Vallier, — que je ne conçois pas ses motifs.

— Messieurs, — ajouta Gilbert, — les torts sont réciproques. La colère de Romuald nous paraît légitime à tous. Eh bien ! attendu les circonstances et pour respecter les secrets de monsieur Fortunat, il me semble que nous devrions étouffer l'affaire.

— Très-bien ! — s'écria Vallier. — Oui, les torts sont réciproques.

— Pardon ! — interrompit Charles Saint-Dié, — c'est monsieur Romuald qui est venu chercher querelle à mon ami, c'est lui qui a levé la main...

— C'est monsieur Fortunat qui a manqué à une parole donnée, — répliqua d'Escormes. — La sœur de Franchard est compromise.

— Erreur ! — crièrent à la fois les trois autres témoins.

— En définitive, messieurs, — ajouta Charles Saint-Dié, — que monsieur Romuald témoigne le moindre regret, je me charge du reste. Théodore, j'en suis persuadé, poussera la modération jusqu'aux dernières limites par égard pour mademoiselle Franchard elle-même.

— Bien ! — objecta l'élève de Saumur ; — mais tout cela n'apprend pas à mon ami la cause de la rupture et ne donne pas un mari à mademoiselle sa sœur.

— Mademoiselle Denise est charmante, — répondit Charles Saint-Dié. — Son père a maintenant une position superbe ; les partis ne manqueront pas !

Vallier et Gilbert s'entreregardèrent.

L'on tourna ainsi dans un cercle vicieux durant plus d'une heure. Enfin, les quatre témoins furent bien forcés de reconnaître que, si Romuald refusait d'exprimer un simple regret, on serait obligé de passer outre.

— Et sur-le-champ, messieurs ! — dit Alfred d'Escormes. — C'est le désir des deux adversaires, le vôtre aussi, je pense, et une nécessité pour moi qui pars, dès demain matin, pour Saumur.

Gilbert, chargé d'apaiser Romuald, le trouva dans un état d'exaspération épouvantable :

— Je sais tout enfin ! — dit-il. — Monsieur Fortunat prétend que mon père a volé dans sa caisse... Et ce n'est pas tout !... Si l'argent s'est retrouvé, c'est, d'après lui, parce que monsieur de Roqueville n'avait rien à refuser à ma mère ! Monsieur Fortunat serait à mes genoux et me supplierait de le souffleter vingt fois, ici même dans la rue, que je ne serais pas satisfait ! Moi, exprimer un regret, je n'en ai pas d'autre, entendez-vous, que de n'avoir pas craché au visage de ce misérable...

— Les misérables, — répliqua Gilbert, — sont les Lyomphe et les Priot qui ont calomnié monsieur Fortunat. Je vous déclare, moi, qu'il n'a jamais tenu les propos monstrueux dont ils l'accusent.

— Soit !... Eh bien ! il y a quelque chose de fort juste ! Monsieur Fortunat refuse de dire pourquoi il a manqué de parole à ma sœur. Qu'il m'écrive de sa propre main que mon père est, à ses yeux, un homme d'honneur à l'abri de tout soupçon ; qu'il m'écrive que ma mère est la plus honnête et la plus vertueuse des femmes ; je n'en demande pas davantage, et je lui ferai toutes les excuses du monde. Mais ensuite j'irai souffleter avec sa lettre les autres calomniateurs. Ah ! l'on n'épouse pas mademoiselle Franchard parce qu'elle est la fille d'un voleur et d'une femme vendue ! Voilà ce qu'on suppose, voilà ce qu'on colporte, voilà ce qu'on me donne à entendre, à moi. Ne m'a-t-il pas dit qu'il avait *chassé*... justement chassé mon père. Allons donc, Gilbert, le calomniateur, c'est lui ! Pour se débarrasser d'une promesse de mariage, pour se poser en honnête homme, on souille toute une famille ! Et puis, quel intérêt monsieur de Lyomphe et monsieur Priot avaient-ils à me répéter cela ?

— Ces gens-là sont les ennemis acharnés de votre père ; écoutez-moi, Romuald.

— Non ! Que monsieur Fortunat écrive la déclaration que j'exige ou qu'il vienne se battre. Je voudrais bien savoir ce que vous feriez, vous, si l'on accusait monsieur le docteur Hugues d'être un voleur ! Et pourtant vous n'êtes pas son fils.

Le duel était inévitable.

XLIV

IMPLACABLE.

Après avoir passé une nuit horrible, Denise sommeillait enfin. Emile et Nathalie se tenaient en silence auprès de son lit ; Simonne, entrant sans bruit, annonça le docteur Hugues. Il se hâtait de venir mettre un terme à la fausse position de madame Franchard, et, après les civilités d'usage, aborda résolûment la question :

— Parlons affaires, maintenant, — dit-il.

Nathalie fit le mouvement de se retirer ; il la retint.

— Madame n'est pas de trop, puisque c'est elle qui vous a servi d'intermédiaire pour l'emprunt des quarante mille francs. — Emile et sa femme tressaillirent à la fois.

— Quoique je n'aime guère à prêter, madame, ce que vous me dites de la part de monsieur votre mari, dans l'intérêt de vos deux enfants, me décida d'autant plus vite que j'entrevoyais la solution d'aujourd'hui. En deux mois, monsieur Franchard, il vous sera alloué cent actions de direction ; vous pourriez, à l'instant même, m'en céder quatre-vingts, et nous serions quittes ; mais je n'ai pas visé à faire une spéculation en venant en aide à votre famille, gênée par le double trousseau et la pension de votre fils, par les dépenses que vient de vous occasionner votre fille et les pertes que vous avez essuyées coup sur coup. Je désire, au contraire, que vous rétablissiez votre fortune : gardez donc la somme totale dont vous me servirez l'intérêt à cinq du cent. Cette proposition vous convient-elle ?

— Monsieur le docteur, — murmura Franchard avec émotion, — vous nous accablez de bienfaits.

— Laissons là les remerciments, — interrompit le docteur. — J'ai confiance dans votre capacité, votre probité, votre zèle et votre esprit de conduite. Madame Franchard le sait. Je regrette seulement de vous avoir parfois rencontré dans des maisons où l'on joue très-gros jeu.

— J'ai juré de renoncer au jeu pour toujours ! — s'écria Emile avec transport.

— Tant mieux ! mais achevons. Si je ne suis pas un usurier, je suis un homme sérieux, et suivant le proverbe, les bons comptes font les bons amis. Je déchirerai le reçu provisoire de madame Franchard, vous vous reconnaîtrez mon débiteur par une obligation en règle, et quant au capital, je serai toujours en droit d'en exiger le remboursement comme et quand bon me semblera ; enfin, vos actions de direction seront ma garantie.

— Rien de plus juste ! — fit Emile.

Nathalie admirait le docteur Hugues, qui la débarrassait d'un de ses plus désagréables soucis, tout en prenant les meilleures mesures contre l'inconduite à venir de monsieur Franchard.

— Les mines de Saint-Guilhem, du reste, sont une affaire excellente... — poursuivait le docteur, lorsque Germain, bouleversé, entra dans le salon et lui dit tout bas quelques mots : — Ma voiture ! — s'écria-t-il.

— Elle est à la porte !

— Pardon, madame !... A bientôt, monsieur !... une affaire urgente ! — dit le docteur qui sortit en toute hâte.

— Qu'arrive-t-il donc ? — demandait Simonne à Germain.

— Vous ne le saurez que trop tôt peut-être ! — répondit-il.

Emile, en ce moment, se jetait aux pieds de sa femme :

— Pardonnez-moi, Nathalie ! pardonnez-moi mes erreurs et mes colères injustes ! J'ai tous les torts, et vous n'en avez aucun. Vous me protégez par votre vertu ; vous me sauvez toujours !

— J'ai tâché de faire mon devoir de mère de famille, — répondit Nathalie avec dignité. — J'ai essayé de préserver mes enfants du déshonneur, de la misère, du désespoir. Mais ma fille souffre, monsieur ; permettez que je retourne près d'elle.

— Denise dort, Simonne la garde. Restez ! écoutez-moi ! Recevez la confession de mes fautes ! Ayez pitié de moi, car je vous aime plus que je ne vous ai jamais aimée !

— Monsieur, — dit Nathalie avec effort, — relevez-vous et à votre tour écoutez. Vous voulez bien renoncer à vos soupçons jaloux, vous dites que je vous sauve toujours...

— Oui, je le répète avec la rougeur au front et le remords dans l'âme. Plus je vous vois sublime en présence de mon indignité, plus mon amour pour vous devient un culte ; je vous aimais autrefois, maintenant je vous adore !... Oui, vous êtes mon ange sauveur, et je le dis enfin avec un repentir que ma reconnaissance seule peut égaler.

— Eh bien, monsieur, prouvez-moi cette reconnaissance en ayant pitié de moi, vous qui demandez pitié. Cessez de me poursuivre d'un amour impossible. Ne me faites plus de violences morales. Ne me persécutez pas.

— Nathalie ! serez-vous donc inexorable ?

— Jouons devant le monde un rôle qui m'est pénible ; soyons époux en présence de nos enfants, s'il le faut ; mais, dans le tête-à-tête, monsieur, respectez ma douleur incurable. Je sais tout, je cache tout, je pardonne tout. N'en exigez pas davantage, car j'ai le malheur de ne pouvoir rien oublier... rien, rien.

— Implacable ! — murmura Emile anéanti.

Nathalie, dévorant ses larmes, rentrait dans la chambre de Denise, dont une fièvre brûlante troublait le sommeil.

Les noms de Théodore, de Vallier, d'Etiennette et même de Gilbert, se pressaient sur les lèvres de la jeune malade. Le cauchemar l'étouffait. Elle se réveilla en sursaut dans un affreux délire.

Et Simonne, consternée par l'attitude, les regards et la réponse de Germain, pressentait quelque nouveau malheur.

— Monsieur Romuald sans doute, — pensait-elle, — va nous causer de nouveaux chagrins. La colère de Dieu est sur la maison de l'homme malhonnête. Ah ! si ce n'était pour madame, je ne voudrais pas demeurer ici une heure de plus.

Germain ayant appris la nouvelle du duel dont s'entretenaient hautement les domestiques du club maquignon, courut à la recherche du docteur qu'il ne trouva point d'abord.

Ce retard avait donné une avance considérable aux jeunes gens que deux voitures de louage conduisaient au bois de Boulogne.

XLV

LES CHATIMENTS.

. . . .

Dans la première des deux voitures, Théodore Fortunat disait avec calme à Charles Saint-Dié et à Vallier ses témoins :

— J'ai fait jusqu'à présent tout ce qu'il m'était possible de faire. J'ai mis trop de délicatesse peut-être à refuser à monsieur Romuald la connaissance de la vérité. Tu me comprends, Charles ; vous me devinez, Vallier, mais vous imiterez ma conduite. Madame et mademoiselle Franchard, monsieur Romuald lui-même, malgré son emportement, méritent d'être ménagés. — Une lumière cruelle se fit dans l'esprit de Vallier, qui aimait encore Denise, quoique sa mère et le docteur Hugues voulussent lui voir préférer Etiennette, et quoiqu'il connût enfin les sentiments secrets de Gilbert. — Cependant, — continuait Théodore, — je persévérerai dans mes intentions. Je pousserai la modération jusqu'à l'extrême sur le terrain, je m'efforcerai d'épargner monsieur Romuald, et enfin je souffrirai qu'on dise que j'ai rompu mon mariage pour des questions d'intérêt.

— Je serai toujours prêt à témoigner le contraire ! — s'écria Charles Saint-Dié.

— Ma conscience est tranquille. Comme directeur, je n'aurais fait aucune grâce à monsieur Franchard ; mais puisqu'il a été sauvé par des circonstances invraisemblables, je ne veux ni ne dois, comme homme, lui faire le moindre tort. Je me plais même à espérer qu'il s'amendera. Je n'oublie pas combien j'ai aimé sa fille. S'il m'était possible de contribuer au bonheur de cette pauvre jeune personne, je le ferais avec joie ; aussi serais-je au désespoir de blesser grièvement son frère. Voilà, messieurs, dans quels sentiments je vais me battre ; je suis triste, mais sans colère. Les moindres excuses m'auraient suffi, et pourvu que mon honneur reste sauf, je me tiendrai satisfait.

Avant que l'on fût sur le terrain, Vallier s'était dit :

— Pas plus que monsieur Fortunat je ne puis m'allier à une famille tarée. Non ! je ne résisterai plus à ma mère ; je dirai à monsieur Gilbert que je cesse d'être son rival.

Autant la tristesse de Théodore était calme et digne, autant la douleur de Romuald était furieuse. Il s'emportait, il se trahissait lui et les siens en termes d'une crudité révoltante. Alfred d'Escormes partageait son indignation. Gilbert gardait un morne silence. Que pouvait-il dire ? Romuald ne supportait pas la moindre observation. Et puis, il crut devoir respecter ses illusions filiales. Ce n'est point là, sans doute, ce qu'eût fait le docteur Hugues, mais Gilbert n'avait ni l'audacieuse prudence ni l'autorité patriarcale de son vieil oncle.

Les conditions du duel ayant été réglées, les deux adversaires furent mis en présence.

Le soleil s'abaissait par delà les bois quand les fers se croisèrent. Romuald vociférait. Ce qu'il disait acheva de convaincre Vallier des vrais motifs de Théodore Fortunat, qui restait admirable. Injures ni clameurs ne lui ôtèrent son calme.

Trois fois il détourna l'épée du jeune sous-lieutenant ; trois fois, avec une impétuosité farouche, Romuald revint à la charge.

On entendit rouler une voiture lancée à toute vitesse.

— Je les vois ! — fit Germain.

— Arrêtez ! arrêtez ! Gilbert, désarme-les ! — criait le docteur Hugues.

Trop tard ! Romuald, ivre de rage, s'était fait blesser ; il voulait continuer la lutte ; ses témoins le retinrent jusqu'à l'instant où il tomba épuisé.

Le docteur Hugues pansa la blessure.

— Est-ce grave ? — demanda le jeune comte de Fontmarie.

— J'espère que non ! mais, à présent, c'est à toi d'aller prévenir la famille Franchard de la nouvelle de ce malheur. Pourquoi ne m'avoir rien dit ? J'aurais tout empêché.

. . . .

Les témoins, d'un commun accord, attestèrent que, jusqu'à la fin, Théodore avait ménagé ses coups avec la plus généreuse imprudence. Le docteur l'en loua et enfin ramena Romuald chez ses parents déjà consternés par le récit de Gilbert.

Nathalie, jetant à Emile un regard foudroyant, lui montrait d'une main Romuald blessé, de l'autre la chambre où Denise délirait toujours.

Emile Franchard se cacha le visage. On ne vit point ses larmes, mais on entendit ses sanglots mal étouffés.

— La leçon est complète, — dit le docteur Hugues à Gilbert lorsqu'ils se retirèrent ensemble. — Dieu veuille maintenant qu'elle ne soit point plus terrible !

Le vide s'était fait peu à peu autour de la triste demeure de Nathalie. Tous les intimes d'autrefois avaient disparu, et la foule banale des complimenteurs s'était envolée comme les hirondelles à l'approche de l'hiver.

Elle avait tant pleuré, tant souffert, tant comprimé de douleur ! chaque jour encore, la seule présence de son mari lui faisait éprouver tant d'émotions navrantes, qu'elle ne pouvait plus inspirer qu'une pitié fort maussade. Les femmes la fuyaient.

Vallier, après avoir été désolé d'être obligé de servir de témoin à son jeune directeur, profita de la circonstance pour ralentir et discontinuer ses visites. D'abord il vint s'informer de l'état de Romuald et déclarer que son unique but avait été d'empêcher le duel ; mais, Romuald une fois rétabli et entré à l'école d'état-major, on ne le revit plus.

Denise en fut affectée ; une mélancolie profonde la minait.

Romuald, que dévorait un mal semblable, ne venait presque jamais voir ses parents.

Quant au jeune comte de Fontmarie, découragé par la froideur affectée de Denise, contrarié par la rencontre désagréable de monsieur Franchard, et peiné de ce que son oncle lui refusât d'inviter madame et mademoiselle Franchard à passer la belle saison au château, il alla promener ses ennuis dans les splendides solitudes de Larchant.

Alors la compagnie des mines de Saint-Guilhem était définitivement organisée. Horace de Beauregard, les Valvert, le duc de Traymontpré, leurs amis et le docteur Hugues avaient abattu la coterie du vicomte de Lyomphe, dont le désappointement et la rancune étaient également excessifs. Emile Franchard, entré en fonctions avec le titre de directeur fondateur, en se conformant aux avis du docteur Hugues, président du conseil de surveillance, donnait à l'entreprise un élan inespéré. Les actions montèrent de cent pour cent en moins de trois mois.

Mais, vers le milieu de l'été, à l'époque même où la fortune d'Emile Franchard se relevait ainsi à vue d'œil, une nouvelle crise eut lieu dans sa famille. La haineuse activité du vicomte de Lyomphe, de Priot et des Vertuchet, en fut assurément la cause principale, bien que la cause déterminante fût une maladresse de Romuald. Sans prendre aucun ménagement, il dit, en présence de sa sœur, qu'on parlait du prochain mariage de monsieur Théodore Fortunat avec une personne fort riche...

Denise poussa un cri de désespoir, elle se trouvait mal. Nathalie courut à elle.

— Malheureux ! — dit Emile à son fils, — veux-tu donc tuer ta sœur ?

Le jeune officier répondit sourdement :

— Si c'est un membre de sa famille qui la tue, à coup sûr ce n'est pas moi !

— Qu'est-ce à dire ? — s'écria Emile exaspéré.

— Vous devez bien me comprendre, vous ! — repartit Romuald d'un ton farouche.

— Sors d'ici... et ne reparais plus devant moi ! — reprit Emile levant la main avec fureur.

Romuald, d'un regard insolent, bravait son père. Nathalie s'interposa. Mais Franchard était dans l'état violent qui le rendait indomptable ; il repoussa brutalement sa femme :

— De quel droit vous mêlez-vous à ceci ! Vous savez bien, madame, qu'il n'y a plus rien de commun entre nous.

En même temps, il se précipitait de nouveau sur Romuald, qui l'attendait immobile. Par bonheur, Simonne était accourue et, se jetant entre eux :

— Tenez ! — dit-elle avec force, — vous ne valez pas mieux l'un que l'autre !

Cependant elle s'élançait sur Romuald, qui sortit en vomissant une imprécation impie.

Nathalie épouvantée retenait son mari au nom de sa fille.

— Elle est évanouie ! Mais, tôt ou tard, elle surprendrait quelques scènes semblables, et, dans cette maison maudite, tout mon amour ne la sauverait pas.

Une horreur stupide était peinte sur les traits d'Emile haletant. Avait-il entendu l'apostrophe de Simonne ? Non, sans doute. Mais il avait compris que son fils Romuald n'avait pas moins de mépris pour lui que sa sa femme elle-même. Un état de prostration totale succédait à son accès de colère paternelle. Un mot ignoble et fatal, châtiment hideux, se dressait devant lui : « Voleur ! voleur ! voleur ! »

Romuald était retourné à l'école d'état-major.

Denise, le soir même, entra au couvent des Colombelles, où Etiennette devait essuyer ses larmes avec la tendresse d'une sœur.

Le vide était complet dans la triste demeure de Nathalie.

Emile Franchard s'acquittait de ses fonctions avec un zèle scrupuleux, et, tenant sa parole à la lettre, avait pour ses égarements une haine qui le portait à fuir les plus innocentes distractions; à peine le voyait-on, pour la forme seulement, au club, où il jouissait d'un estime basée sur ses prompts succès.

— Dès notre premier semestre, messieurs, — disait Horace de Beauregard, — la valeur de notre capital a plus que doublé. L'exploitation prospère, les débouchés abondent; depuis trente ans on n'a point vu d'affaire administrée avec autant de sagesse.

Tout cela était vrai, palpable, publiquement connu sur la place de Paris. Que signifiaient désormais les propos haineux de Lyomphe et de la coterie Vertuchet? Si monsieur Fortunat, homme sérieux qui visait à faire un très-grand mariage, n'avait pas épousé mademoiselle Franchard et s'était battu en duel avec son frère, qu'est-ce que cela prouvait? Avant ni après le duel, il n'avait dit un mot de nature à diminuer la considération si justement due à monsieur le directeur de la compagnie de Saint-Guilhem.

La réaction était à la Bourse, dans le monde des affaires et par suite dans le monde proprement dit. Ainsi se fait l'histoire.

Mais, dans son intérieur, Emile Franchard ne rencontrait que réprobation. Le temps, loin d'apporter un soulagement à ses souffrances, les aigrissait et les envenimait. Elles renaissaient, elles augmentaient chaque jour.

Après la rupture du mariage de Denise et sa longue maladie, après la déplorable blessure qui mit en danger la vie de Romuald, après les soupçons, les terreurs, la jalousie, le remords, la honte et les scènes déchirantes, venait la douleur sans égale : son amour.

Ce n'était point assez d'avoir été outragé par son fils, ce n'était point assez d'être privé de sa fille, l'ange du foyer domestique, il aimait Nathalie d'un amour que l'estime, la reconnaissance et l'admiration avaient rendu semblable à une plaie dévorante qui ne cesse de grandir.

Nathalie, mère infortunée, après avoir accompli tous les sacrifices, était devenue de glace et de marbre pour l'auteur de ses maux. Son corps amaigri et brisé par la torture appartenait encore à son bourreau; son âme était morte à jamais pour cet époux qu'elle avait tant aimé.

Il demandait un mot de pardon, un regard indulgent, un encouragement, fût-ce pour l'avenir lointain, un mouvement de pitié, un semblant de regret; il n'obtenait rien, pas une marque d'attention. L'attitude seule de Nathalie lui répondait : Jamais!

Elle évitait ses regards; elle partageait ses repas sans qu'une parole fût échangée; il ne l'entendait même plus soupirer. Les longs tête-à-tête de la soirée étaient le silence; le silence au matin suivait le réveil de Nathalie.

Le nouvel amour d'Emile Franchard avait pris des proportions monstrueuses en se développant dans cette morde contrainte comme des chaînes qui croîtraient entre l'étau et la lime. Cet amour, plus puissant que le sentiment paternel, avait toute la violence des passions qu'Emile lui avait immolées.

Il était sa pensée de toutes les heures de la nuit, la douleur de tous ses instants de loisir. Timide comme le sont les amours profonds et terribles, cet amour grondait sans trêve au fond d'un cœur où le remords l'enlaçait dans ses plis et le mordait de ses dents de vipère.

Voilà ce que souffrait Emile; mais Nathalie songeait à son fils coupable, à sa fille innocente, tous deux exilés de la maison paternelle, par la faute de celui qui aurait dû les y rendre heureux.

Aussi, chaque fois qu'Emile parvint à rompre le silence, elle, avec un calme sévère l'y réduisit en peu de mots :

— Je suis la mère de Denise, et monsieur Fortunat se marie... Je suis la mère de Romuald qui se meurt du chagrin d'être votre fils!... N'oubliez pas, monsieur, qu'il n'y a plus rien de commun entre nous; vous l'avez dit. — Un jour elle fut ironique : — Pour jouer nos rôles d'époux,— dit-elle,— attendons le public! — Emile osant insister, elle se retira d'un pas lent sans même sembler l'entendre. Une autre fois enfin : — Monsieur, — dit-elle d'un ton posé, — je veux sauver les apparences, mais je ne puis mentir en disant que je vous aime. Ah! ne m'obligez pas à me réfugier, moi aussi, dans un couvent.

Emile resta muet sous le coup de cette menace. Il la voyait au moins; il contemplait en elle l'image vivante de son bonheur détruit :

— Qu'elle demeure! — murmura-t-il, — dussé-je mourir de son mépris invincible!...

Après avoir blâmé, sévèrement peut-être, l'indulgence excessive du docteur Hugues, qui avait voulu rendre le repentir possible pour le coupable et détourner la flétrissure d'une famille digne d'intérêt, condamnera-t-on la froideur de Nathalie? Elle avait pardonné en se sacrifiant elle-même, en bannissant Ernest de Roqueville son consolateur, en se séparant de sa fille, en continuant de séjourner dans un enfer domestique où elle veillait encore en bonne ménagère à tous les détails matériels.

Elle avait ordonné à Simonne d'être soumise et respectueuse; Emile était servi avec un soin attentif; on prévenait ses besoins, on se conformait à ses goûts, on allait au-devant de ses désirs; Nathalie ne proférait pas une plainte; elle ne provoqua jamais la moindre scène; elle ne parla jamais de sa fille ou de son fils que pour repousser les expressions d'un amour odieux.

Elle subissait des châtiments qu'elle n'avait point mérités et s'y résignait en martyre du devoir. Si elle en infligeait un, certes ce n'était point par esprit de vengeance, mais rigoureusement malgré elle, car ce n'était sa volonté, sa jalousie, ni sa colère, ce n'était aucune passion qui avait fermé son cœur : c'était le mépris.

Celui qui en supportait le poids était d'autant plus à plaindre qu'il l'avait mérité et qu'il le sentait.

Mais elle, la pauvre femme, trouvait partout, trouvait sans cesse des aliments à sa douleur. Allait-elle voir sa fille, elle revenait plus affligée au désert de son foyer maudit, où elle ne recevait plus aucune nouvelle de son fils Romuald.

Médisances et calomnies, le malheureux jeune homme croyait tout. Les Vertuchet, Priot, le vicomte de Lyomphe, avaient éveillé ses soupçons; ses réflexions fiévreuses les confirmèrent. Il trouva la conduite de Théodore conforme aux strictes lois de l'honneur.

Il se rappela que Gilbert et Vallier avaient toujours protesté pour lui et acquit la preuve que la rupture du mariage l'avait rendu sérieusement malade.

Il se procura la copie d'une des lettres anonymes et y rencontra le nom de Roqueville. Le lendemain de l'inspection de la caisse, monsieur de Roqueville, renonçant à son indépendance, avait sollicité un emploi; c'était donc lui qui avait comblé le déficit.

Ainsi Romuald se démontra ce que le monde rejetait désormais comme un tissu de calomnies. Eh! que lui importait la prospérité de la compagnie de Saint-Guilhem! Le docteur Hugues, messieurs de Beauregard et autres étaient autant de dupes.

Il ne pouvait demander à personne réparation de la honte de sa famille. Contre qui croiser le fer? qui punir? Les seuls coupables étaient son père, sa propre mère; les victimes, sa sœur et lui.

Deux mois après son expulsion de la maison paternelle, Nathalie, attristée, puis alarmée de son long silence, résolut enfin d'aller le voir.

XLVI

PÈRE ET MÈRE HONORERAS.

Toujours impétueux, toujours bouillant, mais sombre et poursuivi par une idée poignante comme un remords, Romuald fit à sa mère un accueil navrant :

— Madame, — lui dit-il après lui avoir offert un siége, — j'avais espéré que toutes relations étaient rompues entre nous.

— Mon fils ! — murmura Nathalie, — souvenez-vous de ce précepte divin : « Père et mère honoreras... »

— Pour vivre longuement, n'est-ce pas ? — répondit Romuald : — mais je ne désire, moi, que de mourir..., puisque je ne puis honorer ni père ni mère.

Nathalie se leva frémissante :

— Monsieur mon fils ! — dit-elle, — nous nous expliquerons d'abord, et vous me demanderez pardon ensuite. Parlez, je vous l'ordonne !

— A quoi bon, madame ? Votre visite, vos ordres, vos questions me font sortir des convenances que je voulais garder. Mais comment respecter ce qui n'est pas respectable ?

— Faisons le grand jour, monsieur ! — s'écria encore Nathalie, — votre mère l'exige ! Allons, accusez vos parents ! Insultez-moi en face ; je le veux, cette fois !

— Madame, — répondit Romuald avec amertume, — puisque vous m'ordonnez de parler, j'obéis. Ma sœur était aimée par un homme d'honneur ; elle a été délaissée pour une double question d'honneur. Eh bien ! par les mêmes motifs qui ont empêché monsieur Théodore Fortunat de devenir votre gendre, je suis résolu, moi, à vous devenir étranger.

— Ces termes vagues n'éclaircissent rien, s'écria Nathalie : — pourquoi ne pouvez-vous plus m'honorer moi, votre mère !

— Mon Dieu ! — dit Romuald, — j'ai manqué de respect envers monsieur Franchard, je le regrette, car je ne saurait lui faire d'excuses. Une horrible vérité a détruit mon respect, mon estime, mon affection pour lui. Je sais qu'il y a eu un déficit et je sais, de plus, comment ce vide a été comblé.

— Achevez ! achevez donc !

— Eh bien ! c'est monsieur de Roqueville qui a fourni la somme nécessaire.

— Soit !... mais, après ?

— Madame, — murmura Romuald interdit, — pendant toute ma jeunesse je vous ai vénérée : ne me contraignez pas aujourd'hui...

— A quoi !... A me dire que vous ne me vénérez plus... Mais vous l'avez dit déjà, et je vais vous répondre.

Après un instant de silence, le front haut, les yeux ardemment fixés sur Romuald, qui baissa les siens, et d'une voix vibrante :

— Parce qu'il s'est trouvé dans le monde un homme assez généreux pour sacrifier sa fortune et son indépendance à l'honneur du nom que vous portez, vous ne m'honorez plus ! Parce qu'un acte de dévouement sublime a racheté une action condamnable, celle qui vous nourri de son lait et de ses leçons saintes est une femme indigne de votre respect ! Ah ! je suis une épouse adultère, une misérable qui se vend, et vous me méprisez parce que j'ai sauvé mon mari !... Tenez ! vous n'êtes pas digne de me regarder en face ! Mais regardez-moi ! regardez-moi, vous dis-je !

Romuald tremblant recula devant le regard irrité, mais pur et en quelque sorte céleste, de Nathalie, qui ajoutait :

— Et sur la foi de qui ? D'après quels infâmes calomniateurs avez-vous cru à cet ignoble marché ? A genoux, fils ingrat, car devant Dieu je suis la première victime, moi, et là où je reste épouse soumise, votre devoir était de rester fils respectueux !

— Pardon ! — murmura Romuald en joignant les mains.

— Quant à votre père, — ajouta Nathalie, — vous ne devriez point vous permettre de le juger. Si vous vous rappeliez les premières leçons de votre mère chrétienne, un faux point d'honneur ne ferait point de vous un fils rebelle ; vous ne blasphémeriez point, vous imploreriez la miséricorde divine ! Voulez-vous obtenir de moi votre pardon, humiliez-vous d'abord devant monsieur Franchard...

— Oh ! ma mère ! — dit Romuald, — j'ai été bien coupable envers vous ; je vous ai méconnue. Pardonnez-moi, par pitié !

— Non ! Est-ce à vous d'être le bourreau de votre père ? Écrivez-lui ! qu'il vous rouvre la porte de sa maison, alors moi je vous rouvrirai les bras.

Romuald, qui s'était relevé, dit sourdement :

— De votre propre aveu, ma mère, monsieur Franchard est coupable.

— Le fût-il cent fois plus, vous êtes son fils. — Nathalie poussa la magnanimité jusqu'à pallier autant que possible les fautes de son mari : — D'ailleurs, n'exagérons rien ! — reprit-elle. — Votre père a commis une imprudence qui aurait pu avoir d'affreux résultats, mais son intention ne fut jamais de s'approprier le bien d'autrui. S'il y a eu un déficit pendant vingt-quatre heures, personne n'en a souffert, personne n'a rien perdu ; monsieur de Roqueville lui-même a été remboursé très-peu de jours après de l'avance qu'il nous fit. Enfin, monsieur Fortunat a été trop sévère peut-être, surtout envers Denise ; mais vous, mon fils, vous n'avez le droit de l'être envers personne.

— Si ! — pensa Romuald, — et je sais envers qui maintenant !

Son front se couvrit de rougeur ; il avait été injuste envers sa mère qu'il retrouvait digne de tout son respect et de tout son amour filial. Son orgueil céda devant sa joie, et sous cette impression il promit sincèrement de faire tout ce qu'elle exigerait.

Elle finit par le presser dans ses bras.

Et lorsqu'après cette scène affligeante elle rentra enfin, il lui fut permis de se dire avec une fierté pieuse :

« — J'ai rendu le bien pour le mal. C'est par moi que le père et le fils se réconcilieront »

Dès le lendemain, en effet, Emile reçut une lettre dont les termes parfaits le touchèrent moins que le récit de l'intervention de Nathalie.

— Madame ! — s'écria-t-il, — souffrez au moins que je vous exprime ma reconnaissance. Vous êtes allée vers mon fils pour le forcer à me demander pardon et à me témoigner son respect. Si je ne vous aimais de toute la puissance de mon âme, je serais un ingrat.... je mériterais votre haine.

— Monsieur, — répondit gravement Nathalie, — il est de mon devoir d'employer toute mon influence maternelle à vous conserver le respect de vos enfants. Si je ne puis que vous servir, moi, je veux au moins qu'ils vous consolent.

— Mais qui vous consolera jamais, vous ? — dit Emile d'un accent plaintif et passionné.

Sans retourner la tête, elle se retira :

— Oublier ! oublier ! — disait-elle amèrement, — ah ! si je pouvais oublier !

XLVII

JEAN-CASIMIR FRICOTIN.

Il est des natures délicates qui peuvent se résigner à tous les maux, se soumettre à tous les traitements, mais non se bourber au niveau d'une bassesse. Elles pardonnent le coup de poignard, elles n'oublient point la tache de boue.

Nathalie, parlant à son fils, avait su atténuer la faute de son mari; les mêmes arguments n'eurent sur son esprit aucune puissance. Ce fut en vain qu'Emile et le docteur Hugues les invoquèrent auprès d'elle, en vain qu'elle les médita :

— Fi donc! — murmurait-elle avec un dégoût amer. — Je vois toujours cette main plongée dans un coffre d'argent, où elle étouffe mon dernier reste d'amour.

Devant les vertus de Nathalie, l'amour d'Emile avait grandi par l'admiration; mais il n'avait rien à pardonner, ce fut là son supplice. Il voyait quels efforts elle faisait pour l'épargner, le soigner, le servir; il pénétrait jusqu'à ses plus secrètes pensées; il sentait qu'elle ne l'aimerait plus; c'était là le comble des tortures.

Les apparences étaient sauves pourtant. Et, dans le monde, au retour de l'hiver, chez madame la baronne de Senneval, à l'époque précisément où se maria enfin Théodore Fortunat, quand on parla de la famille Franchard, dont l'absence étonna quelques niais, il n'y eut qu'une voix pour répéter que Nathalie était *la plus heureuse des femmes*.

Son mari occupait une position magnifique et faisait fortune avec une rapidité prodigieuse; il était aux petits soins pour elle : ménage charmant!

Son fils, excellent sujet, rangé, studieux et mûri par le duel qu'il avait eu avec monsieur Fortunat, entrait brillamment dans la carrière militaire.

Quant à sa fille, chacun savait combien elle était charmante, bien élevée, docile, aimante. Monsieur Fortunat pourrait bien avoir fait un faux calcul, car, si la dot était mince, les espérances devenaient superbes.

— Qu'on ne parle plus de mines d'or! — disait Horace de Beauregard; — celles de Saint-Guilhem valent mieux que celles de la Californie.

Le notaire Montmichel attestait que toutes les hypothèques dont les biens des Franchard avaient été grevés étaient purgées maintenant.

Enfin, certaines personnes se disant bien informées prétendaient que monsieur le comte Gilbert de Fontmarie était fort épris de mademoiselle Franchard et songeait sérieusement à demander sa main. Le monde est un Argus sujet à mille erreurs, mais à qui rien n'échappe, mensonges ni vérités.

Bref, l'union hypothétique de mademoiselle Denise avec monsieur le comte Gilbert de Fontmarie achevait de faire proclamer madame Franchard *la plus heureuse des femmes*.

Elle avait bien changé! Depuis deux ou trois ans elle avait beaucoup vieilli! On ne peut être éternellement jeune, jolie et adorée. Elle paraissait malade...

— N'oublions pas, mesdames, qu'elle a été fort éprouvée. La rupture du mariage de sa fille, le malheureux duel de son fils, l'horrible histoire des lettres anonymes et les propos du fameux vicomte de Lyomphe...

— Dites donc du célèbre Jean-Casimir Fricotin.

— Qu'est ceci, de grâce?

— D'où arrivez-vous, ma chère amie? Vous n'avez donc pas lu le recueil de *Traductions choisies* de Charles Saint-Dié?

— J'arrive de mes terres d'Anjou, Fricotin m'est inconnu, et je ne sais de quel recueil vous me parlez.

— Madame, j'aurai donc l'honneur de vous apprendre que Jean-Casimir Fricotin, personnage désormais historique, n'est autre que le *soi-disant* vicomte de Lyomphe, *soi-disant* auteur de *Job*, des *Aventures d'Athanasius*, des *Pensées d'Outre-Manche*, de la *Piattonaïa* et de vingt autres chefs-d'œuvre de même farine.

— D'honneur! tout ceci est de l'hébreu pour moi.

— Paris entier ne rit que de la généalogie de Fricotin.

— Le docteur Hugues est impayable, mais aussi de quoi s'avisait monsieur Fricotin en usurpant le nom de sa bisaïeule maternelle...

— Quand on est Fricotin, — dit Horace de Beauregard, — gare à l'Espadès!...

— Franchement, j'aimerais mieux m'appeler de Lyomphe que Fricotin, — dit Lucien de Valvert.

— Eh bien, moi! — réplique son frère Jules, — à la place de l'ex-vicomte, j'aimerais mieux m'être toujours enorgueilli d'être Fricotin de père en fils.

— Mais, — demanda Victor d'Ambrezil, — n'a-t-il pas essayer de couper la gorge à Charles Saint-Dié?

— Pas si brave! pas si sot! — fit le duc de Traymont-pré, — le drôle a disparu sans qu'on sache ce qu'il a pu devenir.

Romuald Franchard, mieux informé, entrait, à peu de jours de cette conversation dans un estaminet où l'ex-vicomte de lettres était fort occupé de gagner une poule. A défaut de la direction des mines de Saint-Guilhem, Basile de Satanville arrachait sa vie au carambolage.

Il venait de faire un coup supérieur et la galerie applaudissait, quand un claquement de main beaucoup plus sonore attira l'attention générale.

Cette main avait rencontré sa joue gauche; la droite en pâlit, mais il n'osa reculer devant la provocation.

Le ci-devant gentilhomme avait droit au choix des armes et choisit le pistolet.

Favorisé par le sort, il tira le premier et atteignit Romuald en pleine poitrine.

Romuald, avant de perdre connaissance, ajusta, fit feu et cassa les reins de son adversaire, qui, malgré les avis des témoins, prenait lâchement la fuite.

Ainsi finit très-haut et très-puissant vicomte de Lyomphe, sire de Satanville, bas-bleu masculin et mandarin lettré, né Jean-Casimir Fricotin, comme le constate son acte de décès.

Romuald mourant fut rapporté chez sa mère.

— Diable! — fit Priot, — si par malheur le fils de maître Franchard se rétablit, je me sauve à l'étranger, car après Lyomphe viendrait mon tour.

XLVIII

LE CŒUR DE GILBERT.

Au couvent des Colombelles, Etiennette et Denise se retiraient à l'écart où les sous-maîtresses, qui ne les traitèrent jamais en enfants, leur permettaient de causer sans contrainte. Elles s'ouvrirent leurs cœurs dès le premier soir.

— Chère Denise, vous êtes délaissée par un ingrat, — disait Etiennette, — je pleurerai avec vous comme une sœur. Ne vous lassez point de me raconter vos chagrins, j'en prendrai ma part, et vous soulagerez ainsi votre cœur oppressé. — L'aimable compagne, à qui une ingénieuse pitié dictait les expressions les plus propres à la consoler un peu, disait encore à Denise que, bien souvent le malheur d'aujourd'hui est cause du bonheur de demain. Elle se prenait pour exemple et touchait Denise, distraite ainsi de ses propres douleurs par le récit bien autrement dramatique des malheurs de son amie : — J'ai perdu mes parents à l'âge où, dans la classe ouvrière, on est le plus exposée; je commençais à peine à gagner ma vie et j'étais seule au monde. Mais la Providence permit que madame Vallier s'intéressât à moi autant que je m'intéressais à elle. Les bons conseils de cette excellente dame m'ont soutenue; ses leçons m'ont préservée du seul malheur qui soit irréparable. Ah! si j'avais eu tout d'abord pour voisine la méchante femme qui lui succéda, je serais tombée dans le vice, j'y aurais péri sans doute. Et c'est pourtant à l'excès de mes maux que je dois d'être aujourd'hui pleine d'espérances. Si la vieille Italienne n'avait essayé de me pervertir, monsieur le docteur Hugues ne saurait même point que j'existe. — Etiennette émut encore Denise en lui parlant de ses timides amours pour Louis Vallier : — Il ne se doutait guère de ce que j'éprouvais. Sa présence faisait battre mon cœur; je rougissais à sa vue; je connaissais son pas; je frémissais de plaisir en entendant sa voix, et, s'il m'adressait quelques mots bienveillants, je les recueillais et me les répétais ensuite avec délices. Mais je n'étais qu'une pauvre petite voisine d'une classe inférieure, sans avenir. Il ne pouvait m'aimer. Qui sait s'il n'en aimait point une autre! — Denise se prit à sourire avec une ineffable tristesse. Etiennette poursuivit : — Il quitta la maison où j'habitais; je perds, avec les sages leçons de sa mère, tout ce qui faisait ma force et ma joie; j'étais désespérée. Bientôt après, vous savez quels piéges on me tendit. Eh bien! aujourd'hui, l'éducation m'est donnée, l'avenir se rouvre; madame Vallier elle-même m'encourage, le docteur Hugues m'appelle sa fille, et rien ne manquerait à mon bonheur, si je parvenais à calmer vos peines. Croyez-moi, ma chère Denise, vous aussi vous serez consolée comme vous méritez de l'être.

— J'ai déjà trouvé en vous la meilleure des amies, — disait Denise en l'embrassant.

Les deux jeunes filles, avec une égale délicatesse, se cachèrent toutefois l'une à l'autre une petite partie de leurs secrets. Jamais Etiennette ne dit qu'Emile et Romuald l'avaient harcelée au bal de l'Opéra; jamais Denise ne dit que Vallier l'eût courtisée, mais elle se plaignait amèrement de la légèreté souvent cruelle des jeunes gens du monde.

— Après monsieur Fortunat, il en est venu d'autres tout prêts à se conduire comme lui, au risque de me rendre folle de douleur.

Et à ces mots, se rejetant sur le jeune comte Gilbert de Fontmarie, elle maltraita sa galanterie avec une verve mordante.

— Chère Denise, est-ce vous qui parlez? — dit avec douceur Etiennette surprise et attristée. — Non! ce n'est pas monsieur Gilbert qui mentirait à une jeune fille. S'il vous a dit qu'il vous aime, et depuis longtemps, permettez-moi de m'en réjouir. Heureuse mille fois sera la préférée d'un cœur si loyal! Monsieur Louis n'a que deux amis dont il fasse l'éloge sans réserve, l'un est monsieur de Roqueville que vous connaissez aussi, l'autre est monsieur le comte Gilbert.

— Etiennette, vous croyez que le malheur me rend injuste; la reconnaissance vous rend trop indulgente. Je serais moi-même une ingrate, si j'oubliais combien monsieur Gilbert est brave, généreux et bon. Il m'a sauvé la vie, il a toujours été rempli d'amitié pour mon frère et de prévenance pour moi, mais...

— N'achevez pas, Denise! Il vous aime, car il vous l'a dit. Et c'est lui qui vous consolera... Et alors vous pourrez, comme moi, vous féliciter de vos douleurs passées. Je ne sais point, moi, si monsieur Théodore a jamais été digne de vous; je sens que monsieur Gilbert le serait toujours!...

— Etiennette! — murmura Denise en pleurant, — votre amitié pour moi vous égare.

— Non! monsieur Gilbert n'a pu vouloir vous tromper.

— Mon Dieu! — fit Denise, — qu'il ait été sincère un instant, c'est possible! mais il me tromperait, tout comme les autres, sans l'avoir voulu... — Etiennette insistait chaleur. — Vous ne connaissez pas le monde, — dit encore Denise. — Les déclarations ne coûtent rien à ces messieurs. Leurs moindres caprices, à les entendre, sont des passions éternelles. Autant en emporte le vent. Monsieur Théodore et monsieur Gilbert ne sont pas les seuls qui aient prétendu m'aimer d'enfance; il en est d'autres dont on vante aussi la droiture et la sincérité. Une occasion imprévue changera du soir au lendemain l'état de leurs cœurs, et ils oublieront tout ce qu'ils vous débitaient la veille.

. . . .

Etiennette, fort heureusement, ne saisit pas cette allusion que Denise n'eut garde de rendre plus claire. Mais, fort naturellement, Gilbert devint le sujet d'entretiens qui éloignaient d'autant le souvenir de Théodore. Etiennette se fit raconter dans les plus grands détails les divers rapports de son amie avec le jeune comte à Larchant, à Nemours, au château de Fontmarie, puis à Paris, dans le monde ou chez ses parents. Elle déduisait ingénieusement de mille circonstances fugitives les preuves d'une constance que Denise n'admettait pas. Chaque jour Etiennette trouvait quelque raison meilleure.

— S'il m'avait aimée, — dit enfin Denise, — il aurait pu demander ma main.

— Non! votre cœur n'était plus libre. Il le voyait, il en souffrait, il ne voulait point s'exposer à un refus. Ensuite vous l'avez découragé vous-même.

— S'il est découragé, il a cessé de m'aimer : à quoi bon me parler de lui?

— Parce que je crois fermement qu'il vous aime toujours, et je saurais bientôt toute la vérité, si vous me promettiez de ne pas le décourager davantage.

— Que feriez-vous donc?

— Je lui écrirais comme à un frère, — dit vivement Etiennette, — trop heureuse de pouvoir lui rendre un peu de bien pour tout celui qu'il m'a fait. Ah! permettez-moi de lui donner le moindre espoir!

Denise soupira, devint rêveuse et dit en pleurant :

— Non! tant que Théodore ne sera pas marié, je ne veux rien savoir, moi!

— Denise, mon amie, — dit Etiennette avec douceur, — oubliez-vous que monsieur Fortunat s'est battu contre monsieur votre frère?

— Mon frère pardonnerait tout avec joie, s'il réparait enfin ses torts.

Etiennette tenait de Denise elle-même que Théodore Fortunat recherchait une autre alliance et, peu de jours après, elle apprit confidentiellement de madame Vallier et de madame Dorlan que le mariage était conclu. « C'était à madame Franchard de l'apprendre à Denise. » Etiennette, toutefois, ne perdit pas un instant. Elle écrivit à Gilbert une lettre qu'elle lui adressait sous le couvert du docteur Hugues.

Ce dernier, en la remettant à son neveu, lui dit avec une certaine tristesse :

— Te voici mis en demeure de te prononcer définitivement. J'en suis fâché, car ta répugnance pour monsieur Franchard et pour son fils Romuald n'a cessé de grandir. Que vas-tu faire!

— Répondre que j'aime Denise, remercier fraternellement Etiennette et lui confier le soin de mon amour.

— Lorsque tu t'es déclaré, j'ai dit : Trop tôt, beaucoup trop tôt. Je ne voulais point te voir succéder immédiatement à monsieur Fortunat. J'aurais préféré que mademoiselle Franchard eût eu le temps de s'attacher à Vallier. Ce second amour qu'elle aurait sacrifié à son amie Etiennette aurait été selon moi une transition excellente; mais *l'homme propose*.

— Mieux vaut, mon oncle, qu'Etiennette, Vallier et Denise aient moins souffert! — interrompit avec chaleur le jeune comte de Fontmarie.

— Gilbert, mon ami, — continua le vieux docteur, — j'ai moins de préjugés que personne, malgré la juste part que je fais à tous les préjugés, instincts sociaux absolument nécessaires, en dépit des malheurs qu'ils occasionnent trop souvent. Je n'élève donc aucun obstacle entre mademoiselle Franchard et toi. J'ai prévu ce mariage; je l'ai rendu possible. J'admire les grandes vertus de madame Franchard, pour qui j'ai conçu une amitié paternelle; Denise, qui tient de sa mère, est une jeune personne accomplie... Et cependant, remarque bien que tu entres dans une famille qui n'est pas sans tache.

— Ma décision est prise, car vous croyez au repentir de monsieur Franchard. En me mariant avec Denise, j'achève votre ouvrage. Les dernières rumeurs injurieuses expireront à jamais. J'aurai donc mis à l'abri des plus cruels outrages la jeune fille que j'aime et sa mère que vous estimez si profondément. — Le docteur prit la main de Gilbert et l'étreignit avec émotion; en même temps ses regards se fixaient sur les images de Raoul de Fontmarie et de Clémence de Mesles. — Par l'étude du bien et du mal, — dit encore Gilbert, — en m'apprenant à ne jamais sacrifier les innocents pour les coupables, vous avez agrandi mes pensées, vous avez élargi mon cœur.

— Raoul mon frère, Clémence ma sœur bien-aimée! — s'écria le docteur Hugues, — vous entendez votre fils et vous lisez dans mon âme! Vous êtes témoin de mes incertitudes de vieillard et de sa résolution de jeune homme. Aujourd'hui, c'est moi qui suis faible, lui qui est fort. Dans les sphères que vous habitez vous êtes inaccessibles aux vanités humaines, mais moi, au terme de ma longue vie consacrée à acquérir l'expérience, j'hésite, quoique le châtiment et le repentir aient purifié le coupable. J'hésite devant le monde. Inspirez donc votre fils; il est son maître.

— J'écrirai! — dit solennellement le jeune comte de Fontmarie.

— *Dieu dispose!* — ajouta le docteur Hugues.

XLIX

LE DOIGT DE DIEU.

Le docteur Hugues ayant ouvert ses mémoires pour y transcrire son entretien décisif avec Gilbert, ne put s'empêcher de relire le passage qui précédait immédiatement la page à remplir :

« Aujourd'hui, 5 août 185., à l'hospice de Saint-Lazare, est morte sous mes yeux l'incurable Cavalletta.

» J'ai été saisi d'une horreur inexprimable au spectacle de l'agonie de cette malheureuse, qui a lassé la patience humaine et la miséricorde divine. Corps et âme, tout était en putréfaction, quand elle est morte en blasphémant.

» Plus on avance dans la vie, plus on est confondu par les enseignements que nous y prodigue la sagesse de Dieu, plus on admire les voies mystérieuses de sa Providence. La Cavalletta meurt en ma présence et me reconnaît, car elle a nommé Saviero Crescent, et, d'après les informations qu'on m'a fournies, c'est elle qui, sous le nom de madame Cavallet, avait essayé de corrompre Etiennette, l'orpheline, notre jeune protégée. »

La ligne suivante fut ainsi conçue :

« Le comte de Fontmarie, mon neveu, épousera la fille de monsieur Emile Franchard. »

. . . .

Quand la réponse de Gilbert parvint à Etiennette, Simonne venait d'emmener en voiture Denise, frappée au cœur par la nouvelle que son frère se mourait.

Romuald eut le malheur de dire en sa présence :

— Si votre fils va mourir, si le fiancé de votre fille en a épousé une autre, mon père, c'est par votre faute. Moi, je vous pardonne ma mort, puisque ma mère l'exige...

— Ce n'est point ta mère, Romuald, — s'écria Nathalie; — c'est Dieu, c'est ta religion et ta foi! Oh! repens-toi encore de tes dernières paroles!

Madame Franchard eut la consolation suprême de voir son fils se rendre à ses exhortations maternelles. L'ange du bien l'emporta sur l'esprit de vengeance et d'orgueil. Romuald s'humilia enfin et mourut béni par le prêtre qui l'assista sous les yeux de ses parents.

Une heure après, Emile portait alternativement ses regards ardents du cadavre de Romuald au front pâle de l'infortunée Nathalie.

Au pied du lit priait Denise agenouillée.

La mort de son frère la plongea dans un tel état de tristesse que, de longtemps, Etiennette n'osa lui parler de la réponse du comte Gilbert.

Alors se déroulait le dernier acte des amours maudits d'Emile Franchard.

Nathalie, tombée dans le marasme, ne pouvait plus supporter la présence de son mari. Elle se faisait servir à part; elle s'enfermait dans sa chambre. La mort de Romuald ajoutait l'horreur au mépris.

Emile le sentit. Son amour, déjà monstrueux, devint un cauchemar qui absorba toutes ses pensées. Il cessa d'être capable de remplir ses fonctions de directeur. Ses forces physiques et morales s'affaiblissaient. Il était livide, il était hideux. Il inspirait à Simonne une pitié mêlée d'effroi.

Nathalie, accablée par l'excès de ses souffrances, ne s'aperçut même pas de celles de monsieur Franchard.

Aux Colombelles, Denise venait d'être mise à l'infirmerie. Ses jours étaient en danger. Etiennette la veillait. Nathalie passait souvent plusieurs nuits consécutives auprès de l'enfant mourante.

Pendant son absence, Emile demeurait en extase devant son portrait; puis, comme un amoureux de quinze ans, il touchait avec émotion les moindres objets à son usage; il dérobait son mouchoir brodé pour y porter les lèvres; il l'appelait et lui adressait de brûlantes déclarations d'amour.

Rentrait-elle, ce délire cessait en apparence, mais il la guettait. S'il ne pouvait l'apercevoir par la fente d'une cloison ou à travers un rideau, il l'écoutait en murmurant tout bas :

— Je t'aime, Nathalie! aime-moi ou je meurs! — La mère de Romuald et de Denise ressortait sans l'avoir vu. Elle allait prier sur la tombe de son fils ou veiller au chevet de sa fille. Un jour enfin, Emile osa lui adresser la parole : — Nathalie... un regard... par pitié! — dit-il avec effort. Elle se retourna étonnée du son caverneux de sa voix. Elle crut voir un spectre et recula : — Toujours de la haine! toujours du mépris! Je vous fais horreur! — dit Emile.

Puis il poussa un cri rauque; il tombait épuisé.

Nathalie accourut.

— Dieu! est-ce lui? — murmura-t-elle. — Emile, parlez-moi!

— Dis-moi que tu m'aimes, Nathalie, je vivrai.

Elle, avec une sorte d'épouvante, répondit en frémissant :

— Il est cause de la mort de mon fils... de l'état de ma fille, de ma douleur sans fin... Et il veut vivre!... Il veut que je l'aime!...

Simonne avait transporté monsieur Franchard sur un lit.

— Faut-il aller chercher le médecin? — demanda-t-elle.

— Allez chercher le prêtre et avertissez le docteur Hugues! — répondit Nathalie.

Le prêtre sortait quand le docteur Hugues entra suivi de Gilbert, qui apportait de meilleures nouvelles de la santé de Denise, car le dévouement d'Etiennette opérait des miracles.

Emile reconnut l'oncle et le neveu, ses regards éteints se ranimèrent, il sourit, fit un signe et dit tout bas à Nathalie :

— Ils savent tout, n'est-ce pas?

— Oui, mon ami! — répondit la noble femme.

— Ce nom d'ami me fait du bien! — murmura le moribond. Nathalie lui prit la main. Il sembla retrouver quelques forces et, d'une voix claire, quoique très-faible : — Messieurs, — dit-il, — à l'instant de la mort je devine que vous connaissez tous les tristes secrets de ma vie. Vous avez sauvé l'honneur de mon nom, soyez bénis! Je meurs parce que cette femme de bien ne peut plus m'aimer! Ma mort te délivre, Nathalie... Je suis heureux de mourir! Adieu!...

— Emile! reste! — s'écria-t-elle, — je me vaincrai! je t'aimerai encore!

— Il vaut mieux que je meure! Après moi, Nathalie, je vois pour toi des jours de paix dans l'avenir... Et puis je ne serai plus un obstacle au bonheur de ma fille Denise... N'est-il pas vrai, monsieur le docteur?

Le docteur Hugues ne répondit point, mais il ferma les yeux d'Emile Franchard.

Madame Vallier, prévenue en toute hâte, emmena la triste veuve au couvent des Colombelles, où Denise convalescente devait puiser dans son amour filial la force de la soigner à son tour.

Et le même soir, tandis que Germain, par les ordres de ses maîtres, veillait avec Simonne le corps de monsieur Franchard, à l'hôtel d'Espades, le docteur Hugues, rompant un long silence, dit à Gilbert :

— Insensé qui ne voit point le doigt de Dieu!

L

ÉPILOGUE.

Le docteur Hugues à Ernest de Roqueville.

« Fontmarie, le 25 mai 185..

. . . .

» Le doigt de Dieu qui a conduit tous ces événements » m'a montré, à moi, les limites de la prévoyance humaine. Ah! combien elles sont étroites! combien sont » chétives nos conceptions le plus longuement mûries!

» Parfois je me demande si je n'ai point péché par orgueil en m'adonnant à la recherche de la science du » bien et du mal, science infinie qui n'appartient et ne » peut appartenir qu'à l'intelligence suprême.

» N'ai-je point attaché un trop grand prix à l'expé» rience? N'ai-je pas trop dédaigné les illusions? N'est-il » pas mille circonstances où l'illusion console comme » l'espérance soutient, où l'expérience affaiblit et navre » comme le désespoir?

» Dans ce monde où tout est erreur, faut-il détruire » les erreurs qui nous voilent le mal, et, quel que soit » notre amour pour la vérité, ne vaut-il pas mieux ne » point découvrir sa nudité lorsqu'elle est horrible?

» Telles sont les pensées du vieillard, mon ami, quand » il médite sur l'emploi de ses heures d'étude. Elles » sont humbles; elles lui feront pardonner d'avoir trop » longtemps et trop présumé de ses forces.

» La contradiction s'élève en moi. Le doute referme » le cercle vicieux dans lequel je croyais marcher de dé» couverte en découverte. Les conquêtes de mon esprit » chancellent comme toutes les conquêtes humaines. Je » vois s'écrouler l'édifice construit par mes mains.

» Je n'aperçois à sa base que ma petitesse; au som» met, je ne vois que l'immensité de la sagesse éter» nelle. Après avoir raillé sans merci la présomption » chez les autres, je ris de ma propre présomption; » mais je ne cesse de louer Dieu qui fait sortir le pur » froment du fumier, qui donne au repentir tout l'éclat » de l'innocence et fait surgir la vertu du bourbier de » la corruption.

» Les faibles mérites que je puis avoir, le peu de bien » que j'ai pu faire, reçoivent déjà dans ce monde leur » récompense. Vous recevrez la vôtre, mon ami. Hâtez» vous donc de revenir pour être témoin de notre bon» heur.

» Madame Franchard et sa fille, madame Vallier, son » fils et la jeune Etiennette, sont à Fontmarie avec nous. » Personne, mon cher Roqueville, n'a autant de droits » que vous à une large part de notre paix et de nos es» pérances.

» Ma dernière lettre était brève et n'entrait dans au» cun détail; j'étais inquiet, je ne voulais pas vous com» muniquer mes inquiétudes. Après les plus sérieuses » alarmes pour la vie de Denise, nous avons tremblé » pour la raison de madame Franchard. Quand elle a vu » son mari mourir de cet amour sans espoir qui le je» tait de la frénésie dans la stupidité, de la fureur dans » le marasme, elle s'est crue coupable à son tour. Cette » âme droite s'est exagéré sa faute involontaire, elle a » éprouvé un remords poignant. Elle me disait avec » amertume :

» — La mort de Romuald a été le châtiment de ma » dureté envers mon mari. Je n'ai pas su pardonner en » épouse chrétienne; j'aurais dû vaincre mon mépris et » triompher de mon horreur. Emile avait abjuré ses » vices, il réparait ses fautes, il revenait à moi, je l'ai » repoussé, quand j'aurais dû admirer et aimer en lui » son repentir. Vous essayez charitablement,—me disait» elle encore,—de m'excuser à mes yeux, d'atténuer mes » torts, ne me justifier devant ma conscience. Vous me » parlez de ma délicatesse révoltée, vous me rappelez » qu'Emile, pendant plusieurs années de suite, m'a sa» crifiée, moi et mes enfants, à toutes ses passions; » mais n'avais-je pas au fond du cœur un souvenir qui » m'a rendue implacable? Devais-je me permettre de » comparer sans cesse mon époux qui avait failli avec » le plus généreux des hommes? N'aurais-je pas dû me » rappeler qu'un jour ma fierté fut de la faiblesse, et » que je cessai d'être la gardienne de mon honneur?... » Eh quoi! tandis que vous, vous prêtiez secours à » l'homme tombé, tandis que vous le souteniez après sa » chute, je lui refusais tout appui. Monsieur Gilbert au» rait consenti à donner à monsieur Franchard le nom » de père, et moi, femme impitoyable, je lui refusais le » nom d'ami! »

» Pour vaincre les scrupules de cette infortunée, il » n'est pas de raisonnements que je n'aie employés. Je » lui disais qu'elle avait été l'instrument dont Dieu s'é» tait servi pour infliger au coupable la peine du talion :

» — Il est mort! suis-je morte? — s'écriait-elle.

» — Toute faute doit être expiée, la souffrance seule » purifie, — lui disais-je encore, — Emile Franchard » s'est épuré par son amour pour vous, Nathalie, ma » chère fille. Si vous aviez été moins sévère, son repen» tir eût été moins efficace. Son corps est mort, son âme » immortelle est sauvée.

» — Oui, je le crois, j'en suis sûre! Mais était-ce à » moi d'être son bourreau! — Je lui rappelais qu'à la » dernière heure elle avait pardonné sans réserves : — » Trop tard! trop tard! — répondait-elle.

» — Non! il n'est jamais trop tard pour ceux qui ont » notre foi. L'âme purifiée de votre époux vous rend » grâce de son salut; il vous bénit, il vous ordonne de » vivre en paix avec vous-même. »

. . . .

« Trop souvent, loin de se calmer, elle s'abandonnait » à un sombre désespoir; des paroles obscures que Gil» bert, Vallier et moi, étions seuls à comprendre, s'é» chappaient de ses lèvres. Vous concevez nos angois-

» ses. Mais deux anges veillaient à son chevet en priant pour elle. Etiennette et Denise, par leur simple présence, l'obligeaient à se modérer. Enfin, l'amour maternel a contribué puissamment à sa guérison.

» — Vivez pour votre fille, dont Gilbert vous a demandé la main, — lui dis-je dès qu'elle fut en état de m'entendre. J'ajoutai d'un ton sévère et paternel :

» — Assurer le bonheur de mon fils d'adoption, madame, c'est acquitter la dernière dette de votre époux, c'est me prouver votre reconnaissance et la sienne, c'est le satisfaire au-delà du tombeau.

» La main de Denise me fut accordée pour mon neveu. Et Nathalie, à partir de ce jour, se rétablit assez rapidement.

» Par un sentiment de haute convenance, le mariage est différé jusqu'à la fin de l'année. Vallier et ma charmante Etiennette ont résolu d'attendre aussi, pour se marier le même jour.

» Sous les ombrages de Fontmarie, ils vont deux à deux parlant bas. Madame Vallier, madame Franchard et moi, nous les suivons du regard en souriant à leurs amours.

» Venez, Roqueville; terminez vos affaires, accourez! Vous nous manquez à tous. Et chacun ici vous appelle bien haut, à l'exception de Nathalie.

» Les fleurs desséchées par les ardeurs du soleil se ravivent sous la fraîche rosée. Je ne vous dirai pas que Denise a recouvré toutes les grâces de la jeunesse, mais il faut bien que je vous parle un peu de l'état actuel de madame Franchard. Avec la santé, les forces et l'espérance en un avenir paisible, elle s'est ranimée au point qu'Alexandrin Gaudaine, de retour de ses pérégrinations, s'est écrié avec dépit en plein club :

» — Elle sera donc éternellement adorable!

» Le mot m'a été rapporté le soir même par Horace de Beauregard, car j'étais à Paris, où je vais fort souvent pour m'occuper de nos affaires administratives. Mais j'abdiquerai l'année prochaine; Gilbert me succèdera.

» Provisoirement, je suis forcé de redoubler d'activité; j'ai laissé la compagnie de Saint-Guilhem sous la direction intérimaire du chef des bureaux de Paris, brave homme sans ambition qui, ne se souciant pas de gérer l'affaire dans ses nombreux détails, me demande sans cesse un nouveau directeur. Je le fais aider, je l'aide moi-même et j'attends la fin de la belle saison, c'est-à-dire des jolis mois qui s'écoulent ici en causeries amoureuses. Entre nous, je réserve la place à Vallier, qui ne soupçonne rien de mes projets et se croit simplement en congé avec l'autorisation de monsieur Théodore Fortunat.

» Celui-ci se comporte en galant homme. Il ne dira jamais un mot fâcheux pour la mémoire de Franchard. Il a poussé l'esprit des convenances jusqu'à suivre son convoi, où assistaient tous les employés des deux compagnie, tous les membres du club maquignon et une foule de personnages considérables.

» C'est là, par parenthèse, que j'ai revu pour la première fois le gros Alexandrin Gaudaine, dont la rentrée à Paris, vous ne vous en doutez guère, tient à ce qu'il vous aperçut à Naples. Il m'a naïvement avoué que vous êtes son cauchemar. Je lui ai déclaré que la mort de Franchard changeait complétement les choses et lui ai promis de le mettre à l'abri de toute querelle de votre part, pourvu qu'il ne recommençât point à poursuivre notre jeune veuve d'hommages dangereux. Il a étouffé un gros soupir en me remerciant.

» — Je n'ai pas oublié vos conseils, — a-t-il ajouté; — je redoute le ridicule et veux désormais être pris au sérieux.

» Sa prétention, assez mal placée, a été cause d'une rencontre entre lui et Victor d'Ambrezil, qui en restera borgne.

» Gaudaine papillonne, m'a-t-on dit, autour des jolies femmes avec plus d'audace que jamais. Plein de confiance en ses millions, il s'expose à bien des mécomptes, l'incorrigible homme sérieux!

» Puisque j'en suis au chapitre de la causerie parisienne, je vous donnerai en passant des nouvelles d'un autre incorrigible, le fameux chevalier Edouard. Son organisation du jeu clandestin, dévoilée dans tous les détails, a donné lieu à une action en cour d'assises, car le jeu n'allant plus assez vite, le gentilhomme déchu s'avisait d'organiser sur la même échelle l'escroquerie et même le vol avec effraction. Condamné par contumace aux travaux forcés, il s'industrie à l'étranger, je suppose; mais, à Paris, quels coquins ont hérité de ses dépouilles et de son influence sur le mauvais monde?

» Peu m'importe, désormais! Gilbert n'a plus besoin de ce genre d'études; je le laisse à ses amours, qui me font revivre.

» Quand je le vois, la main dans la main de Denise, les yeux humides, le sourire aux lèvres, radieux et frémissant d'une douce émotion qu'il n'a souci de déguiser, mon vieux cœur s'éveille comme après un long rêve, il bat avec le sien, j'oublie toutes les déceptions du passé, je vis dans le présent, je vis dans l'avenir. Je me berce des plus riantes illusions de la jeunesse, moi le vieil ennemi des illusions... Mais je me répète, je crois, habitude de vieillard!

» Madame Vallier ressent les mêmes impressions que moi en voyant Etiennette et Louis qui passent l'un sur l'autre appuyés. Ah! mon ami, je voudrais retrouver la verve poétique du jeune âge pour vous peindre ces doubles amours resplendissants de candeur.

» Etiennette sait maintenant que Denise a longtemps été l'objet des rêves de Vallier, mais on en rit, puisque tout est au mieux; aussi bien Denise parle-t-elle de monsieur Fortunat avec une souveraine indifférence : « Denise et Vallier sont les infidèles, Etiennette et Gilbert les invariables. » Ceux-ci se disputent le premier prix de constance, grave matière à discussions! Je propose de le leur décerner *ex æquo*, mais les infidèles, juges et parties, ne l'entendent pas de même. Denise le donne à Gilbert, Vallier réclame pour Etiennette.

» Voilà, mon cher Roqueville, où nous en sommes à Fontmarie. On y joue aux petits jeux; les bouquets à Chloris et les madrigaux font merveilles. Gilbert et Vallier concourent; madame Franchard, madame Vallier et moi formons l'académie.

» Du reste, notre solitude n'est rien moins qu'un désert. Paris, Nemours, Fontainebleau, nous envoient de nombreux visiteurs à qui l'hospitalité est offerte par les Grâces, et à ce propos, je vous signalerai l'apparition dans notre castel d'une Muse, madame la baronne de Senneval, née Sophie Riffault. — On n'est pas plus tendre qu'elle ne l'a été pour Nathalie, « sa chère amie d'enfance. » O Démocrite, où es-tu?

» La baronne nous fit avant-hier un touchant panégyrique du pauvre Franchard. C'était parfaitement maladroit, mais bien dit, sentimental et presque spirituel. J'ai rompu les chiens en parlant du vieux faubourg, où la dixième des Muses a quelques déboires? on l'y traite de baronne industrielle, scientifique et littéraire, *universelle d'exportations et d'importations*. Ces mots-là sont sanglants.

» J'ai naturellement appris qu'on me lapide avec d'antiques moellons : « Franchard, Vallier, Millet! (Ceci est le nom de famille d'Etiennette.) Mais voyez donc de quoi s'entoure ce vieil enragé de comte de Fontmarie, s'intitulant docteur Hugues! Et il marie son neveu à mademoiselle Franchard! c'est inouï! c'est scandaleux! Dans quel temps vivons-nous! »

» Les Fohé des Lagues me déclarent révolutionnaire; les d'Ambrezil me traitent de démagogue. La fortune

» de Gilbert lui valut, à la vérité, mille avances de la » part de monsieur le comte, de madame la comtesse » d'Ambrezil et de mademoiselle Marcelle, leur fille. » Quant aux Fohé des Lagues, qui ont trois cent mille » livres de rente, ils n'en avaient pas moins jeté leur » dévolu sur nous pour le placement de leur *implacable* » Anastasie.

» Vous devinez que mon poëte, monsieur Charles » Saint-Dié, nous consacre, de temps en temps, quel» ques jours de loisir. Digne ami de Théodore Fortu» nat, il n'a plus l'air de se douter du passé, quoiqu'il » ait suivi les événements de fort près. Il montre au» tant de tact que madame la baronne de Sennoval en a » peu montré.

» Aussi pourrait-on croire, si l'on était informé moins » bien, qu'il a pris au pied de la lettre l'emphatique » discours prononcé par Horace de Beauregard sur la » tombe du malheureux Emile, et les éloges posthumes » (insérés à tant la ligne) que j'ai fait décerner par dix » journaux au directeur fondateur de la compagnie des » mines de Saint-Guilhem. Ce jeune littérateur m'a de » grandes obligations.

» Les *Traductions choisies*, qui ont débarrassé le » monde parisien du moins authentique des vicomtes et » du plus intrigant des plagiaires, l'ont du même coup » mis en relief. La rumeur des salons ayant forcé la » main à la critique, celle-ci daigne s'apercevoir de son » mérite et rompt enfin le morne silence qui le paraly» sait, les moutons de Panurge feront le reste. Le voici » donc lancé; il est laborieux, il est honnête; il ne sera » point ingrat.

» Enfin, mon cher ami, vous connaissez assez le » monde, vous, pour savoir que, dans notre sphère on » n'a rien à redouter de la médisance ni de la calomnie » des Vertuchet de l'un ou de l'autre sexe. Je ne vous » dirai point qu'ayant aidé ces vilaines gens à sortir de » presse, je compte sur leur reconnaissance; quand je » compte fermement sur leur ingratitude venimeuse.

» Mais le comte et la comtesse de Fontmarie auront » plusieurs millions, des terres, des hôtels; ils seront » respectés, honorés, considérés, quoi qu'on dise et » qu'on fasse. Ah! s'ils n'étaient qu'honnêtes, généreux, » bons, charitables, indulgents et dévoués au malheur...

» Où diable vais-je m'égarer? dans une boutade mi» santhropique, quand je suis le plus heureux des on» cles et des seigneurs châtelains du Gâtinais.

» Au moment de terminer cette interminable lettre, » j'apprends par Jules et Lucien de Valvert, qui nous » arrivent avec leur cousin Traymontpré, un événement » tragique dont la nouvelle met en émoi tous les cercles » de Paris.

» Gaudaine, notre homme sérieux, qui craignait tant » le ridicule, vient d'être assommé net par un mari ja» loux, et ce mari, admirez l'enchaînement des faits, » n'est autre que Priot, qui épousa, l'hiver dernier, une » jeune veuve très-jolie, mais encore plus coquette.

» Ce n'est pas tout, les soupçons de Priot ont été éveil» lés par une lettre anonyme. Depuis qu'à coups de » gourdin plombé il a tué Gaudaine et sa propre femme, » il a disparu, et, d'après la version la plus accréditée, il » se serait noyé dans la Marne.

» Simonne et Germain, qui se font un brin de cour, » crient à l'office que c'est *fort heureux*. Je vous épar» gne à ce sujet une digression sur les éléments du *bon» heur*, car Gilbert et Vallier m'apportent chacun une » lettre pour vous. Adieu!

» Denise, Etiennette et madame Vallier me crient : » Ordonnez-lui de revenir bien vite! et *la plus heureuse* » *des femmes* rougit en embrassant sa fille pour se don» ner une contenance.

» Que Dieu vous garde et vous ramène!

» Votre vieil ami,

» HUGUES. »

FIN DE LA PLUS HEUREUSE DES FEMMES.

TABLE

DES CHAPITRES CONTENUS DANS CET OUVRAGE

FIN DE LA TABLE.

Paris. — Imprimerie J. Voisvenel, rue Chauchat, 16

CATALOGUE DES PUBLICATIONS LITTÉRAIRES DU SIÈCLE.

PARIS, 14 RUE CHAUCHAT.

AVANTAGES RÉSERVÉS AUX ABONNÉS DU JOURNAL LE SIÈCLE.

Tout Abonné au SIÈCLE a droit, outre la prime gratuite, à une remise de cinquante pour cent sur le prix marqué de tous les ouvrages que renferme ce Catalogue. [illegible] les départements doivent être affranchies et contenir leur montant en un mandat sur la poste ou à vue à l'ordre de M. le Directeur gérant du SIÈCLE. [illegible] ajouter à la demande le prix du port, qui est, par chaque volume, de 1 franc pour ceux de la première catégorie; de 80 centimes pour ceux de la deuxième; de 60 centim[illegible] ceux de la troisième; de 40 centimes pour ceux de la quatrième.

Première catégorie.

Musée littéraire.

8e série. — Les sept Péchés capitaux: l'Orgueil, l'Envie, la Colère, la Luxure, la Paresse, l'Avarice, le Gourmandise. [illegible] Prix: 6 fr.

10e série. — Les Catacombes de Paris, ÉLIE BERTHET; la Gorgone, DE LA LANDELLE; Gabrielle, Mme ANCELOT. Prix: 6 fr.

18e série. — Marcel, FÉLICIEN MALLEFILLE; les Frères de la Côte, E. GONZALÈS; Le Conseiller d'État, F. SOULIÉ; [illegible] N[illegible], L. GOZLAN; Hermione Sénéchal, [illegible] Bayra, PAUL FERNEY. Prix: 6 fr.

21e série. — Le Chemin le plus court, ALPH. KARR; [illegible], EMMANUEL GONZALÈS; Blanche Mortimer, ADRIEN PAUL. Prix: 6 fr.

22e série. — Une Dame à bord, DE LA LANDELLE; les [illegible], E. BERTHET; Le Bossu, P. FÉVAL. Prix: 6 fr.

23e série. — Les Excentricités de sir Georges, Nouvelle, ADRIEN PAUL; Une Vengeance, Mme LÉONIE D'AUNET; les [illegible] de Paris, Mme CLÉMENCE ROBERT; [illegible] Nouvelle [illegible], ADRIEN PAUL. Prix: 6 fr.

24e série. — Le Chevalier de Font[illegible], A côté du [illegible], A. PAUL; les Émigrants, E. BERTHET; Un Corsaire sous l'Empire, FULGENCE GIRARD; l'Orestie [illegible], [illegible], Sans Famille, MOLÉRI. Prix: 6 fr.

25e série. — Histoire de [illegible], M. MASSON et A. LUCHET; La Belle novice, E. GONZALÈS; Le Marquis de Moncalar, [illegible], MOLÉRI; Le Nouveau monde, O. COMETTANT. Prix: 6 fr.

26e série. — Frère et Sœur, A. LUCHET; Ivanhoe, WALTER SCOTT, trad. de Victor Perceval; La Dryade de Clairefont, E. BERTHET; Les Proscrits de Sicile, E. GONZALÈS. Prix: 6 fr.

27e série. — Les Géants de la mer, DE LA LANDELLE; Le Vengeur du mari, EMMANUEL GONZALÈS. Prix: 6 fr.

28e série. — Fragments de voyages autour du monde, GABRIEL LAFOND DE LURCY; les Brigands, ÉMILE NORMAND; Nouvelles Diverses, Huit jours au Montenegro, ADRIEN PAUL. Prix: 6 fr.

29e série. — L'Homme des bois, ÉLIE BERTHET; En Amérique, en France et ailleurs, OSCAR COMETTANT; Pernand le [illegible] de terre, Étienne Gérard, MOLÉRI; les Duels de Valentin, ADRIEN PAUL. Prix: 6 fr.

30e série. — Une Botte de Jeu, Les Finesses de d'Argenson, ADRIEN PAUL; La Famille Guillaume, Suzanne, MOLÉRI; le Gentilhomme verrier, ÉLIE BERTHET; le Chasseur d'hommes, EMMANUEL GONZALÈS. Prix: 6 fr.

31e série. — Robin Hood, PIERCE EGAN, traduction de Victor Perceval; Marceline Vauvert, FULGENCE GIRARD; les Sabotiers de la forêt Noire, EMMANUEL GONZALÈS; les Martyrs de la Pologne, LOUIS NOIR. Prix: 6 fr.

32e série. — La Belle argentière, Vte PONSON DU TERRAIL; les Anabaptistes des Vosges, les Marquards, une Noce dans le Poitou, ALFRED MICHIELS; Sur nos Grèves, Giulia Falcone, FULGENCE GIRARD. Prix: 6 fr.

33e série. — Le Serment des quatre valets, Vte PONSON DU TERRAIL; Souvenirs d'un simple Zouave, L. NOIR. Prix: 6 fr.

34e série. — La Reine des barricades, PONSON DU TERRAIL; Jeanne de Valbelle, C. BLANC; les Mémoires d'un Ange, E. GONZALÈS; les Chasseurs de chamois, A. MICHIELS. Prix: 6 fr.

35e série. — Comment on aime, ÉTIENNE ÉNAULT; Le Brouillard sanglant, LOUIS NOIR; Les Sept baisers de Buckingham, E. GONZALÈS et MOLÉRI; Le Curé du Pecq, Jean Lebon, GUSTAVE CHADEUIL. Prix[illegible]

36e série. — Jacques la Hache, LOUIS NOIR; Les [illegible] bourgeois, MOLÉRI; La double vue, ÉLIE BERTHET; Les trois fiancées, EMMANUEL GONZALÈS. Prix[illegible]

37e série. — Les Contes d'Agathe, E. BERTHET; Les [illegible] du Vert-Galant, la Mégère [illegible] du roi, une Princesse [illegible], le Serment de la veuve, [illegible], Jacqueline, [illegible], Mes jardins de Monaco, E. GONZALÈS; La terre promise, [illegible], un Don Juan sur le retour, Partie et Revanche, MOLÉRI. Prix[illegible]

38e série. — Le beau Galaor, Vte PONSON DU TERRAIL; l'Héritière du connétable, E. GONZALÈS; La Contessina, V. PERCEVAL; le Calvaire des Femmes, M.-L. GAGNEUR. [illegible]

39e série. — La seconde jeunesse du roi Henri, PONSON DU TERRAIL; l'Épée de Suzanne, E. GONZALÈS; [illegible] du Mexique, L. NOIR; les Cyniques, etc., J. VILBORT. [illegible]

40e série. — Chroniques de la marine française, FULGENCE GIRARD; Contes d'une nuit d'hiver, ALFRED MICHIELS; Le Dragon rouge, LÉON GOZLAN; la Tour du Télégraphe, E. BERTHET. Prix:

42e série. — Jean Bart et Charles Keyser, — les [illegible] de Portugal, l'Usurier sentimental, — la plus heureuse des Femmes, — l'École de la vie, DE LA LANDELLE. Pr[illegible]

43e série. — *Les Drames de l'honneur*: — L'Enfant [illegible] — Histoire d'une conscience, — Mademoiselle de [illegible]rosy, ÉTIENNE ÉNAULT; les Crimes inconnus, [illegible]THET. Prix:

Deuxième catégorie.

ŒUVRES CHOISIES D'EUGÈNE SUE.

Tome 1er, 1re PARTIE. — Mathilde, mémoires d'une jeune femme. Prix: 4 fr. 50

Tome 2e, 1re PARTIE. — Paula Monti ou l'Hôtel Lambert. — Le Marquis de Létorière, Crao. — Thérèse Dunoyer. — Arthur, journal d'un inconnu. Prix: 4 fr. 50

Tome 2e, 2e PARTIE. — L'Atréaumont. — Jean Cavalier ou les Fanatiques des Cévennes. — Le Colonel de Surville. [illegible] Prix: 4 fr. 50

Tome 3e, 1re PARTIE. — La Salamandre. — Atar-Gull. — [illegible] — La Vigie de Koat-Ven. Prix: 4 fr. 50

Tome 3e, 2e PARTIE. — La Coucaratcha. — Le Commandeur de Malte. — Le Morne-au-Diable. — Les Aventures de Hercule Hardi; Kardiki. Prix: 4 fr. 50

NOUVELLES ET ROMANS CHOISIS D'ÉLIE BERTHET.

Tome 1er, 1re PARTIE. — Le Colporteur, le Val d'Andorre, la Croix de l'affût. — La Maison murée, le Pacte de famine, une Passion, le Dernier alchimiste, la Tour Zizim, le Chasseur de marmottes. — Le Roi des ménétriers. — Le Nid de cigognes. — La Mine d'or. Prix: 4 fr. 50

Tome 1er, 2e PARTIE. — L'Étang de Précigny. — Richard le fauconnier, la Ferme de l'Oseraie. — La Belle drapière, le Château d'Auvergne. — Le Réfractaire, le Cadet de Normandie. Prix: 4 fr. 50

Tome 2e, 1re PARTIE. — Pistole Rouge, Roche Tremblante. — Mystères de la Famille. — Spectre de Châtillon. — Bric[illegible], Château de Montbrun. Prix: 4 fr. 50

Tome 2e, 2e PARTIE. — Le dernier Irlandais. — Le Vallon suisse. — Trois Mois à Paris. — La Marquise de Norville, la Nièce du Notaire, la Convulsionnaire, le Père Vivier, le Marquis de Beaurien, les deux Mourants. Prix: 4 fr. 50

Tome 3e, 1re PARTIE. — L'Oiseau du désert, le dernier de [illegible] Prix: 4 fr. 50

NOUVELLES ET ROMANS CHOISIS D'A. DE LAVERGNE.

Tome 1er, 1re PARTIE. — La Recherche de l'inconnue. — La Famille de Marsal. — L'Aîné de la famille. — Un Gentilhomme d'aujourd'hui. Prix: 4 fr. 50

Tome 1er, 2e PARTIE. — La Duchesse de Mazarin. — Circassienne. — La Pension bourgeoise, le Chevalier [illegible], le Comte de Mansfeldt, le Secret de la confession, le Cadet de famille. Prix:

Tome 2e, 1re PARTIE. — La Princesse des Ursins. — Tant que jeunesse se passe. — Les Trois aveugles, [illegible] seigneur de village. — La Marquise de Contades. — Le Livre du mezonat, [illegible], Bruneau le [illegible]. — Le Château de la Brosse-Saint-Ouen, la Dernière [illegible] de Santeuil, Anne d'Arcona, Hannah Glenmore, le [illegible]. Prix

Tome 2e, 2e PARTIE. — Le lieutenant Robert. — [illegible] historiques de France. — L'Ut de Poitrine. — Pauline. — Les Suites d'une Passion, la Sœur de [illegible], [illegible] de Grenade, la Force, le Bourgeois de [illegible], Jeanne Boufflers. Prix

Le Fils du diable, Paul FÉVAL	Prix:
Les Mystères de Londres. —	Prix:
Le Veau d'or, F. SOULIÉ et LÉO LESPÈS.	Prix:
Esaü le lépreux, E. GONZALÈS.	Prix:
Les Géants de la mer, DE LA LANDELLE.	Prix:

Troisième catégorie.

EUGÈNE SUE. — L'Orgueil, 2 fr. 50. — L'Envie, la Colère, 2 fr. 50. — La Bonne aventure, 2 50. — L'Atréaumont, 2 fr. — Arthur, 2 fr. 50. — Jean Cavalier, 2 fr. 50. — La Vigie de Koat-Ven, 2 fr. 50.

ÉLIE BERTHET. — Les Catacombes de Paris, 2 50. — Les [illegible], 2 50. — L'Homme des bois, 2 50. — La Marquise de Norville, la Nièce du Notaire, la Convulsionnaire, le Père Vivier, le Marquis de Beaurien, les deux Mourants, [illegible] — Le Gentilhomme verrier, 2 50. — Le Colon d'Algérie, [illegible]

PAUL FÉVAL. — Les Amours de Paris, 2 50. — Le Bossu, 2 50.

DE LA LANDELLE. — La Gorgone, [illegible] 50. — Les Géants de la mer, [illegible] Usurier sentimental, 2 fr. 50.

L. GOZLAN. — Le Médecin du Pecq, 2 fr. 50.

Vte PONSON DU TERRAIL. — La jeunesse du roi Henri; la Belle argentière, 2 50. Le Serment des quatre valets, 2 50; La Reine des Barricades, 2 fr. 50.

CLÉMENCE ROBERT. — Les Mendiants de Paris, 2 50.

EUGÈNE SCRIBE. — Nouvelles et Proverbes, 2 50.

F. DERIÈGE. — Les Mystères de Rome, 2 fr. 50.

M. MASSON et A. LUCHET. — La Comtesse Rossoselle, 2 f. 50.

MOLÉRI. — L'Oreste [illegible] la Traite des blanches, Sans Famille, 2 fr. 50. — Les Petits drames bourgeois, 2 fr. 50.

OSCAR COMETTANT. — Le Nouveau monde, 2 fr. 50. — En Amérique, en France et ailleurs, 2 fr. 50.

G. LAFOND DE LURCY. — Fragments de Voyages autour du monde, 2 fr. 50.

WALTER SCOTT, trad. Victor Perceval. — Ivanhoe, 2 fr. 50.

PIERCE EGAN. — Robin Hood, par V. Perceval[illegible]

E. GONZALÈS. — Chasseur d'hommes, 2 fr. 50. — [illegible] d'un Ange, 2 f. 50. — Amours du Vert-Galant, [illegible] roi, Princesse russe, Serment de la veuve, Gra[illegible] Jacqueline, Épave, Jardins de Monaco, 2 f. [illegible]

A. DE LAVERGNE. — Famille de Marsal, 2 f. 50. — [illegible] bourgeoise, Chevalier du silence, Comte d[illegible], Secret de la confession, 2 f. 50. — Lieutenant Robert[illegible]

L. NOIR. — Les Martyrs de la Pologne, 2 f. 50. — [illegible] d'un simple Zouave, 2 f. 50. — Jacques la Hache[illegible]

M.-L. GAGNEUR. — Le Calvaire des Femmes, 2 fr.

FULGENCE GIRARD. — Sur nos Grèves, Giulia Falcone, — Chroniques de la marine française, République[illegible]

ÉTIENNE ÉNAULT. — Comment on aime, 2 f. 50. — [illegible] trouvé, 2 fr. 50

Quatrième catégorie.

ÉLIE BERTHET. — Le Colporteur, le Val d'Andorre, la Croix de l'affût, 1 fr. 20. — La Maison murée, le Pacte de famine, une Passion, le Dernier alchimiste, la Tour Zizim, [illegible] Chasseur de marmottes, 1 fr. 20. — Le Roi des ménétriers, [illegible] 20. — Le Nid de cigognes, 1 fr. 20. — La Mine d'or, 1 fr. [illegible] — L'Étang de Précigny, 1 fr. 20. — Richard le fauconnier, [illegible] la Ferme de l'Oseraie, 1 fr. 20. — La Belle drapière, le Château d'Auvergne, 1 fr. 20. — Le Réfractaire, le Cadet de Normandie, 1 fr. 20. — La Dryade de Clairefont, 1 fr. 20. — [illegible] Rouge, la Roche Tremblante, 1 fr. [illegible] — Mystères de la Famille, 1 fr. 20. — Le Spectre de Châtillon, 1 fr. 20. — Le Braconnier, le Château de Montbrun, 1 fr. 20. — Le Dernier Irlandais, 1 fr. 20. — Le Vallon suisse, [illegible] — Trois Mois à Paris, 1 fr. 20. — La Double vue, 1 f. 20. — La Tour du Télégraphe, 1 20. — L'Oiseau du désert, 1 20. — Le [illegible] de Mer, 1 20. — Le Juré 1 20. — Les Crimes inconnus, 1 2[illegible]

EUGÈNE SUE. — La Luxure, la Paresse, 1 fr. 20. — L'Avarice, la Gourmandise, 1 fr. 20. — Le Marquis de Létorière, [illegible] 1 fr. 20. — Thérèse Dunoyer, 1 fr. 20. — Le Colonel de Surville, le Capitaine Ar[illegible] 1 fr. 20. — La Salamandre, 1 20. — Atar-Gull, 1 fr. 20. — La Coucaratcha, 1 fr. 20. — Le Commandeur de Malte, 1 fr. 20. — Miss Mary, 1 fr. 20.

ALPH. KARR. — Fort en thème, 1 20. — Feu Bressier, 1 f. 20

E. SOUVESTRE. — Riche et Pauvre. | 1 fr. 20.

LORD NORMANBY. — Mathilde. |

LÉON GOZLAN. — Le Dragon rouge, 1 f. 20. — Le Faubourg mystérieux, 1 fr. 20.

[illegible] BERNARD. — Le Nœud Gordien, 1 fr. 20.

E. GONZALÈS. — Les Frères de la Côte, 1 fr. 20. — La Belle novice, 1 fr. 20. — Les Proscrits de Sicile, 1 fr. 20. — Le Vengeur du mari, 1 fr. 20. — Les Sabotiers de la forêt Noire, 1 fr. 20. — Les Sept baisers de Buckingham, 1 fr. 20. — Les Trois fiancées, 1 fr. 20. — L'Héritière du connétable, 1 fr. 20. — L'Épée de Suzanne, 1 fr. 20.

A. LUCHET. — Frère et Sœur, 1 fr. 20. — Souvenirs de Fontainebleau, 1 fr. 20.

ADRIEN PAUL. — Blanche Mortimer, 1 fr. 20. — Sir Georges, Nouvelle, 1 20. — Nouvelle, [illegible], 1 20. — Les Aventures du chevalier de Font[illegible], A côté du bonheur, 1 fr. 20. — Une botte de jeu, les Finesses de d'Argenson, 1 fr. 20. — Les Duels de Valentin, 1 fr. 20. — Nouvelles Diverses, Huit jours au Montenegro, 1 fr. 20.

MAYNE-REID (traduit par Allyre Bureau). — Le Buffalo blanc, 1 fr. 20 c.

Mme ANCELOT. — Gabrielle, 1 fr. 20.

P. FERNEY. — Hermione Sénéchal, Hélène Bayra, 1 fr. 20

DE LA LANDELLE. — Une Dame à bord, 1 fr. 20. — Jean Bart et Charles Keyser, 1 20. — La plus heureuse des femmes, 1 20. — L'École de la vie, 1 20.

LÉONIE D'AUNET. — Une Vengeance, 1 fr. 20.

FULGENCE GIRARD. — Un Corsaire sous l'Empire, 1 fr. 20. — Marceline Vauvert, 1 fr. 20.

BIBLIOPHILE JACOB. — Pignerol, 1 fr. 20.

MOLÉRI. — Le Marquis de Moncalar ou un Gentilhomme d'autrefois, Madame Lebrune, 1 fr. 20. — Bernard le potier de terre, Étienne Gérard, 1 fr. 20. — La Famille Guillaume, Suzanne, 1 fr. 20. — La Terre Promise, Iambo, un Don Juan sur le Retour, Partie et Revanche, 1 fr. 20.

ALEXANDRE DE LAVERGNE. — La Recherche de l'inconnue, 1 20. — L'Aîné de la famille, 1 20. — Un Gentilhomme d'aujourd'hui, 1 20. — La Duchesse de Mazarin, 1 20. — Circassienne, 1 20. — Le Cadet de famille, 1 20. — La [illegible] des Ursins, 1 20. — Tant que jeunesse se passe, [illegible] Trois aveugles, le Dernier seigneur de village, [illegible] Marquise de Contades, le Livre du mezonat, [illegible] [illegible], Bruneau le Rêveur, 1 fr. 20. — Le Château de la Brosse-Saint-Ouen, la Dernière [illegible] de Santeuil, Anne d'Arcona, Hannah Glenmore, le Brasero, 1 fr. 20. — [illegible] historiques de France, 1 fr. 20. — L'Ut de Poitrine — Histoire et Roman, 1 fr. 20.

ALFRED MICHIELS. — Les Anabaptistes des Vosges, Marquards, une Noce dans le Poitou, 1 fr. 20. — [illegible] Chasseurs de chamois, 1 20. — Contes d'une nuit d'hiver, — Contes des montagnes, 1 fr. 20.

CASIMIR BLANC. — Jeanne de Valbelle, 1 fr. 20.

LOUIS NOIR. — Le Brouillard sanglant, 1 fr. 20. — [illegible] du Mexique, 1 fr. 20.

G. CHADEUIL. — Le Curé du Pecq, Jean Lebon, 1 [illegible]

V. PERCEVAL. — La Contessina, 1 fr. 20. — L. [illegible] et V. PERCEVAL. Une femme dangereuse, 1 fr. 20.

Vte PONSON DU TERRAIL. — Le beau Galaor, 1 f[illegible] Seconde jeunesse du roi Henri, 1 fr. 20.

J.-M. VILBORT. — Les Cyniques, etc., 1 fr. 20.

ÉTIENNE ÉNAULT. — Histoire d'une conscience, Mademoiselle de Champrosay, 1 fr. 20.

1er mai 1875

Paris. — Imprimerie J. Voisvenel, 16, rue Chau[illegible]

www.ingramcontent.com/pod-product-compliance
Ingram Content Group UK Ltd.
Pitfield, Milton Keynes, MK11 3LW, UK
UKHW020355230726
13925UKWH00003B/1137